COLUM McCANN

Nació en Dublín en 1965 y vive en Nueva York. Es autor de las novelas *A este lado de la luz, El bailarín, Zoli* y *Perros que cantan* y de los libros de relatos *El país donde todo debe morir* y *Fishing the Sloe-Black River*. Sus libros han sido traducidos a una treintena de lenguas y han recibido numerosos premios. Colabora en periódicos y revistas como *The Irish Times, The New York Times, The Guardian, The Independent, The New Yorker, The Atlantic Monthly, GQ, Paris Review, Die Zeit, La Republicca* y *Paris Match* e imparte clases de escritura creativa en el Hunter College. Su cortometraje *Everything in this Country Must* fue nominado al Oscar en 2005. Ha ganado el prestigioso National Book Award 2009 con *Que el vasto mundo siga girando.*

QUE EL VASTO MUNDO
SIGA GIRANDO

Colum McCann

QUE EL VASTO MUNDO SIGA GIRANDO

Traducción de Jordi Fibla

RBA

Título original: *Let the Great World Spin*
© Colum McCann, 2009
© traducción: Jordi Fibla, 2010
© de esta edición: RBA Libros, S.A., 2010
Pérez Galdós, 36 - 08012 Barcelona
rba-libros@rba.es / www.rbalibros.com

Primera edición: marzo de 2010

Ref.: OAFI390
ISBN: 978-84-9867-745-4
Composición: Víctor Igual, S.L.
DEPÓSITO LEGAL: B. 10.431-2010
Impreso por Liberdúplex

Para John, Frank y Jim.
Y, por supuesto, para Allison.

«Todas las vidas que podríamos vivir, todas las personas a las que jamás conoceremos, que jamás seremos, están por todas partes. En eso consiste el mundo.»

ALEKSANDAR HEMON,
El proyecto Lázaro

ÍNDICE

LOS QUE LO VIERON SE CALLARON. En la calle Church. Liberty. Cortlandt. La calle West. Fulton. Vesey. Era un silencio que se oía a sí mismo, atroz y hermoso. Al principio algunos pensaron que se trataba de un fenómeno luminoso, una forma casual debida a la manera en que caían las sombras. Otros imaginaron que era la perfecta broma de la ciudad; detenidos y señalando hacia arriba, los transeúntes se congregaban, alzaban las cabezas, asentían, afirmaban, todos miraban arriba, a nada en absoluto, como si esperasen el final de un gag de Lenny Bruce. Pero cuanto más se prolongaba la espera, más seguros estaban. Él se encontraba en el borde mismo del edificio. Su silueta oscura chocaba contra el gris de la mañana. Tal vez era un limpiador de ventanas. O un trabajador de la construcción. O alguien que iba a lanzarse al vacío.

Allá arriba, a ciento diez pisos de altura, completamente inmóvil, un juguete oscuro contra el cielo nublado.

Sólo se le podía ver desde ciertos ángulos, de manera que los espectadores tenían que detenerse en las esquinas, encontrar un hueco entre los edificios o zigzaguear desde las sombras para poder ver sin las obstrucciones de cornisas, gárgolas, balaustradas y bordes de tejados. Nadie había comprendido todavía qué era la línea que se extendía a sus pies desde una torre a la otra. Más bien la forma humana era lo que los retenía allí, las cabezas hacia atrás, divididos entre la promesa de una catástrofe y la decepción de lo normal y corriente.

Se les planteaba el dilema del espectador: no querían esperar a cambio de nada, un idiota en el borde del precipicio de las torres, pero tampoco querían perderse el momento en caso de que resbalara, lo detuvieran o se lanzara al vacío con los brazos extendidos.

Alrededor de los espectadores seguían produciéndose los ruidos cotidianos de la ciudad. Bocinazos. Camiones de la basura. Silbidos de los transbordadores. El retumbar del metro. El autobús M22 se detuvo junto al bordillo, frenó y soltó un resoplido sobre un bache. Un envoltorio volante de chocolatina chocó con una boca de incendios. Golpetazos de puertas de taxi. Fragmentos de basura se peleaban como gallos en las profundidades más oscuras de los callejones. Las zapatillas deportivas encontraban el lugar más apropiado en el que detenerse. El cuero de los portafolios rozaba contra las perneras de los pantalones. Algunas conteras de paraguas tintineaban contra el suelo. Las puertas giratorias empujaban a la calle retazos de conversación.

Pero los espectadores podrían haber tomado la totalidad de los sonidos, prensándolos en un solo sonido, y aun así no habrían oído gran cosa: incluso al maldecir lo hacían de una manera sosegada, reverente.

En la esquina de Church y Dey se formaban grupitos al lado de los semáforos. Se reunían bajo la marquesina de la barbería de Sam, en el umbral de la tienda de artículos audiovisuales de Charlie. Se abrían paso con los codos junto a las ventanas del edificio Woolworth. Abogados. Ascensoristas. Médicos. Trabajadores de la limpieza. Ayudantes de cocinero. Mercaderes de brillantes. Vendedores de pescado. Putas con tejanos de fondillos desgarrados. Todos ellos tranquilos por la presencia de los demás. Taquígrafas. Repartidores. Hombres anuncio. Tahúres. Compañía eléctrica. Telefónica. Wall Street. Un cerrajero en su furgoneta en la esquina de Dey y Broadway. Un mensajero en bicicleta apoyado en un poste de farola en West. Un borracho rubicundo en busca de unos tragos a primera hora de la mañana.

Lo atisbaron desde el transbordador de Staten Island. Desde los almacenes de envasado de carne en el lado oeste. Desde los nuevos rascacielos en Battery Park. Desde los taburetes y mesitas de desayuno en Broadway. Desde la plaza que se extendía abajo. Desde las torres mismas.

Cierto que había quienes hacían caso omiso del alboroto, que no querían que los molestaran. Eran las siete y cuarenta y siete de la mañana y no estaban en condiciones de hacer más que sentarse a una mesa, empuñar un bolígrafo o responder al teléfono. Habían salido de las estaciones de metro, se habían apeado de autocares y autobuses municipales, habían cruzado la calle a toda mecha y rechazaban la perspectiva de quedarse allí mirando. Otro día, otra pena. Pero al pasar junto a los grupitos de personas agitadas, empezaban a caminar más despacio. Algunos se detenían, se encogían de hombros, se volvían con aire despreocupado, iban a la esquina, tropezaban con los espectadores, se ponían de puntillas, miraban por encima de la multitud y entonces se presentaban con un «ostras» o un «atiza» o un «hostia santa».

El hombre que estaba allá arriba permanecía rígido, no obstante, su misterio era móvil. Se encontraba al otro lado de la barandilla de la plataforma de observación en la torre sur, y en cualquier momento podía emprender el vuelo.

Por debajo de él, una paloma solitaria se abalanzó desde el piso superior del Federal Office Building, como si anticipara la caída. El movimiento atrajo las miradas de algunos espectadores que siguieron el gris aleteo contra la pequeñez del hombre en pie. El ave voló de un alero a otro, y fue entonces cuando los espectadores observaron que se les habían unido otros en las ventanas de las oficinas, cuyas persianas se alzaban al tiempo que levantaban algunos paneles de vidrio. Todo lo que podía verse era unos codos, el extremo de unas mangas de camisa o un brazalete, pero entonces se les unía por encima una cabeza o un par de manos de curioso aspecto que levantaban todavía más el panel de vidrio. En las ventanas de los rascacielos cercanos había personas que miraban al exterior, hombres en mangas de camisa y mujeres con blusas brillantes oscilando tras el vidrio como si fueran apariciones en una casa de la risa.

Todavía a mayor altura, un helicóptero del servicio meteorológico trazó un giro mientras descendía un poco sobre el Hudson (una reverencia al hecho de que el día, aunque veraniego, sería nublado y fresco de todos modos) y las aspas marcaron un ritmo sobre los almacenes del lado oeste. Al principio el helicóptero avanzaba ladeado, luego se abrió una ventanilla lateral corredera, como si necesitara aire. Una lente apareció en la ventanilla abierta. Por un instante, un destello de luz impactó en ella. Al cabo de un momento, el helicóptero corrigió su posición y giró por el espacio.

Los agentes de un coche patrulla que se encontraba en la autopista del West Side encendieron las luces y viraron bruscamente por la rampa de salida, dotando de mayor magnetismo a la mañana.

La atmósfera alrededor de los espectadores se hizo más densa, ahora que las sirenas habían establecido la oficialidad de la jornada. Charlaban entre ellos, su equilibrio tambaleante, su serenidad desvaneciéndose, se volvían unos hacia otros y empezaban a especular: ¿saltaría el hombre de allá arriba, caería, avanzaría de puntillas por el saledizo, trabajaría allí, estaría solo, sería un señuelo, llevaría uniforme, tenía alguien unos prismáticos? Perfectos desconocidos se tocaban los codos. Soltaban tacos, susurraban que había habido un atraco frustrado, que aquel hombre era un ladrón escalador de paredes, que había tomado rehenes, que era árabe, judío, del IRA, que no era más que un ardid publicitario, un chanchullo empresarial, *Tome más Coca-Cola, Coma más Fritos, Fume más Parliaments, Rocíe más Lysol, Ame más a Jesús.* O que era un manifestante e iba a colgar una pancarta con un eslogan, la deslizaría desde el saledizo de la torre, la dejaría allí sacudida por la brisa, como una gigantesca pieza de colada: ¡Nixon fuera ya!, ¡Recuerda Vietnam, tío Sam! ¡Independencia para Indochina!, y entonces alguien dijo que tal vez era un piloto de ala delta o un paracaidista, y todos los demás se rieron, pero estaban perplejos por el cable que el hombre tenía a los pies. Y empezaron de nuevo los rumores, una colisión de maldiciones y susurros, aumentada por la intensificación de las sirenas, que les aceleraban todavía más los latidos cardiacos. El helicóptero encontró un lugar apropiado cerca del lado oeste de las torres, mientras abajo, en el vestíbulo del World Trade Center, los policías corrían por el suelo de mármol, los agentes se sacaban las insignias de debajo de sus camisas, las brigadas de bomberos llegaban a la plaza y el rojo y azul de las luces policiales destellaba en el vidrio. Llegó un camión de caja plana con una grúa de cesta. Sus gruesos neumáticos rebotaban en el bordillo. Alguien se echó a reír cuando el brazo de la grúa se movió hacia la fachada y el conductor miró arriba, como si la grúa pudiera alcanzar aquella enorme altura. Los guardias de seguridad gritaban por sus receptores-transmisores. La mañana de agosto se abrió de par en par, y los espectadores se clavaron en el suelo. Nadie iría a ninguna parte durante un rato. Las voces aumentaron en un crescendo, se oían toda clase de acentos, era como una gran torre de Babel, hasta que un hombrecillo pelirrojo de la compañía Home Title Guarantee, que estaba en la calle Church, alzó la persiana de su despacho, puso los codos en el alféizar, aspiró hondo, se asomó al exterior y rugió hacia la lejanía: ¡Hazlo, gilipollas!

Hubo una pausa previa a la risa, un instante antes de que los espectadores reaccionaran, una reverencia a la irreverencia de aquel hombre, porque en el fondo eso era lo que muchos de ellos sentían: ¡hazlo, por el amor de Dios!, ¡hazlo de una vez! Y entonces se liberó un torrente de cháchara, una respuesta a la llamada, que pareció ondularse desde el alféizar de la ventana hasta la acera y a lo largo del agrietado pavimento hasta la esquina de Fulton, para seguir por la manzana a lo largo de Broadway, donde zigzagueó por John, se curvó alrededor de Nassau y siguió adelante, un dominó de risa, pero no exenta de cierto nerviosismo, un anhelo, un temor reverencial. Muchos de los espectadores comprendieron estremecidos que, al margen de lo que dijeran, lo cierto era que querían presenciar una gran caída, ver a alguien arquearse hacia abajo desde aquella altura, desaparecer de la línea de visión, agitar las extremidades, estrellarse contra el suelo y proporcionar al miércoles una electricidad, un significado. Por una fracción de segundo necesitaban convertirse en una familia, mientras que los demás (los que querían que el hombre siguiera donde estaba, que aguantara, que llegara al borde pero no fuese más allá) se sentían ahora redimidos por la indignación que les causaba los que gritaban: querían que el hombre se salvara, que retrocediera a los brazos de los policías, en vez de avanzar hacia el cielo.

Ahora estaban animados.

Agitados.

Las líneas estaban trazadas.

¡Hazlo, gilipollas!

¡No lo hagas!

En la parte alta seguía la acción. Cada mínimo movimiento del hombre vestido de oscuro contaba. Se dobló, se inclinó hacia adelante, como si se examinara los zapatos, como una marca de lápiz que casi ha sido borrada por completo. Adoptó la postura de un saltador. Y entonces lo vieron. Los espectadores guardaron silencio. Incluso los que habían querido que el hombre saltara notaron la inmovilidad del aire. Retrocedieron profiriendo sonidos lastimeros.

Una persona se deslizaba por el aire.

Era hombre muerto. Lo había hecho. Algunos se santiguaron. Cerraron los ojos. Esperaron el ruido sordo del impacto contra el suelo. El cuerpo giró, permaneció un instante inmóvil y dio una voltereta, arrojado de un lado a otro por el viento.

Un grito surgió de entre los espectadores, una voz femenina: Oh, Dios mío, es una camisa, nada más que una camisa.

Caía, caía, caía, sí, una sudadera que revoloteaba. De pronto dejaron de mirarla, porque en las alturas, el hombre, que había estado agachado, se enderezó. Un nuevo silencio se instaló entre los policías allá arriba y los espectadores abajo. Una acometida de emoción onduló entre ellos, porque el hombre, al erguirse, tenía entre las manos una vara larga y delgada, y la movía, comprobando su peso, la hacía cabecear en el aire. Una vara larga y negra, tan flexible que los extremos oscilaban. Su mirada estaba fija en la torre de enfrente, todavía rodeada por un andamio, como un animal herido en espera de que le dieran alcance. Ahora todo el mundo comprendía la finalidad del cable a sus pies y ya no había posibilidad de que se marcharan de allí. No habría café matinal, ni cigarrillo en la sala de conferencias, ni despreocupado arrastre de los pies por la moqueta, la espera se había convertido en algo mágico. Miraban al hombre que alzaba un pie enfundado en una zapatilla oscura, como si estuviera a punto de entrar en un agua cálida y gris.

Abajo, los espectadores retuvieron el aliento. De repente tenían la sensación de compartir el aire. El hombre que estaba allá arriba era una palabra que conocían, aunque no la habían oído hasta entonces.

Siguió adelante.

LIBRO PRIMERO

CON TODOS MIS RESPETOS AL CIELO, ESTO ME GUSTA

La pericia musical de nuestra madre era una de las muchas cosas que a mi hermano Corrigan y a mí nos encantaban de ella. En Dublín, en la sala de estar de nuestra casa, tenía una pequeña radio sobre el Steinway, y los domingos por la tarde, tras explorar las emisoras que encontraba, Radio Éireann o la BBC, levantaba la tapa lacada del piano, extendía el vestido alrededor del taburete de madera y trataba de reproducir de memoria la música que acababa de escuchar: frases melódicas de jazz, baladas irlandesas y, si encontrábamos la emisora apropiada, las antiguas tonadas de Hoagy Carmichael. Nuestra madre tocaba con un talento natural, a pesar de las dificultades de movilidad de una mano que se le había roto muchas veces. Nunca supimos el motivo de la fractura; era algo de lo que no se hablaba. Cuando terminaba de tocar, se acariciaba ligeramente la muñeca. Yo pensaba que las notas todavía vibraban entre sus huesos, como si pudieran brincar de uno a otro por encima de la fractura. Al cabo de todos estos años, aún puedo sentarme en el museo de aquellas tardes y recordar la luz que se derramaba sobre la alfombra. En ocasiones nuestra madre nos rodeaba a los dos con sus brazos y entonces guiaba nuestras manos para que aporreásemos las teclas.

Supongo que ya no está de moda tener una buena opinión de tu madre como la teníamos nosotros entonces, a mediados de la década de 1950, cuando el ruido al otro lado de la ventana lo causaban sobre todo el viento y el rumor del mar.

Uno busca el punto flaco, la pata más corta en el taburete del piano, la tristeza que nos distanciaría de ella, pero la verdad es que cada uno de nosotros se sentía a gusto con los otros dos, y nunca de un modo tan evidente como aquellos domingos en que la grisácea lluvia caía sobre Dublín y las ráfagas de viento azotaban el vidrio de la ventana.

Nuestra casa de Sandymount daba a la bahía. Teníamos un sendero de acceso corto y lleno de hierbajos, un poco de césped y una valla de hierro negra. Bastaba cruzar la carretera para llegar al curvo espigón, desde donde se tenía una buena panorámica de la bahía. Al final de la carretera había un grupo de palmeras. Eran más pequeñas y achaparradas que las de cualquier otro lugar, pero resultaban exóticas, parecía que las hubieran invitado a trasladarse allí y contemplar la lluvia de Dublín. Corrigan se sentaba en el muro, lo golpeaba con los talones y contemplaba el agua más allá de la playa. Ya entonces debería haberme dado cuenta de que llevaba el mar en las venas y que algún día respondería a su llamada. Subía la marea y el agua crecía a sus pies. Por la noche recorría la carretera y pasaba frente a la torre Martello hasta llegar a los baños públicos abandonados, donde se balanceaba en lo alto del espigón, siempre con los brazos bien abiertos.

Las mañanas de los fines de semana paseábamos con nuestra madre con el agua hasta los tobillos. Mirábamos hacia atrás para ver la hilera de casas, la torre y las delgadas columnas de humo que salían de las chimeneas. Dos enormes chimeneas de central eléctrica rojas y blancas, pertenecientes a la refinería de petróleo, rompían la línea del horizonte al este, pero el resto era una suave curva con gaviotas en el aire, los buques correo procedentes de Dun Laoghaire y las nubes que se deslizaban en el horizonte. Con la marea baja, la franja de arena era ondulada y a veces se podía caminar hasta cuatrocientos metros entre los charcos aislados y los viejos desechos, como los alargados cascos de maquinilla de afeitar o los armazones de camas metálicas.

La bahía de Dublín parecía un ser que palpitaba lentamente, como la ciudad a la que su forma de herradura envolvía. En ocasiones una tormenta hacía que el agua azotara el muro. Una vez el mar había llegado hasta allí, se detenía. La sal revestía las ventanas de nuestra casa. La aldaba de nuestra puerta era roja de tan oxidada.

Cuando hacía mal tiempo, Corrigan y yo nos sentábamos en la escalera. Nuestro padre, que era médico, nos había dejado años atrás. Una vez a la semana nos llegaba un cheque; lo encontrábamos en el buzón, dentro de un sobre con matasellos de Londres. Nunca una nota, tan sólo un cheque de un banco de Oxford. Cuando lo dejabas caer giraba en el aire. Siempre corríamos a llevárselo a nuestra madre. Ella lo colocaba bajo un florero, en el alféizar de la ventana, y al día siguiente había desaparecido. Jamás hacíamos ningún comentario.

El único otro signo de nuestro padre era un armario ropero que contenía sus viejos trajes y pantalones. Estaba en el dormitorio de nuestra madre. Corrigan abría el armario. Nos sentábamos en la oscuridad, apoyando la espalda en los ásperos paneles de madera, y deslizábamos los pies en los zapatos de nuestro padre. Dejábamos que sus mangas nos tocaran las orejas y notábamos la frialdad de los botones de sus puños. Una tarde, nuestra madre nos descubrió vestidos con sus trajes grises, las mangas enrolladas y los pantalones sujetos con elásticos. Cuando ella llegó, íbamos de un lado a otro calzados con los enormes zapatos. Nos vio y se quedó inmóvil en el umbral. La habitación estaba tan silenciosa que se oía el sonido del radiador.

—Bueno, venid aquí —nos dijo, mientras se arrodillaba en el suelo ante nosotros. En su cara apareció una sonrisa que parecía una mueca de dolor. Nos besó en la mejilla y nos dio unas palmadas en el trasero—. Ahora id a correr.

Lentamente nos despojamos de las ropas de nuestro padre y las dejamos amontonadas en el suelo.

Más tarde, aquella noche, oímos el tintineo de las perchas mientras ella colgaba de nuevo los trajes en el armario.

En el transcurso de los años hubo las habituales pataletas, las narices hemorrágicas y las cabezas rotas por balancines en forma de caballo. Además, nuestra madre tuvo que enfrentarse a los susurros de los vecinos y, a veces, incluso a las atenciones de los viudos de la vecindad, pero, en general, ante nosotros se extendían unas cómodas perspectivas, serenas, abiertas, un espacio gris y arenoso.

Corrigan y yo compartíamos un dormitorio que daba al mar. Sucedió con discreción, sigo sin recordar cómo: él, dos años menor que yo, tomó posesión de la litera superior. Dormía boca abajo, viendo la oscuridad a través de la ventana. De noche, decía sus oraciones (a las que él llamaba «versos para dormir») con un ritmo rápido y cortante. Eran sus propios encantamientos, casi del todo indescifrables para mí, con extraños accesos de risa socarrona y largos suspiros. Cuanto más próximo estaba a dormirse, más rítmicas se hacían las plegarias, una especie de jazz, aunque a veces, en medio de todo aquello, le oía maldecir y sus rezos perdían de inmediato su carácter sagrado. Yo conocía la retahíla católica (el padrenuestro, el avemaría), pero eso era todo. Era un niño inexperto, sosegado, y Dios ya era un incordio para mí. Le daba a Corrigan un ligero puntapié en el trasero y él se callaba un rato, pero volvía a empezar. A veces, me despertaba por la mañana y mi hermano estaba a mi lado, rodeándome con un brazo y respirando al ritmo de sus oraciones.

Me volvía hacia él.

—Por Dios, Corr, cállate.

Mi hermano tenía la piel clara, el cabello oscuro y los ojos azules. Era la clase de niño al que todo el mundo le sonríe. Bastaba con que te mirase para que sintieras vibrar tu fibra sensible. Encantaba a la gente. En la calle, las mujeres le revolvían el pelo. Los obreros le daban suaves golpecitos en el hombro. Él no tenía idea de que su presencia sustentaba a la gente, los hacía felices, despertaba en ellos unos anhelos inverosímiles. Él se limitaba a seguir su camino, indiferente.

Cuando yo tenía once años, una noche me despertó una fría ráfaga de viento. Me acerqué a la ventana dando traspiés, pero estaba cerrada. Encendí la luz y la habitación se volvió amarilla al instante. Alguien estaba agachado en medio de la estancia.

—¿Corr?

De su cuerpo se desprendía aún la frialdad de la noche. Tenía las mejillas enrojecidas y el pelo un poco húmedo. Olía a tabaco. Se llevó un dedo a los labios para que me callara y subió por la escalera de madera.

—Duérmete —me susurró desde la litera superior. El olor a tabaco persistía en el aire.

Por la mañana saltó al suelo, con el grueso anorak encima del pijama. Estaba temblando cuando abrió la ventana y golpeó los zapatos contra el alféizar para que la arena se desprendiese y cayera al jardín.

—¿Adónde has ido?

—Sólo he caminado por la orilla —respondió.

—¿Fumabas?

Él desvió la vista y se restregó los brazos para entrar en calor.

—No.

—No debes fumar, ¿sabes?

—No he fumado —insistió.

Más tarde nos colgamos las carteras a la espalda y nuestra madre nos llevó a la escuela. En las calles soplaba una gélida brisa. Al llegar a la entrada del edificio, ella hincó una rodilla en el suelo, nos rodeó con los brazos, nos puso bien las bufandas y nos besó primero a uno y después al otro. Cuando se levantó para marcharse, algo atrajo su mirada al otro lado de la carretera, junto a la verja de la iglesia, una forma oscura envuelta en una gran manta roja. El hombre saludó, levantando una mano, y Corrigan le devolvió el saludo.

En los alrededores de Ringsend había muchos borrachos viejos, pero la visión de aquel hombre pareció afectar a mi madre, y por un momento me pareció que podría haber algún secreto entre ellos.

—¿Quién es, mamá? —le pregunté.

—Vamos, corred —respondió—. Ya hablaremos después de la escuela.

Mi hermano caminaba a mi lado, silencioso.

—¿Quién es, Corrie? —Le di un coscorrón—. ¿Quién es?

Él se alejó hacia su clase.

Permanecí todo el día sentado ante mi pupitre de madera, royendo el lápiz, pensando... visiones de un tío olvidado, o de nuestro padre, que de alguna manera había vuelto, pero fracasado. En aquel entonces nada estaba fuera de la esfera de lo posible. El reloj pendía al fondo del aula, junto a él, sobre la pila, había un viejo y manchado espejo y, si buscaba el ángulo adecuado, podía ver las manecillas que iban hacia atrás. Cuando sonó el timbre, me apresuré a salir, pero Corrigan tomó la carretera larga, caminando despacio entre las fincas, pasando ante las palmeras y recorriendo el espigón.

Sobre la litera de Corrigan había un paquete blando, envuelto en papel marrón. Se lo di. Mi hermano se encogió de hombros, deslizó un dedo por el cordel y, vacilando, tiró de él. Dentro había otra manta, una Foxford de un azul suave. La desdobló, la dejó caer a lo largo, miró a nuestra madre y asintió.

Ella se tocó la cara con el dorso de los dedos y le dijo:

—Nunca más, ¿entiendes?

Eso fue todo lo que mencionó, hasta que dos años después él también regaló aquella manta, a otro borracho sin techo, en otra noche helada, junto al canal, durante uno de sus paseos en plena noche, cuando bajaba las escaleras de puntillas y salía a la oscuridad. Para Corrigan era una simple ecuación: otros necesitaban las mantas más que él, y estaba dispuesto a aceptar el castigo si era necesario. Ésa fue la primera pista que tuve de aquello en lo que mi hermano se convertiría y que más tarde vería entre los desheredados de Nueva York (las putas, los chaperos, los desahuciados). Todos cuantos se aferraban a él como si fuese un aleluya brillante en el cajón de mierda que en realidad era el mundo.

Corrigan empezó a beber muy joven, a los doce o trece años. Lo hacía una vez a la semana, los viernes por la tarde al salir de la escuela. Corría desde las puertas de Blackrock hacia la parada del autobús. Se quitaba la corbata del uniforme y doblaba la chaqueta como un bulto, mientras yo me quedaba en los campos de la escuela jugando al rugby. A veces, le veía subir de un salto al 45 o el 7A, su silueta se movía, como si tirasen de ella, hacia los asientos del fondo.

A Corrigan le gustaban los lugares donde había poca luz. La zona portuaria. Los albergues para vagabundos. Los rincones donde los adoquines estaban rotos. A menudo se sentaba con los borrachos en Frenchman's Lane y Spencer Row. Llevaba una botella consigo y la pasaba a los demás. Si se la devolvían, bebía con un gesto ceremonioso, pasándose por la boca el dorso de la mano, como si fuese un borracho experimentado. Cualquiera podía ver que no era un borracho auténtico, pues no buscaba el trago y sólo bebía de la botella cuando se la ponían en la mano. Imagino que tenía la sensación de que encajaba. Los borrachos más empedernidos se reían de él, pero no le importaba. Le estaban utilizando, por supuesto. No era más que otro mocoso probándose los zapatos del pobre, pero tenía algunas monedas en el bolsillo y siempre estaba dispuesto a dárselas. Ellos le enviaban a la licorería en busca de botellas, a la tienda de la esquina, donde vendían cigarrillos sueltos.

Ciertos días regresaba a casa sin calcetines. En otras ocasiones volvía sin camisa y subía corriendo la escalera antes de que nuestra madre lo sorprendiera. Se cepillaba los dientes, se lavaba la cara y bajaba, totalmente vestido, con los ojos un poco soñadores pero no tan bebido como para que lo descubrieran.

—¿Dónde estabas?

—Haciendo el trabajo de Dios.

—¿Y el trabajo de Dios consiste en no cuidar de tu madre?

—Ella le ponía bien el cuello de la camisa mientras él se sentaba a la mesa para cenar.

Cuando llevaba un tiempo con los vagabundos, empezó a encajar, se adaptó al medio, se mezcló con ellos. Los acompañaba a los albergues de vagabundos de la calle Rutland y se sentaba repantigado contra la pared. Escuchaba sus relatos, unas historias largas y llenas de divagaciones que parecían arraigadas en una Irlanda completamente distinta. Para Corrigan era un aprendizaje: se introducía en su pobreza como si quisiera poseerla. Bebía. Fumaba. Jamás mencionaba a nuestro padre, ni a mí, ni a nadie. Pero yo me percataba de que allí estaba nuestro padre desaparecido. Corrigan lo ahogaba en jerez, o lo escupía lejos como una hebra de tabaco barato que se le hubiera adherido a la lengua.

La semana que cumplió catorce años, mi madre me envió a buscarle. Corrigan había estado ausente todo el día y mi madre le había horneado una tarta. Una llovizna nocturna caía sobre Dublín. Pasó un carro tirado por un caballo con la luz de su dínamo encendida. Lo observé mientras se alejaba calle abajo. Escuché el golpeteo de los cascos y me fijé en como se desvanecía la luz. En esas ocasiones detestaba la ciudad, pues ésta no tenía ningún deseo de abandonar su manto gris. Pasé ante las pensiones, los anticuarios, los cereros y los proveedores de medallas litúrgicas. El albergue para vagabundos se distinguía por su puerta. Era una verja negra con los barrotes afilados. Fui a la parte trasera, donde estaban los cubos de basura. La lluvia goteaba desde una cañería rota. Pasé por encima de un montón de cajas de madera y cartón llamándole a gritos. Cuando le encontré, estaba tan bebido que no podía tenerse en pie. Le cogí del brazo.

—Hola —me dijo sonriente.

Cayó contra la pared y se hizo un corte en una mano. Se quedó inmóvil, mirándose la palma. La sangre le corría por la muñeca. Uno de los borrachos más jóvenes, un gamberro con camiseta roja, le escupió. Ésa fue la única vez que vi a Corrigan tratar de darle un puñetazo a alguien. Falló, pero la sangre de su mano salió volando, y en ese mismo instante supe que nunca olvidaría aquel momento: Corrigan golpeando el aire y las gotas de su sangre rociando la pared.

—Soy pacifista —farfulló.

Le acompañé a lo largo del río Liffey, más allá de los barcos carboneros, hasta Ringsend, donde le lavé con agua de la vieja bomba accionada a mano de Irishtown Road. Él me tomó la cara en sus manos. «Gracias, gracias.» Se echó a llorar cuando llegamos a la carretera de la playa que conducía a nuestra casa. Una profunda oscuridad se cernía sobre el mar. De las palmeras junto a la carretera se desprendían gotas de lluvia. Le ayudé a subir desde la arena. «Soy débil», me dijo. Se pasó la manga por los ojos, encendió un cigarrillo y le entró un acceso de tos que se convirtió en un vómito.

Al llegar a casa, en la entrada, vio luz en el dormitorio de nuestra madre.

—¿Está despierta?

Avanzó despacio por el sendero de acceso, pero una vez dentro de la casa subió a toda prisa la escalera y se arrojó en sus brazos. Ella notó el olor a bebida y tabaco, pero no dijo nada. Le preparó el baño y se sentó al otro lado de la puerta. Silenciosa, al principio, empezó a estirar los pies en el rellano, y entonces apoyó la cabeza en la jamba de la puerta y exhaló un suspiro: era como si también ella estuviese en una bañera, tendiendo los brazos hacia días que aún no formaban parte del recuerdo.

Él se vistió y salió al rellano, y ella le restregó con la toalla el pelo seco.

—No volverás a beber, ¿verdad, cariño?

Él hizo un gesto negativo con la cabeza.

—Los viernes toque de queda. A las cinco en casa. ¿Me oyes?

—Es bastante justo.

—Prométemelo.

—Que me muera si no te obedezco.

Tenía los ojos inyectados en sangre.

Ella le besó en el pelo y lo atrajo hacia sí.

—Abajo hay una tarta para ti, cariño.

Corrigan suspendió sus excursiones de los viernes durante dos semanas, pero pronto empezó a reunirse de nuevo con los borrachos. Era un ritual que no podía abandonar. Los vagabundos le necesitaban, o por lo menos le querían, pues para ellos era un ángel loco e increíble. Aún bebía con ellos, pero sólo en días especiales. En general, estaba sobrio. Tenía la idea de que los hombres buscaban realmente alguna clase de Edén, y que cuando bebían regresaban a él, pero al llegar allí eran incapaces de quedarse. No intentaba convencerlos de que dejaran de hacerlo. Ése no era su estilo.

Me habría sido fácil sentir desagrado por Corrigan, mi hermano pequeño que entusiasmaba a la gente, pero había algo en él que me lo impedía. Su tema era la felicidad, lo que es y lo que podría no haber sido, dónde podría encontrarla y dónde podría haber desaparecido.

Cuando murió nuestra madre, yo tenía diecinueve años y Corrigan diecisiete. Fue una lucha breve y rápida contra un cáncer renal. Lo último que nos dijo fue que no nos olvidáramos de correr las cortinas para que la luz no decolorase la alfombra de la sala de estar.

El primer día de verano la llevaron al hospital Saint Vincent. La ambulancia dejó huellas húmedas a lo largo de la ca-

34

rretera paralela al mar. Corrigan pedaleaba con todas sus fuerzas detrás de ella. La pusieron en una larga sala repleta de pacientes. Le conseguimos una habitación privada y la llenamos de flores. Nos turnábamos para sentarnos a su lado y le peinábamos el cabello largo y quebradizo al tacto. Manojos de pelos se quedaban enganchados en el peine. Por primera vez en su vida tenía mal aspecto, su cuerpo la traicionaba. El cenicero, al lado de la cama, estaba lleno de pelos. Me aferraba a la idea de que si conservábamos sus largas hebras grises podríamos volver a la situación anterior. Eso era todo lo que podíamos hacer. Duró tres meses. Murió un día de septiembre, cuando la luz del sol lo inundaba todo.

Nos sentamos en la habitación a esperar que los enfermeros se llevaran su cadáver. Corrigan estaba en medio de una oración cuando una sombra apareció en el quicio de la puerta.

—Hola, chicos.

Nuestro padre expresaba su dolor con un marcado acento inglés. Una estrecha franja de luz incidía en él. Estaba pálido y encorvado. Tenía cuatro pelos, pero sus ojos eran de un azul diáfano. Se quitó el sombrero y se lo puso en el pecho.

—Lo siento, muchachos.

Fui a estrecharle la mano. Me sorprendí al ver que era más alto que él. Me puso la mano en el hombro y lo apretó.

Corrigan permanecía silencioso en el rincón.

—Dame la mano, hijo —le pidió nuestro padre.

—¿Cómo has sabido que estaba enferma?

—Anda, vamos, estréchame la mano como un hombre.

—Dime cómo te has enterado.

—¿Vas a estrecharme la mano o no?

—¿Quién te lo ha dicho?

Él se balanceaba sobre los talones.

—¿Es ésta la manera correcta de tratar a tu padre?

Corrigan le dio la espalda, depositó un beso sobre la fría frente de nuestra madre y se marchó sin decir una sola palabra.

La puerta se cerró con un chasquido. Una jaula de sombras cruzó la cama. Me acerqué a la ventana y le vi separar su bicicleta de la tubería a la que había estado encadenada. Pedaleó entre los parterres de flores y su camisa aleteó al mezclarse con el tráfico de Merrion Road.

Mi padre acercó una silla y se sentó al lado del cadáver; le tocó el brazo a través de las sábanas.

—Cuando no cobró los cheques —me dijo.

—¿Perdona?

—Fue entonces cuando supe que estaba enferma —me explicó—. Cuando no cobró los cheques.

Noté un escalofrío en el pecho.

—No te digo más que la verdad —dijo él—. Si no puedes soportar la verdad, no la pidas.

Aquella noche nuestro padre pernoctó en casa. Llevaba una maleta pequeña que contenía un traje negro y unos zapatos bien lustrados. Corrigan le detuvo cuando subía la escalera.

—¿Adónde crees que vas?

Nuestro padre asió la barandilla. Tenía manchas de vejez en las manos y, mientras estaba allí parado, vi que temblaba.

—Ésa no es tu habitación —le dijo Corrigan. Nuestro padre se tambaleó en la escalera. Subió otro escalón—. No lo hagas —insistió mi hermano. Su voz era clara, rotunda, confiada. Nuestro padre se detuvo, aturdido. Subió un escalón más y entonces se dio la vuelta, bajó la escalera y miró a su alrededor, sin saber qué hacer.

—Mis propios hijos —musitó.

Le improvisamos una cama en un sofá de la sala de estar, pero incluso entonces Corrigan se negó a estar bajo el mismo techo: se encaminó al centro de la ciudad, y me pregunté en qué callejón se le podría encontrar aquella noche, con qué puño podría tropezarse, de la botella de quién estaría bebiendo.

La mañana del funeral oí gritar a nuestro padre el nombre de pila de Corrigan. «John. John Andrew.» Hubo un portazo, le siguió otro, y entonces se hizo un largo silencio. Permanecí tendido con la cabeza en la almohada, dejando que la quietud me rodeara. Oí pasos en la escalera. El crujido del escalón superior. Los ruidos eran de lo más misterioso. Corrigan buscaba algo ruidosamente en los armarios de la planta baja, y entonces salió, dando un portazo.

Me acerqué a la ventana y vi una hilera de hombres bien vestidos en la playa, delante de nuestra casa. Llevaban los trajes viejos, los sombreros y las bufandas de nuestro padre. Uno se había puesto un pañuelo rojo doblado en el bolsillo de la pechera del traje negro. Otro llevaba un par de lustrosos zapatos en la mano. Corrigan se movía entre ellos, un poco ladeado, la mano metida en el bolsillo del pantalón donde tenía una botella. Iba sin camisa, despeinado, parecía un loco. Tenía los brazos y el cuello bronceados, pero el resto de su cuerpo estaba pálido. Sonrió y saludó, agitando la mano, a nuestro padre, que estaba en la puerta principal, descalzo, aturdido, contemplando una docena de copias de sí mismo que caminaban por la arena de la que se había retirado la marea.

Un par de mujeres, a las que reconocí por ser asiduas en las colas de entrada a los albergues para vagabundos, paseaban por la arena sucia, llevando los viejos vestidos de verano de mi madre. Estaban contentas celebrando sus nuevas prendas.

Corrigan me dijo una vez que Cristo era muy fácil de entender. Iba adonde tenía que ir. Estaba donde le necesitaban. Llevaba poco o nada consigo, unas sandalias, un trozo de camisa, unos pocos objetos para mantener a raya la soledad. Jamás rechazaba el mundo. De haber hecho tal cosa, habría rechazado el misterio. Y si rechazara el misterio, rechazaría la fe.

Lo que Corrigan quería era un Dios plenamente creíble, como sólo se puede encontrar en la mugre de lo cotidiano. El consuelo que le daba la verdad desnuda (la suciedad, la guerra, la pobreza) era que la vida podía ser capaz de ofrecer pequeñas bellezas. No le interesaban los relatos gloriosos de la otra vida o las ideas de un cielo lleno de dulzura. Para él eso era un vestuario del infierno. Más bien se consolaba con el hecho de que, en el mundo real, cuando observaba atentamente la oscuridad, podía hallar la presencia de una luz, anémica, pero una lucecita de todos modos. Sencillamente, quería que el mundo fuese un lugar mejor y tenía la costumbre de esperar que así fuese. De ahí surgía cierta clase de triunfo que iba más allá de la prueba teológica, un motivo de optimismo contra toda evidencia.

—Algún día los dóciles podrían quererlo de veras —decía.

Tras la muerte de nuestra madre, vendimos la casa. Nuestro padre se quedó con la mitad del dinero. Corrigan donó su parte. Vivía de la caridad ajena y empezó a estudiar la obra de Francisco de Asís. Se pasaba horas caminando por la ciudad y leyendo. Él mismo se hizo unas sandalias con trozos de cuero y llevaba unos calcetines de llamativos colores. A mediados de los años sesenta se convirtió en un elemento característico de las calles de Dublín, con el pelo largo y greñudo, unos pantalones de carpintero y libros bajo el brazo. Caminaba dando pasos largos y desgarbados. Iba por ahí sin un centavo, sin chaqueta ni camisa. Cada mes de agosto, el día del aniversario de Hiroshima, se encadenaba a la verja del Parlamento, en la calle Kildare, y permanecía allí toda la noche, sin fotos, sin periodistas, sólo él y su caja de cartón en el suelo.

A los diecinueve años empezó a estudiar con los jesuitas en el colegio mayor Emo. Horas de estudio teológico. Paseos nocturnos bajo las estrellas, a lo largo del río Barrow, implorando en latín a su Dios. Las plegarias matinales, las plegarias a mediodía, las plegarias vespertinas, las completas. Las glorias, los salmos, las lecturas del Evangelio. Los jesuitas aportaron rigor a su fe. Le marcaron un objetivo. Sin embargo, las colinas de

Laois no podían retenerlo. No podía ser un sacerdote corriente, no era ésa la vida apropiada para él, carecía de las cualidades para ello, necesitaba más espacio para sus dudas. Dejó el noviciado y fue a Bruselas, donde se unió a un grupo de jóvenes monjes que hacían voto de castidad, pobreza y obediencia. Vivía en un pisito, en el centro de la ciudad. Se dejó el pelo largo. Siempre estaba enfrascado en los libros: San Agustín, el maestro Eckhart, Massignon, Charles de Foucauld. Era una vida de trabajo ordinario, amistad y solidaridad. Conducía un camión de transporte de fruta para una cooperativa local y organizó un sindicato para un pequeño grupo de trabajadores. Cuando trabajaba prescindía de la vestimenta religiosa, no llevaba alzacuello ni la Biblia, y prefería permanecer en silencio, incluso con los hermanos de su propia orden.

Pocas de las personas que se encontraban con él conocían sus vínculos religiosos, ni siquiera en aquellos lugares donde pasaba más tiempo, nadie solía estar al corriente de sus creencias. La gente le miraba con el afecto que se siente hacia otra era, cuando el tiempo parecía más lento, menos complicado. Ni siquiera las peores cosas de que los hombres eran capaces amortiguaban las creencias de Corrigan. Tal vez fuese ingenuo, pero no le importaba; decía que prefería morir mostrando con franqueza sus sentimientos que acabar siendo un cínico más.

Los únicos muebles que poseía eran un reclinatorio para rezar y una estantería de libros. Los volúmenes eran de poetas religiosos, en su mayoría radicales, y algunos teólogos de la liberación. Durante mucho tiempo había buscado un destino en algún lugar del Tercer Mundo, pero sus esfuerzos fueron en vano. Bruselas era demasiado vulgar y corriente para él. Quería sumirse en un ambiente mucho más áspero. Pasó una temporada en los barrios bajos de Nápoles, atendiendo a los pobres del Barrio Español, pero, a comienzos de los años setenta, lo enviaron a Nueva York. La idea le desagradaba y se resistió a ella, pensaba que Nueva York era demasiado amanerada, demasiado antiséptica, pero no tenía ninguna influencia sobre las autoridades de su orden y debía ir adonde lo enviasen.

Subió al avión con una maleta llena de libros, su reclinatorio y una Biblia.

Yo había abandonado los estudios universitarios y, cuando me aproximaba a la treintena, había pasado aquel periodo, el del final de la era hippie, en un sótano de Raglan Road. Como sucede con casi todo lo irlandés, vivía la moda con un par de años de retraso. Cumplí los treinta y encontré un empleo sedentario, pero seguía deseando la antigua vida temeraria.

La verdad es que nunca había seguido los acontecimientos del norte. En ocasiones me parecía un país totalmente extranjero, pero en la primavera de 1974 la violencia se extendió al sur.

Un viernes por la noche fui al mercado Dandelion a comprar un poco de marihuana, que fumaba en ocasiones. Era uno de los pocos lugares donde Dublín vibraba: abalorios africanos, lámparas de lava, incienso. En un puesto de discos de segunda mano compré media onza de hachís marroquí. Caminaba por la calle Leinster Sur cuando, al llegar a la calle Kildare, el aire se estremeció. Todo se volvió amarillo durante un momento, un destello perfecto, y a continuación blanco. Salí despedido y choqué contra una valla. Me desperté y vi que estaba rodeado de pánico. Esquirlas de vidrio. Un tubo de escape. El volante de un coche rodando por la calle. Una rueda cayó exhausta. Se hizo un extraño silencio hasta que sonaron las sirenas, como si ya hubiera empezado el duelo. Pasó una mujer con el vestido desgarrado desde el cuello hasta el dobladillo, como si la hubieran diseñado para que mostrara la herida del pecho. Un hombre se agachó para ayudarme a levantar. Corrimos juntos unos pocos metros y entonces nos separamos. Tambaleante, di la vuelta a la esquina, hacia la calle Molesworth, cuando un policía me detuvo y señaló unas manchas de sangre en mi camisa.

Me desmayé. Cuando desperté en el hospital, me dijeron que había perdido un trozo del lóbulo de la oreja derecha al chocar contra el barrote de una verja. Una flor de lis. Qué sutil ironía. El extremo de mi oreja izquierda se había quedado en la calle. Todo lo demás estaba intacto, incluso el sentido del oído.

En el hospital, la policía me registró los bolsillos en busca de algún documento de identificación. Me detuvieron por posesión de droga y me llevaron al juzgado, donde el juez se apiadó de mí y dictaminó que el registro había sido improcedente, me sermoneó y me dejó en libertad. Fui directamente a una agencia de viajes de la calle Dawson y compré el pasaje.

Hice mi entrada en el aeropuerto John F. Kennedy con un chaquetón afgano, un collar largo y un ejemplar desgarrado de *Aullido* en la mano. Los aduaneros se rieron por lo bajo. El cierre de tela de mi mochila se rompió cuando traté de volver a tensarlo.

Miré a mi alrededor en busca de Corrigan, pues en una postal me había prometido que vendría a recibirme. La temperatura era de 30,5° a la sombra. El calor me golpeó con la fuerza de un hacha. La zona de espera vibraba. Los familiares iban de un lado a otro, se empujaban para abrirse paso y ver la información de los vuelos. Los taxistas los tenían amenazados. Ni rastro de mi hermano. Le esperé más de una hora sentado sobre mi mochila. Finalmente, un policía me empujó con su porra e hizo que se me cayera el libro.

En medio del calor sofocante y del ruido subí a un autobús. Más tarde, en el metro, me puse debajo de un ventilador. Una mujer negra estaba sentada a mi lado. Se abanicaba con una revista. Tenía óvalos de sudor en los sobacos. Era la primera vez que veía de cerca una mujer negra. Su piel era tan oscura que parecía azul. Quería tocarla, presionarle el antebrazo con un dedo. Ella me miró a los ojos y se ciñó la blusa.

—¿Qué estás mirando?

—Irlanda —balbucí—. Soy irlandés.

Al cabo de un momento me miró de nuevo.

—No me digas —replicó. Se apeó en la calle 125, donde el tren se detuvo con un chirrido.

Era de noche cuando llegué al Bronx. Al salir de la estación, me asaltó de nuevo el calor del atardecer. Ladrillo gris y vallas comerciales. Un sonido rítmico surgía de un radiocasete. Un chico con una camisa sin mangas giraba sobre un trozo de cartón, su hombro era una especie de fulcro para todo su cuerpo. Un desvanecimiento de los contornos. La ausencia de límites. Con las manos en el suelo, sus pies trazaron un círculo largo y extenso. Descendió y de repente giró sobre la cabeza, entonces se arqueó hacia atrás y, como si se le hubiera roto el muelle, saltó en el aire, pureza en movimiento.

Frente a la estación había varios taxis esperando. Los conductores eran hombres blancos, mayores, con sombreros anchos. Metí mi mochila en el maletero de un gigantesco coche negro.

—Tienen hormigas debajo de los pantalones, amigo —me dijo el conductor, inclinándose por encima del asiento—. ¿Cree que ese chico llegará a alguna parte después de girar sobre su puñetera cabeza?

Le di un trocito de papel con la dirección de Corrigan. Él gruñó algo sobre la dirección asistida, dijo que nunca la tuvieron en Vietnam.

Al cabo de una hora nos detuvimos bruscamente en la curva. Habíamos trazado una serie de complicados círculos. «Doce pavos, amigo.» No tenía sentido discutir. Arrojé el dinero sobre el asiento, bajé y saqué la mochila. El taxista partió antes de que cerrara el maletero. Me apreté mi ejemplar de *Aullido* contra el pecho. «He visto a las mejores mentes de mi generación». La tapa del maletero osciló y se cerró con violencia cuando el conductor giró de repente junto a los semáforos. Desapareció.

A un lado había una hilera de edificios altos detrás de una valla metálica. En algunos lugares la valla estaba coronada por alambre de cuchilla. En el otro lado discurría la autopista, la franja luminosa de los coches zumbando por encima. Debajo, junto al paso inferior, una larga hilera de mujeres. Coches y camiones se detenían en las sombras. Las mujeres adoptaban poses. Llevaban pantalones muy cortos, sostenes de biquini y trajes de baño, una extraña playa urbana. La sombra torcida de un brazo alcanzaba la parte superior de la autopista. El tacón alto de un zapato se encaramaba a una valla de alambre espinoso. Una pierna se estiraba hasta alcanzar la longitud de la mitad de una manzana de casas.

Las aves nocturnas abandonaban sus refugios entre las vigas metálicas bajo la autopista y por un momento parecían decididas a permanecer en el cielo, pero entonces descendían y se ocultaban de nuevo.

Una mujer salió de debajo de las vigas. Llevaba un abrigo de piel por debajo de los hombros desnudos y botas hasta las rodillas que quedaron muy separadas una de otra cuando se detuvo. Pasó un coche y ella se abrió el abrigo. Debajo no llevaba nada en absoluto. El conductor tocó el claxon y pisó el acelerador. Ella gritó en la dirección del vehículo que se alejaba, y entonces vino hacia mí. Sostenía algo que parecía una sombrilla.

Examiné los balcones de los edificios altos en busca de alguna señal de Corrigan. Las farolas de la calle parpadeaban. Una bolsa de plástico daba tumbos. Del cable telegráfico, a unos metros por encima del suelo, pendían varios zapatos.

—Eh, guapo.

—Estoy sin blanca —dije sin volverme. La puta lanzó un espeso escupitajo a mis pies y alzó la sombrilla rosa por encima de su cabeza.

—Gilipollas —replicó, y se alejó de mí.

Permaneció en el lado iluminado de la calle y esperó bajo la sombrilla. Cada vez que pasaba un coche la bajaba y subía, convirtiéndose en un pequeño planeta de luz y oscuridad.

Fui con mi mochila hacia el complejo de viviendas subvencionadas intentando aparentar despreocupación. Al otro lado de la valla, entre los hierbajos, había agujas para inyectar heroína. Alguien había pintado con spray el letrero que había cerca del acceso a los pisos. Algunos ancianos estaban sentados a la entrada del vestíbulo. Se abanicaban intentando sofocar el calor. Parecían ruinas humanas, decrépitos, la clase de hombres que pronto se convertirían en sillas vacías. Uno de ellos tomó el trozo de papel que contenía la dirección de mi hermano, sacudió la cabeza y volvió a hundirse en su asiento.

A la carrera, pasó por mi lado un chico que emitía un sonido metálico, un tintineo de lata. Desapareció a través de una escalera oscura. Olía a pintura fresca.

Doblé la esquina y me encontré con otra esquina: todo eran esquinas.

El domicilio de Corrigan se encontraba en un bloque gris de pisos. Era el quinto de un total de veinte. Al lado del timbre de la puerta había una pequeña pegatina: PAZ Y JUSTICIA dentro de una corona de espinas. La puerta tenía cinco cerrojos. Ninguno de ellos funcionaba. Empujé la puerta y se abrió. Giró y golpeó contra la pared, de la que se desprendió un poco de yeso blanco. Alcé la voz para pronunciar el nombre de mi hermano. En la estancia no había más que un sofá desgarrado, una mesita baja, un sencillo crucifijo de madera sobre la estrecha cama también de madera. Su reclinatorio estaba contra la pared. Había libros diseminados por el suelo, abiertos, como si estuvieran hablando unos con otros: Thomas Merton, Rubem Alves, Dorothy Day.

Me acerqué al sofá, exhausto.

Más tarde me despertó la puta de la sombrilla, que había cruzado el umbral. Estaba en pie, enjugándose la frente, y entonces arrojó el bolso sobre el sofá, a mi lado. «Vaya, lo siento, cariño», me dijo. Volví la cara para que no pudiera reconocerme. Ella cruzó la habitación. Se quitó el abrigo de piel. Estaba desnuda, sólo llevaba las botas. Se detuvo un momento y se miró en un trozo de espejo roto que colgaba de la pared. Tenía los músculos de las pantorrillas suaves y curvados. Se tiró de la carne del trasero, suspiró, y entonces se estiró y restregó bien los pezones. «Carajo», musitó. El sonido de agua corriente me llegó desde el baño.

La puta salió con los labios recién pintados y un taconeo distinto. El intenso aroma de perfume llenaba el aire. Me lanzó un beso, agitó la sombrilla y se marchó.

Sucedió cinco o seis veces seguidas. El giro del pomo de la puerta. El chasquido de los tacones altos contra las tablas del suelo. Una puta distinta cada vez. Una de ellas incluso se inclinó y dejó que sus pechos largos y delgados pendieran sobre mi cara. «Universitario», dijo, como una oferta. Sacudí la cabeza y ella dijo de manera cortante: «Ya me lo parecía». En la puerta, antes de salir, se volvió y comentó: «Habrá abogados en el cielo antes de que vuelvas a ver algo tan bueno».

Se alejó por el pasillo, riendo.

En el baño había un pequeño cubo de basura metálico lleno de tampones y condones usados envueltos en pañuelos de papel.

Corrigan me despertó por la noche. Yo no tenía ni idea de la hora que era. Vestía la misma clase de camisa delgada que usaba desde hacía años: negra, sin cuello, de manga larga, con botones de madera. Estaba delgado, como si el puro volumen de los pobres le hubiera erosionado hasta hacerle recuperar la figura que tuvo en el pasado. El pelo le llegaba a los hombros y se había dejado crecer las patillas. Tenía un tono de gris en las sienes. También se le veían algunos arañazos superficiales en la cara y el ojo derecho amoratado. Parecía mayor de treinta y un años.

—En bonito mundo vives, Corrigan.

—¿Has traído té?

—¿Qué te ha pasado? Tienes cortes en la mejilla.

—Dime, ¿has traído por lo menos unas cuantas bolsas de té, hermano?

Abrí la mochila. Cinco cajas de su marca preferida. Me besó en la frente. Tenía los labios secos y su barba raspaba.

—¿Quién te ha pegado, Corr?

—No te preocupes por mí... Déjame que te vea.

Alzó la mano y me tocó la oreja derecha, donde había desaparecido la punta del lóbulo.

—¿Estás bien?

—Es un recuerdo, supongo. ¿Todavía eres pacifista?

—Todavía lo soy —respondió sonriente.

—Veo que tienes buenas amigas.

—Necesitan usar el baño. No tienen permiso para practicar su oficio. No estarían haciéndolo aquí, ¿verdad?

—Estaban desnudas, Corrigan.

—No, eso no es verdad.

—Te digo que sí, hombre, estaban desnudas.

—No les gusta la ropa engorrosa —replicó él con una risita. Me dio una palmada en el hombro y me empujó para que volviera a sentarme en el sofá—. En cualquier caso, debían de ir calzadas. Esto es Nueva York. Tienen que usar buenos zapatos de tacón alto.

Puso la tetera a hervir y preparó las tazas.

—Mi hermano mayor —dijo riendo, pero su risa se extinguió mientras aumentaba la intensidad del fuego—. Compréndelo, hombre, están desesperadas. Sólo quiero proporcionarles un pequeño espacio que puedan considerar como propio. Librarse del calor, lavarse un poco la cara. Me daba la espalda. Recordé que, años atrás, durante uno de nuestros paseos por la tarde se alejó demasiado y quedó rodeado por la marea... Corrigan, aislado en un banco de arena, enredado por los reflejos del sol en el agua, oyendo las voces de los que gritaban su nombre desde la orilla. La tetera silbó, ahora con un sonido más fuerte y agudo. Incluso visto desde atrás parecía como si le hubieran vapuleado. Pronuncié su nombre, una, dos veces. A la tercera vez reaccionó y se volvió hacia mí, sonriente. Casi lo mismo que cuando era niño... alzaba la vista, saludaba y seguía avanzando con el agua hasta la cintura.

—¿Vives aquí solo, Corr?

—Será por poco tiempo.

—¿No hay hermanos de la orden? ¿No hay nadie contigo?

—Estoy experimentando las sensaciones inmemoriales —respondió—. El hambre, la sed, estar fatigado al final de la jornada. He empezado a preguntarme si Dios está ahí cuando me despierto en plena noche.

Parecía dirigir sus palabras a un punto por encima de mi hombro. Tenía los ojos hundidos y con bolsas.

—Eso es lo que me gusta de Dios. Llegas a conocerlo gracias a su ausencia ocasional.

—¿Estás bien, Corr?

—Nunca he estado mejor.

—Entonces, ¿quién te ha pegado?

Él desvió la vista.

—He tenido un roce con uno de los chulos.

—¿Por qué?

—Porque sí.

—Vamos, dime por qué.

—Porque afirmó que les hago perder tiempo. Un tipo que se hace llamar Pajarera. Tiene sólo un ojo sano, vete a saber por qué. Vino aquí, llamó a la puerta, me trató de hermano por aquí, hermano por allá, muy simpático y cortés, hasta colgó el sombrero del pomo de la puerta. Se sentó en el sofá y se quedó mirando el crucifijo. Me dijo que apreciaba de veras la vida religiosa. Entonces sacó un trozo de cañería de plomo que había arrancado del lavabo. Imagínate. Había estado sentado aquí dejando que el baño se inundara. —Se encogió de hombros

47

y añadió—: Pero las chicas siguen viniendo aquí. La verdad es que no les animo a que vengan, pero, ¿qué van a hacer? ¿Mear en la calle? Es poca cosa, un simple gesto, un sitio que pueden utilizar, un meadero.

Preparó el té y un plato de galletas. Se acercó al reclinatorio, una sencilla estructura de madera que se ponía a la espalda para apoyarse mientras estaba arrodillado, y dio gracias a Dios por las galletas, el té y la llegada de su hermano.

Aún estaba arrodillado cuando se abrió bruscamente la puerta y entraron tres putas.

—Vaya, aquí dentro está nevando —bromeó la puta del parasol mientras se colocaba bajo el ventilador—. Hola, me llamo Tillie.

Rezumaba calor, tenía la frente cuajada de gotitas de sudor. Dejó la sombrilla sobre la mesa y me miró sonriente. Iba vestida para que se fijaran en ella desde lejos: llevaba unas enormes gafas de sol y un maquillaje de ojos brillante. Otra chica besó a Corrigan en la mejilla y empezó a acicalarse ante el fragmento de espejo. La más alta, con un minivestido de tisú blanco, se sentó a mi lado. Parecía medio mexicana y medio negra. Era de carnes prietas y ágil, podría haber sido modelo.

—Hola —me dijo, sonriente—. Soy Jazzlyn. Puedes llamarme Jazz.

Era muy joven, diecisiete o dieciocho años, y tenía un ojo verde y el otro castaño. Una línea de maquillaje le alargaba todavía más los pómulos. Tomó la taza que le ofrecía Corrigan, sopló para que se enfriara, bebió y dejó una mancha de rojo de labios en el borde.

—No sé por qué no pones hielo en esta mierda, Corrie —le dijo a mi hermano.

—No te gusta —replicó Corrigan.

—Si quieres ser americano, tienes que ponerle hielo —dijo ella.

La puta de la sombrilla se rió como si Jazzlyn hubiera dicho algo increíblemente rudo. Era como si existiera un código secreto entre ellos. Me aparté poco a poco, pero ella se inclinó y me quitó un poco de pelusa. Tenía un aliento agradable. Me volví de nuevo hacia Corrigan.

—¿Has hecho que lo detuvieran?

Mi hermano pareció confuso.

—¿A quién? —me preguntó.

—Al tío que te zurró.

—¿Detenerlo por qué?

—¿Lo dices en serio?

—¿Por qué debería denunciarlo a la policía?

—¿Ha vuelto a pegarte alguien, cariño? —preguntó la puta de la sombrilla. Se estaba mirando los dedos. Se mordió la uña larga del pulgar y examinó el recorte. Raspó el barniz de la uña con los dientes y extendió la mano hacia mí, con el recorte de uña entre los dedos. La miré fijamente. Ella sonrió, mostrando sus blancos dientes—. No puedo soportar que me peguen —comentó.

—Dios mío —musité de cara a la ventana.

—Ya es suficiente —dijo Corrigan.

—Siempre dejan marcas, ¿no es cierto? —observó Jazzlyn.

—Muy bien, Jazz, ya está bien, ¿de acuerdo?

—Cierta vez ese tipo, ese gilipollas, ese hijo de la gran puta elevado al cuadrado, me atizó con un listín telefónico. ¿Queréis saber algo del listín telefónico? Muchos nombres y ninguno de ellos deja huella.

Jazzlyn se levantó y se quitó la blusa holgada. Debajo llevaba un biquini amarillo neón.

—Me golpeó aquí y aquí.

—Vale, Jazz, tienes que irte ya.

—Apuesto a que podrías encontrar aquí mi nombre.

—¡Jazzlyn!

Ella se puso en pie y suspiró.

—Tu hermano es muy mono —me dijo, y se abrochó la

blusa—. Le queremos como al chocolate. Le queremos como a la nicotina. ¿No es cierto, Corrie? Te queremos como a la nicotina. Tillie se encaprichó de él. ¿Verdad, Tillie? Eh, Tillie, ¿me estás escuchando?

La puta de la sombrilla se apartó del espejo. Se tocó el borde del labio, donde el rojo de labios se había corrido.

—Demasiado vieja para ser una acróbata, demasiado joven para morir —dijo.

Jazzlyn manoseaba bajo la mesa un pequeño envoltorio de papel translúcido. Corrigan se inclinó hacia ella y le tocó la mano.

—Aquí no, ya sabes que aquí no puedes hacer eso.

Ella puso los ojos en blanco, suspiró y se guardó en el bolso una aguja hipodérmica.

La puerta giró sobre sus goznes. Todas ellas hicieron ademán de lanzarse besos, incluso Jazzlyn, que estaba de espaldas. Parecía un girasol marchito, un brazo curvándose hacia atrás mientras avanzaba.

—Pobre Jazz.

—Qué desastre.

—Bueno, por lo menos lo está intentando.

—¿Intentando? Es un desastre. Todas lo son.

—Qué va, son buena gente —dijo Corrigan—. Lo único que ocurre es que no saben lo que están haciendo. O lo que les están haciendo. Se trata de temor, ¿sabes? Están llenas de temor. Todos lo estamos.

Se tomó el té sin limpiar la mancha de carmín del borde.

—Los fragmentos de temor flotan en el aire —siguió diciendo—. Es como el polvo. Lo respiras, lo tocas, lo bebes, lo comes, pero es tan sutil que no lo notas. Sin embargo te cubre. Está por todas partes. Lo que quiero decir es que tenemos miedo. Quédate quieto un instante, y ahí está el miedo, cubriéndonos la cara y la lengua. Si lo pensásemos, nos desesperaríamos. No podemos detenernos. Tenemos que seguir adelante.

—¿Para qué?

—No lo sé... ése es mi problema.

—¿Qué es lo que pretendes con esto, Corr?

—Supongo que he de dar cuerpo a mis palabras, ¿sabes? Pero a veces ése es también mi dilema. Soy un hombre de Dios, pero apenas hablo de Él con nadie. Ni siquiera con las chicas. Me guardo esos pensamientos para mí. Para tener la mente en paz. La conciencia tranquila. Si empezara a expresarlos en voz alta, creo que me volvería loco. Pero Dios me escucha, casi siempre lo hace.

Apuró la taza de té y limpió el borde con el faldón de la camisa.

—Pero esas chicas... A veces creo que son más creyentes que yo. Por lo menos están abiertas a la fe de una ventanilla bajada.

Corrigan puso la taza del revés sobre su palma y la mantuvo en equilibrio.

—Te perdiste el funeral —le dije.

Una gota de té permanecía en su palma. Se llevó la mano a la boca y la lamió.

Nuestro padre había muerto hacía pocos meses. En medio de su clase universitaria, durante una lección sobre los quarks. Las partículas elementales. Insistió en finalizar la clase aunque notaba un dolor lacerante en el brazo izquierdo. *Tres quarks para el señor Mark.** Gracias, muchachos. Cuidado al volver a casa. Buenas noches. Adiós. No puede decirse que estuviera desolado, pero le había enviado a Corrigan decenas de mensajes, e incluso me puse en contacto con la policía del Bronx, pero me dijeron que ellos no podían hacer nada.

En el cementerio volví la cabeza una y otra vez, esperando verle aparecer por el estrecho sendero, tal vez vestido con uno de los viejos trajes de nuestro padre, pero no se presentó.

---

* De esta frase, *Three quarks for Muster* (sic) *Mark*, de *Finnegans Wake*, la novela de James Joyce, procede la denominación *quark* de las partículas elementales. (N. del T.)

—No había mucha gente —le dije—. Era un pequeño cementerio inglés. Había un hombre que cortaba el césped. Ni siquiera apagó el motor de su máquina durante el servicio.

Él siguió ladeando la taza de té en la mano, como si intentara verter las últimas gotas.

—¿Qué pasajes de las escrituras leyeron? —me preguntó por fin.

—Perdona, no lo recuerdo. ¿Por qué?

—No importa.

—¿Qué habrías leído tú, Corr?

—Pues no lo sé, de veras. Algo del Antiguo Testamento, tal vez. Algo fundamental.

—¿Cómo qué, Corr?

—No estoy seguro exactamente.

—Vamos, dímelo.

—¡No lo sé! —gritó—. ¿De acuerdo? ¡No tengo ni puta idea!

El exabrupto me sorprendió. Él se puso rojo de vergüenza. Bajó los ojos y restregó la taza con el faldón de la camisa. Produjo un sonido agudo y extraño, y supe que no hablaríamos más de nuestro padre. Había cerrado con rapidez y brusquedad aquel camino. Había trazado un límite y ordenado no cruzarlo. Me satisfacía pensar que tenía una imperfección, y que era tan profunda que no podía enfrentarse a ella. Corrigan amaba el dolor ajeno, pero no era capaz de enfrentarse al suyo. Me avergoncé de pensar de esa manera. El silencio de los hermanos.

Se colocó el reclinatorio detrás de las rodillas, como un cojín de madera, y empezó a musitar.

Cuando se levantó, me dijo:

—Siento haber soltado un taco.

—Sí, yo también.

Se acercó a la ventana y tiró distraídamente del cordón de la persiana, subiéndola y bajándola. En la calle, una mujer que estaba en el paso inferior gritaba. Él volvió a separar la persiana con dos dedos.

—Parece Jazz —dijo.

La luz anaranjada que entraba por la ventana lo pintó de rayas mientras cruzaba la habitación a toda prisa.

Horas y más horas de insensatez y evasión. Los complejos de viviendas subvencionadas eran víctimas de los robos y el viento. Las corrientes de aire formaban su propio clima. Bolsas de plástico atrapadas por las ráfagas de viento estival. En el patio se sentaban viejos jugadores de dominó que jugaban bajo la basura volante. El sonido de las bolsas de plástico era como el de las descargas de un fusil. Si contemplabas la basura durante un rato, podías predecir la forma del viento. En cierto modo era algo atractivo, como poco más a su alrededor: brillantes volutas que aleteaban y grandes figuras de vacío, hélices, espirales y tirabuzones. En ocasiones, un trozo de plástico se quedaba enganchado en una tubería o tocaba la parte superior de la valla metálica y retrocedía desgarbadamente, como si le hubieran hecho una advertencia. Las asas se unían y la bolsa caía al suelo. No había ramas en las que enredarse. Un muchacho de un piso vecino sacó por la ventana una caña de pescar sin sedal, pero no atrapó ninguna. A menudo las bolsas permanecían en un solo lugar, como si estuvieran contemplando la gris escena, y entonces descendían de repente, hacían una reverencia cortés y se alejaban.

Cuando estaba en Dublín me engañaba pensando que en mi interior había algunos poemas. Era como colgar ropa vieja para que se secara. En Dublín todo el mundo era poeta, tal vez incluso los terroristas que nos invitaron a su tarde de placer.

Llevaba una semana en la zona sur del Bronx. Ciertas noches había tal humedad que teníamos que cerrar la puerta empujándola con el hombro. Los chicos que vivían en el décimo piso lanzaron televisiones contra los vigilantes del complejo que patrullaban por la calle. Correo aéreo. La policía irrumpió porra en mano. Sonaron disparos desde la azotea. La radio emitió una canción cuya letra decía que la revolución se estaba concentrando en los guetos. Incendios en las calles. Era una ciudad con los dedos en la basura, una ciudad que se comía los restos de unos platos sucios. Tenía que irme de allí. Mi plan consistía en encontrar empleo, tener mi propia vivienda, tal vez trabajar en una obra teatral o conseguir un puesto en algún periódico. Había anuncios en las circulares que pedían camareros de barra y mesa, pero no quería pasar por aquello, entre gorras de plato e irlandeses en mangas de camisa. Encontré un empleo de vendedor por teléfono, pero necesitaba una línea telefónica dedicada a esa tarea en el piso de Corrigan, y era imposible conseguir que un técnico visitara el complejo de viviendas. Aquélla no era la América que yo había esperado.

Corrigan anotó una lista de cosas para que las visitara. El bar de Chumley en el Village, el puente de Brooklyn, Central Park de día. Pero tenía muy poco dinero para gastar. Me acercaba a la ventana y veía como se desarrollaba el argumento de los días. La basura me acusaba. El olor llegaba hasta la ventana del quinto piso.

El hecho de que Corrigan trabajara formaba parte de la ética de su orden religiosa. Se ganaba unos dólares conduciendo una furgoneta para los internos en el hogar de ancianos del barrio. El parachoques estaba atado con un alambre oxidado y las ventanillas cubiertas de pegatinas que pedían paz. Los faros estaban sueltos y colgaban de la rejilla. Pasaba gran parte del día fuera, atendiendo a los desvalidos. Lo que para otros sería una experiencia penosa, para él era una bendición. Los recogía al final de la mañana en el hogar de ancianos, situado en Cypress Avenue. En su mayoría eran irlandeses e italianos, y había un viejo judío apodado Albee, con traje gris y casquete en la cabeza. «Es la abreviatura de Albert», decía, «pero si me llamas Albert te doy una patada en el culo». Pasé algunas tardes con aquellos hombres y mujeres, casi todos de raza blanca, que podrían haber estado plegados igual que sus sillas de ruedas. Corrigan avanzaba a paso de tortuga para evitarles el traqueteo. «Conduces como un cagueta», le dijo Albee desde el asiento trasero. Corrigan apoyó la cabeza en el volante y se echó a reír, pero mantuvo el pie en el freno.

Los conductores que iban detrás de nosotros no paraban de pitar. Un jaleo infernal de cláxones creó una atmósfera agobiante.

—¡Muévete, hombre, muévete! —gritó Albee—. ¡Mueve la puñetera furgoneta!

Corrigan levantó el pie del freno y, lentamente, condujo el vehículo alrededor del parque infantil de Saint Mary, donde llevó a los ancianos a los lugares con sombra que pudo encontrar. «A tomar el aire fresco», dijo. Los hombres se quedaron sentados, firmes en su lugar como poemas de Larkin. Las mujeres parecían agitadas, hacían gestos de asentimiento bajo la brisa, mientras contemplaban el parque infantil. Los niños eran en su mayoría negros o hispanos, y se deslizaban por los toboganes o se balanceaban en la estructura de barras.

Albee avanzó en su silla de ruedas hasta la esquina, donde sacó unas hojas de papel. Se inclinó sobre ellas y, sin decir otra palabra, se puso a garabatear algo con un lápiz. Me agaché a su lado.

—¿Qué estás haciendo, amigo?

—No es asunto tuyo.

—Ajedrez, ¿verdad?

—¿Juegas?

—Pues claro que sí.

—¿Dominas?

—¿Domino?

—Anda, lárgate de aquí... tú también eres un cagueta.

Corrigan me guiñó un ojo desde el borde del parque infantil. Aquél era su mundo y estaba claro que lo amaba.

Les habían preparado la comida en el hogar de ancianos,

pero Corrigan cruzó la calle para comprar en el colmado patatas fritas, tabaco y una cerveza fría para Albee. Un toldo amarillo. Un dispensador de chicles estaba fijado a los postigos con triple cadena. En la esquina había un cubo de basura volcado. A comienzos de la primavera había habido una huelga de basureros y aún no estaba todo limpio. Las ratas corrían por los arroyos de la calle. Jóvenes de expresión malévola, con camisetas sin mangas, permanecían en los umbrales. Al parecer, conocían a Corrigan, y éste, antes de entrar en la tienda, les dio efusivos apretones de manos. Pasó un buen rato dentro del local y salió con bolsas de papel marrón. Uno de los matones le dio una palmada en la espalda, le asió la mano y lo atrajo hacia sí.

—¿Cómo haces eso? —le pregunté—. ¿Cómo te las arreglas para que te hablen?

—¿Por qué no habrían de hacerlo?

—Es que... no sé, parecen agresivos.

—Para ellos no soy más que un tipo convencional.

—¿No estás preocupado? Ya sabes, una pistola o una navaja.

—¿Por qué tendría que estar preocupado?

Juntos hicimos subir a los ancianos a la furgoneta. Él aceleró y nos pusimos en marcha hacia la iglesia. Se había efectuado una votación entre los ancianos, la iglesia en contraposición a la sinagoga. Los muros estaban cubiertos de grafitos, blancos, amarillos, rojos, plateados. TAGS 173. GRACO 76. Habían roto los vitrales arrojándoles piedras pequeñas. Incluso en la cruz del remate había grafitos.

—El templo vivo —dijo Corrigan.

El anciano judío se negó a bajar del vehículo. Permanecía sentado, la cabeza gacha, sin decir nada, examinando las notas de su cuaderno. Corrigan abrió la puerta trasera y le deslizó otra cerveza por encima del asiento.

—Nuestro Albee está bien —comentó Corrigan, mientras se

alejaba del vehículo—. Se pasa el día entero estudiando esos problemas de ajedrez. Fue un gran maestro o algo por el estilo. Vino de Hungría y fue a parar al Bronx. Envía sus partidas por correo a algún sitio. Juega unas veinte partidas a la vez. Puede jugar con los ojos vendados. Es lo único que le mantiene vivo. Ayudó a los demás a bajar de la furgoneta y empujó las sillas de ruedas, una tras otra, hacia la entrada.

—Vamos a sacar a pasear la tabla.

Varios de los escalones de acceso a la iglesia estaban rotos, pero Corrigan había guardado un par de tablas largas de madera en un costado, cerca de la sacristía. Colocó las tablas paralelas y subió las sillas de ruedas por el plano inclinado que formaban. El peso de las sillas levantó las tablas en el aire y, por un momento, pareció como si los ancianos fuesen a despegar hacia el cielo. Corrigan los empujaba y las tablas descendían y golpeaban la piedra. Tenía el aspecto de un hombre en paz. Un brillo en los ojos. Se percibía en él al muchacho del pasado, el niño de nueve años de Sandymount.

Dejó a los ancianos esperando junto a la pila de agua bendita hasta que todos estuvieron alineados, preparados para avanzar.

—Éste es mi momento preferido del día —me dijo. Los paseó por la fresca oscuridad de la iglesia hasta los lugares que deseaban, unos en los bancos del fondo, otros a los lados.

A una anciana irlandesa la llevó ante el altar, donde ella se dedicó a pasar una y otra vez las cuentas de su rosario. Tenía una cabellera blanca, los ojos inyectados en sangre y la mirada mística.

—Te presento a Sheila —me dijo Corrigan.

La mujer apenas era capaz de hablar, apenas podía emitir un sonido. Había sido cantante de cabaret y perdido casi toda la voz a causa de un cáncer de garganta. Era natural de Galway, pero emigró poco después de la Primera Guerra Mundial. Era la preferida de Corrigan, que permanecía cerca de ella y decía las plegarias rituales a su lado: una década de rosario. Estoy seguro de que ella no tenía ni idea de los vínculos religiosos de mi hermano, pero en aquella iglesia la mujer evidenciaba una energía que le faltaba en cualquier otra parte. Era como si ella y Corrigan estuvieran rezando juntos para que cayera un buen chaparrón.

Cuando salimos a la calle de nuevo, Albee estaba dormitando en la furgoneta, con un poco de baba en la barbilla.

—Maldita sea —masculló cuando el motor se puso en marcha—. Vaya par de caguetas vosotros dos.

Al atardecer, Corrigan detuvo el vehículo junto al hogar de ancianos y luego me dejó ante el bloque de viviendas. Dijo que tenía otro trabajo que hacer, debía ver a alguien.

—Estoy trabajando en un pequeño proyecto —me dijo por encima del hombro—. No es nada que deba preocuparte. Nos veremos luego.

Subió a la furgoneta y tocó algo que estaba en la guantera antes de partir.

—No me esperes levantado —me dijo alzando la voz. Le vi alejarse. Se despidió agitando la mano por fuera de la ventanilla. Estaba seguro de que me ocultaba algo.

La oscuridad era total cuando por fin vi que regresaba, caminando entre las putas a lo largo de la calle Major Deegan. Les repartía café helado de una enorme lata plateada que guardaba en la parte trasera de la furgoneta. Las chicas le rodeaban mientras él echaba cucharadas de hielo picado en sus tazas. Jazzlyn llevaba un bañador de una sola pieza con brillo de neón. Se tiró del borde sobre la nalga, produjo un chasquido elástico, se acercó a él y bailó la danza del vientre contra su cadera. Era alta, exótica, tan joven que parecía revolotear. Le empujó hacia atrás juguetonamente. Corrigan trazó un círculo a su alrededor, marcando un paso de baile. Una risotada. La chica echó a correr al oír el sonido de un claxon. Alrededor de los pies de Corrigan había una hilera de tazas de papel vacías.

Luego entró en el piso, delgado, los ojos oscuros, exhausto.

—¿Qué tal ha ido la reunión?

—Ah, sí, muy bien —respondió—. Ningún problema.

—¿Qué? ¿Estabas bailando ahí afuera?

—Ah, sí, el Copacabana, ya me conoces.

Se dejó caer en la cama, pero por la mañana se levantó muy temprano y tomó rápidamente una taza de té. En el piso no había alimentos. Sólo té, azúcar y leche. Oró y, camino de la puerta, tocó el crucifijo.

—¿Vuelves con las chicas?

Él se miró los pies.

—Supongo que sí.

—¿Crees que te necesitan de veras, Corr?

—No lo sé —respondió—. Espero que sí.

La puerta giró sobre sus goznes.

Nunca me ha interesado imponer un criterio moral. No me corresponde. No es ésa mi tarea. Que cada cual haga lo que le parezca. Obtienes lo que creas. Corrigan tenía sus razones. Pero aquellas mujeres me inquietaban. Estaban a años luz de cuanto yo había conocido jamás. La intensidad de sus miradas. Su afición a la heroína. Sus trajes de baño. Algunas tenían marcas de pinchazos detrás de las rodillas. Eran más que extranjeras para mí.

Abajo, en el patio, tomaba el camino más largo alrededor del complejo de viviendas, siguiendo las líneas discontinuas en el hormigón, sólo para evitarlas.

Al cabo de unos días llamaron con suavidad a la puerta. Un hombre mayor con una sola maleta. Otro monje de la orden. Corrigan se apresuró a abrazarlo. «Hermano Norbert.» Había venido de Suiza. Los ojos tristes y castaños de Norbert me alegraron. Miró a su alrededor, tragó saliva, dijo algo acerca del Señor Jesús y un lugar donde refugiarse. Al segundo día atracaron a Norbert en el ascensor a punta de pistola. Dijo que se lo había dado todo de buen grado, incluso el pasaporte. El brillo de sus ojos parecía ser de orgullo. El suizo se entregó a la oración durante dos días enteros. No salió del piso. Corrigan pasaba la mayor parte del tiempo en la calle. Norbert era demasiado formal y correcto para él. «Es como si tuviese un dolor de muelas y quisiera que Dios se lo cure», me dijo Corrigan.

Norbert rechazó el sofá y se tendió en el suelo. Respingaba cada vez que se abría la puerta y entraban las putas. Jazzlyn se sentaba en su regazo, deslizaba un dedo por el borde de su oreja, jugueteaba con sus zapatos ortopédicos, se los escondía detrás del sofá. Le decía que podría ser su princesa. Él se ruborizaba hasta que casi se ponía a sollozar. Más tarde, cuando ella se había ido, sus plegarias se hacían agudas y frenéticas. «La amada vida fue perdonada, mas no el dolor, la amada vida fue perdonada, mas no el dolor.» Un acceso de llanto le interrumpió. Corrigan pudo recuperar el pasaporte de Norbert y le acompañó al aeropuerto en la furgoneta marrón para que tomara un vuelo con destino a Ginebra. Rezaron juntos y entonces Corrigan lo despachó. Me miró como si también esperase que yo me marchara.

—No sé quién es esta gente —me dijo—. Son mis hermanos, pero la verdad es que no sé quiénes son. Les he fallado.

—Deberías abandonar este agujero, Corr.

—¿Por qué debería marcharme? Mi vida está aquí.

—Busca un sitio donde haya algo de sol. Los dos juntos. He estado pensando en California o algún lugar por el estilo.

—Mi deber está aquí.

—Puedes cumplir con tu deber en cualquier parte.

—Aquí es donde estoy.

—¿Cómo lograste recuperar su pasaporte?

—Pues pregunté por ahí.

—Le atracaron a punta de pistola, Corr.

—Lo sé.

—Van a hacerte daño.

—Vamos, déjame en paz.

Se acercó a la butaca que había junto a la ventana y observó los grandes camiones con remolque que pasaban por debajo de la autopista. Las chicas se empujaban entre sí para llamar la atención de los conductores. A lo lejos sólo parpadeaba un neón. Era un anuncio de gachas de avena.

—El borde del mundo está aquí —dijo Corrigan.

—Podrías hacer algo en casa, en Irlanda. Al norte, en Belfast. Algo por nosotros, tu propia gente.

—Podría, sí.

—O agitar a los campesinos en Brasil o cualquier otra cosa.

—Sí.

—¿Por qué sigues aquí entonces?

Él sonrió. Había algo desenfrenado en la expresión de sus ojos, algo cuyo significado se me escapaba. Acercó las manos al ventilador del techo, como si estuviera a punto de meterlas allí, entre las aspas que giraban, a dejarse las manos allá arriba y contemplarlas mutiladas.

En las crudas mañanas las chicas formaban una hilera a lo largo de la manzana, aunque luego la luz del día las dispersaba. Después de rezar maitines, Corrigan fue a la tienda de la esquina para comprar *El obrero católico*. Por el paso inferior, al otro lado de la calle, bajo el toldo, había ancianos en camiseta sentados a la puerta y palomas que picoteaban migas de pan a sus pies. Corrigan salió con el periódico bajo el brazo. Lo vi cuando regresaba, enmarcado por el ojo de hormigón del paso inferior. Emergió de las sombras y pasó ante las putas que le llamaban con su sonsonete. Abarcaba unas tres notas distintas de la escala musical. Corr-i-gan. Cor-rig-gan. Caw-rig-gun.*

Pasó entre ellas. Jazzlyn se puso a hablar con él, un pulgar

---

* Estos tres vocablos significan 'graznido', 'artimaña' y 'arma'. (N. del T.)

bajo el tirante del bañador. Parecía un policía de antaño con un cuerpo erróneo, mientras movía los delgados tirantes de color verde lima para que dieran chasquidos contra sus pechos. Volvió a inclinarse hacia él, su piel desnuda casi tocándole la solapa. Él no retrocedió. Me daba cuenta de que todo aquello le excitaba, la esbeltez del joven cuerpo, el fuerte chasquido del tirante, el pezón contra la tela. Cada vez acercaba más la cabeza hacia él.

Cuando pasaban coches, ella se volvía para mirarlos, y su sombra matinal se alargaba. Era como si quisiera estar en todas partes al mismo tiempo. Se inclinó todavía más y susurró al oído de mi hermano. Él asintió, dio media vuelta y se dirigió de nuevo a la tienda, de la que salió con una lata de Coca-Cola en la mano. Jazzlyn palmoteó, encantada, tomó la lata, la abrió y siguió deambulando. Varios camiones remolque de dieciocho ruedas estaban aparcados en hilera a lo largo de la autopista. Ella apoyó una pierna en una rejilla plateada y tomó un sorbo de la lata. Entonces, de improviso, arrojó la bebida al suelo y subió a la cabina del camión.

Sólo había entrado a medias por la puerta cuando ya se estaba quitando el bañador. Corrigan se dio la vuelta. La Coca-Cola formaba un charco negro justo debajo de ella.

Sucedió tres veces seguidas: Jazzlyn le pedía una lata de Coca-Cola y entonces, cuando encontraba un cliente, la tiraba al suelo.

Pensé que debería bajar, ir al encuentro de la chica, negociar un precio y regalarme con lo que fuera experta en practicar, asirle de la cabellera, acercar su cara a la mía, aquel dulce aliento, maldecirla, escupirle por exprimir la caridad de mi hermano.

—Déjales la puerta abierta, ¿quieres? —me dijo él cuando volvió a casa. Yo había empezado a echar los cerrojos por la tarde, aunque ellas aporreasen la puerta.

—¿Por qué no mean en sus casas, Corrigan?

—Porque no tienen casas. Tienen apartamentos.

—¿Por qué no mean entonces en sus apartamentos?

—Porque tienen familias. Madres, padres, hermanos, hijos e hijas. No quieren que sus familiares las vean vestidas así.

—¿Tienen hijos?

—Claro.

—¿Jazz tiene hijos?

—Dos —respondió él.

—Vaya por Dios.

—Tillie es su madre.

Me volví hacia él. Sabía lo que era aquello. Métete en ese río y no saldrás, no hay retorno. Fluía como un torrente, y qué repugnantes eran chupándole la sangre, todas ellas, dejándolo delgado, seco, impotente, arrebatándole la vida, sanguijuelas, peores que sanguijuelas, chinches que salían correteando del papel de las paredes. Mi hermano era un necio... toda su religiosidad, todas sus piadosas tonterías, se reducían a nada, el mundo es maligno y en eso consiste todo, y la esperanza no es ni más ni menos que lo que puedes ver con tus propios ojos.

Él se estiró un hilillo que le sobresalía de la manga de su camisa. Yo le así por el codo.

—No me vengas con tus estupideces sobre que el Señor sostiene a todo el que cae y levanta a los que han sido doblegados. El Señor es demasiado grande para caber en sus minifaldas. ¿Sabes una cosa, hermano? Míralas. Mira por la ventana. Por mucho que te solidarices con ellas, eso no cambiará jamás. ¿Por qué no tienes un poco de sentido común? Tan sólo estás apaciguando tu conciencia, eso es todo. Dios interviene y santifica tu culpa.

Él entreabrió los labios. Esperé, pero no dijo nada. Estábamos tan cerca que le veía mover la lengua detrás de los dientes, subiéndola y bajándola como si tuviera un tic nervioso. Tenía la mirada fija, concentrada.

—Hazte adulto, hermano. Haz el equipaje, ve a algún lugar

donde cuentes para algo. Ellas no se merecen nada. No son Magdalenas. No eres más que un vagabundo entre ellas. ¿Estás buscando al pobre en su interior? ¿Por qué no te humillas a los pies del rico por una vez? ¿O es que tu Dios sólo ama a la gente inútil?

Veía el pequeño y oblongo reflejo de la puerta blanca en sus pupilas, y me decía que una de sus putas, uno de sus sacrosantos fracasos, iba a entrar y la vería reflejada en su parpadeo.

—¿Por qué no avergüenzas a los ricos con tu caridad? ¿Qué tal si te sientas en el escalón de una mujer rica y la acercas a Dios? Dime una cosa... si los pobres son de veras la imagen viva de Jesús, ¿por qué son tan infelices? Dime eso, Corrigan. ¿Por qué están ahí, exhibiendo su desdicha ante el resto del mundo? Quiero saberlo. No es sólo por vanidad, ¿verdad? Ama a tu prójimo como a ti mismo. Eso es basura. ¿Me estás escuchando? ¿Por qué no tomas a todas tus putas y las haces cantar en el coro? La iglesia de la Visión Superior. ¿Por qué no las haces sentarse en los primeros bancos? Quiero decir que te arrodillas ante las furcias, los leprosos, los lisiados y los drogatas. ¿Por qué no hacen algo? Porque no quieren más que aprovecharse de ti hasta dejarte seco, ése es el motivo.

Exhausto, apoyé la cabeza contra el alféizar de la ventana. Esperaba que él me diese alguna clase de amarga bendición, que me dijera que es preciso ser débil con los que no tienen fuerza, fuerte contra los poderosos, que no hay paz salvo en Jesús, que la libertad se da, no se recibe, alguna frase hecha para serenarme, pero en vez de hacer eso, lo encajó todo. Su cara no revelaba nada. Se rascó la parte interior del brazo y asintió.

—Deja la puerta abierta —me dijo.

Bajó la escalera, sus pisadas resonaban, rodeó el borde del patio y desapareció en la grisura.

Bajé corriendo los resbaladizos escalones del bloque de pisos. Enormes volutas de gruesos grafitos en las paredes. La vaharada del humo de hachís. Cristales rotos en los escalones inferiores. Olores de orina y vómito a través del patio. Un hombre retenía un pitbull sujeto a una traílla de entrenamiento. Le estaba enseñando a morder. El perro lanzaba dentelladas a su brazo: el hombre llevaba enormes brazaletes metálicos atados a las muñecas. Los gruñidos se extendían por el patio. Corrigan estaba haciendo retroceder su furgoneta marrón, que había aparcado a un lado de la calle. Golpeé la ventanilla. Él no se volvió. Supongo que hacía aquello porque creía que me sería posible hacerle entrar en razón, pero al cabo de un momento el vehículo se perdió de vista.

Vi por encima del hombro que el perro atacaba de nuevo el brazo del hombre, pero éste me miraba fijamente, como si fuese yo quien trataba de desgarrarle las muñecas. En su cara apareció media sonrisa, malévola y pura. «Negro», me dije. No podía evitarlo, pero eso fue lo que pensé: «Negro».

Aquel lugar acabaría conmigo. ¿Cómo lo soportaba Corrigan?

Deambulé por el barrio, con las manos en los bolsillos, no por la acera sino por el borde de los coches estacionados, una perspectiva alterada. Los taxis pasaban rozándome, cerca de mi cadera. El viento traía el olor que surgía de las estaciones de metro y se difundía entre el tráfico. Una vaharada intensa, mohosa.

Fui a la iglesia de Saint Ann. Subí los escalones rotos, entré en el vestíbulo, pasé ante la pila de agua bendita y me interné en la penumbra. Esperaba encontrar allí a mi hermano, con la cabeza inclinada, rezando. Pero no estaba.

En el fondo de la iglesia podías encender unas velitas eléctricas rojas. Eché un cuarto de dólar en la ranura y oí el tintineo que resonaba en el vacío de la caja. La añeja voz de mi padre en el oído: «Si no quieres la verdad, no la pidas».

Aquella noche Corrigan regresó muy tarde a casa. Dejé la puerta abierta, pero él entró de todos modos con un destornillador y se puso a quitar todos los tornillos de las cadenas y cerrojos. «Trabajo que hacer.» Estaba letárgico, los ojos le iban de un lado a otro en las órbitas y en aquel momento yo debería haberlo sabido, pero no lo reconocí. Se arrodilló en el suelo, con los ojos a la altura del pomo de la puerta. La parte inferior de sus sandalias estaba desgastada. La suela había desaparecido, una pequeña burbuja de goma aplanada. Llevaba los pantalones de carpintero atados a la cintura con un trozo de cordel. De no ser así no se habrían sostenido en sus caderas. La camisa de manga larga que llevaba se ceñía demasiado al cuerpo y los huesos de su caja torácica eran como un extraño instrumento musical.

Trabajó con ahínco, pero estaba usando un destornillador de punta plana para desenroscar tornillos de estrella y tenía que colocar el destornillador de costado e introducirlo al sesgo en las ranuras.

Ya había hecho la maleta y estaba preparado para irme. Buscar una habitación, conseguir un trabajo de camarero, cualquier cosa sólo para marcharse de allí. Tiré del sofá hasta dejarlo en el centro de la habitación, debajo del ventilador, me crucé de brazos y esperé. Las aspas no podían combatir el calor. Por primera vez observé que Corrigan tenía una zona calva que se iniciaba en la parte trasera de la cabeza. Deseé bromear, diciéndole que empezaba a adquirir forma de monje, pero ya no había nada entre nosotros, ni palabras ni miradas. Él seguía trabajando en los cerrojos. Un par de tornillos cayeron al suelo. Observé los hilos de sudor que le corrían por la nuca.

Él se arremangó distraídamente, y entonces lo supe.

Si crees conocer todos los secretos, crees conocer todos los remedios. Supongo que no me sorprendió demasiado que Corrigan consiguiera droga: siempre había hecho lo que hacían los más desgraciados. Ése era el perverso mantra en el que creía. Quería oír sus propias pisadas para demostrar que pisaba el suelo. No había escapatoria. Era lo mismo que había hecho en

Dublín, aunque algo más temerario. Permanecía en el reborde de realidad que había dejado, pero me daba la impresión de que no se elevaba, sino que se mantenía nivelado. Tenía una afinidad con el dolor. Si no podía curarlo, lo hacía suyo. Se chutaba caballo porque no soportaba la idea de que los demás se quedaran solos con el mismo terror.

Se dejó la manga arremangada aproximadamente durante una hora mientras manipulaba los cerrojos. Los cardenales en la parte interna del brazo eran de un azul profundo. Cuando hubo terminado, la puerta ni siquiera se cerró con un chasquido, sino que tan sólo giró sobre sus goznes.

—Ya está —dijo.

Entró en el baño, y tuve la seguridad de que le oiría ponerse una cinta elástica alrededor del brazo. Cuando salió, la manga le llegaba de nuevo a la muñeca.

—Ahora deja la puñetera puerta en paz —me pidió.

Se tendió en la cama sin hacer ruido. Yo estaba seguro de que no podría dormir, pero me despertó la habitual agitación de la calle Deegan. Podía confiar en el mundo exterior. Ruido de motores y canciones de neumáticos. Habían colocado enormes láminas metálicas sobre los baches y producían un estruendo cuando un camión pasaba por encima de ellas.

La decisión de quedarme me resultó fácil: no era como si Corrigan fuese a pedirme alguna vez que me marchara. Me levanté temprano y me afeité; quería acompañarle en sus rondas. Le moví para que saliera de entre las mantas. Tenía una leve hemorragia nasal. Su sangre, al chocar contra su barba, era oscura. Volvió la cabeza.

—Prepara el té, ¿quieres?

Al estirarse, tocó el crucifijo de madera que pendía de la pared y lo hizo oscilar un poco sobre su clavo. Debajo había una estrecha franja donde la pintura no estaba descolorida. La leve huella de la cruz. Él tendió la mano para detenerlo y musitó que Dios estaba listo para moverse de lado.

—¿Te marchas hoy? —me preguntó.

La mochila estaba llena, en el suelo.

—He pensado quedarme un par de días más.

—No hay ningún problema, hermano.

Se peinó mirándose en el fragmento de espejo y se puso desodorante. Por lo menos seguía manteniendo las apariencias. Tomamos el ascensor en vez de bajar por la escalera.

—Un milagro —dijo Corrigan cuando la puerta se abrió sin más ruido que el de un suspiro y las pequeñas lunas de luz brillaron en el panel interior—. Funciona.

En la calle, cruzamos la pequeña extensión de hierba ante el complejo de viviendas subvencionadas, entre las botellas rotas. Por primera vez en muchos años, estar a su lado me parecía lo más apropiado. Aquel viejo sueño de la utilidad. Sabía lo que era preciso hacer: atraerlo de nuevo hacia la vida juiciosa.

Entre las putas que estaban allí, a primera hora de la mañana, me sentí extrañamente encantado. Corr-gan. Corr-i-gun. Corry-gan. Al fin y al cabo, también era mi apellido. Era una extraña manera de tranquilizarme. Sus cuerpos no me azoraban tanto como cuando las miraba desde lejos. Fingiendo timidez se cubrían los senos con los brazos. Una de ellas se había teñido el pelo de un rojo brillante. Otra lucía un centelleante sombreador de ojos plateado. Jazzlyn, con su bañador fosforescente, se colocó el tirante sobre los pezones. Dio una larga calada al cigarrillo y exhaló con pericia el humo por la nariz y la boca. Le relucía la piel. En otra vida podría haber sido una aristócrata. Miraba el suelo como si buscara algo que se le hubiera caído. Sentí que me ablandaba con ella, que sentía cierto deseo.

Bromeaban entre ellas y los tonos de sus voces fluctuaban. Mi hermano me miró y sonrió. Era propio de Corrigan susurrarme al oído para dar su aprobación a todo cuanto yo no podía comprender.

Pasaron varios coches.

—Marchaos de aquí —dijo Tillie—. Tenemos asuntos que resolver.

Lo dijo como si se tratara de una transacción de bolsa. Hizo un gesto con la cabeza a Jazzlyn. Corrigan tiró de mí hacia las sombras.

—¿Todas toman caballo? —le pregunté.

—Algunas de ellas, sí.

—Es una sustancia peligrosa.

—El mundo las pone a prueba y entonces les muestra una pequeña alegría.

—¿Quién se lo consigue? Me refiero al caballo.

—Ni idea —dijo él mientras se sacaba del bolsillo de sus pantalones de carpintero un pequeño reloj de plata—. ¿Por qué?

—Sólo por curiosidad.

Los coches pasaban con estrépito por encima de nuestras cabezas. Él me dio una palmada en el hombro. Fuimos al hogar de ancianos. Una joven enfermera esperaba en los escalones. Se levantó y saludó briosamente con la mano cuando la furgoneta se aproximaba. Parecía sudamericana, era menuda y guapa, de cabellera negra y ojos oscuros. Una fuerte corriente pareció vibrar en el aire entre ellos. Al lado de aquella muchacha, él se distendió, su cuerpo se volvió más flexible. Le puso la mano en la parte inferior de la espalda y desaparecieron al otro lado de la puerta electrónica.

Entretanto, busqué pruebas en la guantera del vehículo: agujas, paquetes, parafernalia del drogadicto, cualquier cosa. Allí no había nada excepto una Biblia muy manoseada. En la solapa interior Corrigan había escrito unas notas dispersas para sí mismo: *El deseo de anular el deseo. Estar ocioso ante la naturaleza. Buscarlas y pedirles perdón. La resistencia se encuentra en el centro de la paz.* Cuando era un muchacho, ni siquiera doblaba las páginas de su Biblia, siempre la había mantenido impecable. Ahora los días se acumulaban contra él. La caligrafía era de trazos delgados e inseguros y había subrayado pasajes con tinta negra. Recordé el mito que cierta vez oí contar a un estudiante de la universidad, el de que hay en el mundo treinta y seis santos ocultos, todos ellos haciendo un trabajo de hombres humildes, carpinteros, zapateros remendones, pastores. Cargaban con las penalidades de la tierra y tenían una línea de comunicación con Dios, todos excepto uno, el santo oculto, al que habían olvidado. El olvidado tenía que arreglárselas por sí mismo, sin ninguna línea de comunicación con aquello de lo que tanto necesitaba. Corrigan había perdido su línea con Dios: cargaba él sólo con las penalidades, la historia de las historias.

Me quedé mirando mientras la enfermera bajita subía las sillas de ruedas por la rampa. Tenía un tatuaje en la base del tobillo. Cruzó por mi mente la posibilidad de que fuese ella la proveedora de heroína, pero parecía muy risueña bajo el sol cálido y oblicuo.

—Soy Adelita —me dijo, tendiéndome la mano a través de la ventanilla de la furgoneta—. Corrigan me lo ha contado todo de ti.

—¡Eh, quítate de en medio y échanos una mano! —dijo mi hermano desde el lado de la furgoneta.

Alzaba la cabeza para ver a la anciana de Galway a través de la puerta. Las venas del cuello le latían. Sheila parecía una muñeca de trapo. De repente recordé a nuestra madre sentada al piano. Corrigan respiraba pesadamente mientras la subía al vehículo y colocaba una serie de correas alrededor de la mujer.

—Tenemos que hablar —le dije.

—Sí, como quieras, subamos primero a estas personas a la furgoneta.

Él y la enfermera se miraron por encima del borde de los asientos. Ella tenía una gotita de sudor encima del labio superior y se la enjugó con la manga corta del uniforme. Cuando nos alejábamos, se apoyó en la rampa y encendió un cigarrillo.

—La encantadora Adelita —comentó mientras doblábamos la esquina.

—No es de eso de lo que quiero hablar.

—Pues de eso es de lo único que quiero hablar —replicó. Miró por el retrovisor y dijo—: ¿No es cierto, Sheila?

Tamborileó con los dedos sobre el volante.

Ahora hablaba de nuevo con la voz cantarina de otros tiempos. Me pregunté si tal vez se había chutado en el hogar de ancianos: por lo poco que sabía de la adicción, cualquier cosa era posible. Pero tenía buena cara, estaba animado y no presentaba las señales de la heroína, o por lo menos las que yo imaginaba. Conducía con un brazo fuera de la ventanilla, la brisa echándole el pelo atrás.

—Eres un misterio para mí, ¿sabes?

—No hay en mí nada misterioso, hermano.

Albee terció desde el asiento trasero:

—Cagueta.

—Calla —le dijo sonriendo Corrigan. Lo hizo con cierto deje del Bronx.

Lo único que le importaba era el momento presente, el ahora absoluto. De niños, cuando nos peleábamos, él se quedaba quieto y recibía los golpes. Nuestras peleas duraban mientras yo le golpeaba. Ahora sería fácil apalearlo, arrojarlo contra la puerta de la furgoneta, registrarle los bolsillos y sacarle los paquetes del veneno que estaba acabando con él.

—Deberíamos ir de visita allí, Corr.

—Sí —dijo él distraídamente.

—Me refiero a Sandymount. Sólo una o dos semanas.

—¿No se ha vendido la casa?

—Sí, pero podríamos buscar un sitio donde alojarnos.

—Las palmeras —dijo él, sonriendo a medias—. La imagen más extraña de Dublín. Trato de contárselo a la gente, pero no me creen.

—¿Volverías?

—Algún día, tal vez —respondió—. Podría llevar a alguien conmigo.

—Claro.

Miró por el retrovisor. No podía imaginar que quisiera llevar a aquella anciana de regreso a Irlanda, pero estaba dispuesto a dejar que Corrigan dispusiera del espacio que necesitara.

En el parque llevó a los ancianos a las sombras junto al muro. Hacía un día brillante, soleado y bochornoso. Albee sacó su fajo de papeles y masculló las jugadas mientras trabajaba en sus problemas de ajedrez. Cada vez que hacía una buena jugada, soltaba el freno de la silla de ruedas y se balanceaba alegremente atrás y adelante. Sheila se cubría el pelo largo y blanco con un sombrero de paja de ala ancha. Corrigan le enjugó con un pañuelo el sudor de la frente. Ella emitió unos sonidos rasposos. Tenía esa tristeza del emigrante. No volvería jamás a su viejo país, que había desaparecido para ella en más de un sentido, pero de todos modos siempre miraba en dirección a casa.

Cerca de allí unos chicos habían abierto una boca de incendios y bailaban bajo el agua. Uno de ellos había cogido una bandeja de cocina y la utilizaba como tabla de surf. El agua le permitió deslizarse junto a la estructura de barras, hasta que, riendo, se cayó de cabeza contra la valla. Otros expresaron a gritos su deseo de usar la bandeja. Corrigan se acercó a la valla y puso las manos en los rombos de alambre. Más allá unos jugadores de baloncesto, empapados en sudor, avanzaban hacia la anilla sin red.

Por un momento pareció que Corrigan tenía razón, que allí había alguna cosa, algo que debía ser reconocido y rescatado, cierta alegría. Quería decirle que empezaba a comprenderlo, o por lo menos a tener un atisbo, pero me llamó para decirme que iba a ir corriendo al colmado.

—Vigila a Sheila un momento, ¿quieres? —me pidió—. Tiene el sombrero ladeado. Que no le queme el sol.

Delante del colmado había un grupo de jóvenes con pañuelos al cuello y tejanos ceñidos. Unos encendían los cigarrillos a los otros, dándose aires de importancia. Dieron a Corrigan las habituales palmadas, y entonces entraron en la tienda con él. Lo sabía. Notaba como me iba invadiendo. Corrí hacia allí, con el corazón latiéndome con fuerza bajo la camisa barata de lino. Rebasé el montón de basura en el exterior de la tienda: botellas de licor, envoltorios desgarrados. En el escaparate había una hilera de peceras con peces de colores, sus delgados cuerpos anaranjados trazaban círculos sin objeto. Sonó una campanilla. Dentro del local un estéreo emitía música de Motown. Un par de chicos, empapados del agua de la boca de incendios, se hallaban junto a la cámara de los helados. Los mayores, con sus pañuelos rojos, permanecían al lado de los frigoríficos que contenían las cervezas. Corrigan estaba en el mostrador, con un envase de leche en la mano. Alzó la vista, totalmente tranquilo.

—Creía que estabas vigilando a Sheila.

—¿Es eso lo que pensabas?

Yo esperaba algún empujón, un paquete de heroína en su bolsillo, una transacción clandestina por encima del mostrador, más palmadas en la espalda por parte de los miembros de la banda, pero no hubo nada.

—Anótalo en mi cuenta —le dijo Corrigan al tendero, y al salir dio un golpecito a una de las peceras.

Sonó la campanilla de la puerta.

—¿También aquí venden caballo? —le pregunté mientras cruzábamos entre el tráfico hacia el parque.

—Tú y tu caballo —respondió.

—¿Estás seguro, Corr?

—¿Si estoy seguro de qué?

—Ya me dirás, hermano. Tienes mal aspecto. Mírate en el espejo.

—Estás de broma, ¿verdad? —Detuvo un momento sus pasos y se echó a reír—. ¿Yo? ¿Chutándome caballo? —Llegamos a la valla—. No tocaría esa sustancia ni con una pértiga —siguió diciendo. Tensó la mano alrededor del alambre, el extremo de los nudillos se le puso blanco—. Con todos mis respetos al cielo, esto me gusta.

Se volvió para mirar la corta hilera de sillas de ruedas a lo largo de la valla. Conservaba cierta frescura, incluso cierta juventud. Cuando tenía dieciséis años, Corrigan había escrito, en el interior de un paquete de tabaco, que la totalidad del verdadero Evangelio del mundo se podía escribir en el interior de un paquete de tabaco; era así de sencillo, podías hacer al prójimo lo que quisieras que éste te hiciera, pero en aquel entonces no se le habían ocurrido otras complicaciones.

—¿Has tenido alguna vez la sensación de que hay algo, una cosa indeterminada perdida en tu interior? —me preguntó—. No sabes qué es, tal vez una bola o una piedra, tal vez hierro o algodón o hierba, cualquier cosa, pero está dentro de ti. No es fuego, ni rabia, ni nada de eso. Tan sólo una gran bola. Y no hay ninguna manera de librarte de eso. —Se interrumpió con brusquedad, desvió la vista y se dio unos golpecitos en el lado izquierdo del pecho—. Bien, aquí está. Aquí mismo.

No solemos saber qué es lo que oímos cuando oímos algo por primera vez, pero una cosa es cierta: lo oímos como jamás volveremos a oírlo. Supongo que regresamos al momento para experimentarlo, pero la verdad es que nunca podemos encontrarlo, sino sólo su recuerdo, la huella más tenue de lo que realmente fue, lo que significaba.

—Me estás tomando el pelo, ¿eh?

—Ojalá fuera eso —respondió él.

—Vamos, hombre...

—¿No me crees?

—¿Jazzlyn? —le pregunté, perplejo—. No te habrás enamorado de esa puta, ¿verdad?

Él se rió con ganas, pero no fue una risa duradera. Sus

ojos recorrieron el parque infantil, y deslizó los dedos por la valla.

—No —dijo—, no, Jazzlyn no.

Corrigan me condujo, bajo el cielo enrojecido, a través de la zona sur del Bronx. La luz del sol poniente tenía el color del músculo, rosa y gris estriado. Un incendio. Me dijo que los dueños de los edificios hacían chanchullos para cobrar el seguro. Calles enteras de bloques de pisos y almacenes abandonados destinados a arder.

En las esquinas había pandillas de chicos. Los semáforos estaban atascados y el rojo era permanente. En las bocas de incendios había enormes charcos de agua estancada. En Willis un edificio se había medio derrumbado en la calle. Un par de perros asilvestrados se movían entre la ruina. Un letrero de neón quemado permanecía en pie. Pasaron coches de bomberos y dos coches patrulla, que iban muy juntos para mayor seguridad. De vez en cuando alguien salía de las sombras, hombres sin hogar que empujaban carros de la compra cargados de cable de cobre. Parecían pioneros camino del Oeste, empujando sus carretas en la noche por las tierras de América.

—¿Quiénes son?

—Saquean el edificio, destripan las paredes y entonces venden el cable de cobre —me explicó—. Se sacan veinte centavos por kilo o algo así.

Corrigan aparcó la furgoneta ante una serie de bloques abandonados, pero que no habían ardido, e introdujo la palanca del cambio automático en la ranura de aparcamiento.

Una calina se cernía sobre la calle. Apenas se veía la parte superior de las farolas. Habían colocado cintas de advertencia en los umbrales, pero habían abierto las puertas a patadas. Corrigan subió los pies al asiento, de modo que las sandalias quedaron anidadas cerca de su entrepierna. Encendió un cigarrillo, lo fumó hasta apurarlo y tiró el filtro por la ventanilla.

—La cuestión es que padezco en grado leve un trastorno llamado PTT* —me dijo finalmente—. Empezaron a salirme estos moratones por todas partes. Aquí y allá. Donde hay más es en las piernas. Son como manchas. La cosa comenzó hace un año más o menos. Al principio no le di importancia a lo que me ocurría, de veras. Tenía un poco de fiebre. A veces me mareaba.

»Entonces, un día de febrero, estaba en el hogar de ancianos ayudándoles a trasladar unos muebles desde el primer piso hasta el tercero. Unos muebles demasiado grandes para que cupieran en el ascensor. Y allí dentro hacía un calor infernal. Tenían la calefacción encendida para los ancianos. No puedes imaginarte el calor que hacía, sobre todo en el pozo de la escalera, donde estaban las tuberías. Como si Dante hubiera amueblado aquel lugar. Un trabajo muy duro. Así que me quité la camisa y me quedé en camiseta sin mangas. ¿Sabes cuántos años habían pasado desde la última vez que me quedé en camiseta? Y estaba en la mitad de la escalera con varios chicos cuando uno de ellos me señala los brazos y los hombros y dice que debo de haberme peleado. Era cierto que había tenido una pelea. Los chulos me lo habían hecho pasar mal por dejar que las chicas usaran el cuarto de baño. Me habían vapuleado un poco. Tuvieron que ponerme varios puntos en una ceja. Uno de los tipos llevaba botas de vaquero y me pisoteó a placer. Pero no había vuelto a pensar en ello hasta que llegamos al tercer piso y Adelita estaba allí, dirigiendo el tráfico. «Esto va aquí, eso allá.» Llevamos una gran mesa a un rincón. Y los chicos me regañaban por ser el único blanco que aún se peleaba en el barrio. Como si fuese un caso atávico. Como si fuese un gran Jack Doyle,** ¿sabes?

---

* Púrpura trombocítica trombocitopénica. (N. del T.)
** Jack Doyle (1913-1978) fue boxeador, actor de Hollywood y tenor irlandés. (N. del T.)

Todos bromeaban: «¡Vamos, Corrigan, bailemos, hombre, armemos jaleo!». Dicen que deberían llevarme al Zaiore, porque soy muy buen luchador. No saben que pertenezco a la orden. Nadie lo sabe. Por lo menos no lo sabían entonces. Y Adelita se me acercó, presionó con fuerza uno de los morados y me dijo que tenía PTT. Hice un chiste sobre el DDT y ella dijo: «No, creo que podría ser PTT». Resultó que estudiaba de noche, quería cursar medicina. En Guatemala había sido enfermera de dos hospitales lujosos. Siempre había querido ser médico, hasta fue a la universidad y todo, pero estalló la guerra y todo cambió para ella. Perdió a su marido. Así que ahora trabaja aquí como enfermera. No aceptan sus credenciales. Tiene dos hijos que ya hablan con acento norteamericano. En fin, me dijo algo sobre el bajo número de plaquetas, las hemorragias en los tejidos y que debían examinarme. Me sorprendió, hermano.

Corrigan bajó el cristal de la ventanilla, lió un cigarrillo de picadura y lo encendió.

—Así que fui al médico y resultó que ella había dado en el clavo. Sufro ese trastorno del que no saben gran cosa. Es idiopático, ¿sabes?, desconocen cuál es la causa. Pero dicen que es bastante serio, que eso puede enfermarte de veras. Quiero decir que al final has de someterte a tratamiento o puedes morir. Así que por la noche, al volver a casa, llamo a Dios en la oscuridad y le digo: «Gracias, Dios, otra cosa de la que preocuparme». Pero la cuestión es que esta vez Dios se encuentra ahí, hermano, está ahí, a la vista. Sería más fácil si no estuviera. Podría fingir que lo buscaba. Pero no, está ahí, el hijo de... su madre. Me está diciendo todas las cosas lógicas acerca de la enfermedad, de que es preciso superar el temor, enfrentarse a ella y mirar el mundo de una nueva manera, a Su manera, la manera en que Él te habla, el cuerpo, el alma, el sacramento de estar solo, estar enfurecido con un objetivo, utilizándolo para un bien mayor, abriéndote a la promesa. Pero, mira, ese Dios lógico no me gusta mucho. Incluso Su voz, tiene esa voz que no puedo... no sé, no me puede gustar. La comprendo, pero no me gusta. Está fuera de mi alcance. Pero eso no es ningún problema. Muchas veces he sentido desagrado hacia Él. Es bueno tener un conflicto con Dios. Muchas buenas personas han estado en mi lugar e incluso en una situación peor.

»En cualquier caso, supongo que enfermar no es nada nuevo y morir todavía menos. Lo que resulta fatal es el gran eco del vacío cada vez que le pongo a prueba. Verás, cada vez que intento hablar con Él me siento hueco. No es por falta de empeño, hermano. Incluso me he confesado, tratando de conservar la fe. He hablado con el padre Marek, que está en Saint Ann. Un buen sacerdote. Los dos debatimos durante interminables horas. Y también he debatido con Él, con Dios, a todas horas. Sin embargo, antes las discusiones con Él me conmovían en lo más hondo. Lloraba en Su presencia. Pero Él seguía volviendo a mí con su pura lógica. Aun así, sabía que esa fase iba a pasar. Entonces ni siquiera pensaba en Adelita. No me había pasado por la cabeza. Estaba perdiendo a Dios. La perspectiva de perderlo. Mi parte racional sabía que era yo... quiero decir que estaba hablando conmigo mismo. Estaba obstruyendo a Dios. Pero la racionalidad no lo remediaba. Te encuentras con un Dios racional y dices: "Bien, de acuerdo, eso no es lo que me interesa en este momento, Padre celestial, volveré en una ocasión mejor".

»¿Sabes? Cuando eres joven, Dios te recoge y te eleva. Te mantiene ahí arriba. Lo difícil de veras es mantenerte ahí y saber cómo caer. Y los días en que no puedes seguir aguantando, en que das un vuelco. La prueba consiste en ser capaz de subir de nuevo. Eso es lo que estoy buscando. Pero no ascendía, no era capaz.

»En fin, como decía, un viernes por la tarde estaba en el hogar de ancianos y Adelita se encontraba en el almacén, revisando los frascos de jarabe para la tos. Me senté en la pequeña escalera de mano y me puse a hablar con ella. Me preguntó si recibía el tratamiento en el hospital y le mentí descaradamente, diciéndole que sí, que todo iba bien y no tenía ninguna molestia. "Me alegro", replicó ella, "porque tienes que cuidarte de veras". Entonces vino a mi lado, se sentó en la silla y empezó a restregarme el brazo. Dijo que tenía que mantener el flujo sanguíneo. Me apretó aquella zona del brazo con los dedos y fue como si hundiera las manos en la tierra. Ésa fue la sensación que me dio. Se me puso la carne de gallina mientras la sangre fluía bajo sus dedos. Con la otra mano así la escalera. Y en mi interior una voz me decía: "Sé fuerte contra esto, es una prueba, tienes que estar preparado". Pero es la misma voz que no me gusta. Miro detrás de ese velo y todo lo que veo es esta mujer, es una catástrofe. Estoy descendiendo, hundiéndome como un nadador condenado. Y me digo: "Señor, no permitas que suceda esto. No dejes que ocurra, por favor, te lo ruego". Pero era tan agradable, tan increíblemente agradable. Quería cerrar los ojos y abrirlos al mismo tiempo. No hay palabras para describirlo, hermano. No podía soportarlo. Me puse en pie y me precipité a la salida. Fui dando tumbos a la furgoneta.

»Creo que me pasé toda la noche conduciendo. Avanzaba sin rumbo, siguiendo las líneas blancas. Al llegar a los puentes me sentí atrapado. No tenía idea de adónde iba. Muy pronto las luces de la ciudad empezaron a desvanecerse. Supuse que me encontraba en alguna parte al norte del estado, pero era la isla, hermano, Long Island. Creí que iba hacia el oeste, a través de una gran planicie, donde lo resolvería todo, pero no era así, sino que me dirigía al este por aquella autopista. Y seguí adelante, conduciendo sin cesar. Los coches pasaban zumbando por mi lado. Tenía que hablar conmigo mismo y encender cerillas, oler el azufre, para mantenerme despierto. Intentaba rezar. Hacer que dos más dos sumaran cinco. Y entonces finalizó la autopista en medio de ninguna parte, y seguí adelante por una carretera más pequeña. Atravesé tierras de labor, pasé ante casas aisladas, alfilerazos de luz. Montauk. Nunca había estado allí. La negrura se intensificó, las luces desaparecieron por completo. Tomé una carretera de un solo carril. Eso es lo que lleva al final de este país, hermano, una pequeña carretera llena de baches que termina en un faro. Y pensé: "Sí, es esto, aquí es donde encontraré a Dios".

»Bajé de la furgoneta y caminé entre las dunas, a lo largo de la playa. Deambulé por allí, llamándole a gritos, bajo las nubes. En el cielo no brillaba una sola estrella. Ninguna respuesta. Esperarías por lo menos un fragmento de luna, algo, cualquier cosa. Ni siquiera un barco. Era como si todo me hubiera abandonado. Y aún podía notar el contacto de Adelita allí, en la parte interior de mi brazo, profundo, como si allí dentro estuviera creciendo algo. Me encuentro en medio de una playa interminable con un faro cuya luz gira a mis espaldas. Me entrego a pensamientos estúpidos... lo que uno suele hacer. Me marcharé, lo abandonaré todo. Dejaré la orden. Regresaré a Irlanda, buscaré una clase de pobreza diferente. Pero nada tenía sentido. Estaba al final del país, hermano, pero no hubo ninguna revelación.

»Al cabo de un rato me repuse en medio de aquel silencio. Me senté en la arena y pensé: "Bien, tal vez, a la larga, esto me hará ser mejor para Él, he de luchar contra ello, combatirlo, utilizarlo en mi provecho, es una señal". Me resigné a la situación. Lo que no te quiebra, bla, bla, bla... Mi estado era febril, pero salí de la playa, volví a la furgoneta y me calmé. Me despedí del faro, del mar, del este y dije que todo iría bien, que nada sagrado es libre, y emprendí el trayecto de regreso a casa, aparqué la furgoneta, entré en el ascensor y cerré la puerta. Me quedé dormido en el ascensor y me desperté cuando empezó a moverse. Al abrir los ojos vi la cara de una negra asustada. Yo le daba miedo. Me pasé dos días encerrado en el piso, esperando que las vendas se ennegrecieran, ¿sabes?, esa clase de cosas. Esperando que aquello cayera en el olvido. Y atornillé la cadena. ¿Puedes creerlo? Cerré la puerta herméticamente. El fastidio que te causé luego con los cerrojos, hermano...

Soltó una risita y una rociada de luz que provenía de los faros desde el otro lado de la avenida se derramó sobre su cara.

—Las chicas creyeron que había muerto. Golpeaban la puerta, pues querían usar el baño. Y yo no respondía. Yacía allí, tratando de rezar para recibir alguna señal de misericordia. Pero seguía viendo a Adelita en mi mente. Con los ojos abiertos, con los ojos cerrados, no importaba. Cosas en las que no debería haber pensado. Su cuello. Su nuca. Su clavícula. El perfil de su cara en una franja de luz. Allí estaba ella, absorbiéndome. Y quería gritarle: "No, no, no, eres pura lujuria, y he hecho un pacto con Dios para luchar contra la lujuria, te ruego que me dejes en paz, vete, por favor". Pero ella seguía ahí, sonriente, comprensiva. Y le susurré de nuevo: "Vete, por favor". Pero yo sabía que no era lujuria, sino mucho más que eso. Estaba buscando una respuesta sencilla, como la que damos a los niños, ¿sabes? Y seguía pensando que todos hemos sido niños y que tal vez podría volver a serlo. Eso era lo que resonaba en mi cabeza. Vuelve a ser un niño. Corre por aquella playa, más allá de la torre. Corre a lo largo de la muralla. Quería experimentar esa clase de alegría. Hacer que las cosas volvieran a ser sencillas. Intentaba rezar, lo intentaba de veras, liberarme de la lujuria, volver al bien, descubrir de nuevo esa inocencia. Círculos de círculos. Y cuando te mueves en círculos, hermano, el mundo es muy grande, pero si avanzas laboriosamente en línea recta es bastante pequeño. Quería caer a lo largo de los radios hasta el centro del círculo, donde no había ningún movimiento. No puedo explicarlo, hermano. Era como si estuviera mirando fijamente el techo, esperando al cielo. Y los golpes en la puerta continuaban. Y siguieron horas de silencio.

»En un momento determinado oí a Jazzlyn, ¿sabes?, esa voz

suya, cómo si acabara de tragarse al Bronx, inclinada sobre el ojo de la cerradura y gritando: "¡Vale! ¡Al diablo contigo, paleto tarado!". Es la única vez que me reí. "Al diablo contigo, paleto tarado. ¡Mearé en otra parte!".

»Entonces lograron que la policía derribara la puerta, e irrumpieron en el piso mostrando placas y pistola en mano. Se detuvieron y me miraron. Estaba allí, tendido en el sofá, con la Biblia sobre la cara. Y un policía dijo: "¿Qué pasa aquí? ¿Qué diablos es esto? No está muerto. Huele mal, pero no está muerto". Estoy ahí tendido y me quito el libro de la cara y me cubro los ojos con el antebrazo. Jazz entra detrás de ellos, diciendo: "Tengo que ir, tengo que ir". Entonces entra Tillie con su sombrilla rosa. Luego salieron las dos y empezaron a gritar: "¿Por qué tienes la puerta cerrada, Corrie? ¡Gilipollas! Ése es un castigo mezquino y fuera de lo corriente. ¡Hay que ser cabrón para hacer eso!" Los policías estaban boquiabiertos. No podían dar crédito a lo que ocurría. Uno de ellos se estaba ciñendo una porción de chicle a un dedo. No dejaba de darle vueltas, como si quisiera estrangularme. Estoy seguro de que pensaban que habían hecho aquello por nada, por un puñado de furcias que sólo querían orinar. No estaban contentos. No lo estaban en absoluto. Querían denunciarme por haberles hecho perder el tiempo, pero no se les ocurría nada. Les dije que tal vez deberían acusarme de haber perdido la fe y entonces pensaron que realmente había perdido la chaveta. Uno de ellos me dijo: "Menudo antro... ¡vive como las personas, tío!". Y era tan sencillo, por la manera en que aquel joven policía me lo había dicho a la cara: "¡Vive como las personas, tío!". Antes de salir dio una patada al tiesto.

»Tillie, Angie y Jazzlyn organizaron una fiesta para celebrar que no había muerto. Hasta me compraron un pastel con una vela y tuve que soplarla. Iba a tomarlo como una señal. Pero no hubo ninguna señal. Aquella noche fui al hogar de ancianos y le pregunté a Adelita si le importaría moverme un poco la sangre... así es como se lo dije. "Muéveme un poco la sangre, ¿quieres?" En su cara apareció aquella sonrisa ancha y alegre, y me dijo que estaba muy ocupada y que tal vez lo haría más tarde. Me senté allí, temblando, con Dios y todas mis penas apelotonados dentro de mí. Y, en efecto, poco después vino a mi encuentro. Todo fue muy simple. Yo miraba fijamente su cabello oscuro. No podía mirarla a los ojos. Me restregó el hombro, la parte inferior de la espalda y hasta los músculos de la pantorrilla. Yo confiaba en que entrase alguien, nos encontrara allí y armara un gran escándalo, pero no entró nadie. La besé y ella me besó. Bueno, ¿cuántos hombres pueden decir que no preferirían estar en cualquier otra parte del mundo? Así es como me sentía en aquel momento. No quería más que el aquí y ahora, y ninguna otra parte. Tanto en la tierra como en el cielo. Ese momento único. Y entonces, al cabo de pocos días, empecé a ir a su casa.

—Dijiste que tiene tres hijos.

—Dos, y un marido al que mataron en Guatemala, donde luchaba por, no sé, Carlos Arana Osorio o quien fuera. Un fascista u otro. Ella odiaba a su marido, con quien la obligaron a casarse cuando era muy joven, pero aún tiene su foto en la estantería. Para que los niños sepan que existe, que existió, que tuvieron padre. Estamos ahí sentados y él nos mira. No habla de él. Es un hombre de mirada dura. Me siento en su cocina, ella prepara algo, revuelvo la comida en el plato, charlamos y entonces me masajea los hombros mientras los niños están en la otra habitación, mirando dibujos animados. Sabe que pertenezco a la orden, conoce las reglas del celibato, lo sabe todo. Se lo he dicho. Dice que si a mí no me importa, a ella tampoco. Es la persona más encantadora que he conocido jamás. No puedo soportarlo. No puedo enfrentarme a ello. Estoy ahí sentado y es como si tuviera cuchillos hurgándome en el vientre. La voz con la que me encuentro al volver a casa no es la voz que había oído antes. No puedo recuperar la anterior. Él ha desparecido. De noche, cuando estoy acostado, intento evocarlo, pero Él no está ahí. Lo único que consigo es insomnio y repugnancia. Llámalo como quieras. Incluso llámalo alegría. ¿Cómo puedo rezar con eso en mi interior? ¿Cómo puedo hacer lo que debo hacer? Ni siquiera me juzgo a mí mismo por mis acciones. Me juzgo por lo que hay en mi corazón. Y está podrido porque quiere poseer cosas, pero, por otra parte, no lo está, porque jamás me había sentido tan feliz y ella tampoco. Los dos, ahí sentados, somos felices. Y me pregunto una y otra vez si tenemos derecho a serlo. No me he acostado con ella, hermano. Por lo menos no... Hemos pensado en ello, sí, pero, quiero decir... —Hizo una pausa—. Ya conoces mis votos. Sabes lo que significan. Antes creía que no había ningún otro hombre en mí, ninguna otra persona, sólo yo, el entregado. Que estaba solo y era fuerte, que mis votos lo eran todo, y que no podía sentir tentaciones. Y le he dado vueltas y más vueltas en la cabeza. ¿Qué pasaría si ocurriera esto, qué pasaría si ocurriera aquello? Y tal vez ni siquiera se trate de perder la fe. Estoy sumido en mis propias confusiones. Esto va contra todo lo que siempre he sido. De repente lo veo desaparecer todo, y entonces, le miento a ella, incluso sobre mi tratamiento.

—¿Qué significa esa enfermedad, esa PTT?

—Significa que debo mejorar.

—¿Cómo?

—He de seguir el tratamiento. Sustitución del plasma y esa clase de cosas. Lo haré.

—¿Es doloroso?

—El dolor no es nada. El dolor es lo que das, no lo que recibes.

Se sacó el librillo de papel de fumar y vertió el tabaco a lo largo del borde curvo de una hoja.

—¿Y ella? Adelita. ¿Qué vas a hacer?

Él compactó las hebras de tabaco y miró por la ventanilla.

—Sus hijos tienen vacaciones escolares de verano. Corretean por ahí. Disponen de mucho tiempo libre. Antes iba a su casa con la excusa de que les ayudaba a hacer los deberes. Pero ahora es verano y no hay más deberes. Ya te puedes imaginar. Sigo yendo allí y no tengo ninguna excusa plausible, salvo la verdad... quiero verla. Lo único que hacemos Adelita y yo es estar ahí sentados. He de inventarme otras excusas para mí mismo, como que necesitan a alguien que ayude a limpiar la basura delante de la casa, o que le hace falta de veras que le arreglen la tostadora. Necesita tiempo para estudiar sus textos de medicina. Lo que sea. Todo menos fingir que puedo enseñarles el catecismo, porque son luteranos, hermano. ¡Luteranos! Y eso que son de Guatemala. ¡Ya ves la suerte que tengo! Conozco a la única mujer de América Central que no es católica. Fenomenal. Pero ella es creyente. Tiene un gran corazón, rebosante de afecto por el prójimo. Me cuenta anécdotas del lugar donde nació. Voy a su casa siempre que puedo. Quiero hacerlo, lo necesito. Es ahí donde he estado todas esas tardes en las que parecía haberme esfumado. Supongo que quería ocultárselo a todo el mundo.

»Y siempre estoy sentado ahí, en su casa, pensando que ése es el único sitio donde no debería estar. Y me pregunto qué quedará cuando salga del apuro. Entonces sus hijos vuelven de la calle, saltan sobre el sofá, miran la tele y derraman yogur en los cojines. La pequeña, Eliana, tiene cinco años, entra arrastrando una manta por el suelo, me coge de la mano y me lleva a la sala de estar, donde la pongo sobre mi rodilla y le hago brincar arriba y abajo. Son dos niños hermosos. Jacobo acaba de cumplir siete años. Estoy ahí sentado pensando en el valor que hace falta para llevar una vida normal y corriente. Cuando finaliza *Tom y Jerry* o *Quiero a Lucy* o *El grupo de Brady*, cualquier dosis de ironía que quieras, me digo: Esto es correcto, es real, es algo que puedo realizar, sólo estoy aquí sentado, no hago nada malo. Y entonces me marcho porque no puedo aceptar la discontinuidad.

—Pues entonces abandona la orden. —Él entrelazó las manos—. O abandónala a ella.

Se apretaba tanto las manos que los nudillos palidecían.

—No puedo hacer ninguna de las dos cosas —replicó—. Y no puedo hacer ambas. —Contempló el extremo encendido de su cigarrillo—. ¿Sabes qué es lo curioso? Los domingos todavía tengo los viejos impulsos, los sentimientos residuales. Entonces es cuando más me afecta la culpa. Camino rezando mentalmente el padrenuestro, una y otra vez, para mitigar la culpa. ¿No es ridículo?

Un coche avanzó lentamente por detrás de nosotros y una luz potente brilló a través de la luneta trasera. Esperamos en silencio a que los policías bajaran del vehículo, pero utilizaron el megáfono:

—¡Circulad, maricones, largo de aquí!

Los labios de Corrigan trazaron un esbozo de sonrisa mientras introducía la palanca del cambio automático en la ranura de conducción.

—¿Sabes? Cada noche sueño que deslizo la lengua por su espina dorsal como un bote en un río.

Avanzamos hasta la calle y no dijo nada más hasta que nos detuvimos cerca del complejo de viviendas subvencionadas, donde estaban sus putas. En vez de caminar entre ellas, las saludó con la mano y me llevó a través de la calzada hacia una luz amarilla que titilaba en la esquina.

—Lo que necesito es emborracharme —me dijo, y poniéndome la mano sobre el hombro, empujó la puerta de un pequeño bar—. He sido rigurosamente abstemio durante los diez últimos años, y ahora fíjate.

Se sentó a la barra, alzó dos dedos y pidió un par de cervezas. Hay momentos a los que retornamos, ahora y siempre. La familia es como el agua, se conserva el recuerdo de lo que en otro tiempo te llenó. Siempre tratamos de regresar a la corriente original. Yo volvía a estar de nuevo en la litera inferior, escuchando los versos que recitaba adormilado. La tapa de nuestro buzón de la infancia se abrió, y también la puerta por la que entró el rocío del mar.

—¿Me preguntas si consumo heroína, hermano? —Se reía, mirando las vigas de la autopista a través de la ventana del bar—. Es peor que eso, hermano, mucho peor.

Era como si todos los relojes marcaran la misma hora, el frigorífico vibrara y en el exterior las sirenas sonaran como flautas. Había hablado libremente de ella. Sólo mencionarla le bastaba: se convertía en un hombre nuevo.

Durante los dos días siguientes se vieron tanto como les fue posible, sobre todo en el hogar de ancianos, donde ella cambió de turno sólo para estar con él. Pero Adelita también fue al piso, llamó a la puerta, descorchó una botella de vino y se sentó a la mesa. Llevaba un anillo en la mano derecha, y le daba vueltas distraídamente. En ella se entrelazaban la gracilidad y la dureza. Necesitaban que yo estuviera presente. Apenas me permitían levantarme de la mesa. «Siéntate, siéntate.» Yo era todavía el límite seguro entre los dos. No estaban preparados para abandonarse por completo. Cierto decoro les retenía, pero parecía como si quisieran prescindir de parte de su buen juicio, al menos durante cierto tiempo.

Ella era la clase de mujer que resultaba más hermosa cuanto más la mirabas: el pelo oscuro, casi azulado bajo la luz, la curva de su cuello, un lunar en el ojo izquierdo, un defecto perfecto.

Supongo que, a medida que las noches se sucedían, mi presencia les hacía sentir que debían agasajar a alguien, que estaban juntos en ello, que al estar juntos estaban más decorosamente solos.

Adelita le hablaba a Corrigan en voz baja, como para obligarle a acercarse más a ella. Él la miraba como si fuese la última vez. A veces, ella se limitaba a estar allí sentada con la cabeza en el hombro de mi hermano. Miraba más allá de mí. En el exterior, los incendios del Bronx. Para ellos podría haber sido la luz del sol a través de las vigas metálicas. Arrastré la silla por el suelo.

—Siéntate, siéntate.

Adelita tenía una faceta agreste que a Corrigan le gustaba, pero que a mí no me hacía sonreír. Una noche llevaba una blusa blanca holgada que dejaba un hombro al descubierto y unos pantalones muy cortos de color naranja. La blusa era recatada, pero los pantalones se ceñían a los muslos. Tomamos vino barato y Adelita se achispó un poco. Se anudó los faldones de la blusa, dejando al descubierto el abdomen bronceado, levemente distendido por los embarazos. La pequeña depresión del ombligo. A Corrigan le azoraba que llevara unos pantalones tan ceñidos. «Mírate, Adie», le dijo, con las mejillas enrojecidas. Pero en vez de pedirle que se desanudara y se cubriera, hizo el número de darle una de sus camisas para que se la pusiera encima de su ropa, como si eso fuera lo más tierno que podía hacer. Se la puso sobre los hombros y la besó en la mejilla. Era una de sus viejas camisas sin cuello que rebasaba los hombros de Adelita, casi le llegaba a las rodillas. Se la colocó bien, rozándole los hombros. Nervioso, no quería pecar de payaso, pero se sentía profundamente aturdido por lo que estaba pasando. Adelita desfiló por el piso, haciendo un ligero movimiento de *hula-hoop*.

—Ahora estoy preparada para ir al cielo —dijo ella, tirándose todavía más de la camisa.

—Llévatela, Señor —dijo Corrigan.

Se rieron, pero había algo en esas palabras. Corrigan quería que su vida volviera a tener sentido, había perdido la gracia divina y todo lo que ahora tenía era la temeridad y la tentación de antaño, y no estaba seguro de que pudiera enfrentarse a eso. Levantó la vista como si la respuesta pudiera estar escrita en el techo. ¿Qué sucedería si ella no respondía por completo a sus sueños? ¿Cuánto detestaría él a su Dios si la abandonaba? ¿Cuánto podía detestarse a sí mismo si se aferraba a su Señor? La acompañó a casa, cogiéndola de la mano en la oscuridad. Cuando regresó al piso, muchas horas después, colgó la camisa en el borde del espejo.

—Pantalones muy cortos de color naranja —dijo—. ¿No es increíble? —Nos sentamos, encorvados sobre la botella—. ¿Sabes lo que debería hacer? —me preguntó—. Ir a trabajar al hogar de ancianos.

—Necesitas un guardaespaldas, ¿verdad?

Él sonrió, pero yo sabía que me estaba diciendo: «Ven a ayudarme, sigo siendo ese nadador que se ahoga sin remedio». Quería que estuviera presente alguien del pasado, asegurarse de que todo aquello no era una monumental ilusión. No podía ser un simple observador: tenía que hacer llegar algún mensaje. Y ese mensaje debía tener sentido, aunque sólo fuese para mí. Pero yo conseguí un empleo en Queens, en uno de esos bares irlandeses que tanto temía. Techo bajo, ocho taburetes a lo largo de la barra de formica. Serrín en el suelo. Servía cerveza de barril clara y ponía monedas, de mi bolsillo, en el tocadiscos automático para no tener que escuchar una y otra vez las mismas melodías. En vez de Tommy Makem, los Hermanos Clancy y Donovan, ponía algo de Tom Waits. Los testarudos parroquianos gruñían.

Imaginé que podría escribir una obra de teatro ambientada en un bar, como si eso no se hubiera hecho nunca, como si fuese una especie de acto revolucionario, de modo que escuchaba a mis compatriotas y tomaba notas. La soledad de aquellos hombres en el bar era una extensión de la que tenían en casa. Se me ocurrió que las ciudades lejanas están diseñadas precisamente para que puedas saber de dónde vienes. Al marcharnos nos llevamos el hogar con nosotros. A veces es una sensación agudizada por el hecho de haber partido. Mi acento se hizo más profundo. Adquirí diferentes ritmos. Fingí que era de Carlow.

La mayoría de los clientes eran de Kerry y Limerick. Uno de ellos era abogado, un hombre alto, grueso, de cabello rubio rojizo. Trataba con prepotencia a los demás porque les invitaba a beber. Brindaban con él y, cuando iba al servicio, le llamaban «hijoputa cazador de ambulancias».* No habrían usado esa expresión en casa (el «hijoputa cazador de ambulancias» no era importante en el viejo país), pero allí la decían siempre que podían. Con gran regocijo la intercalaban en sus canciones cuando el abogado se marchaba. En una de las canciones un cazador de ambulancias paseaba por las montañas de Cork y Kerry. En otra aparecía uno de esos profesionales en los verdes campos de Francia.

La actividad en el bar aumentaba a medida que avanzaba la noche. Yo servía las bebidas y vaciaba el bote de las propinas.

Seguía viviendo en el piso de Corrigan. Él pasaba algunas noches en casa de Adelita, pero nunca me hablaba de eso. Yo quería saber si por fin había estado con una mujer, pero él se limitaba a sacudir la cabeza: no quería ni podía decirlo. Al fin y al cabo, seguía perteneciendo a la orden. Aún estaba constreñido por sus votos.

Una noche, a comienzos de agosto, volví a casa en metro, pero a la salida de la estación no pude encontrar un taxi. No me gustaba la idea de ir a pie hasta el edificio de Corrigan a aquellas horas. En el Bronx, se apalizaba y se mataba al azar. Que te atracaran era casi un ritual, y ser blanco una mala idea. Era hora de que me hiciera con una habitación propia en otro lugar, tal vez el Village o el East Side de Manhattan. Me metí las manos en los tejanos y palpé el fajo de billetes enrollados que había ganado en el bar. Apenas había dado los primeros pasos cuando oí un silbido procedente del otro lado de la explanada. Tillie se estaba subiendo el tirante del bañador. La

* Un *ambulance chaser* es un abogado que se especializa en casos de indemnización por daños personales sufridos en accidentes. (N. del T.)

habían arrojado al suelo desde un coche y tenía las rodillas despellejadas.

—¡Hola, dulzura! —exclamó mientras avanzaba tambaleándose hacia mí haciendo oscilar el bolso por encima de la cabeza. Había perdido la sombrilla. Me tomó del brazo—. Quienquiera que me haya traído aquí va a tener que llevarme a casa.

Yo sabía que esa frase era un verso de Rumi. Me detuve, sorprendido.

—¿Qué tiene de extraño? —Se encogió de hombros y tiró de mí para seguir adelante. Me dijo que su marido había estudiado poesía persa.

—¿Marido?

Volví a pararme y me quedé mirándola. Cierta vez, cuando era adolescente, examiné un fragmento de mi piel en un portaobjetos a través del microscopio: una serie de surcos acaballonados bajo mi ojo, una gran sorpresa.

Mi profunda repugnancia, tan notable otros días, en aquel instante se transformó en respeto por el hecho de que a Tillie no le importaba en absoluto. Sacudió los pechos y me pidió que me dominara. De todos modos era su ex marido. Sí, había estudiado poesía persa. ¿Qué coño importaba eso? Me dijo que él reservaba una suite en el Sherry-Netherlands. Supuse que estaba drogada. El mundo parecía empequeñecerse a su alrededor, encogerse hasta tener el tamaño de sus ojos, pintados de color malva y oscurecidos con sombreador. De repente quise besarla. Mi propio acceso desenfrenado y afirmativo de alegría norteamericana. Me incliné hacia ella y, riéndose, me apartó.

Un largo Ford Falcon tuneado se detuvo junto al bordillo y Tillie, sin volverse, dijo:

—Ya me ha pagado, hombre.

Seguimos caminando calle arriba, cogidos del brazo. Bajo la Deegan, apoyó la cabeza en mi pecho.

—¿No es cierto, cariño? —me preguntó—. Ya has pagado

las golosinas, ¿verdad? —Restregaba la cabeza contra mí y la sensación era agradable. No hay otra manera de decirlo. Así era mi sensación, agradable.

—Llámame Almíbar —dijo ella con un acento remolón.

—Estás emparentada con Jazzlyn, ¿verdad?

—¿Y qué?

—Eres su madre, ¿no?

—Calla y págame —respondió, tocándome la cara. Poco después noté la sorprendente condolencia de su cálido aliento contra mi cuello.

La redada empezó a primera hora de la mañana, un martes de agosto. Aún estaba oscuro. Los agentes alinearon los furgones policiales a la sombra de las farolas, cerca del paso superior. A las chicas no parecía importarles tanto como a Corrigan. Una o dos dejaron caer sus bolsos y corrieron hacia los cruces, agitando los brazos, pero allí había más furgones policiales esperando con las puertas abiertas. Los policías esposaron a las chicas y las llevaron hacia los vehículos oscuros. Sólo entonces oímos algún grito. Se asomaban al exterior, en busca de sus pintalabios, sus gafas de sol o sus zapatos de tacón alto. «¡Eh, se me ha caído el llavero!», gritó Jazzlyn. Su madre la estaba ayudando a subir al furgón. Tillie estaba serena, como si aquello ocurriese continuamente, como otra salida del sol. Al ver que la miraba, me guiñó un ojo.

En la calle los agentes tomaban café, fumaban y se encogían de hombros. Llamaban a las chicas por sus nombres y apodos. Angie. Daisy. Raf. Almíbar. Merengue. Conocían bien a las chicas y la ofensiva era tan letárgica como el día. Las chicas debían de haber oído el rumor de antemano y se habían deshecho de las agujas y demás parafernalia de la droga tirándola a la alcantarilla. Había habido redadas anteriores, pero nunca un barrido tan completo.

Corrigan iba de un policía a otro.

—Quiero saber qué va a ocurrirles —les decía—. ¿Adónde van?

Giró sobre sus talones.

—¿Por qué las detienen?

—Por mirar las estrellas —dijo un policía, y golpeó un hombro de Corrigan.

Vi que las ruedas de un coche patrulla pasaban por encima de una larga boa rosa, que envolvió el espacio entre las ruedas como con afecto, y fragmentos de plumas rosadas giraron en el aire.

Corrigan anotó una serie de números de insignia policial. Una agente alta le arrebató el cuaderno y rompió lentamente las hojas delante de él.

—Mira, irlandés bobo, volverán pronto, ¿de acuerdo?

—¿Adónde las lleváis?

—¿Y eso qué te importa, amigo?

—Quiero saber adónde van. ¿A qué comisaría?

—Atrás. Apártate de aquí, ahora mismo.

—¿Bajo qué ley?

—Bajo la ley de que te daré una patada en el culo si no lo haces.

—Todo lo que quiero es una respuesta.

—La respuesta es que estas cosas son de esperar —dijo la mujer policía, mirando fijamente a Corrigan—. La respuesta es siempre la misma. ¿Comprendes?

—No, no comprendo.

—¿Qué eres, tío, un melón o algo por el estilo?

Uno de los sargentos se acercó con aire arrogante y gritó:

—Que alguien se ocupe de este señor acaramelado.

Empujaron a Corrigan a un lado de la calle y le dijeron que permaneciera en el bordillo.

—Como digas otra palabra te encerramos.

Me lo llevé de allí. Tenía el rostro enrojecido y apretaba los puños. Las venas le latían en las sienes. En su cuello había aparecido una nueva mancha.

—Tómatelo con calma, ¿de acuerdo, Corr? Ya lo solucionaremos más tarde. De todos modos, en la comisaría estarán mejor. Realmente no te gusta que estén aquí.

—Ésa no es la cuestión.

—Vamos, por Dios —le dije—. Confía en mí. Luego nos ocuparemos de ellas.

Los furgones policiales se apartaron de los bordillos y todos los coches patrulla menos uno los siguieron. Se habían formado grupos de espectadores. Unos niños montados en bicicleta trazaban círculos en el espacio vacío, como si hubieran descubierto un flamante terreno de juegos. Corrigan fue a recoger un llavero caído en un charco. Era una baratija. Un objeto de vidrio con la foto de una criatura en el centro. Le dio la vuelta y vio que en el reverso había la foto de otra criatura.

—Éste es el motivo —dijo Corrigan, lanzándome el llavero—. Éstas son las hijas de Jazz.

«Quienquiera que me haya traído aquí va a tener que llevarme a casa». Tillie me había cobrado quince dólares por nuestro breve encuentro, me había dado una palmada en la espalda y luego, con una considerable carga de ironía en la voz, me había dicho que representaba bien a los irlandeses. «Llámame Almíbar». Agitó el billete de diez dólares y me dijo que también conocía algunos poemas de Khalil Gibran, y que me citaría uno o dos versos si lo deseaba. «La próxima vez», le dije. Ella había revuelto el interior de su bolso. «¿Te interesa un poco de caballo?», me preguntó mientras me abrochaba. Dijo que Angie se lo podía proporcionar. «No es mi estilo», repliqué. Ella soltó una risita y se acercó más a mí. «¿Tu estilo?», dijo. Me puso la mano en la cadera y volvió a reírse. «¡Tu estilo!» Hubo un momento angustioso en el que pensé que me había robado las propinas, pero no era así; se había limitado a apretarme el cinturón y darme una palmada en el trasero.

Me alegraba de no haber ido con su hija. Casi me sentía virtuoso, como si no hubiese caído en la tentación. Noté el olor de Tillie durante un par de días, y ahora que se la habían llevado detenida volvía a notarlo.

—¿Es abuela?

—Ya te lo dije —respondió Corrigan. Dando grandes zancadas, se dirigió al único coche patrulla que quedaba blandiendo el llavero de Jazzlyn—. ¿Qué vais a hacer con esto? —gritó—. ¿Haréis que alguien cuide de los niños? ¿Es eso lo que vais a hacer? ¿Quién va a cuidar de sus hijos? ¿Vais a abandonarlos en la calle? ¡No sólo la habéis detenido a ella, sino también a su madre!

—Una palabra más, señor, y...

Así el codo de Corrigan y tiré de él hacia el complejo de viviendas. Por un momento, sin las putas, los edificios me parecieron más siniestros. El territorio se había transformado, ya no había ninguno de los antiguos tótems.

El ascensor volvía a estar averiado. Corrigan subió la escalera jadeando. Una vez en casa, se puso a llamar por teléfono a todos los grupos de la comunidad que conocía en busca de un abogado y una canguro para los hijos de Jazzlyn.

—¡Ni siquiera sé adónde han ido! —gritó a la persona con la que hablaba por teléfono—. No han querido decírmelo. La última vez, los calabozos estaban llenos y las enviaron a Manhattan.

Otra llamada telefónica. Se apartó de mí y rodeó el receptor con la mano.

—¿Adelita? —dijo.

Apretó más el teléfono mientras susurraba. Había pasado las últimas tardes con ella, en su casa, y cada vez, al volver a casa, se portaba del mismo modo: daba vueltas por la estancia, se tiraba de los botones de la camisa, mascullaba para sí mismo, intentaba leer la Biblia en busca de algo que pudiera justificarle, o tal vez buscando una palabra que le torturase incluso más, un dolor que volvería a dejarle con los nervios de punta. Eso, y también una felicidad, una energía. Ya no sabía qué podía decirle. Que cediera al desaliento. Que encontrara un nuevo destino. Que la olvidara. Que siguiera adelante. Por lo menos con las putas no tenía tiempo para hacer malabarismos con las ideas de amor y de pérdida, pues en la calle todo consistía en una pura captura. Pero en el caso de Adelita era distinto, ella no actuaba impulsada por la codicia ni el deseo de culminación. «Este es mi cuerpo, te lo he entregado a ti».

Más tarde, alrededor del mediodía, encontré a Corrigan en el baño, afeitándose ante el espejo. Había estado en el juzgado del Bronx, donde la mayoría de las putas habían sido puestas en libertad porque ya habían cumplido su condena. Pero Tillie y Jazzlyn tenían órdenes judiciales pendientes en Manhattan. Habían cometido juntas algún robo, le habían hecho a alguien una mala jugada. El caso era antiguo. Sin embargo, iban a trasladarlas al centro de la ciudad. Corrigan sacó una camisa negra almidonada y unos pantalones oscuros, se colocó de nuevo ante el espejo y se humedeció el largo cabello para moldearlo.

—Bien, bien —dijo. Tomó unas tijeras pequeñas y se cortó cerca de diez centímetros de cabello. Con tres precisos tijeretazos desapareció el flequillo—. Voy a ir al centro para ayudarlas.

—¿Adónde?

—Al Partenón de la justicia.

Parecía mayor, más gastado. Con el corte de pelo, la zona calva era más pronunciada.

—Lo llaman los Sepulcros. Las harán comparecer en la calle Centre. Escucha, necesito que hagas mi turno en el hogar de ancianos. He hablado con Adelita. Ella ya lo sabe.

—¿Yo? ¿Qué voy a hacer con ellos?

—No lo sé. Llévalos a la playa o adonde quieras.

—Tengo un trabajo en Queens.

—Hazlo por mí, hermano, te lo pido por favor. Te llamaré más tarde. —Antes de cruzar la puerta se volvió—. Y cuida también de Adelita por mí, ¿quieres?

—Claro.

—Júramelo.

—Sí, lo haré... Anda, vete.

Oí los sonidos de los niños que seguían a Corrigan escaleras abajo y se reían. Sólo cuando el silencio en el piso fue total recordé que mi hermano se había ido con la furgoneta marrón.

En un centro de alquiler de coches, en Hunts Point, invertí todas mis propinas en el depósito de una furgoneta. «Tiene aire acondicionado», me dijo el empleado con una sonrisa idiota. Era como si me estuviera dando una explicación científica. Tenía la placa con su nombre fijada sobre el corazón. «No conduzca con demasiada brusquedad, es un vehículo nuevo.»

Era uno de esos días en los que el verano parece haberse estabilizado, no demasiado caluroso, nuboso, con un sol sereno y muy alto. La radio emitía una canción de Marvin Gaye. Maniobré alrededor de un Cadillac con el suelo bajo y entré en la autopista.

Adelita me estaba esperando en la rampa del hogar de ancianos. Había llevado a sus hijos al trabajo, dos bellezas morenas. La más pequeña tiraba de su uniforme. Adelita se agachó, hasta quedar a la altura de sus ojos, y besó los párpados de la niña. Llevaba el cabello atado a la nuca con un largo pañuelo de colores y le brillaba la cara.

Entonces comprendí perfectamente lo que Corrigan sabía: aquella mujer poseía un orden interior y, pese a su actitud agresiva, tenía una belleza que afloraba fácilmente a la superficie.

La idea de ir a la playa le hizo sonreír. Me dijo que era un plan ambicioso pero imposible, porque los ancianos no estaban asegurados e iba contra las reglas. Sus hijos gritaban a su lado, le tiraban del uniforme, le asían la muñeca. «No m'hijo», le dijo con severidad al chiquillo, y empezamos a cargar las sillas de ruedas y colocar a los niños entre los asientos. Había basura amontonada contra la verja del parque. Detuve la furgoneta a la sombra de un edificio. «Ah, qué diablos», dijo Adelita. Se deslizó al asiento del conductor. Fui a la parte trasera del vehículo. Albee me miraba, sonriente, y masculló una palabra. No tuve necesidad de preguntarle qué decía. Adelita tocó el claxon y nos mezclamos con el ligero tráfico veraniego. Los niños lanzaron vivas cuando entramos en la autopista. A lo lejos, Manhattan parecía hecha con piezas de juguete.

Entonces nos vimos atrapados en el tráfico de Long Island. Desde la parte trasera nos llegaban canciones: los ancianos enseñaban a los niños fragmentos de melodías que en realidad no podían evocar. «Las gotas de lluvia caen sin cesar sobre mi cabeza», «Cuando los santos marchan, nunca deberías empujar a tu abuela fuera del autobús».

En la playa, los hijos de Adelita corrieron a la orilla mientras nosotros alineábamos las sillas de ruedas a la sombra de la furgoneta. La sombra fue disminuyendo a medida que el sol trazaba su arco. Albee se quitó los tirantes y se desabrochó la camisa. El bronceado de los brazos y el cuello era extraordinario, pero bajo la camisa la piel era de un blanco translúcido. Era como contemplar una escultura de dos colores diferentes, como si estuviera diseñando su cuerpo para una partida de ajedrez.

—A tu hermano le gustan esas putas, ¿eh? —me dijo—. Si quieres saberlo, son una pandilla de timadoras. —No dijo nada más y se quedó mirando el mar.

Sheila estaba sentada con los ojos cerrados, sonriendo, con el sombrero de paja ladeado sobre los ojos. Un viejo italiano cuyo nombre desconocía, era un hombre elegante con los pantalones perfectamente planchados, abollaba una y otra vez su sombrero sobre las rodillas y suspiraba. Los ancianos se descalzaron y expusieron los tobillos al sol. Las olas rompían a lo largo de la orilla y el día se nos escapaba como arena entre los dedos.

Radios, parasoles, el ardor del aire salobre.

Adelita fue a la orilla, donde sus hijos chapoteaban alegremente en las olas bajas. Era como un remolino que atraía la atención. Los hombres la miraban dondequiera que fuese, la esbelta curva de su cuerpo contra el uniforme blanco. Se sentó en la arena, a mi lado, con las rodillas apretadas contra los senos. Al moverse su falda se alzó un poco: una verruga roja en el tobillo, cerca de donde estaba el tatuaje.

—Gracias por alquilar la furgoneta.

—De nada, no hay ningún problema.

—No tenías que haberlo hecho.

—No tiene importancia.

—¿Es un rasgo de la familia?

—Corrigan me pagará —respondí.

Había un puente entre nosotros, compuesto casi totalmente por mi hermano. Hizo visera con la mano sobre los ojos oscuros y miró hacia el mar, como si Corrigan pudiera estar en el agua con sus hijos y no en un penumbroso juzgado discutiendo una serie de causas perdidas.

—Se pasará días ahí tratando de liberarlas —dijo ella—. No es la primera vez que ocurre. A veces creo que les iría mejor si lo tomaran como una lección. Hay gente a la que encierran por menos.

Le estaba cogiendo cariño, pero quería provocarla para ver hasta dónde sería capaz de llegar por él.

—Entonces no tendría ningún sitio adonde ir por la noche, ¿no es cierto? Ningún sitio donde trabajar.

—Tal vez sí o tal vez no.

—Tendría que irse contigo, ¿verdad?

—Sí, es posible —dijo ella, y una leve sombra de enojo pasó por su rostro—. ¿Por qué me preguntas eso?

—Sólo estoy hablando.

—Pues no sé adónde quieres llegar —replicó.

—Te pido que no le embauques.

—No le estoy embaucando. ¿Por qué querría embaucarle, como dices tú? ¿Por qué me dices eso?

Pronunció las últimas palabras en español, y su tono revelaba la irritación que sentía. Dejó que la arena se deslizara entre sus dedos y me miró como si fuese la primera vez que me veía, pero el silencio la calmó y finalmente dijo:

—La verdad es que no sé qué hacer. Dios es cruel, ¿verdad?

—El de Corrigan lo es, de eso no hay duda. En cuanto al tuyo, no lo sé.

—El mío está al lado del suyo.

Los niños se lanzaban un *frisbee* en la orilla. Saltaban para coger el disco volador, caían al agua y chapoteaban.

—Estoy aterrada, ¿sabes? —me confió—. Me gusta mucho, demasiado. No sabe qué va a hacer, ¿comprendes? Y no quiero interponerme en su camino.

—Yo sé qué haría si estuviera en su lugar.

—Pero no estás en su lugar —replicó.

Ella se volvió, silbó a los niños y éstos acudieron correteando por la arena. Eran morenos y flexibles. Adelita atrajo a Eliana hacia sí y le sopló suavemente en las orejas para quitarle la arena. No sé por qué, yo veía a Corrigan en los dos niños. Era como si ya hubiera penetrado en ellos por ósmosis. Jacobo también se subió al regazo de su madre. Adelita le mordisqueó una oreja y el pequeño chilló de placer.

Se protegía rodeándose de los niños, y me pregunté si era lo mismo que hacía con Corrigan, atrayéndole lo bastante cerca para protegerse a continuación, de acuerdo con su tendencia a rodearse de mucha gente y entonces considerarla excesiva. Por un momento la detesté, a ella y a las complicaciones que había acarreado a la vida de mi hermano, y experimenté un extraño afecto por las putas que se lo habían llevado a alguna comisaría, a la escoria misma, una celda terrible con barrotes de hierro, pan rancio y lavabos sucios. Tal vez incluso estuviera en la celda con ellas. Tal vez se hubiera hecho detener para poder estar cerca de ellas. No me habría sorprendido.

Él estaba en el origen de todo aquello, y yo tenía ahora una definición que aplicarle: era una rendija de luz bajo la puerta, sin embargo, la puerta estaba cerrada para él. Sólo se filtraban al exterior fragmentos de su ser, y acabaría parapetado detrás de aquello en lo que se había introducido. Tal vez la culpa fuese exclusivamente suya. Tal vez le gustaran las complicaciones: las había creado puramente porque las necesitaba para sobrevivir.

Yo sabía que la relación de Adelita y sus hijos con Corrigan sólo podía terminar mal. Alguien acabaría desgarrado. No obstante, ¿por qué no podían enamorarse, aunque sólo fuese por poco tiempo? ¿Por qué no habría de vivir Corrigan su vida con su cuerpo dolido, que cedía en algunos lugares? ¿Por qué no podía liberarse ni un solo momento de su Dios? Preocuparse por el mundo, tener que enfrentarse a obstáculos, cuando lo que realmente quería era ser normal y corriente y actuar con sencillez, suponía una tortura para él.

Sin embargo, nada era sencillo, desde luego no había ninguna simplificación. Pobreza, castidad, obediencia... les había sido fiel durante toda su vida, pero estaba desarmado cuando se volvían contra él.

Observé a Adelita mientras aflojaba una cinta elástica del cabello de su hija. Le dio una palmada en el trasero y la envió de regreso a la playa. Las olas rompían a lo lejos.

—¿A qué se dedicaba tu marido? —le pregunté.

—Estaba en el ejército.

—¿Le echas de menos?

Ella se me quedó mirando.

—El tiempo no lo cura todo —respondió, mirando la playa—, pero cura mucho. Ahora vivo aquí. Éste es mi lugar. No volveré allí. Si es eso lo que me preguntas, no volveré.

Su mirada sugería que formaba parte de un misterio que no iba a revelar. Ahora estaba en posesión de sí misma. Había hecho su declaración. No podía haber vuelta atrás. Yo recordaba a Corrigan cuando era un chiquillo, cuando todo era puro y estaba definido, cuando caminaba por la playa de Dublín maravillado por la aspereza de una concha, por el ruido de un avión que volaba bajo o del alero de una iglesia, por los fragmentos de lo que creía que estaba asegurado a su alrededor, escrito en el interior de aquella cajetilla de tabaco.

A nuestra madre le gustaba emplear una táctica para contar sus relatos: «Érase una vez, hace mucho tiempo, tanto tiempo que yo no pude haber estado allí, y si hubiera estado allí, no podría estar aquí, pero estoy aquí y no estuve allí, aunque de todos modos os lo voy a contar. Érase una vez, hace mucho tiempo...», y entonces se embarcaba en un relato de su propia invención, fábulas que nos enviaban a mi hermano y a mí a distintos lugares, y por la mañana, al despertarnos, nos preguntábamos si habíamos soñado partes distintas del mismo sueño, o si cada uno había copiado al otro, o si en algún extraño mundo nuestros sueños se habían superpuesto y cada uno había cambiado su lugar por el del otro, algo que habría hecho fácilmente tras haberme enterado del choque de Corrigan contra la barrera de protección: «Enséñame a vivir, hermano».

Son cosas que todos hemos oído antes. La carta de amor que llega mientras cae la taza de té. El rasgueo de guitarra mientras alguien exhala el último aliento. No lo atribuyo a Dios ni al sentimiento. Tal vez se trate del azar. O tal vez el azar no sea más que otra manera de tratar de convencernos a nosotros mismos de que somos valiosos.

Pero la cuestión es lo que sucedió, y no había nada que pudiéramos hacer por impedirlo. Corrigan al volante, tras haberse pasado el día entero en los Sepulcros y juzgados de Manhattan sur, avanzando hacia el norte por la autopista Franklin Delano Roosevelt, con Jazzlyn a su lado en el asiento del pasajero, sus tacones altos amarillos, su bañador de tono neón y una gargantilla en el cuello. A Tillie la habían encerrado, acusada de robo; había cargado con la culpa. Mi hermano llevaba a Jazzlyn de regreso con sus hijos, que eran más que llaveros, más que una vuelta de campana. Avanzaban a toda velocidad a lo largo del East River, encajonados por los edificios y las sombras, cuando Corrigan cambió de carril, tal vez puso el intermitente, tal vez no. Tal vez estuviera mareado o no se encontrara bien, quizá había tomado algún medicamento que ralentizaba sus reflejos o le nublaba la visión. Quizá dio un toque al freno, quizá lo pisó demasiado, quizá tararease en voz baja una tonada, quién sabe, pero decían que un coche lujoso, de época, le había dado por detrás. Nadie vio al conductor. Un vehículo dorado que iba por ahí, satisfecho de sí mismo, le alcanzó la parte trasera del furgón, lo empujó ligeramente, pero eso fue suficiente para desplazar la furgoneta de Corrigan a través de los tres carriles, como si fuera un bailarín grande y elegante. Me imagino a Corrigan apretando el volante, asustado, los ojos grandes y tiernos, mientras a su lado Jazzlyn gritaba, su cuerpo se ponía rígido, su cuello se tensaba, todo desfilaba raudo ante ella, su breve y depravada vida. El furgón resbaló por la seca calzada, chocó con un turismo, chocó con una camioneta de reparto de prensa y golpeó de frente la barrera de protección en el borde de la autopista, y Jazzlyn, que no llevaba puesto el cinturón de seguridad, salió despedida de cabeza por el parabrisas, un cuerpo ya camino del cielo. El retroceso del volante alcanzó de lleno a Corrigan en el pecho y le rompió el esternón. Su cabeza rebotó en el cristal resquebrajado, se cubrió de sangre, y entonces retrocedió con tal violencia que la fuerza del impacto rompió el armazón metálico del asiento, media tonelada de acero en movimiento. La furgoneta todavía oscilando de un lado a otro de la autopista, y el cuerpo casi desnudo de Jazzlyn trazó un arco en el aire, a ochenta o cien kilómetros por hora, cayó al suelo y quedó inerte junto a la barrera protectora. Tenía un pie doblado en el aire, parecía que quería dar un paso hacia arriba. Más tarde, lo único suyo que encontraron en la furgoneta fue un fino tacón amarillo junto a una Biblia que se había caído de la guantera. Todo estaba cubierto de vidrios rotos. Corrigan, que todavía respiraba, rebotaba y chocaba con el lateral, hasta que terminó contorsionado entre el freno y el acelerador. El motor seguía girando como si quisiera ir rápido y detenerse al mismo tiempo. Todo el peso de Corrigan descansaba sobre los dos pedales.

Al principio creyeron que estaba muerto y lo subieron en la misma ambulancia que a Jazzlyn. Una tos con expulsión de sangre advirtió a un enfermero. Lo llevaron a un hospital del East Side.

Quién sabe dónde estábamos nosotros, regresando de la playa, en otra zona de la ciudad, en una rampa, en un atasco de tráfico, en un peaje... ¿qué importancia tiene? Había una pequeña burbuja de sangre en la boca de mi hermano. Seguimos adelante, canturreando, mientras los niños dormitaban en el asiento trasero. Albee había resuelto un problema por sí solo. Lo llamó un jaque mate mutuo. Subieron a mi hermano a una ambulancia. No habríamos podido hacer nada por salvarlo. Ninguna palabra podría haberle hecho volver. Había sido un verano protagonizado por las sirenas. La de su ambulancia era una más. Las luces giraban. Lo llevaron al Hospital Metropolitano, lo ingresaron en urgencias. Lo trasladaron rápidamente por los pasillos de paredes verde claro. Tras ellos, sangre en el suelo. En las ruedas traseras de la camilla se distinguían dos regueros finos de sangre. Alrededor, caos. Dejé a Adelita y sus hijos ante la pequeña casa de madera donde vivían. Ella se volvió, me miró por encima del hombro y me saludó agitando la mano, sonriente. Pertenecía a mi hermano. Sería adecuada para él. Era perfecta. Él encontraría a su Dios con ella. Llevaron a Corrigan a la sala donde clasificaban a los pacientes según su estado de gravedad para intervenir de inmediato. Gritos y susurros. Una máscara de oxígeno en la cara. El pecho abierto. Un pulmón colapsado. Tubos de dos centímetros y medio insertos para que pudiera respirar. Una enfermera con un tensiómetro manual. Yo estaba sentado al volante de la furgoneta, vi como

Adelita encendía las luces de su casa. Podía ver su silueta recortada en las cortinas finas hasta que corrió unas más gruesas. Puse el motor en marcha. Lo sometían a tracción, con unos contrapesos por encima de la cama. Un solo respirador al lado. El suelo tan resbaladizo de sangre que los internos tenían que limpiarse las suelas.

Seguí conduciendo, ajeno a todo. Las calles del Bronx estaban llenas de baches. Por todas partes se veía el naranja y el gris de los incendios. Había chicos bailando en las esquinas, sus cuerpos en constante movimiento, como si hubieran descubierto algo totalmente nuevo acerca de sí mismos y lo blandieran como una especie de credo. Despejaron la habitación mientras le hacían radiografías. Aparqué bajo el puente en el lugar donde había pasado la mayor parte del verano. Aquella noche había pocas chicas, las que se habían librado de la redada. Unas golondrinas que permanecían bajo las vigas emprendieron el vuelo. Parecían semillas que sembraran el cielo. Las chicas no me llamaron. Mi hermano, en el Hospital Metropolitano, respirando todavía. Yo tenía que estar trabajando en Queens, pero en vez de hacer eso crucé la calle. No tenía idea de lo que estaba ocurriendo. La sangre acumulándose en sus pulmones. Hacia el minúsculo bar. El tocadiscos automático a todo volumen. The Four Tops. Vías intravenosas. Martha y las Vandellas. Máscaras de oxígeno. Jimi Hendrix. Los médicos no llevaban guantes. Le estabilizaron. Le pusieron una inyección de morfina. Le clavaron la aguja directamente en el músculo. Les extrañaron los moratones en la parte interna del brazo. Al principio lo tomaron por un yonqui. Decían que había ingresado con una puta muerta. Encontraron una medalla religiosa en un bolsillo de sus pantalones. Salí del bar bien entrada la noche y, medio borracho, crucé la avenida.

Me llamó una mujer. No era Tillie. No me volví. Oscuridad. En el patio unos chicos drogados jugaban al baloncesto sin balón. Todo el mundo se disponía a retirarse y descansar. Las luces parpadeantes del monitor cardiaco. Una enfermera se inclinó sobre él. Mi hermano le susurraba algo. ¿Cuáles eran sus últimas palabras? «Oscurece este mundo. Libérame. Dame amor, Señor, pero todavía no». Le quitaron la máscara. Llegué al quinto piso del edificio. La subida por la escalera me fatigó. Corrigan yacía en una habitación de hospital, en el atestado espacio de su propia plegaria. Me apoyé en la puerta del piso. Alguien había tratado de abrir el candado dorado del teléfono. Varios libros estaban diseminados por el suelo. No había nada que llevarse. Despertaba y perdía de nuevo el conocimiento, una y otra vez. Iban a hacerle pruebas para ver cuánta sangre había perdido. Intervalos de conciencia. Llamaron a la puerta a las dos de la madrugada. No muchas llamaban. Grité que entraran. Ella empujó la puerta, lentamente. El monitor cardiaco de mi hermano a trote lento. Continuaban los intervalos de conciencia. La mujer tenía en la mano un pintalabios. Eso lo recuerdo. No conocía a aquella chica. Me dijo que Jazzlyn había sufrido un accidente. Tal vez fuese amiga suya. No era una de las putas. Lo dijo casi con indiferencia, encogiendo los hombros. Se pintó los labios de un rojo intenso. El monitor cardiaco que controlaba a mi hermano parpadeaba. La línea como agua. No regresaba a ningún lugar inicial. Salí del piso corriendo. Las paredes llenas de grafitos. La ciudad vestida ahora con aquellos remolinos y volutas. El olor de la pintura fresca.

Hice un alto en casa de Adelita. Oh, Dios mío, dijo ella. La conmoción en sus ojos. Se puso una chaqueta sobre la camisa de dormir. Dijo que iríamos con sus hijos, y me los puso en los brazos. El taxi avanzó a toda velocidad, advirtiendo de la emergencia con un parpadeo de luces. En el hospital, sus hijos se sentaron en la sala de espera. Dibujaron con lápices de colores en hojas de periódico. Corrimos al encuentro de Corrigan. Ay, decía ella, ay, ay, Dios mío. Puertas de batiente que se abrían por todas partes. Se volvían a cerrar. Las luces fluorescentes por encima de nosotros. Soy enfermera, dijo Adelita. Por favor, déjenme verle, por favor. El médico se volvió, encogiéndose de hombros. Oh, Dios mío, oh. Acercamos a su cama dos sencillas sillas de madera. Dime quién podría ser. Dime en qué puedo convertirme. Dime.

Entró el médico con una tablilla con sujetapapeles contra el pecho. Habló en voz baja de lesiones internas. Todo un nuevo lenguaje de trauma. Se oían los pitidos del electrocardiograma. Adelita se inclinó hacia él. En su estado de estupor creado por la morfina estaba diciendo alguna cosa. Susurró que había visto algo hermoso. Ella le besó en la frente, la mano en su muñeca. El monitor cardiaco parpadeaba. ¿Qué está diciendo?, le pregunté. Llegaba desde el corredor el traqueteo de las camillas con ruedas. Los gritos. Los sollozos. La extraña risa de los internos. Corrigan le susurró algo de nuevo con la sangre burbujeando en su boca. Toqué el brazo de Adelita. ¿Qué está diciendo? Tonterías, respondió, está diciendo tonterías. Sufre alucinaciones. Entonces ella acercó la oreja a su boca. ¿Quiere que venga un sacerdote? ¿Es eso lo que quiere? Se volvió hacia mí. Dice que ha visto algo hermoso. ¿Quiere un sacerdote?, grité. Corrigan volvía a levantar un poco la cabeza. Adelita se inclinó hacia él. Su serenidad inquebrantable. Lloraba quedamente. Oh, tiene la frente fría, dijo. Tiene la frente muy fría.

UN MIRÓ EN LA PARED, COMO EL ESPEJO MÁGICO DEL CUENTO

Llegan desde el exterior los sonidos de Park Avenue. Suaves. Ordenados. Controlados. De todos modos, a ella le invade el nerviosismo. Pronto recibirá a las mujeres. Esa perspectiva le causa cierta inquietud, un pequeño nudo en el extremo de la espina dorsal. Se lleva las manos a los codos, se rodea los antebrazos. El viento agita las finas cortinas de la ventana. Encaje de Alençon. Hecho a mano mediante lanzadera, con adornos de seda. A ella no le entusiasma el encaje francés. Habría preferido un tejido corriente, una gasa de algodón ligera. El encaje fue una idea que se le ocurrió a Solomon hace mucho tiempo. El material del matrimonio. El buen pegamento. Él le ha servido el desayuno esta mañana en la bandeja de tres asas. Un cruasán suavemente glaseado. Una taza de manzanilla. Una rodaja de limón al lado. Incluso se ha tendido en la cama, vestido con traje y le ha acariciado el pelo. Le ha dado un beso antes de marcharse. Solomon, el juicioso Solomon, portafolio en mano, rumbo al centro de la ciudad. Su ligero balanceo al caminar. El sonido de sus zapatos lustrados en el suelo de mármol. El gruñido de su despedida. No malhumorado, sólo gangoso. A veces ella cae en la cuenta: ahí está mi marido. Allá va. De la misma manera que ha ido durante treinta y un años. Y entonces una especie de silencio interrumpido. Los sonidos que se dispersan, el chasquido de la cerradura, el tenue timbre, el ascensorista, «¡Buenos días, señor Soderberg!», el chirrido de la puerta, el estrépito de la maquinaria, el suave murmullo del descenso, el topetazo cuando el ascensor llega al vestíbulo, la sencilla melodía de los cables que suben.

Aparta las cortinas y mira de nuevo por la ventana, atisba los faldones de la chaqueta gris de Solomon mientras sube a un taxi. Agacha su cabeza, pequeña y calva. La puerta amarilla se cierra y el vehículo se funde con el tráfico.

Él ni siquiera sabe nada de las visitantes. Se lo dirá en algún momento, pero todavía no, no hay ningún daño en ello. Tal vez esta noche. Durante la cena. Velas y vino. «¿Sabes una cosa, Sol?» Mientras él se acomoda en la silla, tenedor en mano. «A ver si lo adivinas». Él exhala un ligero suspiro. «Vamos, Claire, dímelo, cariño... he tenido un día muy largo».

Ágilmente, se quita la camisa de dormir. Observa su cuerpo entero reflejado en el espejo. Tiene la piel un poco pálida y arrugada, pero aún no es demasiado tarde para remediarlo. Bosteza, estira bien los brazos hacia arriba. Alta, aún delgada, cabello negro azabache, una sola franja gris desde la sien. Cincuenta y dos años de edad. Se pasa un paño húmedo por el pelo y a continuación un peine de madera. Ladea la cabeza y presiona el cabello a lo largo con la palma. Enmarañado en el extremo, las puntas abiertas. Tiene que arreglárselo. Limpia el peine y echa las hebras al cubo de basura cuya tapa se abre mediante un pedal. Dicen que a los muertos les sigue creciendo el pelo. Adquiere una vida propia. Ahí abajo, con todos los demás detritus, pañuelos de papel, pintalabios gastados, tapones de tubos de dentífrico, píldoras contra la alergia, perfilador de ojos, medicamento para el corazón, juventud, recortes de uñas, hilo dental, aspirina, aflicción.

Pero, ¿cómo es que los pelos grises nunca son los que caen? La franja gris apareció de la noche a la mañana cuando era veinteañera. Entonces la detestó. La tiñó. La ocultó. La cortó. Ahora, ese elegante rayo gris que se extiende lateralmente desde la frente es su rasgo distintivo.

Una carretera en mi pelo. No me adelantes.

Tiene cosas que hacer. Debe darse prisa. Arreglo personal. Un ligero maquillaje. Algo de colorete. Un poco de perfilador de ojos y un toque de pintalabios. Nunca le ha gustado juguetear con el maquillaje. Se detiene ante el tocador. Sujetador y bragas de un sencillo beige. Su vestido preferido. Serigrafía aguamarina y verde, con un motivo de conchas. Falda acampanada. Sin mangas. Por encima de la rodilla. Cremallera detrás. Elegante y feminista al mismo tiempo. No demasiado chic ni ostentoso, pero contemporáneo, recatado, bueno.

Sube el dobladillo un poco más. Extiende el pie. Piernas que relucen, comentó Solomon años atrás. Ella le dijo cierta vez que hacía el amor como un ahorcado, erecto pero muerto. Un chiste que había oído en un concierto de Richard Pryor. Había ido sola, utilizando el pase de prensa de una amiga. Una excepción. El concierto no le pareció demasiado escabroso ni aburrido. Pero Solomon estuvo enfurruñado durante una semana... tres días por el chiste y cuatro porque había ido al concierto. «Liberación femenina», le dijo. «Quema tus sostenes, pierde el juicio». Un hombrecillo encantador. Aficionado al buen vino y el Martini. En su cabeza ya sólo conserva una pequeña península de pelo. Hay que cuidarla. En verano, necesita protección contra el sol. Pecas en la cúpula. Los veranos de la juventud todavía en sus ojos. Cuando se conocieron en Yale, el cabello le pendía, rubio y espeso, sobre los ojos. En Hartford, cuando era un joven abogado, paseaba por los estrechos senderos nada menos que con Wallace Stevens, los dos en mangas de camisa. «No permitió ni ave ni arbusto, nada había igual en Tennessee».* Para ella era su hogar, y hacían el amor en la cama de cuatro columnas. Yacían sobre las sábanas y él trataba de recitarle poemas al oído. Casi nunca recordaba los versos. Sin embargo, era una maravilla sensual, sus labios contra el borde de su oreja, el lado del cuello y la clavícula, envuelto en el resplandor del

* Versos del poema de Wallace Stevens *Anecdote of the Jar*. (N. del T.)

entusiasmo. Una noche la cama se rompió a causa de sus retozos. Ahora no son frecuentes, aunque siguen practicándolos, y ella todavía alza las manos para asirle el pelo detrás de la cabeza. Ya no es tan espeso. El final del tallo donde antaño pendió la fruta. En la sala de justicia, los matones están callados hasta que los sentencia, y cuando baja el mazo, gritan, se debaten y le insultan. Ella ya no le acompaña al centro de la ciudad, a la sala de paredes forradas de madera oscura, para observar. ¿Por qué soportar los insultos? «¡Eh, Kojak! ¿Quién te quiere, pequeño?» En su despacho de juez hay una fotografía de ella, en la playa, con Joshua cuando era un niño, madre e hijos apoyados uno en el otro, las cabezas tocándose, las dunas a sus espaldas, interminables y cubiertas de hierba.

Siente un leve murmullo en la caja torácica, una expansión de aire. Joshua. No es un nombre apropiado para un chico vestido de uniforme.

El collar con una mano fantasmal. Sucede en ocasiones. Un poco de sangre se le agolpa en la garganta. Una garra se clava en su tráquea. Como si alguien la estuviera apretando, una restricción momentánea. Se vuelve hacia el espejo, de costado, luego de frente, nuevamente de costado. ¿La amatista? ¿Las ajorcas? ¿El collarcito de cuero que le regaló Joshua cuando tenía nueve años? Había dibujado una cinta roja en el envoltorio marrón, con un lápiz de color. «Toma, mamá», le dijo, y entonces echó a correr y se escondió. Ella lo llevó durante años, sobre todo en casa. Tuvo que coserlo de nuevo dos veces. Pero ahora no, hoy no, no. Vuelve a dejarlo en el cajón. Es demasiado. De todos modos un collar es demasiado elegante. Titubea ante su imagen reflejada en el espejo. Crisis del petróleo, crisis de los rehenes, crisis del collar. Preferiría dedicarse a resolver algoritmos. Ésa fue su especialidad en la época universitaria. En el departamento de matemáticas sólo había tres mujeres. Era una de ellas, pero la confundían con la secretaria cuando iba por los corredores. Tenía que caminar con la vista baja.

Una mujer reducida a un par de zapatos. Conocía muy bien el suelo. Las complejidades de las baldosas. Dónde se interrumpían los zócalos.

Encontramos, como en las joyas antiguas, los días idos de nuestra vida.

¿Unos pendientes, entonces? Unos pendientes. Un par de minúsculas conchas adquiridas en Mystic hacía dos veranos. Introduce la barrita de plata en el orificio. Se vuelve hacia el espejo. Es curioso ver la tensión de su cuello. No es el mío. No ese cuello. Cincuenta y dos años en esa misma piel. Extiende la barbilla y la piel se tensa. Vano, pero mejor. Los pendientes contra el vestido. Conchas que armonizan con otras conchas. Las deja caer en el joyero y revuelve el contenido en busca de otra cosa. Echa un vistazo al reloj sobre el tocador.

Rápido, rápido.

Es casi la hora.

En los últimos ocho meses ha estado en cuatro casas. Todas ellas sencillas, limpias, corrientes y adorables. Staten Island, el Bronx y dos en el Lower East Side. Nada ruidoso, jamás. Sólo una reunión de madres. Eso es todo. Pero cuando finalmente les dijo dónde vivía, se quedaron boquiabiertas. Había logrado ocultarlo durante cierto tiempo, pero entonces fueron al piso de Gloria, en el Bronx. Una hilera de bloques de viviendas subvencionadas. Ella nunca había visto nada igual. En las puertas había marcadas dejadas por el fuego. El vestíbulo olía a ácido bórico. Agujas en el ascensor. Se sintió aterrada. Subió hasta el undécimo piso. Una puerta metálica con cinco cerraduras. Cuando llamó, la puerta vibró sobre sus goznes. Pero el interior del piso relucía. Dos enormes arañas pendían del techo, baratas pero encantadoras. No había un solo rincón en penumbra. Las demás mujeres ya estaban allí, y al verla sonrieron desde el hondo y abolsado sofá. Todas ellas le acercaron las caras para besar al aire, y la mañana se deslizó suavemente. Incluso se olvidaron de donde estaban. Gloria iba de un lado a otro, cambiando platillos, intercambiando servilletas, abriendo un poco las ventanas para las fumadoras, y entonces les mostró la habitación de su hijo. Había perdido tres chicos, imaginaos... ¡tres!... pobre Gloria. Los álbumes de fotos estaban cuajados de recuerdos: estilos de peinado, encuentros deportivos, ceremonias de graduación. Se fueron pasando de una a otra los trofeos de béisbol. En conjunto fue una mañana deliciosa, y el tiempo pasó sin sentirlo. El reloj, sobre el radiador, señaló el mediodía y hablaron de la siguiente reunión. «Bueno, Claire, esta vez te toca a ti». Tuvo la sensación de que su boca era de yeso. Casi podía tragárselo mientras hablaba. Parecía una disculpa. No dejó de mirar a Gloria. «Bien, vivo en Central Park a la altura de la Setenta y seis». Se hizo el silencio. «Cogéis la línea seis». Lo había ensayado. «El tren». Entonces: «El metro». Y a continuación: «El último piso». Nada de aquello le salía bien, la manera de decirlo, como si las palabras no acabaran de encajar en su lengua. «¿Vives en Central Park?», le preguntó Jacqueline. Otro silencio. «Eso está bien», dijo Gloria, un toque de luz en los labios, en el lugar que se había lamido, como si hubiese allí algo que debiera eliminar. Y Marcia, la diseñadora de Staten Island, palmoteó. «¡El té con la reina!», exclamó, bromeando, sin ninguna mala intención, desde luego, pero no dejaba de ser una pequeña herida que latía.

Durante su primera reunión, Claire les había dicho que vivía en el East Side, eso fue todo, pero ellas debían de haber sabido, aunque llevaba pantalones y zapatillas y no usaba joya alguna, debían de haber intuido que se trataba del East Side superior. Janet, la rubia, se inclinó hacia adelante y dijo: «Oh, no sabíamos que vivías ahí arriba».

«Ahí arriba». Como si fuese un sitio al que hubiera que trepar. Como si tuvieran que ascender hasta allí. Cuerdas, cascos y argollas de alpinismo.

Se había sentido mareada. Como si tuviera aire en la parte posterior de las piernas. Como si pudiera estar tratando de lucirse. Las demás mujeres insistían en el detalle, y ella se sentía mal. «Crecí en Florida», farfulló. «La verdad es que es un piso muy pequeño. Las cañerías son alarmantes. La azotea es un desastre». Estaba a punto de decir que no tenía ayuda (*criados* no, nunca habría dicho *criados*) cuando Gloria, la querida Gloria, dijo: «¡Ostras, Park Avenue, sólo he estado allí cuando jugaba al Monopoly!», y todas se rieron. Echaron las cabezas atrás y se rieron sin reservas. Eso le dio la oportunidad de beber agua, sonreír y aspirar aire. Ellas no podían esperar. «¡Park Avenue! Cielo santo, ¿no es la zona más lujosa?» No, no lo era, la zona más lujosa era Park Place, pero Claire no dijo nada, ¿para qué presumir? Salieron juntas, todas excepto Gloria, claro. Ésta agitó la mano desde la ventana del undécimo piso, el vestido estampado contra los barrotes de la ventana que le cruzaban el pecho. Allá arriba parecía perdida y adorable. En ese momento los basureros estaban en huelga. Las ratas correteaban entre la basura. Prostitutas junto al paso inferior bajo la autopista. Con pantalones muy cortos y blusas de espalda descubierta, a pesar de la nevisca. Resguardándose del frío. Corriendo hacia los camiones cuando pasaban. Exhalando nubes de vapor blanco. Terribles bocadillos de cómic. Claire sintió deseos de volver arriba y traerse a Gloria consigo, llevársela lejos de aquel espanto. Pero no podía regresar al undécimo piso. ¿Qué iba decirle? Vamos, Gloria, pasa por la casilla de salida del Monopoly, gana doscientos dólares y libérate de esta cárcel.

Habían ido todas juntas caminando hasta el metro. Eran cuatro mujeres blancas que apretaban sus bolsos un poco más de lo normal. Podrían haberlas tomado por asistentas sociales. Todas iban bien vestidas, pero sin pasarse. Sonrientes y silenciosas aguardaron el tren. Janet daba nerviosos golpecitos en el suelo con la punta del zapato. Marcia se retocaba el rímel utilizando un pequeño espejo. Jacqueline se echó atrás la larga cabellera pelirroja. Llegó el tren, cuajado de color, un remolino profuso de líneas curvas, y subieron. Era un vagón totalmente pintado con grafitos. Hasta las ventanillas estaban oscurecidas por la pintura. No era precisamente un Picasso. Eran las únicas mujeres blancas del vagón. No es que a ella le importara viajar en metro, pero no iba a decirles que era sólo la segunda vez que lo hacía. Sin embargo, nadie las miró de soslayo ni les dijo una sola palabra fuera de tono. Ella se apeó en la calle Sesenta y ocho para poder caminar, airearse un poco, estar sola. Paseó por la avenida y se preguntó, en primer lugar, por qué se había relacionado con aquellas mujeres. Todas eran tan diferentes, tenían tan poco en común... pero aun así le gustaban de veras. Sobre todo Gloria. No tenía nada contra nadie, ¿por qué habría de tenerlo? Detestaba esa manera de hablar. En Florida, su padre dijo una vez durante la cena: «Los negros me gustan, sí, señor, creo que todo el mundo debería tener uno». Ella se levantó bruscamente de la mesa y no salió de su habitación durante dos días. Le deslizaban la comida por debajo de la puerta. Bueno, no era exactamente así, se la pasaban por la puerta entreabierta. Tenía diecisiete años y estaba a punto de ir a la universidad. «Dile a papá que no voy a salir hasta que se disculpe». Y él lo hizo. Subió pesadamente la curvilínea escalera, la rodeó con sus grandes brazos de sureño y le dijo que era una moderna.

Moderna. Como un artefacto. Una pintura. Un Miró.

Pero en cualquier caso sólo es un piso. Un piso. Nada más. Vajilla de plata, porcelana, ventanas, adornos y cacharros de cocina. Sólo eso. No hay otra cosa. Sencillo. Bastante corriente. ¿Qué más podría ser? Nada. Déjame que te diga, Gloria, que las paredes entre nosotros son muy delgadas. Un grito y se vienen abajo. Buzones vacíos. Nadie me escribe. La junta de propietarios es una pesadilla. Pelo de animales domésticos en las lavadoras. A la entrada hay un portero con guantes blancos, pantalones con raya y galones, pero te diré un secreto, y que quede entre nosotras: no usa desodorante.

Un raudo estremecimiento la recorre: el portero.

Se pregunta si las interrogará demasiado. ¿A quién le toca

hoy? Melvyn, ¿verdad? ¿El nuevo? Es miércoles. Melvyn, sí. ¿Y si las confunde con servicio doméstico? ¿Si les hace subir en el montacargas? Debe llamarle y decírselo. ¡Pendientes! Sí. Pendientes. Ahora ha de apresurarse. En el fondo de la caja hay unos antiguos, unas sencillas bolitas que casi nunca ha llevado. La barra un poco oxidada, pero no importa. Humedece cada vástago con la lengua. Vuelve a ver su imagen reflejada en el espejo. El vestido con las conchas estampadas, el pelo que le llega a los hombros, el mechón blanco. Cierta vez la tomaron por la madre de una joven intelectual que había salido en la televisión hablando de fotografía, el momento de la captura, el arte desafiante. También ella tenía un mechón blanco. «Las fotografías mantienen vivos a los muertos», había dicho la chica. No era cierto. Se necesita mucho más que fotografías, muchísimo más.

Los ojos ya un poco vidriosos. Eso no es bueno. Anímate, Claire. Tiende la mano hacia la caja de pañuelos de papel que hay más allá de las figuritas de cristal sobre el tocador y se enjuga los ojos. Corre al vestíbulo y descuelga el añejo auricular.

—¿Melvyn?

Llama de nuevo. Tal vez esté fuera, fumando.

—¡Melvyn!

—¿Sí, señora Soderberg?

Su voz serena, ecuánime. Galés o escocés, nunca se lo ha preguntado.

—Esta mañana vienen unas amigas a cenar conmigo.

—Sí, señora.

—Quiero decir que vienen a desayunar.

—Sí, señora Soderberg.

Ella desliza los dedos por el revestimiento de madera oscura del corredor. ¿*Cenar*? ¿Ha dicho realmente *cenar*? ¿Cómo ha podido decir tal cosa?

—¿Me hará el favor de recibirlas como es debido?

—Por supuesto, señora.

—Son cuatro.

—Sí, señora Soderberg.

Respirando sobre el micrófono. Ese fino bigote pelirrojo sobre el labio. Debería haberle preguntado de dónde era cuando empezó a trabajar. Fue una descortesía no hacerlo.

—¿Alguna cosa más, señora?

Sería descortés preguntárselo ahora.

—Que suban por el ascensor correcto, Melvyn.

—Desde luego, señora.

—Gracias.

Apoya la cabeza en la fría pared. No debería haber dicho nada sobre un ascensor correcto o incorrecto. «Un patinazo», habría dicho Solomon. Melvyn estará ahí abajo, paralizado, y las hará subir al montacargas. «El ascensor está a su derecha, señoras. Adelante». Siente que la vergüenza le colorea las mejillas. Pero ella ha empleado la palabra «cenar», ¿no es cierto? A él no le habrá pasado desapercibido. Cena en vez de desayuno. Por el amor de Dios.

Una vida examinada en demasía no merece ser vivida, Claire.

Se permite una sonrisa y desanda sus pasos por el corredor hasta la sala de estar. Las flores en su lugar. El sol que destella en los muebles blancos. El grabado de Miró por encima del sofá. Los ceniceros colocados en lugares estratégicos. Confía en que no fumen dentro de casa. Solomon detesta el tabaco. Pero todas fuman, incluso ella. Es el olor lo que le irrita. La combustión posterior. En fin. Tal vez ella hará como las demás y aspirará el humo, esa pequeña chimenea, ese pequeño holocausto. Terrible palabra. Jamás la había oído de niña. Se educó como presbiteriana. Su matrimonio fue un pequeño escándalo. La voz resonante de su padre. «¿Qué dices que es? ¿Hijo de madre soltera? ¿De Nueva Inglaterra?» Y el pobre Solomon, con las manos enlazadas a la espalda, mirando por la ventana, colocándose bien la corbata, callado, aguantando el insulto.

Pero cada verano seguían llevando a Joshua a Florida, a las orillas del lago Lochloosa. Caminaban entre los mangos, cogidos de la mano, Joshua en el medio, columpiándolo, uno, dos, tres, yaaaaa.

Fue allí, en la mansión, donde Joshua aprendió a tocar el piano. Tenía cinco años. Se sentó en el taburete y deslizó los dedos de un lado a otro del teclado. Cuando regresaron a la ciudad le inscribieron en el curso que se impartía en el sótano del Whitney. Recitales con pajarita. Su chaqueta azul con botones dorados. El cabello con raya a la izquierda. Le gustaba presionar el pedal dorado con el pie. Dijo que quería llevarse el piano a casa. Bruuum bruuum. Le compraron un Steinway por su cumpleaños. Con ocho años tocaba a Chopin antes de la cena. Cócteles en mano, ellos se sentaban en el sofá y escuchaban.

Buenos tiempos que asoman por las esquinas más inesperadas.

Claire saca su paquete de tabaco oculto bajo la tapa del piano, se dirige al fondo del piso y abre la pesada puerta trasera. Era la entrada de la sirvienta. Mucho tiempo atrás, cuando existían sirvientas y entradas. Sube la escalera. Es la única inquilina del edificio que utiliza la azotea. Abre la puerta de incendios. Ninguna alarma. La vaharada de calor que se levanta de la oscura azotea. La junta de propietarios ha intentado durante años colocar una plataforma, pero Solomon se ha negado. No quiere ruido de pisadas por encima de su cabeza. Ni fumadores. En eso es muy riguroso. Detesta el olor. Solomon, qué dulzura de hombre. Incluso con su camisa de fuerza.

Se detiene en el umbral, da una honda calada al pitillo y lanza al cielo una nubecilla de humo. La ventaja de vivir en el ático. Se niega a llamarlo *penthouse*. Hay algo lascivo en esa palabra. Algo satinado y revistero. Ha colocado una corta hilera de tiestos con flores sobre el asfalto de la azotea, a la sombra del muro. A veces le dan más trabajo del que se merecen, pero le gusta saludarlas por la mañana. Rosales floribunda y un par de rosales híbridos de té que crecen desordenadamente.

Se inclina sobre la hilera de tiestos. Unas manchitas amarillas en las hojas. Se esfuerzan por sobrevivir al verano. Ella sacude la ceniza, que cae a sus pies. Una agradable brisa del este. La vaharada del río. Ayer pronosticaron en la tele que habría una ligera posibilidad de lluvia. Ninguna señal. Unas pocas nubes, eso es todo. ¿Cómo se llenan de agua las nubes? La lluvia es un pequeño milagro. «Llueve sobre los vivos y los muertos, mamá, pero los muertos tienen mejores paraguas». Tal vez podría subir aquí las cuatro sillas, no, las cinco, y dejar que el sol nos bañe la cara. En la tranquilidad del verano. Estar ahí, tan sólo estar. A Joshua le gustaban los Beatles, los escuchaba en su habitación, oías el sonido a pesar de que se ponía aquellos grandes auriculares que tanto le gustaban. «Déjalo estar». Una canción tonta, a decir verdad. Lo dejas estar y vuelve. Eso es lo que realmente sucede. Lo dejas estar y te derriba al suelo. Lo dejas estar y repta por las paredes.

Da otra calada al cigarrillo y mira por encima del muro. Un vértigo momentáneo. El riachuelo de taxis amarillos a lo largo de la calle, la franja de verdor en la mediana de la avenida, los arbolitos recién plantados.

No sucede gran cosa en la zona del parque. Todo el mundo se ha ido a sus residencias de verano. Solomon está totalmente en contra. Le gustan sus horarios intempestivos. Incluso en verano. El beso que me ha dado esta mañana me ha producido una agradable sensación. Y el olor de su colonia. La misma que la de Joshua. ¡Ah, el día que Joshua se afeitó por primera vez! ¡Qué día aquel! Se cubrió de espuma. Tan cuidadoso con la navaja de afeitar. Se despejó la mejilla, pero no pudo evitar hacerse un corte en el cuello. Arrancó un trocito del *Wall Street Journal* de su padre. Lo ensalivó y se lo aplicó al rasguño. La página de negocios restañándole la sangre. Tuvo que humedecerlo para podérselo quitar. Ella había permanecido junto a la puerta del baño, sonriente. Este chico mío, robusto y alto, afeitándose. Las cosas sencillas vuelven a nosotros. Descansan un momento junto a nuestras cajas torácicas, y entonces penetran bruscamente y nos retuercen el corazón.

No hay periódicos lo bastante grandes para curar las heridas que sufrió en Saigón.

Da otra larga calada, deja que el humo se instale en los pulmones... ha oído en alguna parte que el tabaco es bueno contra la aflicción. Una larga calada y te olvidas de llorar. El cuerpo está demasiado atareado enfrentándose al veneno. No es de extrañar que se lo dieran gratis a los soldados. Lucky Strike.

Repara en una mujer negra en la esquina que se está dando la vuelta. Alta y de senos voluminosos, con un vestido de estampado floral. Tal vez sea Gloria. Pero no, está sola. Un ama de casa, probablemente. Nunca se sabe. Le gustaría bajar a la calle, ir a la esquina y levantarla en brazos. Gloria es su preferida. Quiere estrecharla en sus brazos, llevarla a casa, ofrecerle asiento, servirle café, hablar, reír, susurrar y estar junto a ella, tan sólo estar juntas. Eso es todo lo que quiere. Nuestro pequeño club. Nuestra pequeña interrupción. La querida Gloria. Ahí arriba, en su alto edificio, cada día y cada noche. ¿Cómo es posible que viva en semejante lugar? Las vallas metálicas. La basura que se arremolina. El hedor terrible. Esas jóvenes ahí fuera vendiendo sus cuerpos. Dan la sensación de que podrían caer hacia atrás y usar sus columnas vertebrales como colchones. Y el resplandor de los incendios en el cielo... deberían llamarlo Dresde y acabar con ello.

Tal vez podría contratar a Gloria. Traerla a casa para que se dedique a diversas tareas. Los cabos sueltos. Se sentarían juntas a la mesa de la cocina y matarían el tiempo, se tomarían en secreto uno o dos gintonics y dejarían pasar las horas, ella y Gloria, en paz, alegres, sí, Gloria, *in excelsis deo*.

En la calle, la mujer dobla la esquina y desaparece.

Claire pisotea la colilla y regresa tambaleándose hacia la

puerta de la azotea. Está un poco mareada. El mundo ha basculado por un instante. Baja la escalera, la cabeza le da vueltas. Joshua jamás fumó. Tal vez, camino del cielo, pidiera un cigarrillo. He aquí mi pulgar, mi pierna, mi garganta, mi corazón y un pulmón y, eh, juntémoslos todos para un último Lucky Strike.

De nuevo en casa, por la entrada de la sirvienta, oye que el reloj de la sala de estar da las horas.

A la cocina.

Ahora se siente aturdida. Inhala.

¿Quién necesita un título académico para hervir agua?

Camina con pasos inseguros por el corredor y regresa a la cocina. Superficie de mármol, armarios con tiradores dorados, mucho electrodoméstico blanco. Las otras establecieron una regla al comienzo de sus reuniones para tomar el té: las visitantes son quienes traen los bagels, los bollos, el queso danés, la fruta, las galletas, las rosquillas. La anfitriona prepara el té y el café. De esa manera hay un buen equilibrio. Ella había pensado encargar toda una bandeja de exquisiteces a la tienda de William Greenberg, en Madison, pero eso sería colocarse por encima de las demás.

Enciende el fogón bajo el recipiente con agua. Un pequeño universo de burbujas y llamas. Buen tueste francés. Satisfacción instantánea. Que se lo digan al Viet Cong.

Una hilera de bolsitas de té sobre el mostrador. Cinco platillos. Cinco tazas. Cinco cucharillas. Tal vez la jarrita para la leche en forma de vaca, a fin de poner un toque de humor. No, demasiado. Caprichoso en exceso. Pero, ¿no puedo reírme delante de ellas? ¿No me dijo el doctor Tonnemann que me riera?

Adelante, por favor, ríe.

Ríe, Claire, suéltalo.

Un buen médico. No le permitía tomar píldoras. Intente reír un poco cada día, le había dicho, es una buena medicina. Las píldoras eran una segunda opción. Debería haberlas tomado, se decía ella. No. Estoy mejor tratando de reír. Morir riendo. Sí, provocar una risa desbordante en las fauces de la muerte. Un buen médico, sí. Incluso podía citar a Shakespeare. Provocaba una risa desbordante, desde luego.

Cierta vez Joshua le escribió una carta sobre los carabaos. Esos búfalos acuáticos le asombraban. Su belleza. Un día vio un escuadrón que lanzaba granadas en la orilla de un río. Todos se reían alegremente. Las fauces de la muerte, en efecto. Dijo que cuando terminaron con los carabaos, los soldados dispararon contra unos pájaros de plumas brillantes y coloridas que estaban en los árboles. Imagina si también hubieran tenido que contarlos. «Puedes contar los muertos, pero no el coste. No disponemos de una aritmética para el cielo, mamá. Todo lo demás se puede medir». Ella había releído mentalmente esa carta una y otra vez. Existe una lógica en cada ser vivo. Las pautas que ves en las flores. En la gente. En los carabaos. En el aire. Detestaba la guerra, pero le pidieron que fuera cuando estaba en California, en el Centro de Investigación de Palo Alto. Se lo pidieron, curiosamente, de una manera cortés. El presidente quería conocer el número de muertos. Lyndon B. Johnson no podía calcularlo. Cada día sus asesores se presentaban ante él y ponían sobre su mesa los hechos y las cifras. Muertos del Ejército. Muertos de la Armada. Marines muertos. Civiles muertos. Diplomáticos muertos. Miembros muertos del Hospital Quirúrgico Móvil del Ejército. Miembros muertos del grupo Delta. Miembros muertos de los Seabee. Guardias nacionales. Pero los números no cuadraban. Alguien se equivocaba en algún lugar. Todos los reporteros y los canales de televisión mordían el cuello de Lyndon B. Johnson, y éste necesitaba la información adecuada. Podía contribuir a que un hombre alunizara, pero no podía contar las bolsas de los cadáveres. Enviar un satélite que daba vueltas al planeta, pero no calcular el número de cruces por clavar en el suelo. Una unidad de calculadores de élite. La Brigada de los Obsesos Informáticos. Iniciación rápida. Vais a servir a vuestra nación. Cortaos el pelo. «País mío, sobre ti,* tenemos la tecnología». Sólo se presentaron los mejores y más brillantes. De Stanford. Del MIT. La Universidad de Utah. U. C. Davis. Sus amigos del Centro de Investigación de Palo Alto. Los que estaban desarrollando el sueño de ARPANET, la red de ordenadores para la comunicación entre los distintos organismos oficiales de Estados Unidos. Los equiparon y enviaron allí. Todos ellos hombres blancos. También había otros sistemas: cuánto azúcar se consumía, cuánto petróleo, cuántas balas, cuántos cigarrillos, cuántas latas de carne enlatada, pero la especialidad de Joshua eran los muertos.

Sirve a tu país, Josh. Si puedes crear un programa que juega al ajedrez, sin duda podrás decirnos cuántos caen a manos de los amarillos. Dime la cifra de los héroes. Muéstranos el modo de contar muertos por las granadas de sus compañeros.

No pudieron encontrar uniformes de hombres lo bastante estrechos o perneras lo bastante largas para él. Subió al avión con las perneras de los pantalones a media asta. Entonces lo debería haber sabido, piensa Claire. Debería haberle pedido que volviera. Pero él siguió adelante. El avión despegó y fue empequeñeciéndose en el cielo. Ya habían construido un cuartel en Tan Son Nhut. En la base de la fuerza aérea. Dijo que una pequeña banda de música les dio la bienvenida. Bloques de hormigón ligero y mesas de madera prensada. Una sala llena de ordenadores PDP-10 y Honeywells. Entraron allí y el lugar los recibió con zumbidos. A él le recordó una confitería.

El día de su partida, ella quiso decirle muchas cosas en la pista de despegue. Unos hombres brutales dirigen el mundo, y tienes la prueba más palpable en sus ejércitos. Si te piden que te quedes inmóvil, tienes que bailar. Si te piden que quemes la

---

* Paráfrasis de primer verso del himno patriótico *América*: «País mío, sobre ti / dulce tierra de libertad / sobre ti canto». (N. del T.)

bandera, hazla ondear. Si te piden que asesines, resucita. Teorema, antiteorema, corolario, anticorolario. Subraya dos veces. Todo está ahí, en los números. Escucha a tu madre. Escúchame, Joshua. Mírame a los ojos. Tengo algo que decirte.

Pero él siguió delante de su madre, con el pelo cortado casi al rape y las mejillas enrojecidas, y ella no le dijo nada. Dile algo. Ese brillo de sus mejillas. Dile algo. Vamos, díselo. Pero se limitó a sonreír. Solomon le puso una estrella de David en las manos, desvió la vista y le dijo: «Sé valiente». Ella le dio un beso de despedida en la frente. Observó la manera en que la espalda de su uniforme se arrugaba y se estiraba con perfecta simetría, y en cuanto le vio alejarse tuvo la certeza de que se marchaba para siempre. «Oiga, central, póngame con el cielo, creo que mi Joshua está ahí».

No puedo permitirme esta nostalgia. No. Vierte las cucharadas de café y alinea las bolsitas de té. Imagina la entereza. Eso tiene una lógica. Imagínala y aguanta.

¿Cómo es estar muerto, hijo? ¿Crees que a mí me gustaría? Oh. El interfono. Ya están aquí. El estrépito de la cucharilla que ha caído al suelo. Avanza rauda por el corredor. Regresa y coge la cucharilla. Ahora todo está en orden, sí, en orden. Devuélvamelo vivo, señor Nixon, y no nos pelearemos. Tome este cadáver, con sus cincuenta y dos años, y cámbielo por él. No lo lamentaré, no me quejaré. Devuélvamelo, restablecido y guapo.

Domínate, Claire.

No me derrumbaré.

No.

Vamos, rápido, hacia la puerta, el interfono. Sabe que su mente necesita una zambullida en agua fría. Un frío y momentáneo chapuzón en uno de esos pequeños cubos que hay en el exterior de una iglesia católica. Sumerge ahí la cabeza y sanarás.

—Sus visitantes, señora Soderberg.

—Ah, sí, hágalas subir.

¿Demasiado áspera? ¿Demasiado apresurada? Entonando

alto y después bajo debería haber dicho «estupendo, perfecto», en lugar de «hágalas subir». Ni siquiera «por favor». Como si fueran personas contratadas. Fontaneros, decoradores, soldados. Pulsa el botón para escuchar. Curiosos aparatos, los viejos intercomunicadores. Débil, estática, zumbidos, risas y el cierre de una puerta.

—El ascensor en línea recta, señoras.

Bien, por lo menos eso es correcto. Por lo menos no les ha hecho utilizar el montacargas. Por lo menos están en la cálida caja de caoba. No, eso no. El ascensor.

El débil murmullo de voces. Todas al mismo tiempo. Deben de haberse encontrado previamente. Han organizado la reunión por anticipado. Ella no había pensado en eso. No había permitido que le pasara por la cabeza. Habría preferido que no lo hubieran hecho.

Tal vez hablaban de mí. Tiene que verla un médico. Una atroz franja gris en el pelo. El marido es juez. Lleva unas zapatillas inverosímiles. Se esfuerza por sonreír. Vive en un ático, pero lo llama «el piso de arriba». Está muy nerviosa. Cree ser una de las chicas, pero en realidad es una esnob. Es probable que no pueda dominarse.

¿Cómo saludarlas? ¿Apretón de manos? ¿Sonrisa? La primera vez se despidieron con abrazos, todas ellas, en Staten Island, en el umbral, el taxista pitándoles, los ojos de Claire llenos de lágrimas, todas abrazadas, todas felices, en casa de Marcia, cuando Janet señaló un globo amarillo atrapado entre las ramas de un árbol. «¡Volvamos a reunirnos lo antes posible!» Y Gloria le había apretado el brazo. Se habían tocado las mejillas. «Nuestros chicos, ¿crees que se conocían, Claire? ¿Crees que eran amigos?»

La guerra. Su repugnante proximidad. Su olor corporal. Su aliento sobre el cuello de Claire durante el tiempo transcurrido, dos años ya desde la retirada, tres, dos y medio, cinco millones, ¿qué importa? Nada ha terminado. La crema se convierte en la leche. El actor de cine de la mañana es el último de la noche. ¿Creía ella que habían sido amigos? «Bueno, podrían haberlo sido, Gloria, desde luego podrían haberlo sido». Vietnam fue un lugar tan bueno para empezar como cualquier otro. Sí, desde luego. El doctor King había tenido un sueño y no sería gaseado en las orillas de Saigón. Cuando abatieron al buen actor, ella envió mil dólares en billetes de veinte a su iglesia en Atlanta. Su padre se enfureció y rugió. Dijo que era un donativo impulsado por el sentimiento de culpa. A ella no le importaba. Había mucho de lo que sentirse culpable. Ella era moderna, sí. Debería haber enviado toda su herencia. «Me gustan los padres; creo que todo el mundo debería repudiar a uno». Te guste o no, papá, se lo envío al doctor King, ¿y qué piensas ahora de tus negros y judíos?

Oh, la mezuzá* en la puerta. Se había olvidado de eso. La toca, se coloca entre ella. Tiene la estatura justa para ocultarla. La cubre con la parte superior de la cabeza. El sonido del ascensor. ¿Por qué ha de avergonzarse? Pero no se trata de vergüenza, no es eso, ¿verdad? ¿Qué hay en ello merecedor de sentir vergüenza? Solomon insistió en colocarla años atrás. Eso es todo. Para su madre. Para que se sintiera cómoda cuando les visitara. Para hacerla feliz. ¿Y qué tiene eso de malo? La hizo feliz de veras. ¿No es eso suficiente? No tengo nada de lo que disculparme. He ido de un lado a otro durante toda la mañana con los labios fruncidos, temerosa de respirar. El aire no exhalado se acumulaba dentro de mí, debería tener garras y pinchar esa bolsa. ¿Qué es lo que dicen los jóvenes? Contrólate, aguanta. Cuerdas, cascos y argollas de alpinismo.

¿Qué es lo que jamás le dije a Josh?

Ve las cifras a medida que ascienden. Un ajetreo procedente del pozo del ascensor y una ruidosa cháchara. Ya se sienten

---

* Receptáculo fijado en la jamba derecha de la puerta en las casas judías que contiene un pergamino enrollado con versículos de la Biblia. (N. del T.)

cómodas. Preferiría haberse reunido antes con ellas en una cafetería. Pero aquí están, aquí llegan.

¿Qué era?

—Hola —les dice—. ¿Qué tal? ¡Marcia! ¡Jacqueline! Aquí
estáis, adelante. Me encantan tus zapatos, Janet, por aquí, por
aquí. ¡Gloria! Hola. Vamos, pasad, cuánto me alegro de veros.

Lo único que necesitas saber de la guerra, hijo mío, es: no
vayas.

Era como si pudiera viajar a través de la electricidad para verle.
Le bastaba mirar cualquier aparato electrónico, el televisor, la
radio, la maquinilla de afeitar de Solomon, para encontrarse
allí, viajando por el voltaje. Le sucedía sobre todo con el frigorífico. Se despertaba en plena noche y deambulaba por el piso.
Entraba en la cocina y se apoyaba en el frigorífico. Abría la
puerta y dejaba que el frío la envolviera. Le gustaba hacerlo sin
encender la luz. Pasar del calor al frío en un instante. Se quedaba siempre a oscuras, no quería despertar a Solomon. Ningún
sonido, sólo la suave succión producida por el borde de goma
de la puerta. La frialdad le cubría el cuerpo y comenzaba el
viaje a través de los cables, los cátodos, los transistores, las hor-
quillas de los auriculares, a través del éter... De repente podía
verle. Se encontraba en la misma habitación que él. Estaba a su
lado, acariciándole el antebrazo, consolándole. Él estaba sentado bajo los fluorescentes, entre las largas hileras de mesas y
colchones, trabajando.

Ella tenía presentimientos, intuiciones de cómo funcionaba
todo aquello. No era manca. Tenía su título académico. Pero,
¿cómo era posible que las máquinas contaran mejor a los muertos que las personas?, se preguntaba. ¿De qué modo lo sabían
las tarjetas perforadas? ¿Cómo una serie de tubos y cables conocían la diferencia entre los vivos y los muertos?

Él le enviaba cartas. Se llamaba a sí mismo *hacker*, una palabra que parecía apropiada para la tala de árboles.* Pero lo único que significaba aquello era que él programaba las máquinas. Creaba el lenguaje que activaba los ordenadores. Un millar de puertas microscópicas se abrían en un instante. Ella se lo imaginaba como si estuviera abriendo un campo entero. Una puerta conducía a otra, y a otra, por encima de la colina, y pronto llegaba a un río y se alejaba, esquivando los cables. Decía que el mero hecho de estar ante un ordenador le producía tal vértigo que tenía la sensación de que se deslizaba por las barandillas. Y ella se preguntaba de qué barandillas hablaba su hijo, porque su infancia había estado exenta de barandillas, pero lo aceptaba y le veía allí, en las colinas alrededor de Saigón, deslizándose por las barandillas hacia un sótano, en un edificio hecho de bloques de hormigón, acercándose a su mesa, pulsando los botones para encender el sistema. El nítido cursor parpadeando ante sus ojos. El surco de su frente. La profunda atención con que examina los listados. La risa que le causa un chiste que se oye de fondo. Los grandes avances. Los fracasos. Las bandejas de comida en el suelo. Las pastillas contra la acidez estomacal esparcidas por las mesas. La red de cables. El remolino de interruptores. El ronroneo de los ventiladores. Dijo que en la sala hacía mucho calor, que debían salir cada media hora. En el exterior tenían una manguera para refrescarse. De vuelta a sus consolas, al cabo de unos minutos estaban secos. Se llamaban Mac unos a otros. Mac esto, Mac aquello. Su palabra favorita. Cognición auxiliada por la máquina. Hombres contra ordenadores. Cognición de múltiple acceso. Maníacos y payasos. Seguramente se debían preguntar con remilgos: se podría añadir un ano artificial.

Joshua dijo que todo cuanto hacían se centraba alrededor de sus máquinas. Dividían, vinculaban, anidaban, encadenaban, borraban. Derivaban conmutadores. Descifraban contra-

* *Hack* significa 'cortar a tajos'. (N. del T.)

señas. Cambiaban tarjetas de memoria. Era una especie de magia negra. Conocían los misterios internos de todos y cada uno de los ordenadores. Se pasaban el día entero encerrados, trabajando con corazonadas, fracasos, imponderables. Si necesitaban dormir, se deslizaban bajo la mesa. Demasiado fatigados para soñar.

Llamaban a su proyecto central el Hack de la Muerte. Joshua tenía que examinar los archivos, teclear todos los nombres que contenían, sumar los hombres como si fuesen cifras. Agruparlos, grabarlos, archivarlos, codificarlos, incluirlos en el programa. El problema ni siquiera estribaba en los muertos, sino en la superposición de las muertes. Los que tenían el mismo apellido, los Smith, Rodríguez, Sullivan y Johnson. Padres con los mismos nombres que sus hijos. Los tíos muertos con las mismas iniciales que sus sobrinos muertos. Los que se habían ausentado sin permiso. Las misiones divididas. Los presentados falsamente. Los errores. Los escuadrones secretos, las flotillas, los destacamentos especiales, los equipos de reconocimiento. Los que se casaban en las villas rurales. Los que permanecían en las profundidades de la jungla. ¿Quien podía dar cuenta de ellos? Pero Joshua los encajaba en el programa lo mejor que podía. Les creaba un espacio, para que en cierto modo estuvieran vivos. Ponía su cabeza a trabajar, no hacía preguntas. Según él, actuar así era patriótico. Lo que más le gustaba era el momento de la creación, cuando resolvía lo que nadie más podía resolver, cuando la solución era limpia y elegante.

Decía que era bastante fácil componer un programa que recopilase a los muertos, pero lo que realmente deseaba hacer era crear un programa que encontrara sentido a aquellas muertes. En el futuro ése era su objetivo. Algún día los ordenadores unirían a las grandes mentes. Dentro de treinta, cuarenta, cien años... Si antes no nos matamos mutuamente.

«Aquí estamos en la cima del conocimiento humano, mamá», decía. Escribía sobre el sueño de instalaciones situadas a gran distancia que compartían recursos especiales. De mensajes que podían ir y volver. De sistemas remotos que se podían manipular a través de las líneas telefónicas. De ordenadores capaces de reparar sus averías. De protocolos, dispositivos para borrar en un instante todos los datos de los discos magnéticos, listados de teletipo, memoria, RAM, de maximizar el Honeywell y juguetear con el prototipo Alto que les habían enviado. Describía las tarjetas de circuito como otros podrían describir los carámbanos. Decía que los esquimales tenían sesenta y cuatro palabras para designar la nieve, pero que eso no le sorprendía; creía que deberían tener más, ¿por qué no? Se trataba de la belleza más profunda, el producto de la mente humana impreso en un trozo de silicio que algún día podrías llevar en la cartera. Un poema en una roca. Un teorema en una lámina de piedra. Los programadores eran los artesanos del futuro. El conocimiento humano es poder, mamá. Los únicos límites están en nuestras mentes. Aseguraba que no había nada que un ordenador no pudiera hacer, ni siquiera la resolución de los problemas más complicados: encontrar el valor de pi, la raíz de todo lenguaje, la estrella más distante. La verdadera pequeñez del mundo era absurda. Había que abrirse a ello. Lo que hace falta es que tu máquina te responda, mamá. Tiene que ser casi humana. Debes considerarla así. Es como un poema de Walt Whitman: puedes aplicarlo a todo lo que quieras.

Claire se sentaba junto al frigorífico, leía las cartas de su hijo, le alisaba el pelo y le decía que era hora de acostarse, que debía comer algo, cambiarse de ropa, que realmente necesitaba cuidarse más. Quería estar segura de que no desfallecería. Una noche, durante un apagón, se sentó apoyada en los armarios de la cocina y lloró: no podía llegar hasta él. Cogió un lápiz, lo introdujo en el enchufe de la pared y esperó. Cuando volvió la luz, el lápiz saltó a sus manos. Era consciente del aspecto que debía de tener: una mujer junto a un frigorífico, abriendo y cerrando la puerta... pero era un alivio, y, seguramente, Solomon no sospecharía. Ella podía fingir que estaba cocinando, tomando un vaso de leche o esperando a que la carne se descongelara.

Solomon no hablaba de la guerra. El silencio era su salida. En vez de eso, hablaba de sus casos judiciales, la demencial letanía de la ciudad, los crímenes, las violaciones, las estafas, los chanchullos, los apuñalamientos, los atracos. Pero no de la guerra. Sólo se refería a los manifestantes. Le parecían débiles, cándidos y cobardes. Les imponía las sentencias más duras que le era posible. Seis meses por verter sangre sobre los archivos de la junta de reclutamiento. Ocho meses por romper las ventanas de la oficina de reclutamiento en Times Square. Ella quería desfilar, manifestarse, reunirse con los hippies, los radicales y los objetores en Union Square y Tompkins Square Park, llevando una pancarta a favor de los Nueve de Cattonville, aquellos activistas católicos que, en mayo de 1968, destruyeron públicamente centenares de expedientes de reclutamiento con napalm de fabricación casera. Pero no se atrevió a hacerlo. Debemos apoyar a nuestro hijo, le dijo Solomon. Nuestro chiquitín con pelo de estopa, aquel que dormía acurrucado entre nosotros no hace tantos años. Aquel que jugaba con trenes en miniatura sobre la alfombra oriental. Aquel que creció hasta que se le quedó pequeña la chaqueta azul del uniforme. Aquel que distinguía el tenedor del pescado del tenedor de la ensalada y el de la carne, todas las púas de la vida.

Y entonces, de improviso, la oscuridad, todo negro, siempre negro.

Joshua se convirtió en un código.

Incorporado a sus propios números.

Ella permaneció dos meses en cama. Apenas se movía. Solomon quería contratar una enfermera, pero ella se negó. Dijo que reaccionaría, pero no fue eso lo que hizo, sino que empezó a deslizarse como en sueños. *Deslizarse*, una palabra que le gustaba a Joshua. Saldré de esto deslizándome. Y empezó a deambular por la casa, cruzar el comedor, rodear el salón, pasar por el área del desayuno, de nuevo hacia el frigorífico. Puso bien centrada la foto de Joshua. Y colgó de la puerta de la nevera todas las cosas que a él le hubieran gustado. Cosas sencillas. Las recortaba y pegaba allí. Artículos sobre los ordenadores. Fotos de tarjetas de circuito. Una foto de un nuevo edificio en el Centro de Investigación de Palo Alto. Un artículo de periódico sobre un programa de gráficas. El menú de la pizzería Ray's Famous. Un anuncio de *The Village Voice*.

Se le ocurrió que el frigorífico parecía peludo. La palabra casi le hizo sonreír. Mi frigorífico peludo.

Una noche, los recortes cayeron al suelo, ella se inclinó y volvió a leerlo. SE BUSCAN MADRES PARA CONVERSAR. VETERANOS DE VIETNAM. APARTADO DE CORREOS 667. Ella nunca había considerado a su hijo un veterano, ni siquiera un soldado en Vietnam. Era un operador de ordenadores que había ido a Asia. Pero el anuncio le produjo un hormigueo en los dedos. Lo llevó al mostrador de la cocina, se sentó, escribió rápidamente una respuesta a lápiz, entonces la repasó a tinta, se apresuró a salir de casa y subió con sigilo al ascensor. Podría haber enviado la misiva desde el vestíbulo, pero no quería hacerlo. Salió corriendo a Park Avenue, en plena noche, en medio de una nevada. El portero se quedó estupefacto al verla salir en camisón y zapatillas: «¿Está usted bien, señora Soderberg?».

Ahora no puedo detenerme, llevo una carta. Madre busca los huesos de su hijo encontrados en un café que saltó por los aires en un país extranjero.

Fue corriendo a Lexington, al buzón de la calle Setenta y cuatro. Su aliento blanco la abandonaba fundiéndose con el aire. Las puntas de los pies mojadas por la nieve. Sabía que si no la enviaba en aquel momento nunca lo haría. A su regreso, el portero movió tímidamente la cabeza y le lanzó una miradita a sus senos. «Buenas noches, señora Soderberg.» En ese mismo momento deseó besarle. En la frente. En agradecimiento por haberla mirado. Eso le hacía sentirse bien. Le emocionaba, a decir verdad. La tela ceñida a su pecho, los contornos de su cuerpo visibles, el beneficio del frío, un solo copo de nieve fundiéndose en su garganta. En cualquier otro momento le habría parecido de mal gusto. Pero allí, en camisón, en el calor del ascensor, estaba agradecida. Aquella noche se sentía ligera. Retiró todo lo que estaba fijado a la puerta del frigorífico, excepto la fotografía de Joshua. Le devolvió la sencillez. Le proporcionó algo así como un corte de pelo. Pensó en su carta. Ahora estaría avanzando por el sistema postal para acabar en manos de otra como ella. ¿Quiénes serían, qué aspecto tendrían, serían tiernas y amables? Eso era todo lo que deseaba: que fuesen amables.

Aquella noche, al acostarse, se acurrucó contra el suave calor de Solomon. Él se volvió para decirle que tenía los pies fríos. «Pues caliéntamelos, Solly». Él se apoyó en un codo y se inclinó hacia ella.

Luego se durmió. Por primera vez en mucho tiempo. Casi había olvidado qué significaba despertar. Por la mañana abrió los ojos al lado de su marido y se apretó contra él, le deslizó los dedos por la curva de su hombro. «Vaya», dijo él, sonriente, «cariño, ¿es mi cumpleaños?»

Entran las mujeres. Vestidas con prudencia, todas menos Jacqueline, que lleva un vestido estampado de Laura Ashley. Marcia detrás de ella, ligera y ruborosa, como si hubiera entrado por una ventana y necesitara chocar contra las paredes. Ni siquiera una mirada a la mezuzá de la puerta. Claire lo agradece. Ninguna explicación. Janet, con la cabeza gacha. Gloria le toca la muñeca, sonriendo de oreja a oreja. Avanzan por el corredor, ahora con Marcia al frente, que lleva una caja de la panadería en la mano. Pasan ante la puerta de Joshua, su propio dormitorio, el retrato de Solomon en la pared, dieciocho años más joven y con mucho más pelo. Entran en la sala de estar. Van directas al sofá.

Marcia deja la caja sobre la mesita baja, se recuesta en los mullidos cojines blancos y se abanica. Tal vez no sea más que un sofoco, o tal vez se ha quedado atrapada en el metro. Pero no, está agitada, y las demás saben que le ocurre algo.

«Por lo menos no se han reunido de antemano», piensa Claire. No han venido con una estrategia desde Park Avenue. «No pases por la casilla de salida, no ganes doscientos dólares. Aparta el puf», coloca las butacas en círculo y coge a Gloria por el brazo, guiándola hasta el sofá. Ésta todavía lleva un ramo de flores en las manos. Sería descortés quitárselas, pero pronto necesitarán agua.

—Dios mío —dice Marcia.

—¿Estás bien?

—¿Qué te ocurre?

Reunidas a su alrededor como en una fogata de campamento, todas ellas, inclinándose hacia adelante, deseosas de escuchar algo escandaloso.

—No os lo vais a creer.

Marcia tiene el rostro enrojecido y la frente cubierta de gotitas de sudor. Respira como si hubiera desaparecido por completo el oxígeno, como si estuvieran a gran altura. Cuerdas, cascos y argollas de alpinismo, realmente.

—¿Qué? —inquiere Janet.

—¿Alguien te ha hecho daño?

El pecho de Marcia se mueve arriba y abajo, y un oso chapado en oro rebota en su esternón.

—¡Un hombre en el aire!

—Misericordia —dice Gloria.

Claire considera por un momento la posibilidad de que Marcia esté un poco bebida, o incluso drogada. En los tiempos que corren nunca se sabe. Podría haberse comido unos hongos para desayunar o tomado un poco de vodka, pero parece totalmente sobria, aunque algo acalorada. No tiene los ojos enrojecidos ni arrastra las palabras.

—En el centro.

Bebida o no, Claire le está agradecida a Marcia por su pequeño acceso de histeria. Han recorrido el piso con mucha rapidez. Con pocos aspavientos. No hay necesidad de todos esos cumplidos, esas exclamaciones, el azoramiento... qué cortinas tan fabulosas y qué magnífica chimenea y, sí, dos terrones, por favor, y oh, es muy acogedor, de veras, Claire, muy acogedor, qué jarrón tan encantador y, cielo santo, ¿es tu marido el del retrato? Toda la planificación del mundo no podría haberlas hecho entrar de una manera más suave, sin un solo acceso de hipo.

Sabe que debería hacer algo para que tengan la certeza de que son bien recibidas. Darle un pañuelo a Marcia, un vaso de agua fría. Tomar las flores que Gloria tiene en la mano. Abrir la caja de la panadería y sacar el contenido. Dar las gracias por los bagels. Algo, lo que sea. Pero ahora están pendientes de lo que le sucede a Marcia. Todas observan el movimiento ascendente y descendente de su pecho.

—¿Un vaso de agua, Marcia?

—Sí, por favor.

—¿Dónde dices que había un hombre?

Las voces se desvanecen. Tonta de mí. A la cocina, rápido. No quiere perderse una sola palabra. Le llega el suave murmullo de la conversación desde la sala de estar. Al frigorífico. La bandeja del hielo. Esta mañana tendrá que poner nuevas bandejas. No había pensado en ello. Las golpea contra el mostrador de mármol. Tres, cuatro cubitos. Unas esquirlas se esparcen sobre el mostrador. Hielo viejo. Turbio en el centro. Uno de los cubitos resbala por el mostrador, liberándose, y cae al suelo. ¿Debería hacerlo? Mira hacia la sala de estar y recoge el cubito del suelo. Abre el grifo del fregadero, deja que corra el agua un momento, lava el cubito y llena el vaso. Debería cortar unas rodajas de limón, cosa que haría en circunstancias normales, pero ahora sale de la cocina con el vaso en la mano, entra en la sala y cruza la alfombra.

—Aquí tienes.

—Ah, muchas gracias.

Y una sonrisa de Janet, la que menos las prodiga.

—Pero el transbordador estaba lleno, ¿sabéis? —dice Marcia.

Le duele un poco que Marcia no la haya esperado para empezar, pero no importa. El transbordador de Staten Island, sin duda.

—Y yo estaba en la proa.

Claire se restriega la mano en el vestido para secarla. Se pregunta dónde debe sentarse. ¿Debería situarse en el centro y presidir la reunión desde el sofá? Pero eso podría ser excesivo, un tanto atrevido, al lado mismo de Marcia, en quien convergen todas las miradas. Y, sin embargo, si permanece al margen también llamará la atención, como si no formara parte del grupo y tratara de mantenerse aparte. Claro que necesita movilidad, no tener delante el obstáculo de la mesita baja, ha de poder levantarse con rapidez para preparar los refrescos, servir el desayuno, estar al tanto de lo que le piden, hacer que todas se sientan como en casa. ¿Instantáneo o molido? ¿Con o sin azúcar?

Sonríe a Gloria y se acerca a ella. Toma el cenicero que está sobre el brazo de la butaca y lo deposita sobre la mesa. Se sienta y se tranquiliza al notar la mano gruesa de Gloria en su espalda.

—Sigue, por favor, sigue. Perdona.

—Y era un poco tarde para contemplar la salida del sol, pero me quedé allí de todos modos. La ciudad a esa hora es bonita. No sé si la habéis visto, pero es bonita. Y estaba soñando despierta cuando levanté los ojos y vi un helicóptero en el aire y, bueno, ya sabéis como me afectan los helicópteros.

Lo saben, desde luego, y por un momento eso ensombrece la atmósfera, pero Marcia no parece percatarse. Carraspea para que hagan una pausa, es preciso un poco de silencio, de respeto.

—Así que estoy mirando ese helicóptero que pende en el aire, casi como si hubiera tenido una reacción tardía. Ahí arriba, pero no muy bien. Suspendido, pero balanceándose atrás y adelante.

—¿De veras?

—Y estoy pensando en lo bien que mi hijo Mike habría hecho girar el aparato, en que lo habría manejado mucho mejor, quiero decir que era un acróbata de los helicópteros, su sargento lo había comparado a Evel Knievel, ese as de la acrobacia en moto. Y pensé que tal vez ocurría algo anormal, ¿sabéis? Sentí ese temor. Quiero decir, ¿qué hacía allí colgado?

—Oh, no —dice Jacqueline.

—No podía oír el motor, así que no lo sabía. Y entonces, de repente, detrás del helicóptero, vi aquella manchita que volaba. No era mayor que un insecto, os lo juro. Pero se trataba de un hombre.

—¿Un hombre?

—¿Como un ángel? —dice Gloria.

—¿Un hombre volador?

—¿Qué clase de hombre?

—¿Volando?

—¿Dónde?

—Me pone la carne de gallina.

—Es un hombre —dice Marcia—, en una cuerda floja. Bueno, eso no lo supe enseguida, no imaginé que era tal cosa, pero de eso se trataba, era un hombre sobre una cuerda floja.

—¿Dónde?

—Chis, chis —dice Janet.

—Allá arriba, entre las torres, a cientos de metros de altura. Casi no se le veía.

—¿Qué estaba haciendo?

—¡Avanzaba por la cuerda floja!

—Un funámbulo.

—¿Qué?

—Oh, Dios mío.

—¿Se cae?

—Chis.

—Oh, no me digas que se cae.

—¡Chisss!

—Por favor, no me digas que se cae.

—Chis una vez más —le dice Janet a Jacqueline.

—Así que toqué el hombro del joven que estaba a mi lado. Uno de esos que llevan cola de caballo. Y me dice: «¿Qué desea, señora?». Está molesto de veras porque he turbado su sueño, su ensoñación o lo que estuviera haciendo en la proa del barco. Y le dije: «Mira». Y él respondió: «¿Qué?».

—Misericordia.

—Y le señalé al hombrecillo volador y él soltó un taco. Perdona, Claire, que lo diga en tu casa, lo siento, pero dijo: «Joder».

A Claire le gustaría decir: «Yo también habría dicho joder». Lo habría dicho por activa, por pasiva, lo habría proclamado a los cuatro vientos, joder esto, joder aquello y hay que joderse, lo habría dicho una, dos, tres veces. Pero lo único que hace es sonreír a Marcia y hacer un gesto de asentimiento que, confía ella, le dará a entender que decir *joder* en Park Avenue un miércoles por la mañana, tomando café, no supone el menor problema, que, a decir verdad, probablemente sea lo mejor que puede decirse, dadas las circunstancias, que tal vez todas deberían decirlo al unísono, convertirlo en un sonsonete.

—Entonces —dice Marcia—, todos los pasajeros a nuestro alrededor miraron hacia allí. Al cabo de un momento apareció el capitán del transbordador con unos prismáticos y dijo que aquel tipo caminaba sobre una cuerda floja.

—¿De veras?

—Bueno, ya os lo podéis imaginar. Toda la cubierta llena de gente para ir a trabajar. Hombro contra hombro. Y alguien avanzando sobre una cuerda floja. Tendida entre esos edificios nuevos, ese World Tower o algo así.

—World Trade.

—Center.

—Ah, ¿esas torres?

—Escuchadme.

—Esas monstruosidades —dice Claire.

—Y entonces el joven con cola de caballo...

—¿El que dijo «joder»? —interviene Janet, con una risita.

—Sí, bueno, empieza a decir que está seguro, no tiene la menor duda, está seguro al quinientos cincuenta por cien de que se trata de una proyección, que alguien esta proyectándolo en el cielo. Tal vez sea una gigantesca sábana blanca y la imagen proceda del helicóptero, donde han instalado tal o cual cámara, el chico conocía todos los términos técnicos.

—¿Una proyección?

—¿Cómo un programa de televisión? —dice Jacqueline.

—Tal vez un programa de circo.

—Y le digo que no pueden hacer eso desde un helicóptero. Y él me mira, como diciendo: sí, señora. Y vuelvo a decirle: «No pueden hacer eso». Y él replica: «¿Y qué sabe usted de helicópteros, señora?».

—¡Increíble!

—Y le digo que en realidad sé mucho de helicópteros.

Eso es cierto. Marcia sabe muchísimo de helicópteros, los helicópteros de sus pesadillas.

En su casa de Staten Island les contó que su hijo Mike estaba en su tercer turno de servicio, una misión rutinaria sobre la costa en Qui Nhon, llevando cigarros a algún general en un Huey del Destacamento Médico 57 (cigarros, ¿os imagináis?, y, ¿por qué diablos los helicópteros de evacuación médica transportaban cigarros?). Era un buen helicóptero, velocidad máxima de noventa nudos, según ella. Las cifras habían vibrado en su lengua. Les había dicho que algo no estaba bien en la columna de dirección y había entrado en detalles sobre el motor, la velocidad de transmisión y la longitud de las dos hojas metálicas del rotor de cola, cuando lo que realmente importaba, lo que importaba de veras, era que su hijo Mike había rozado nada menos que el travesaño superior de una portería, a sólo dos metros del suelo (¿y quién juega al fútbol en Vietnam?), lo cual hizo que el aparato girase y aterrizara desmañadamente, de costado. Él sufrió un golpe brutal en la cabeza, se rompió el cuello, ni siquiera hubo llamas, tan sólo una aparatosa caída, el helicóptero siguió intacto. Ella lo había representado en su cabeza un millón de veces, y así había sido. Marcia se despertaba de noche soñando con un general del ejército que abría y abría cajas de cigarros en cuyo interior encontraba fragmentos de su hijo.

Ella conoce los helicópteros, vaya si los conoce, y es una lástima.

—En fin, la cuestión es que le dije que debería ocuparse de sus propios asuntos.

—Naturalmente —dice Gloria.

—Y, en efecto, el capitán del transbordador, que miraba por los prismáticos, nos dice a todos que no es ninguna proyección.

—Pues claro que no.

—Yo sólo pensaba que quizá era mi hijo, que había venido a saludarme.

—Oh, no.

—Oh.

—Señor.

Nota el corazón henchido de piedad por Marcia.

—Un hombre en el aire.

—Imagina.

—Muy valiente.

—Exactamente. Por eso pensé en Mike.

—Claro.

—¿Y se cayó? —pregunta Jacqueline.

—Chis, chis —dice Janet—. Déjale hablar.

—Sólo estoy preguntando.

—El capitán giró el transbordador para que podamos ver mejor y lo acerca hasta el muelle. Chocó con los neumáticos que penden sobre el muro del río y lo amarraron. Desde allí no podía ver nada. No era el ángulo apropiado. Los edificios nos lo ocultaban. La torre norte, la torre sur. No sé cuál era, pero no podíamos ver lo que estaba ocurriendo. Y no le dije ninguna palabra más al tipo de la cola de caballo. Giré sobre mis propios pasos. Fui la primera en desembarcar. Quería correr y ver a mi chico.

—Claro —dice Janet—. Pobrecilla.

—Chis —interviene Jacqueline.

Ahora la atmósfera de la sala está tensa. Una vuelta de tuerca y podría estallar. Janet mira a Jacqueline, que sacude su larga cabellera pelirroja como si espantara una mosca o a un diminuto hombre volador. Claire las mira a todas, anticipándose a una mesa volcada o un jarrón roto. Piensa que debería hacer algo, decir algo, abrir la válvula de escape. Tiende la mano y coge las flores de Gloria. Son unas petunias encantadoras, de espléndidos tallos verdes, pulcramente cortados por la parte inferior.

—Voy a poner estas flores en agua.

—Sí, sí —dice Marcia, aliviada.

—Será un segundo.

—Date prisa, Claire.

—Enseguida vuelvo.

Era la manera correcta de actuar, sin duda alguna. Va de puntillas a la cocina y se detiene ante la puerta de lamas. Si se aleja demasiado no podrá oír nada. Qué tonta he sido al decir que pondría las flores en agua. Debería haberlo retrasado, haber hecho más tiempo. Se apoya en las lamas de la puerta y trata de escuchar lo que dicen.

—...así que corro por esas viejas y laberínticas calles secundarias. Más allá de las casas de subastas, las tiendas de aparatos electrónicos baratos, los almacenes de telas y los bloques de pisos. Pensaba que desde ahí podría ver los grandes edificios. Quiero decir que son enormes.

—Cien pisos.

—Ciento diez.

—Chis.

—Pues no están a la vista. Tengo atisbos de ellos, pero no en el ángulo correcto. Intenté seguir la ruta más directa. Debería haber ido a lo largo del río. Pero corrí y corrí. Ese que está ahí arriba es mi hijo, y ha venido a saludarme. —Todo el mundo guarda silencio, incluso Janet—. Seguí doblando esquinas, pensando que tendría una perspectiva mejor, evitando tal calle y tal otra, siempre con la vista en el cielo. Pero no puedo ver ni el helicóptero ni al hombre que camina por el aire. No corría tanto desde la escuela. Las tetas me rebotaban.

—¡Marcia!

—La mayor parte de los días me olvido de que las tengo.

—Ése no es mi dilema —dice Gloria, subiéndose los senos.

Todas se echan a reír y, en ese momento de distensión, Claire entra de nuevo en la sala, todavía con las flores de Gloria en la mano, pero ninguna repara en ello. Las risas ondean, una melodía de reconciliación rodeándolas a todas, dando un pequeño brinco de victoria, y vuelve a depositarse a los pies de Marcia.

—Y entonces dejé de correr —dice ésta.

Claire se sienta de nuevo en el brazo del sofá. No importa que no haya puesto las flores en agua. No importa que no haya puesto a hervir más agua para el té. No importa que no tenga ningún florero en las manos. Se inclina hacia adelante con las demás.

Ahora a Marcia le tiemblan un poco los labios, un leve estremecimiento ante el prodigio.

—Me detuve en seco —sigue diciendo—. Inmóvil en medio de la calle. Por poco me atropella un camión de la basura. Y me quedé allí con las manos en las rodillas y los ojos en el suelo. Respirando con dificultad. ¿Y sabéis por qué? Os lo diré. —Nueva pausa. Todas ellas inclinadas hacia adelante—. Porque no quería saber si el pobre muchacho se había caído.

—Ajá —dice Gloria.

—No quería oír que había muerto.

—Sí, claro.

La voz de Gloria suena como si estuviera en misa. Las demás asienten lentamente mientras el reloj sobre la repisa de la chimenea hace tictac.

—No soportaba la idea de que ocurriera eso.

—Por supuesto que no.

—Y si no caía...

—¿Si no caía, no...?

—No quería saberlo.

—Ajá, ahí tienes.

—Porque de alguna manera, si permanecía allá arriba o si bajaba sano y salvo no pasaba nada. Así que me detuve, di media vuelta, bajé al metro y he venido aquí sin mirar siquiera una segunda vez.

—Santo cielo.

—Porque si estaba vivo no podía ser mi hijo Mike.

Todo ello como un golpe en el pecho. Tan inmediato... En todas las demás reuniones matinales para tomar café sus historias siempre habían sido distantes, algo perteneciente a otro día, la charla, el recuerdo, la evocación, las anécdotas, una tierra lejana, pero aquello era algo que sucedía en el presente, y lo peor de todo era que desconocían el destino del funámbulo. No sabían si había saltado, había caído o bajado de allí sin ningún percance. O si seguía allá arriba, dándose un paseo por su cuerda. O si realmente estaba allí, si no se trataba de un cuento o de una proyección. O si ella se lo había inventado todo para llamar la atención. No tenían ni idea, tal vez el hombre quería matarse, o quizá del helicóptero pendiera un gancho para sujetarlo si caía, o tal vez hubiese un dispositivo alrededor del cable para atraparlo, o tal vez, tal vez, tal vez hubiera otro tal vez, tal vez.

Claire se levanta con las rodillas un poco temblorosas. Está desorientada. Ahora las voces que la rodean se difuminan. Es consciente de que tiene los pies en la mullida alfombra. El reloj no produce ningún sonido, aunque la segundera se mueve.

—Creo que voy a poner estas flores en agua —dice.

Él le hablaba en sus cartas de las trastadas que se hacían unos a otros en plena noche. A veces, a las cuatro de la madrugada, cuando estaba sentado frente a su terminal descifrando códigos, bajo la luz blanca del fluorescente, aparecía un mensaje. La mayor parte de las intrusiones eran de miembros de su propia brigada que se encontraban a un par de mesas de distancia, trabajando en otros programas, las cuentas de la guerra, y era algo que hacían para pasar el tiempo, *hackear* el código de un compañero, poner a prueba su fuerza, encontrar su vulnerabilidad. Realmente era inocuo, decía Joshua.

El Viet Cong y sus huestes no tenían ordenadores. No iban a deslizarse más allá de los tubos catódicos y los transistores. Pero las líneas telefónicas estaban conectadas al Centro de Investigación de Palo Alto, a Washington, D. C. y a varias universidades, por lo que era posible que de vez en cuando un solo *slider* (Joshua los llamaba así, ella no sabía por qué) llegara desde alguna otra parte y causara estragos, y en una o dos ocasiones le engañaron. Dijo que tal vez estuviera trabajando en una superposición o un código para los desaparecidos. Y él estaría en la zona. Sí, tenía la sensación de que se deslizaba por las barandillas. Se trataba de velocidad y puro poder. El mundo estaba en paz y lleno de sencillez. Él era un piloto de pruebas de una nueva frontera. Todo era posible. Incluso podría haber sonado jazz, de un acorde al siguiente. Todo en las yemas de los dedos. Podía extender los dedos y de repente aparecía un nuevo acorde. Y entonces, sin advertencia, empezaba a desaparecer ante sus ojos. «¡Quiero una galleta!» O: «Repite conmigo, adiós, adiós, pájaro negro». O: «Mira como sonrío». Decía que era como ser Beethoven después de haber escrito la Novena. Estaba dando un agradable paseo por el campo y de repente una ráfaga de viento hacía volar todas las partituras. Permanecía inmóvil en la silla, contemplando su máquina. El pequeño cursor parpadeante devoraba lo que había estado haciendo. Engullía su código. No había manera de detenerlo. Todo aquel temor se agolpaba en su garganta. Lo contemplaba mientras ascendía por las colinas y desaparecía en la puesta de sol. «Vuelve, vuelve, vuelve, todavía no te he oído».

Qué extraño era pensar que había alguien en el otro extremo de los cables. Era como si un ladrón irrumpiera en su casa y se probara sus zapatillas. Peor que eso. «Alguien se está metiendo en mi piel, mamá, se está apoderando de mi memoria.» Penetraba en él, avanzaba por su espina dorsal, accedía a su cabeza, se sumía en el cráneo, caminaba por sus sinapsis, entraba en sus células cerebrales. Ella lo imaginaba inclinándose hacia adelante, con la boca casi rozando la pantalla, casi sintiendo la electricidad estática en los labios. «¿Quién eres?» Notaba a los intrusos bajo las yemas de los dedos. Los pulgares tamborileando en su espina dorsal. Los índices en su cuello. Sabía que los intrusos eran norteamericanos, pero los veía como vietnamitas, tenía que verlos así, los dotaba de ojos oscuros y rasgados. Era él y su máquina contra la otra máquina. «Muy bien, de acuerdo, bien hecho, me la has jugado, pero ahora te voy a machacar». Y entonces se lanzaba de cabeza a la pelea.

Y ella iba al frigorífico y leía sus cartas. A veces abría la nevera para que refrescara a su hijo. «No te preocupes, cariño, lo recuperarás».

Y él lo recuperaba. Joshua siempre lo recuperaba. Cuando estaba eufórico, cuando había salido victorioso de una de las peleas electrónicas, la llamaba a horas intempestivas. Largas y sinuosas conversaciones en las que la voz sonaba con un eco. Aseguraba que no le costaban ni un centavo. La brigada tenía una centralita con capacidad para múltiples líneas. Le dijo que había pinchado las líneas, las había desviado a través del número de reclutamiento militar, por pura diversión. No era más que un sistema, añadió, y estaba allí esperando a que lo explotaran. «Estoy bien, mamá, esto no es tan malo, el trato que nos dan es correcto, dile a papá que aquí hay incluso comida kosher». Ella escuchaba atentamente su voz. Cuando la euforia se disipaba, su hijo parecía cansado, incluso distante, y hasta hablaba con un nuevo vocabulario. «Mira, estoy tranquilo, mamá, no alucines». ¿Desde cuándo decía cosas como *alucinar*? Siempre había sido cuidadoso con el lenguaje. Siempre lo había empleado con la precisión propia de Park Avenue. Nada de vaguedades ni de sonidos nasales. Pero ahora el lenguaje era más áspero y su acento más marcado. «Me dejaré llevar, mamá, pero parece que estoy conduciendo el coche fúnebre de otro».

¿Cuidaba de sí mismo? ¿Comía lo suficiente? ¿Mantenía la ropa limpia? ¿Estaba perdiendo peso? Todo se lo recordaba. Una vez incluso puso un plato de cena para Joshua. Solomon no hizo ningún comentario. Eso y el frigorífico, las pequeñas particularidades de Claire.

Procuró no ponerse nerviosa cuando sus cartas empezaron a llegar más espaciadas. No le llamaba durante uno o dos días. O tres seguidos. Permanecía sentada contemplando el teléfono, deseosa de que sonara. Cuando se levantaba, las tablas del suelo producían un leve crujido. Él le decía que estaba atareado. Había novedades en los destinos electrónicos. Había más nódulos en la red electrónica. Decía que era como una pizarra mágica. El mundo era mayor y menor al mismo tiempo. Alguien les había *hackeado* para engullir ciertas partes de su programa. Era una pelea de perros, un combate de boxeo, una justa medieval. «Estoy en la línea del frente, mamá, estoy en las trincheras». Decía que algún día las máquinas revolucionarían el mundo. Él estaba ayudando a otros programadores. Entraban en el sistema desde sus consolas y seguían conectados. Se estaba librando una batalla con los manifestantes pacifistas, que trataban de acceder a sus máquinas. Pero decía que el mal no estaba en las máquinas, sino en las mentes de los altos mandos detrás de ellas. Una máquina no podía ser más maligna que un violín, una cámara o un lápiz. Lo que los intrusos no comprendían era que entraban en el lugar equivocado. No era la tecnología lo que necesitaban atacar, sino la mente humana, su manera de fallar, sus limitaciones.

Claire observaba en él una nueva profundidad, una franqueza. Joshua decía que la vanidad era lo que explicaba la guerra. Eran unos hombres mayores que ya no podían mirarse al espejo y por eso enviaban a los jóvenes a morir. La guerra era una reunión de los vanos. Querían que fuese algo sencillo: odia a tu enemigo, no sepas nada de él. Afirmaba que aquélla era la menos norteamericana de las guerras, que no estaba respaldada por ningún idealismo, que sólo conducía a la derrota. Su programa electrónico ya había contabilizado más de cuarenta mil bajas, y la cifra seguía en aumento. A veces imprimía los nombres. Podía desplegarlos por la escalera. En ocasiones deseaba que alguien *hackeara* su programa desde el exterior, lo masticara, lo escupiera, devolviera la vida a todos aquellos muchachos. Los Smith, los Sullivan y los hermanos Rodríguez. Aquellos padres, primos y sobrinos. Y entonces tendría que hacer un programa para los del Viet Cong, todo un nuevo alfabeto de muerte, Ngo, Ho, Phan, Nguyen... menuda tarea sería, ¿verdad?

—¿Estás bien, Claire? —Gloria le tocó el codo—. ¿Quieres ayuda?

—¿Perdona?

—¿Quieres que te ayude a colocar las flores?

—Oh, no. Quiero decir, sí. Gracias.

Gloria. Gloria. Una cara tan agradable y redondeada. Ojos oscuros, casi húmedos. Una cara cálida que refleja generosidad, pero un poco perturbada. Me está mirando. La miro. Me ha pillado soñando despierta. «¿Ayuda?» Casi ha pensado por un instante que Gloria quería ser mi ayudante. Presuntuosa. Dos dólares setenta y cinco la hora, Gloria. Lavar los platos. Fregar el suelo. Llorar por nuestros hijos. Menuda tarea, en efecto.

Abre el armario superior y saca el florero de Waterford. Una talla compleja. Hombres lejanos se dedican a eso. Sí, hacen un trabajo primoroso. Se lo tiende a Gloria, quien sonríe y lo llena.

—¿Sabes qué deberías hacer, Claire?

—¿Qué?

—Echar un poco de azúcar. Así las flores viven más tiempo.

Ella nunca había oído tal cosa, pero tiene sentido. Azúcar para mantenerlas vivas. Podrían llenar a nuestros chicos de azúcar. En Estados Unidos llamamos Charlie al conjunto de los vietnamitas. «Charlie y su fábrica de chocolate». ¿A quién se le ocurriría darles ese apodo? ¿De dónde salió? Probablemente de las conversaciones por radio. Charlie Delta Epsilon. Recibiendo, recibiendo.

—Incluso es mejor si primero cortas el extremo inferior —dice Gloria.

La mujer saca las flores y las extiende sobre la rejilla de los platos, toma un cuchillo pequeño que está sobre el mostrador de la cocina, corta un trocito de cada uno de los doce tallos verdes y los desliza por la palma de su mano.

—Asombroso, ¿no?

—¿A qué te refieres?

—Al hombre en el aire.

Claire se apoya en el mostrador. Aspira hondo. La cabeza le da vueltas. No está segura, no lo está en absoluto. También él le produce una insistente incomodidad. El hecho de que se haya presentado y esté aquí entre ellas, causándoles perplejidad.

—Asombroso —concede—. Sí, asombroso.

Pero, ¿qué hay en esta admisión que no le gusta? Sí, es asombroso, en efecto. Y un intento de crear belleza. La intersección de un hombre con la ciudad, el espacio público reformado abruptamente, apropiado de una manera novedosa, la ciudad como arte. Su conversión en un espacio diferente. Pero hay algo que sigue molestándole. Desearía que no fuera así, pero no puede evitarlo al pensar en el hombre encaramado allá arriba, ángel o demonio. Y sin embargo, ¿qué tiene de malo considerarlo un ángel o un demonio, por qué Marcia no se permite sentirlo como lo hace ella, por qué todo hombre en el aire no debería parecerle su hijo? ¿Por qué no habría de estar Mike en el cable? ¿Qué tiene eso de malo? ¿Por qué no habría Marcia de inmovilizar ahí a su hijo retornado?

Pero sigue dejándole un regusto amargo.

—¿Algo más, Claire?

—No, así es perfecto.

—Muy bien, entonces. Listo.

Gloria sonríe y levanta el florero. Se encamina hacia la puerta de listones y la abre con su generoso cuerpo.

—Enseguida lo preparo todo —dice Claire.

La puerta de batiente se cierra.

Claire reúne las últimas tazas, platillos y cucharillas. Los coloca bien ordenados. ¿Qué es esto? ¿El funámbulo? Hay algo vulgar en la escena. O tal vez no sea vulgar. Algo de mal gusto. O quizá no tan de mal gusto. No sabe con precisión qué es. Qué mezquino es pensar de esa manera. Absolutamente egoísta. Sabe muy bien que ella tiene toda la mañana para hacer lo que las demás han hecho otras mañanas: sacar las fotos, mostrarles el piano que Joshua tocaba, abrir los álbumes de recortes, llevarlas a su habitación, enseñarles su estante de libros, encontrarle entre todos los alumnos en las fotos del anuario escolar. Eso es lo que siempre han hecho, en casa de Gloria, la de Marcia, la de Jacqueline, incluso en la de Janet, sobre todo la de Janet, donde ésta les proyectó diapositivas y más tarde todas lloraron al ver un ejemplar con el lomo deteriorado de «Casey con el bate».

Sus manos abiertas sobre el mostrador de la cocina. Dedos extendidos. Presionando el mármol.

Joshua. ¿Es eso lo que le irrita? ¿Que todavía no han pronunciado su nombre? ¿Que él no haya aparecido aún en la charla de esta mañana? ¿Que le hayan hecho caso omiso hasta ahora? Pero no, no es eso. ¿Qué es entonces?

Basta. Basta. Toma la bandeja. No lo estropees ahora. Es tan agradable... Esa sonrisa de Gloria. Las bonitas flores.

Vamos.

Ya.

Adelante.

Entra en la sala de estar y se detiene, paralizada. Se han ido, todas ellas, no están ahí. Casi deja caer la bandeja al suelo. El tintineo de las cucharillas al deslizarse y chocar con el borde. Ninguna de ellas está, ni siquiera Gloria. ¿Cómo es posible? ¿Cómo han desaparecido de un modo tan repentino? Parece una mala broma infantil, como si pudieran salir de los armarios de un momento a otro, o de detrás del sofá, una hilera de caras de barraca de feria a las que lanzar globos de agua.

Por un instante es como si las hubiera soñado, como si hubieran acudido a ella sin que se lo pidiera y entonces se hubiesen escabullido.

Deposita la bandeja sobre la mesa. La tetera resbala y brota una burbuja de té. Los bolsos están ahí y un solo cigarrillo sigue ardiendo en el cenicero.

Es entonces cuando oye las voces, y se regaña a sí misma. Naturalmente. Qué tonta he sido. El golpetazo de la puerta trasera y la que da acceso a la azotea, impulsada por el viento. Se la habrá dejado abierta y ellas habrán notado la brisa.

Avanza por el corredor. Las formas más allá de la puerta superior. Sube los últimos escalones, se reúne con ellas en la azotea, todas inclinadas por encima del muro, mirando al sur. No se ve nada, por supuesto, sólo la neblina y la cúpula del New York General Building.

—¿Ninguna señal de él?

Sabe que no podría haberla, naturalmente, ni siquiera en los días más claros, pero es agradable que las mujeres se vuelvan al mismo tiempo y hagan un gesto negativo con las cabezas.

—Podríamos encender la radio —les propone, situándose detrás de ellas—. Puede que hablen de ello en las noticias.

—Buena idea —replica Jacqueline.

—Oh, no —protesta Janet—. Preferiría que no la encendierais.

—Yo también —dice Marcia.

—Probablemente no lo dirán en las noticias.

—Todavía no, en cualquier caso.

—No lo creo.

Permanecen ahí un momento, mirando hacia el sur, como si aún pudieran ser capaces de hacerlo aparecer.

—¿Café, chicas? ¿Un poco de té?

—Señor —dice Gloria, guiñando un ojo—. Creía que nunca ibas a preguntarlo.

—Sí, vamos a comer algo.

—¿Para calmar los nervios?

—¿De acuerdo, Marcia?

—¿Abajo?

—Sí, claro. Aquí nos freiríamos.

Las mujeres guían a Marcia de regreso por la escalera interior, cruzan la puerta del servicio y entran de nuevo en la sala de estar, con Janet cogida de un brazo, Jacqueline del otro y Gloria detrás.

En el cenicero que está sobre el brazo de la butaca, el cigarrillo ha ardido hasta el filtro, como un hombre a punto de desmayarse y caer. Claire apaga la colilla. Mira a las mujeres que se apretujan en el sofá, rodeándose mutuamente con los brazos. ¿Hay suficientes asientos? ¿Cómo es posible que haya cometido semejante error? ¿Debería sacar del cuarto de Joshua el saco relleno de bolitas de poliestireno? ¿Sentarse en ella y cubrir la huella dejada por el cuerpo de su hijo?

No puede quitarse de encima a ese funámbulo. La burbuja de descontento en su mente. Sabe que es poco generosa, pero no puede librarse de ello. ¿Y si cae sobre alguien? Ha oído decir que por la noche hay colonias enteras de pájaros que vuelan hacia los edificios del World Trade Center, atraídos por su reflejo en el vidrio. Chocan y caen. ¿Chocará el funámbulo como ellos?

Reacciona. Basta ya.

Recupera la calma. Recoge todas las plumas. Devuélvelas suavemente al aire.

—Los bagels están en la bolsa, Claire, y los donuts también.

—Estupendo, gracias.

Los pequeños detalles.

—¡Dios bendito, mirad qué pinta tienen!

—Ya estoy bastante gorda.

—Vamos, mujer. Ojalá tuviera tu figura.

—Cógelo y corre —dice Gloria—. ¡Apuesto a que se derrama!

—No, no, tienes una figura encantadora. Fabulosa.

—¡Anda ya!

—De veras, no te miento.

La mentirijilla acalla las voces en la sala. Dejan de comer. Se miran unas a otras. Transcurren los segundos. Les llega el sonido de una sirena a través de la ventana. El dinamismo roto y los pensamientos toman forma en sus mentes, como el agua en una jarra.

—Bueno —dice Janet, extendiendo la mano para tomar un bagel—. No quiero ser morbosa ni mucho menos, pero...

—¡Janet!

—...no quiero ser morbosa...

—¡Janet McIniff...!

—... pero, ¿creéis que se ha caído?

—¡Por Dios! ¿Por qué has de remachar el clavo?

—¿El clavo? Acabo de oír una sirena y...

—No pasa nada —dice Marcia—. Estoy bien, de veras. No os preocupéis por mí.

—¡Dios mío! —exclama Jacqueline.

—Sólo estoy preguntando.

—No, de veras —dice Marcia—. Me estaba preguntando lo mismo.

—Oh, Dios mío —repite Jacqueline, ahora estirando las palabras como si fuesen elásticos—. No puedo creer que hayas dicho eso.

Ahora Claire quisiera estar muy lejos de ahí, en alguna playa, o en la orilla de un río bañándose en una gran ola de felicidad. Le gustaría estar en algún lugar donde estuvo Joshua, algún breve y oculto momento, notando el contacto de la mano de Solomon.

Ahí sentada, al margen de ellas. Dejándoles cerrar el círculo.

Sí, tal vez sea puro egoísmo. No habían reparado en la mezuzá de la puerta, ni en el retrato de Solomon. No habían hecho ningún comentario sobre el piso. Nada más entrar habían dado comienzo a la sesión. Incluso habían salido a la azotea sin pedir permiso. Tal vez no sea más que su manera de hacer las cosas, o quizá estén ciegas a las pinturas, la plata, las alfombras. Sin duda enviaron a la guerra a otros chicos acomodados. No todos ellos eran pobres. Tal vez debería conocer a otras mujeres, más similares a ella. Pero, ¿más similares en qué sentido? La muerte, la más grande de todas las democracias. El mal más antiguo del mundo. Nos sucede a todos. Ricos y pobres. Gordos y delgados. Padres e hijas. Madres e hijos. Siente una punzada, un retorno. «Querida madre, unas líneas para decirte que he llegado bien», decía la primera carta. Y en la última le había escrito: «Esto es la nada, mamá; quédate con todos los lugares y no me des nada a cambio: es ahí donde estoy». Oh. Oh. Leed todas las cartas del mundo, cartas de amor, de odio o de alegría, y ponedlas junto a las ciento treinta y siete que mi hijo me escribió, ponedlas de un extremo al otro, Whitman y Wilde y Wittgenstein y quienquiera que sea, no importa, no hay comparación. ¡Las cosas que me decía! ¡Las cosas que podía recordar! ¡Lo que llegaba a saber!

Eso es lo que hacen los hijos: escribir a sus madres acerca de los recuerdos, hablarles del pasado hasta que llegan a comprender que ellos son el pasado.

Pero no, el pasado no, él no, jamás.

Olvídate de las cartas. Dejad que nuestras máquinas peleen. ¿Me oís? Dejadles hacer eso. Que se miren unas a otras a lo largo de los cables.

Permitid que los chicos se queden en casa.

Permitid que mi hijo se quede en casa. El de Gloria también. Y el de Marcia. Dejadle caminar por una cuerda floja si lo desea. Dejadle convertirse en un ángel. Y el de Jacqueline. Y el de Wilma. No, Wilma no. No ha habido nunca una Wilma. Probablemente una Wilma también. Tal vez un millar de Wilmas en todo el país.

Devolvedme a mi chico. Eso es todo lo que quiero. Devolvédmelo. Entregadlo. Ahora mismo. Dejad que abra la puerta, pase junto a la mezuzá y se ponga a tocar el piano. Restaurad las hermosas caras de los jóvenes. Sin llantos, sin gritos, sin quejidos. Traedlos aquí de vuelta. ¿Por qué no deberían estar en la sala todos nuestros hijos al mismo tiempo? Derribad las fronteras. ¿Por qué no pueden sentarse juntos? Las gorras en las rodillas. Su leve azoramiento. Sus uniformes bien planchados. Habéis luchado por nuestro país. ¿Por qué no celebrarlo en Park Avenue? ¿Café o té, muchachos? Una cucharada de azúcar ayuda a bajar la medicina.

Toda esa charla sobre la libertad. Pura tontería. La libertad no se puede dar, hay que recibirla.

No aceptaré esa urna con cenizas.

¿Me oís?

Mi hijo no es esa urna con cenizas.

—¿Qué te ocurre ahora, Claire?

Y de nuevo es como si saliera de una ensoñación. Las ha estado mirando, contemplando sus bocas en movimiento y sus caras expresivas, pero sin oír nada de lo que han estado diciendo. Una discusión sobre el funámbulo, sobre si la cuerda floja estaba o no fijada. Ella, distraída, no escuchaba. ¿Fijada a qué? ¿A uno de sus zapatos? ¿Al helicóptero? ¿Al cielo? Entrelaza los dedos una y otra vez, los aprieta y oye como crujen.

Necesita más calcio para los huesos, le dijo el buen doctor Tonnemann. Calcio, ¿eh? Toma más leche y tus hijos no desaparecerán.

—¿Estás bien, querida? —le pregunta Gloria.

—Sí, estoy bien, sólo soñaba un poco despierta.

—Conozco esa sensación.

—También a mí me ocurre a veces —dice Jacqueline.

—Y a mí —interviene Janet.

—Es lo primero que me sucede cada mañana —dice Gloria—. Empiezo a soñar. De noche no puedo hacerlo. Antes siempre soñaba. Ahora sólo puedo hacerlo durante el día.

—Deberías tomar algo para solucionarlo —le sugiere Janet.

Claire no recuerda lo que ha dicho. ¿Ha hecho que se sintieran avergonzadas? ¿Ha dicho algo estúpido o fuera de lugar? Ese comentario de Janet, como si ella necesitara tomar fármacos. ¿O acaso iba dirigido a Gloria? Aquí tienes, toma cien píldoras, eso te curará la pena. No, ella nunca ha querido tal cosa. Quiere que aflore como una fiebre. Pero, ¿qué es lo que ha dicho? ¿Algo acerca del funámbulo? ¿Lo ha dicho en voz alta?

¿Ha sonado vulgar? ¿Algo sobre las cenizas? ¿O la moda? ¿O los cables?

—¿De qué se trata, Claire?

—Sólo estaba pensando en ese pobre hombre —responde.

Se irrita consigo misma por decirlo, por mencionar de nuevo al funámbulo. Precisamente cuando pensaba que podían dejarlo de lado, que la mañana volvería a la normalidad, que podría hablarles de Joshua y de que cuando regresaba de la escuela tomaba emparedados de tomate, sus preferidos, o de que nunca apretaba el tubo del dentífrico como es debido, o de que siempre ponía dos calcetines en un zapato, o una anécdota del parque infantil, o de una melodía que tocaba al piano, cualquier cosa, sólo para establecer el equilibrio de la reunión, pero no, ha vuelto a prescindir de todo ello y mencionado lo otro.

—¿Qué hombre? —pregunta Gloria.

—Pues... el hombre que vino aquí —dice de improviso.

—¿Quién es?

Toma un bagel del cuenco decorado con flores de girasol. Mira a las mujeres. Permanece un momento inmóvil, hace un corte en el pan grueso y entonces parte el bagel con los dedos.

—¿Quieres decir que el funámbulo ha estado aquí?

—No, no.

—¿Qué hombre, Claire?

Ella extiende la mano y vierte el té. Sale vapor. Se ha olvidado de añadir las rodajas de limón. Otro fallo.

—El hombre que me lo dijo.

—¿Qué hombre, Claire?

—Ya sabéis. Ese hombre.

Y entonces hay una especie de comprensión profunda. Ella lo ve en sus caras. Más suave que la llovizna, más suave que una brisa entre las hojas.

—Ajá —dice Gloria.

Y entonces las facciones de las demás se distienden.

—El mío fue un jueves.

—El de Mike un lunes.

—El de mi Clarence también fue un lunes. El de Jason un sábado. Y el de Brandon un martes.

—Recibí un espantoso telegrama. A las seis y trece minutos. El doce de julio. Dirigido a mi marido.

A su marido. Por el amor de Dios.

Todas han vuelto a lo que importa y ella tiene la sensación de que las cosas van bien. Eso es lo que quiere decir; se lleva el bagel a la boca, pero no come. Ha encarrilado a sus compañeras, que vuelven juntas a las mañanas del pasado y ya no se apartarán de ahí, eso es lo que ella quiere. Y sí, están cómodas, y ahora hasta Gloria extiende la mano y coge un donut, glaseado y blanco, da un mordisquito cortés y hace un gesto de asentimiento a Claire, como si le dijera: «Adelante, cuéntanoslo».

—Solomon y yo recibimos el aviso desde el vestíbulo. Estábamos cenando. Todas las luces estaban apagadas. Es judío, ¿sabéis?... —Se alegra de haberse quitado eso de encima—, y encendía velas por todas partes. No es estricto, pero a veces le gustan los pequeños rituales. A veces me llama su abejita. Eso empezó con una discusión que tuvimos cuando mencionó mi condición de blanca, anglosajona y protestante. ¿No es increíble?

Por un instante se siente agradecida al decir lo que piensa. Aturdida, sonríe a las visitantes. Ellas guardan silencio.

—Abrí la puerta. Era un sargento. Se mostró muy deferente. Quiero decir, amable conmigo. Lo supe enseguida, sólo por la expresión de su cara. Era como una de esas máscaras de broma. Una de esas máscaras de plástico baratas. Sus facciones inmovilizadas detrás de ella. Ojos duros, marrones y un ancho bigote. Le invité a entrar, y él se quitó la gorra. Llevaba el pelo corto, con raya al medio. Un mechón blanco a lo largo del cuero cabelludo. Se sentó ahí.

Señala a Gloria con la cabeza y desea no haber dicho eso, pero no puede volver atrás.

Gloria pasa la mano por el asiento, como si tratara de limpiar la mancha que dejó ese sargento. Un poco de glaseado de donut se esparce por encima.

—Todo era tan puro que tuve la sensación de que formaba parte de un cuadro.

—Sí, sí.

—Él seguía jugueteando con la gorra en la rodilla.

—El mío también hizo eso.

—Chis.

—Y entonces se limitó a decir: Su hijo ha traspasado, señora. Y pienso: ¿Traspasado? ¿Adónde ha traspasado? ¿Qué quiere decir, sargento, con eso de traspasar? Él no me habló de ningún traspaso.

—Cielo santo.

—Le sonreía, era incapaz de hacer otra cosa.

—Pues yo me eché a llorar en el acto —dice Janet.

—Chis —ordena Jacqueline.

—Tenía la sensación de que una especie de vapor me recorría por dentro, a lo largo de la columna vertebral, lo notaba silbando en mi cerebro.

—Exactamente.

—Y entonces dije: «sí». Eso fue todo lo que dije, y continué sonriendo. El vapor silbando y ardiente. «Sí, sargento», le dije. Y gracias.

—Dios mío.

—Él apuró el té.

Todas ellas miraron sus tazas.

—Y le acompañé a la puerta. Eso fue todo.

—Sí.

—Solomon lo acompañó hasta el ascensor. Nunca se lo había contado a nadie. Luego, la cara me dolía de tanto sonreír. ¿No es terrible?

—No, no.

—Claro que no.

—Parece como si hubiera esperado toda la vida para contar eso.

—Oh, Claire.

—No puedo creer que sonriera.

Sabe que no ha contado ciertas cosas, como que sonó el interfono, que el portero farfulló, que ella se sintió perpleja mientras esperaba, que los golpecitos en la puerta fueron como los que se da en la tapa de un ataúd, que él se quito la gorra y dijo «señora» y entonces «señor», que le invitaron a pasar, que el sargento jamás había visto un piso parecido, cosa que era evidente por su manera de mirar los muebles, y que estaba nervioso, pero también emocionado.

En otra ocasión podría haberle parecido espléndido, Park Avenue, obras de arte, velas, rituales. Ella le había mirado mientras él se veía en un espejo, pero desvió la vista de su reflejo, y entonces incluso podría haberle gustado a Claire, la manera en que carraspeaba en el hueco de la mano cerrada, la caballerosidad del gesto. Se llevó la mano a la boca, como un mago que se dispusiera a sacar un triste pañuelo. Miró a su alrededor, como si estuviera a punto de marcharse, como si pudiera haber toda clase de salidas, pero ella le hizo sentarse. Fue a la cocina y regresó con una porción de pastel de fruta. Para aliviar la tensión. Él comió con un leve destello de culpabilidad en los ojos. Las miguitas en el sueño. Luego ella apenas fue capaz de aspirarlas.

Solomon quiso saber qué había ocurrido. El sargento respondió que no estaba autorizado a decirlo. «Ninguno de nosotros está autorizado, ¿no es cierto? Quiero decir que si uno piensa en ello, sargento, ninguno de nosotros es libre». Y la gorra rebotó de nuevo en la rodilla del militar. «Dígamelo», le pidió Solomon, y en aquel momento le tembló la voz. «Dígamelo o salga de mi casa».

El sargento carraspeó en el puño cerrado. Un gesto de mentiroso. Dijo que todavía estaban reuniendo los detalles, pero

Joshua había estado en un café. Sentado en el interior. Tanto a él como al resto del personal les habían advertido sobre el peligro de los cafés. Se encontraba con un grupo de oficiales. La noche anterior habían estado en un club. Querían liberar tensiones. Ella no podía creérselo, pero no dijo nada. Era imposible, pero lo dejó pasar. Era a primera hora de la mañana, dijo el sargento. Hora de Saigón. El cielo azul brillante. Cuatro granadas rodaron a sus pies. «Murió como un héroe», dijo el sargento. Solomon fue quien carraspeó al escuchar eso. «Uno no muere como un jodido héroe, señor». Ella nunca había oído a Solomon soltar palabras malsonantes, no ante un desconocido. El sargento movió la gorra sobre la rodilla. Como si su pierna fuese ahora la que necesitaba contar la historia. Miró los grabados por encima del sofá. Miró, Miró, espejo mágico, ¿cuál es el más muerto de ellos?

Aspiró aire. Parecía habérsele encogido la garganta. «Lamento muchísimo su pérdida», repitió.

Cuando se hubo ido, cuando se hizo el silencio en la noche, Solomon y Claire permanecieron en la sala, mirándose el uno al otro. Él dijo que no se hundirían, cosa que no ha ocurrido, ella no lo permitiría. No, no se culparían mutuamente, no se volverían resentidos. Lo superarían, sobrevivirían, no dejarían que se convirtiera en un abismo entre ellos.

—Yo seguía sonriendo, ¿sabéis?

—Pobrecilla.

—Eso es terrible.

—Pero es comprensible, Claire.

—¿Lo crees de veras?

—Pues claro que lo es.

—Es que sonreí demasiado —insiste ella.

—Yo también sonreí, Claire.

—¿Ah, sí?

—Eso es lo que haces, retienes las lágrimas, es la pura verdad. En ese momento comprende por qué le afecta tanto ese funámbulo. Lo ve con claridad y se estremece. No tiene nada que ver con los ángeles ni los demonios. Nada que ver con el arte, las reformas o la intersección de un hombre con un vector, el hombre más allá de la naturaleza. Nada de eso.

Lo que le hacía estar allá arriba era una especie de soledad. Eso era su cuerpo y su mente: una especie de soledad. Sin pensar para nada en la muerte.

Muerte por ahogamiento, muerte por picadura de serpiente, muerte por mortero, muerte por herida de bala, muerte por estaca de madera, muerte por soldados en misiones subterráneas, muerte por bazuca, muerte por flecha envenenada, muerte por pirañas, muerte por Kalashnikov, muerte por juego de rol, muerte por el mejor amigo, muerte por sífilis, muerte de pena, muerte por hipotermia, muerte por arenas movedizas, muerte por balas trazadoras, muerte por trombosis, muerte por tortura con agua, muerte por cable trampa, muerte por taco de billar, muerte por ruleta rusa, muerte por estaca Punji, muerte por opiáceos, muerte por machete, muerte por motocicleta, muerte por pelotón de ejecución, muerte por gangrena, muerte por pies doloridos, muerte por parálisis, muerte por pérdida de la memoria, muerte por espada tradicional escocesa, muerte por picadura de escorpión, muerte por colapso nervioso, muerte por agente naranja, muerte por chapero, muerte por arpón, muerte por porra policial, muerte por inmolación, muerte por cocodrilo, muerte por electrocución, muerte por mercurio, muerte por estrangulamiento, muerte por cuchillo de monte, muerte por mezcalina, muerte por hongos, muerte por ácido lisérgico, muerte por atropello de jeep, muerte por trampa con granadas, muerte de aburrimiento, muerte por aflicción, muerte por francotirador, muerte por recortes de papel, muerte por navaja de puta, muerte por partida de póquer, muerte por cifras, muerte por la burocracia, muerte por descuido, muerte por retraso, muerte por distracción, muerte por apaciguamiento, muerte por las matemáticas, muerte por copias hechas con papel carbón, muerte por goma de borrar, muerte por error de archivo, muerte por un plumazo, muerte por supresión, muerte por la autoridad, muerte por el aislamiento, muerte por el encarcelamiento, muerte por fratricidio, muerte por suicidio, muerte por genocidio, muerte por Kennedy, muerte por Lyndon B. Johnson, muerte por Nixon, muerte por Kissinger, muerte por el Tío Sam, muerte por el Viet Cong, muerte por una firma, muerte por silencio, muerte por causas naturales.

Un estúpido e interminable menú de muerte.

Pero, ¿muerte por una cuerda floja?

¿Muerte por una actuación?

A eso era a lo que se reducía. Tan flagrante con su cuerpo. Degradándolo. Lo que tiene de arte de titiritero. Su paseíto a lo Charles Chaplin, entrando en su casa como un *hacker* por la mañana. ¿Cómo se atreve a hacer eso con su cuerpo? ¿Arrojar su vida al rostro de todo el mundo? ¿Degradando tanto la de su propio hijo? Sí, ha penetrado en su reunión matinal para tomar café como un *hacker* en su código. Con su jolgorio por encima de la ciudad. Café, galletas y un hombre allá fuera, caminando por el cielo, engullendo lo que debería haber habido.

—¿Sabéis una cosa? —pregunta, inclinándose hacia el círculo de damas.

—¿Qué?

Claire hace una pausa, pensando qué debería decir. Se estremece en lo más hondo de su ser.

—Todas vosotras me gustáis mucho.

Lo dice mirando a Gloria, pero se refiere a todas, sinceramente. Se le ha quebrado un poco la voz. Examina la hilera de rostros. Amabilidad y cortesía. Todas ellas le sonríen. Vamos, chicas. Vamos. Ahora pasemos la mañana. Dejemos que se deslice. Olvidemos a los funámbulos. Dejémoslos ahí arriba, en el aire. Tomemos el café y sintámonos agradecidas. Es así de sencillo. Descorramos las cortinas y dejemos que entre la luz. Que ésta sea la primera vez de muchas otras. Nada más se entrometerá. Tenemos a nuestros chicos. Se han reunido. Incluso aquí. En Park Avenue. Sufrimos, y nos tenemos las unas a las otras para curarnos.

Claire, temblando, toma la tetera. Los extraños sonidos en la sala, la falta de silencio, el crujido de las bolsas que contienen los bagels, el ruido al quitar los envoltorios de los bollos.

Toma su taza y la apura. Se toca con el nudillo la comisura de los labios.

Las flores de Gloria están sobre la mesa, abriéndose ya. Janet recoge una miga de su plato. Jacqueline mueve rítmicamente la rodilla, arriba y abajo. Marcia contempla el espacio. Mi chico está allá arriba y ha venido a saludarme.

Claire se levanta, sin asomo de temblor, en absoluto, ya no.

—Vamos —les dice—, vamos. Os enseñaré la habitación de Joshua.

MIEDO AL AMOR

Hallarnos dentro del coche cuando alcanzó la parte trasera de la furgoneta fue como estar en un cuerpo que no conocíamos. Esa imagen de nosotros mismos que nos negamos a ver. Ése no soy yo, debe de ser otro.

En cualquier otra circunstancia podríamos haber terminado en la cuneta, intercambiando números de matrícula, tal vez regateando unos pocos dólares, incluso yendo de inmediato a un taller para que reparasen los daños, pero no fue así. El roce no podría haber sido más suave. Un pequeño chirrido de neumáticos. Luego supusimos que el conductor debía de tener el pie en el freno, o que sus luces traseras no funcionaban, o tal vez condujera pisando el freno y el brillo del sol nos ocultara la luz. La furgoneta era grande y perezosa. El guardabarros trasero estaba atado con alambre y cordel. En mi juventud, recuerdo haber visto una de esas viejas mulas, lentas y tozudas, cansadas de recibir golpes en la grupa. Las ruedas traseras fueron las que se desviaron primero. El conductor trató de corregir el desvío. Su codo se retrajo desde la ventanilla. El vehículo se ladeó a la derecha, y entonces él trató de corregir una vez más, pero el giro fue demasiado brusco y notamos la segunda sacudida, como autos de choque en una feria, salvo que no dábamos vueltas, nuestro coche se mantenía estable y derecho.

Blaine acababa de encender un porro. Ardía lentamente en el borde de una lata de Coca-Cola vacía que estaba entre los dos. Apenas había fumado, una o dos caladas, cuando la furgoneta marrón y caballuna dio un patinazo. Las calcomanías con el signo de la paz en la ventanilla trasera, los laterales abollados, las ventanillas un poco abiertas. El vehículo giró y giró.

Algo le sucede a la mente en los momentos de terror. Tal vez imaginamos que es lo último que veremos y tratamos de conservarlo para el resto de nuestro largo viaje. Tomamos unas instantáneas perfectas, un álbum sobre el que verter nuestra desesperación. Pulimos los bordes y las plastificamos. Guardamos el álbum para sacarlo en las épocas de ruina.

El conductor era guapo y su pelo salpimentado se inclinaba hacia el gris. Tenía bolsas grandes y oscuras bajo los ojos. Iba sin afeitar y llevaba una camisa con el cuello ambiciosamente desabrochado. Era la clase de hombre que en general estaría sereno, pero ahora el volante se deslizaba entre sus manos y tenía la boca muy abierta. Nos miró desde la altura de la furgoneta, como si también quisiera grabar nuestras caras en su memoria. La O de su boca se amplió todavía más y sus ojos se ensancharon. Ahora me pregunto cómo me vio. Mi vestido con flecos, mi collar de perlas, mi cabello cortado al estilo de los años veinte, los ojos realzados con azul cobalto, la cara de sueño.

Teníamos telas en el asiento trasero. Habíamos intentado venderlas la noche anterior en el Kansas City de Max, pero había sido en vano. Unas pinturas que nadie quería. De todos modos, las habíamos envuelto con cuidado para que no sufrieran rasguños. Incluso habíamos puesto trozos de espuma de poliestireno entre ellas para evitar que rozaran entre sí.

Ojalá hubiéramos tenido tanto cuidado con nosotros mismos.

Blaine tenía treinta y dos años. Yo veintiocho. Llevábamos dos años casados. Nuestro coche era de época, un Pontiac Landau de 1927, dorado y con paneles plateados, casi más antiguo que las edades de los dos sumadas. Habíamos instalado un magnetófono que estaba escondido detrás del salpicadero. Escuchábamos jazz de los años veinte. La música se filtraba al exterior y se extendía sobre el East River. Aún circulaba tanta cocaína por nuestras venas que incluso, a aquella hora, notábamos que prometía.

El giro de la furgoneta se amplió. Casi estaba de frente. Todo lo que podía ver en el asiento del pasajero era un par de pies descalzos apoyados en el salpicadero. Desenredándose a cámara lenta. Las plantas de los pies eran tan blancas en los bordes y tan oscuras en las concavidades que podrían haber sido las de una mujer negra. Los separó por los tobillos. El giro era bastante lento. Sólo podía ver la parte superior de su cuerpo. Estaba tranquila, como dispuesta a aceptarlo. El cabello se extendió bruscamente hacia atrás y la brillante bisutería que llevaba le rebotó en el cuello. Si no la hubiera visto de nuevo, unos instantes después, cuando había salido despedida por el parabrisas, habría pensado que estaba desnuda, dado el ángulo desde el que la miraba. Más joven que yo, una belleza. Sus ojos se posaron en los míos, como si preguntara: ¿Qué estás haciendo, zorra rubia bronceada con tu blusa hinchada como una ola y tu lujoso coche del Cotton Club?

Desapareció en un instante. El giro de la furgoneta se hizo más amplio y nuestro coche siguió en línea recta. Los dejamos atrás. El suelo se abrió como un melocotón partido. Recuerdo haber oído el primer crujido a nuestras espaldas, otro coche que alcanzaba a la furgoneta, seguido por el estrépito de una rejilla que caía al suelo y, más tarde, cuando Blaine y yo lo rememoramos todo, oímos de nuevo el impacto de la camioneta que transportaba periódicos y que los envió contra la barrera de protección. Una gran camioneta cuadrada con la puerta del conductor abierta y la radio a todo volumen. Golpeó con una fuerza brutal. No tuvieron ninguna posibilidad de evitarlo.

Blaine miró por encima del hombro y entonces pisó a fondo hasta que le grité: Para, por favor, para, por favor. Nada menos borroso que aquellos momentos. Nuestras vidas con una claridad perfecta. Tienes que bajar. Has de ser responsable. Tenemos que volver al lugar del accidente. Hay que hacerle a la chica un boca a boca. Sujetarle la cabeza sangrante. Susurrarle al oído. Calentarle los pies. Ir corriendo a un teléfono. Salvar al hombre aplastado.

Blaine se detuvo al lado de la autopista Franklin Delano Roosevelt y bajamos. Se oían los gritos de las gaviotas desde el río, arrastrando el viento. Las fuertes corrientes, sus movimientos giratorios. Blaine hizo visera con la mano para contrarrestar la intensidad del sol. Parecía un explorador de antaño. Unos pocos coches se habían detenido en medio de la calzada. La camioneta de los periódicos estaba de lado, pero no era uno de esos tremendos accidentes de los que a veces hablan las canciones de rock, llenos de sangre, fracturas y carretera norteamericana; más bien reinaba la calma, con sólo unas esquirlas de vidrio a lo ancho de los carriles, unos pocos fardos de periódicos amontonados en el suelo, a bastante distancia del cuerpo de la chica, en un charco de sangre cada vez más amplio. El motor de la furgoneta rugía y emitía vapor. El conductor aún debía de tener el pie en el pedal. Chirriaba sin cesar, con la máxima agudeza. Se estaban abriendo las puertas de algunos coches detenidos detrás, y otros conductores hacían sonar los cláxones, el coro de Nueva York, impaciente por reanudar la marcha, el griterío del egoísmo. Estábamos solos, a unos doscientos metros del estrépito. La calzada estaba completamente seca, pero en algunos lugares había charcos de calor. La luz del sol a través de las vigas metálicas. Gaviotas sobre el agua.

Miré a Blaine. Llevaba su chaqueta de estambre y su pajarita. Parecía ridículo y triste, el cabello caído sobre los ojos, detenido en el pasado.

—Dime que no ha ocurrido —me dijo.

Recuerdo que, cuando se volvió para examinar la parte delantera del coche, pensé que nunca sobreviviríamos, no tanto al accidente, ni siquiera a la muerte de la joven (era evidente que estaba muerta, tendida sobre su propia sangre en la calzada) o del hombre que estaba derrumbado sobre el volante, casi con toda seguridad irrecuperable, el pecho aplastado contra el salpicadero, sino al hecho de que Blaine dio la vuelta para ver los daños que había sufrido nuestro coche. El faro roto, el guardabarros abollado, como nuestros años juntos, algo roto, mientras a nuestras espaldas oía las sirenas que ya se acercaban, y él soltó un ligero gemido de desesperación. Supe que era por el coche, por las telas que no habíamos vendido y por lo que no tardaría en sucedernos, y le dije: Vamos, larguémonos, rápido, sube, Blaine, rápido, muévete.

En 1973 Blaine y yo decidimos cambiar la clase de vida que llevábamos en el Village por una vida del todo distinta. Nos trasladamos a una cabaña al norte del estado de Nueva York. Hacía casi un año que habíamos dejado la droga e incluso llevábamos varios meses sin probar el alcohol, hasta la noche anterior al accidente. Una sola noche de festín. Aquella mañana habíamos dormido hasta tarde en el Hotel Chelsea y volvíamos a la vieja idea de la abuela, la de sentarnos en el columpio del porche y ver como el veneno desaparecía de nuestros organismos.

Durante el trayecto de regreso a casa no hubo más que silencio. Salimos de la autopista Franklin D. Roosevelt, avanzamos hacia el norte por el puente de la avenida Willis, entramos en el Bronx, tomamos la carretera de dos carriles paralela al lago y enfilamos la carretera sin asfaltar que conducía a nuestra casa. La cabaña se encontraba a hora y media de la ciudad de Nueva York. Estaba situada junto a un bosquecillo a orillas de un segundo lago, más pequeño. Un estanque, en realidad. Hojas flotantes de lirios de agua y plantas acuáticas. La cabaña había sido construida hacía cincuenta años, en la década de 1920, y era de cedro rojo. No había electricidad. El agua procedía de un manantial. Una estufa de leña, un desvencijado retrete exterior, una ducha en la que el agua bajaba por la fuerza de la gravedad, una choza que usábamos como garaje. A los lados y alrededor de las ventanas traseras crecían frambuesos. Al abrir las ventanas de guillotina se oía el canto de las aves. El viento hacía susurrar los juncos.

Era el lugar perfecto para aprender a olvidar que acababas de ver a una muchacha muerta en un accidente de tráfico, tal vez también a un hombre, no lo sabíamos.

Anochecía cuando llegamos. El sol tocaba las copas de los árboles. Vimos a un martín pescador que machacaba a un pescado con el pico en el embarcadero. Se comió su presa, y entonces lo contemplamos mientras se alejaba revoloteando, una imagen hermosa. Me levanté y recorrí el embarcadero. Blaine sacó las telas del asiento trasero, las apoyó en el lado de la cabaña y abrió las enormes puertas de madera donde guardábamos el Pontiac. Aparcó el coche, cerró la choza con un candado y entonces borró las huellas de las ruedas con una escoba. Mientras barría, me miró. Indiferente, me hizo una seña con la mano y siguió barriendo. Al cabo de un rato, no había ningún indicio de que hubiéramos abandonado la cabaña.

La noche era fresca. El frío había silenciado a los insectos.

Blaine se sentó a mi lado en el embarcadero, se descalzó, dejó los pies colgando por encima del agua, buscó en los bolsillos de sus pantalones plisados. Las sombras de sus ojos apagados. De la noche anterior le quedaba media bolsa de cocaína. Más o menos valdría cuarenta o cincuenta dólares. La abrió, introdujo la larga y delgada llave del candado en la coca y recogió un poco de polvo. Ahuecó las manos alrededor de la llave y lo acercó a mi nariz. Hice un gesto negativo con la cabeza.

—Sólo una pizca, para tranquilizarte.

Era la primera esnifada desde la noche anterior. Lo que llamábamos la cura, la sanadora, la trementina, aquello que limpiaba nuestros pinceles. El efecto fue intenso y el ardor me llegó al fondo de la garganta. Como vadear en agua cubierta de nieve. Él metió la llave en la bolsa y tomó tres largas esnifadas, echó la cabeza atrás, se sacudió de un lado a otro, exhaló un largo suspiro, me rodeó el hombro con un brazo. Casi podía oler el accidente en mi ropa, como si acabara de abollar mi guardabarros y patinara, a punto de estrellarme contra la barrera de protección.

—No hemos tenido la culpa, cariño —me dijo.

—Era tan joven...

—No hemos tenido la culpa, preciosa, ¿me oyes?

—¿La has visto en el suelo?

—Créeme, ese idiota pisó el freno —dijo Blaine—. ¿Le viste? Vamos, ni siquiera le funcionaban las luces de freno. Yo no podía hacer nada. Quiero decir, mierda, ¿qué iba a hacer? El tipo conducía como un idiota.

—Ella tenía los pies tan blancos... las plantas.

—La mala suerte es un viaje que no hago, pequeña.

—Cielo santo, Blaine, había sangre por todas partes.

—Tienes que olvidarlo.

—Estaba allí tendida.

—Tú no has visto nada, ¿me oyes? No hemos visto nada.

—Conducíamos un Pontiac de 1927. ¿Crees que nadie nos ha visto?

—No hemos tenido la culpa —replicó—. Hazme caso y olvídalo. Te digo que conducía ese trasto como si fuese una puñetera barca.

—¿Crees que él también está muerto? El conductor. ¿Crees que ha muerto?

—Toma una calada, cariño.

—¿Qué?

—Tienes que olvidar lo ocurrido. No ha pasado nada, joder, absolutamente nada.

Se guardó la bolsita de plástico en el bolsillo interior de la chaqueta y metió los dedos bajo el hombro del chaleco. Ambos habíamos vestido prendas anticuadas durante la mayor parte del año. Era una característica de nuestro caprichoso regreso a los años veinte. Ahora parecía de lo más ridículo. Actores secundarios en un mal teatro. Otros dos artistas neoyorquinos, Brett y Delaney, habían retrocedido a los años cuarenta. Llevaban el estilo de vida y la ropa de la época, y así se habían forrado, se habían hecho famosos, incluso habían salido en las páginas de estilo de *The New York Times*.

Nosotros habíamos ido más lejos que Brett y Delaney, nos habíamos ido de la ciudad, habíamos conservado un lujoso coche (nuestra única concesión), y habíamos vivido sin electricidad, leído libros de otra era, realizado nuestros cuadros al estilo de la época, nos habíamos ocultado, nos considerábamos recluidos, vanguardistas, académicos. En el fondo, incluso nosotros sabíamos que no éramos originales. La noche anterior, en el local de Max, íbamos tan colocados que los gorilas no nos reconocieron. Se plantaron ante nosotros y no nos dejaban entrar en la sala privada. Una camarera corrió una cortina. Rechazarnos le producía placer. Ninguno de nuestros amigos estaba presente. Retrocedimos y fuimos al bar, las telas bajo el brazo. Blaine le compró una bolsa de coca al barman, el único que halagó nuestra obra. Se inclinó sobre el mostrador y miró las telas, diez segundos, como máximo. Qué guay, dijo. Guay. Serán sesenta pavos, tío. Guay. Si quieres Panama Red, también tengo, tío. Y Cheeba Cheeba. Guay. Sólo tienes que decirlo. Guay.

—Deshazte de la coca —le dije a Blaine—. Tírala al agua.

—Luego, pequeña.

—Tírala, por favor.

—Luego, cariño, ¿vale? Ahora estoy dándole vueltas. Quiero decir, ese tipo, ¡vamos! No sabía conducir. Quiero decir, ¿qué clase de idiota pisa el freno en medio de la autopista Franklin D. Roosevelt? ¿Y la viste a ella? Ni siquiera llevaba ropa. Quiero decir, a lo mejor se la estaba mamando o algo así. Apuesto a que es eso. Se la estaba chupando.

—Estaba en un charco de sangre, Blaine.

—No por mi culpa.

—Estaba destrozada. Y ese tipo... Estaba derrumbado sobre el volante.

—Fuiste tú quien me dijo que nos largáramos de allí. Eres tú quien dijo: vámonos. ¡No lo olvides, eres tú, tú tomaste la decisión!

Le di una sola bofetada, y me sorprendió lo muy escocida que me quedó la mano. Me levanté y las tablas del embarcadero crujieron. Era un embarcadero viejo e inútil que se adentraba en el estanque como una burla. Caminé por el barro endurecido hacia la cabaña. Subí al porche, abrí la puerta y me detuve en medio de la estancia. Allí dentro había un fuerte olor a moho, como el que haría tras varios meses cocinando mal.

Ésta no es mi vida. Éstas no son mis telarañas. Ésta no es la oscuridad que me estaba destinada.

Durante el último año, Blaine y yo habíamos sido felices en la cabaña. Habíamos limpiado de droga nuestros organismos. Cada mañana nos levantábamos con la cabeza despejada. Trabajábamos y pintábamos. Llevábamos una vida ordenada en aquella quietud. Eso se había terminado. «Sólo había sido un accidente», me decía. Habíamos hecho lo correcto. Cierto que habíamos abandonado el lugar de los hechos, pero tal vez nos habrían registrado, habrían descubierto la cocaína, la hierba, tal vez habrían detenido a Blaine, o habrían descubierto mi apellido, y aquello habría salido en los periódicos.

Miré por la ventana. Un delgado reguero de luz lunar se deslizaba por el agua. Las estrellas eran alfilerazos de luz en el cielo. Cuanto más las miraba, más me parecían huellas de garras. Blaine seguía en el embarcadero, pero tendido cuan largo era. Tenía una forma fría y negra que parecía a punto de escabullirse.

Avancé en la oscuridad hasta el lugar donde estaba la lámpara de queroseno. Cerillas en la mesa. Encendí la lámpara. Di la vuelta al espejo. No quería ver mi cara. La cocaína seguía circulando por mis venas. Elevé la intensidad de la llama y noté como aumentaba el calor. Una gota de sudor en mi frente. Dejé mi vestido en el suelo, fui a la cama, me dejé caer sobre el blando colchón, yací bocabajo, desnuda, bajo las sábanas.

Aún podía verla. Casi todo lo que veía eran las plantas de sus pies, no sabía por qué, pero allí estaban, contra la oscuridad del asfalto. ¿Qué era lo que las hacía tan blancas? Recordé una antigua canción que cantaba mi difunto abuelo sobre los pies de arcilla. Hundí más la cara en la almohada.

Oí el chasquido del pestillo. Estaba inmóvil y temblaba. Ambas cosas parecían posibles al mismo tiempo. Las pisadas de Blaine se acercaron. Respiraba con dificultad. Oí que arrojaba los zapatos cerca de la estufa. Redujo la llama de la lámpara de queroseno. El pabilo produjo un siseo. Los bordes de mi entorno se oscurecieron un poco más. La llama tembló y se estabilizó.

—Lara —me dijo—, cariño.

—¿Qué quieres?

—No tenía intención de gritarte, de veras.

Vino a la cama y se inclinó sobre mí. Noté su aliento en mi cuello. Estaba frío, como el otro lado de una almohada. «Tengo algo para nosotros», me dijo. Me bajó la sábana hasta los muslos. Noté la cocaína con que me rociaba la espalda. Era lo que habíamos hecho juntos años atrás. No me moví. Su barbilla en el hueco al final de mi espalda. No estaba bien afeitada y era rasposa. Su brazo alrededor de mi caja torácica y su boca en el centro de mi espina dorsal. Noté el deslizamiento de su cara a lo largo de mi espalda y el contacto de sus labios, distante y desarraigado. Me roció de nuevo con el polvo, una línea irregular por la que pasó la lengua.

Ahora estaba excitado y había retirado por completo la sábana que me cubría. Llevábamos varios días sin hacer el amor, ni siquiera lo habíamos hecho en el Hotel Chelsea. Él me dio la vuelta y me dijo que no sudara, porque eso humedecería la cocaína.

—Perdona —dijo entonces, rociándome con cocaína en la parte inferior del abdomen—. No debería haber dicho eso. Le así del pelo y le bajé la cabeza. Más allá de su hombro, los leves nudos en el techo de madera parecían agujeros de cerradura.

Blaine me susurró al oído: Perdona, perdona, perdona.

Fue en la ciudad de Nueva York donde Blaine y yo empezamos a ganar dinero. A finales de los sesenta habíamos dirigido cuatro películas artísticas en blanco y negro. La más famosa, *Antioquia*. Era un retrato de un antiguo edificio costero demolido. Bellas y pacientes tomas de grúas, grandes camiones y oscilantes bolas de derribo filmadas en dieciséis milímetros. Anticipaba una parte considerable del arte que vino después: luz filtrándose a través de paredes de almacenes destrozadas, marcos de puerta tendidos en charcos, nuevos espacios arquitectónicos creados por la fractura. Un famoso coleccionista compró la película. Luego Blaine publicó un ensayo sobre el onanismo de los cincastas en el que decía que las películas creaban una forma de vida a la que la vida tenía que aspirar, un deseo de tan sólo ellas. El mismo ensayo acababa en medio de una frase. Lo publicó una oscura revista de arte, pero sirvió para que en los círculos donde Blaine deseaba que le vieran reparasen en él. Era una dínamo de ambición. En otra película, *Calipso*, Blaine aparecía desayunando en el terrado del Clock Tower Building, mientras las manecillas del reloj a sus espaldas se movían lentamente. En cada una de ellas había fijado fotografías de Vietnam, y en la segundera un monje en llamas daba vueltas y más vueltas alrededor de la esfera.

Esas películas causaron furor durante cierto tiempo. El teléfono sonaba sin cesar. Asistíamos a fiestas. Los marchantes de arte esperaban al lado de nuestra casa, tratando de abordarnos. *Vogue* publicó una reseña sobre él. Su fotógrafo le pidió que no llevara más prenda de vestir que una larga y estratégica bufanda. Los elogios nos encantaban, pero si permaneces demasiado tiempo en el mismo río, hasta las orillas se irán escurriendo por tu lado. Obtuvo una beca Guggenheim, pero al cabo de un tiempo dedicábamos la mayor parte del dinero a nuestros hábitos. Cocaína, anfetas, Valium, bifetamina, marihuana sin semillas, metacualona, Tuinal, benzedrina, cualquier cosa que pudiéramos encontrar. Blaine y yo pasábamos semanas enteras en la ciudad, sin dormir apenas. Nos movíamos entre los pecadores más chillones del Village. Orgías en las que sonaba una música vibrante y cada uno perdía al otro de vista durante una, dos o tres horas seguidas. No nos importaba que uno encontrara al otro en brazos de un tercero: nos reíamos y seguíamos con lo nuestro. Fiestas con sexo, intercambio de parejas, anfetaminas. En Studio 54 inhalábamos nitrito amílico y nos hartábamos de champán. Esto es la felicidad, nos gritábamos el uno al otro desde los extremos de la pista.

Un diseñador de moda me confeccionó un vestido violeta con botones amarillos hechos de anfetaminas. Blaine mordió los botones uno tras otro mientras bailábamos. Cuanto más drogado estaba, más se abría mi vestido.

Entrábamos por las salidas y salíamos por las entradas. La noche ya no era oscura, sino que había adquirido la luz de la mañana. No parecía raro pensar que en plena noche salía el sol o sonaba una alarma de mediodía. Íbamos en coche a Park Avenue sólo para reírnos de los porteros con cara de sueño. Veíamos sesiones matinales en los cines X de Times Square. *La hermana con dos pantalones. Robo de bragas. Chicas ardientes.* Contemplábamos la salida del sol en las playas de alquitrán de los terrados de Manhattan. Recogíamos a nuestros amigos en el pabellón psiquiátrico de Bellevue y los llevábamos directamente a un restaurante polinesio de la cadena Trader Vic's.

Todo era fabuloso, incluso nuestros colapsos nerviosos. Yo tenía un tic en el ojo izquierdo. Procuraba hacer caso omiso, pero era como una de las manecillas de reloj de la película de Blaine. El tiempo en movimiento alrededor de mi cara. En otro tiempo había sido encantadora, Lara Liveman, una chica del Oeste medio, rubia y privilegiada. Mi padre era el propietario de un imperio automovilístico y mi madre, una modelo noruega. Puedo decir sin temor que era lo bastante hermosa para que los taxistas se pelearan por llevarme. Pero notaba que trasnochar tanto me estaba consumiendo. Los dientes se me oscurecían de tanta benzedrina. Tenía los ojos apagados. A veces parecía como si también se me estuviera diluyendo el color del pelo. Una curiosa sensación, la vida desapareciendo a través de los folículos, una especie de cosquilleo.

En vez de dedicarme a mi propio trabajo artístico, iba a la peluquería dos o tres veces a la semana. Veinticinco dólares cada vez. Le daba a la peluquera otros quince de propina y me marchaba avenida abajo, llorando. Volvería a pintar de nuevo. Estaba segura de ello. Todo lo que necesitaba era otro día. Otra hora.

Cuanto menos trabajábamos, más valiosos creíamos ser. Yo me había ido inclinando hacia la abstracción de paisajes urbanos. Unos pocos coleccionistas se habían interesado por mi obra. Tan sólo necesitaba el vigor para terminar. Pero en vez de permanecer en mi estudio, pasaba del sol en Union Square a la incómoda penumbra del local de Max. Todos los gorilas me conocían. Me ponían un cóctel en la mesa: primero un Manhattan, que bajaba siempre con un poco de marihuana. Al cabo de unos minutos estaba colocada. Deambulaba por el local, charlando, coqueteando, riendo. Estrellas del rock en la trastienda y artistas delante. Hombres en el servicio de las mujeres. Mujeres en el de los hombres, fumando, hablando, besándose, follando. Bandejas de pastelillos de hachís para los clientes. Hombres aspirando rayas de coca mediante bolígrafos desprovistos de la carga. El tiempo peligraba cuando me encontraba en el local de Max. La gente llevaba los relojes con la esfera vuelta contra la piel. Cuando servían la cena, podría ser el día siguiente. A veces, cuando por fin salía de allí, habían pasado tres días. La luz me hería los ojos cuando abría la puerta que daba a Park Avenue sur y la calle Diecisiete. Blaine me acompañaba a veces, pero en general no lo hacía, y había ocasiones en que, sinceramente, yo no estaba segura de si se encontraba o no allí.

Las fiestas se sucedían sin cesar. En el Village, la puerta de nuestro marchante, Billy Lee, estaba siempre abierta. Era un hombre alto, delgado, apuesto. Tenía unos dados que usábamos para los juegos sexuales. La casa de Billy tenía fama de picadero. El piso estaba lleno de blocs de recetas robadas. Estaban por todas partes. Cada receta por triplicado con un número individual del Departamento de Narcóticos y Fármacos Peligrosos. Los había robado en el consultorio de un médico del Upper East Side. Iba a los consultorios situados en plantas bajas de Park y Madison, derribaba los acondicionadores de aire y entraba por la ventana abierta. Nosotros conocíamos a un médico del Lower East Side que extendía las recetas. Billy engullía veinte píldoras al día. Decía que a veces sentía como si tuviera el corazón alrededor de la lengua. Estaba obsesionado con las camareras del local de Max. La única que le eludía era una rubia llamada Debbie. A veces yo sustituía a alguna camarera que no daba la talla. Billy me recitaba pasajes de *Finnegans Wake* al oído. *El padre de los fornicacionistas.* Se había aprendido veinte páginas de memoria. Parecía una especie de jazz. Más tarde oía su voz resonando en mi oído.

La clase de vida que llevábamos Blaine y yo en nuestro piso nos había acarreado varias citaciones por poner la música demasiado alta y, cierta vez, un arresto por posesión de droga, pero lo que finalmente nos metió en el atolladero fue una redada de la policía. Los agentes abrieron a la fuerza la puerta y entraron en el piso. «Levantaos». Uno de ellos me golpeó en un tobillo con la porra. Yo estaba demasiado asustada para gritar. No fue una redada corriente, era parte de un golpe dado por el Departamento Federal de Narcóticos. Levantaron a Billy del sofá, lo arrojaron al suelo y lo desnudaron para registrarle. Se lo llevaron esposado. Nosotros nos libramos con una advertencia: dijeron que nos estaban vigilando.

Blaine y yo deambulamos por las calles en busca de droga. Nadie que conociéramos la vendía. El local de Max estaba cerrado a aquella hora. Los maricones de mirada dura de Little West, en la calle Doce, no nos dejaban entrar en sus clubes. Había una neblina sobre Manhattan. Compramos una bolsa en Houston, pero resultó ser bicarbonato sódico. De todos modos nos lo metimos en las fosas nasales, por si quedaba un poco de coca. Fuimos a la Bowery y caminamos entre los mendigos que parecían entonar un canto gregoriano, y tres chicos filipinos con inscripciones en sus chaquetas nos empujaron contra la puerta metálica de una tienda y nos atracaron a punta de navaja.

Acabamos en el umbral de una farmacia del East Side. «Mira qué nos hemos hecho», dijo Blaine. Tenía la pechera de la camisa ensangrentada. Yo no podía evitar el latido del ojo. Yací allí, sintiendo la humedad del suelo filtrándose entre mis huesos. Ni siquiera quería llorar.

Un hispano madrugador nos arrojó una moneda de veinticinco centavos a los pies. *E pluribus unum.*

En ese instante supe que no había vuelta atrás. Llega un momento en que, cansada de perder, una decide dejar de fallarse a sí misma, o por lo menos intentarlo, o lanzar la bengala final, una última oportunidad. Vendimos nuestro ático en el Soho y compramos una cabaña de troncos tan al norte del estado que volver al local de Max resultaba demasiado complicado.

Lo que Blaine había deseado era pasar uno o dos años, tal vez más, en el quinto pino, sin ninguna distracción. Volver al momento de la inocencia radical. Pintar. Colocar los lienzos en el bastidor. Encontrar el punto de originalidad. No era una idea hippie. Los dos habíamos detestado siempre a los hippies. Sus flores, sus poemas, su única idea. No podíamos estar más alejados de ellos. Nosotros éramos el borde, los definidores. Se nos ocurrió la idea de vivir en los años veinte, un Scott Fitzgerald y una Zelda que se desintoxicaban. Conservamos nuestro coche de época, incluso lo restauramos. Tapizamos de nuevo los asientos y pulimos el salpicadero. Me corté el pelo al estilo de la época. Hicimos acopio de provisiones: huevos, harina, leche, azúcar, sal, miel, orégano, ají y carne curada que colgamos de un clavo en el techo. Eliminamos las telarañas y llenamos los armarios de arroz, cereales, mermelada, malvavisco... creíamos que al final estaríamos totalmente desintoxicados. Blaine decidió que era hora de volver a las telas, de pintar a la manera de Thomas Benton o John Steuart Curry. Quería alcanzar ese momento de pureza, practicar el regionalismo. Estaba harto de los colegas con los que estudió en Cornell, los Smithson, los Turley y los Matta-Clark. Decía que habían hecho cuanto estaba a su alcance y que no podían ir más allá. Sus malecones en espiral, casas partidas y cubos de basura robados estaban pasados de moda.

También yo deseé plasmar en mis obras el pulso de los árboles, el viaje de la hierba, la tierra. Pensé que podría captar el agua de una forma nueva y sorprendente.

Habíamos pintado los nuevos paisajes por separado, el estanque, el martín pescador, el silencio, la luna sobre los árboles, los atisbos de alas rojizas entre las hojas. Habíamos renunciado a las drogas. Habíamos hecho el amor. Todo iba muy bien, iba de maravilla, hasta nuestro viaje de regreso a Manhattan.

El alba azulada se expandía en la habitación. Blaine yacía como un objeto varado, de un lado a otro de la cama. No se despertaba de ninguna manera. Mientras dormía, los dientes le rechinaban. Delgado, los pómulos demasiado pronunciados, pero no carecía de belleza. En ocasiones, todavía me recordaba a un jugador de polo.

Le dejé en la cama y salí al porche. Estaba a punto de salir el sol y el calor ya evaporaba la lluvia nocturna depositada en la hierba. Un ligero viento rizaba la superficie del lago. Me llegaban los débiles sonidos del tráfico desde la carretera, a unos pocos kilómetros de distancia, un sordo gorgoteo.

La estela de un solo reactor cruzó el cielo, como una raya de cocaína desapareciendo.

La cabeza me latía, tenía la garganta seca. Tardé un momento en comprender que los dos días anteriores habían pasado realmente: nuestro viaje a Manhattan, la humillación en el local de Max, el accidente de tráfico, una noche de sexo. En lo que había sido una vida tranquila volvía a reinar el ruido.

Dirigí la mirada hacia la cabaña donde Blaine había escondido el Pontiac. Nos habíamos olvidado de las pinturas. Las habíamos dejado abandonadas bajo la lluvia. Ni siquiera estaban cubiertas con un plástico. Allí estaban, estropeadas, apoyadas en un lado de la cabaña, junto a unas viejas ruedas de carreta. Me agaché a mirarlas. Todo un año de trabajo. El agua y la pintura mezcladas se habían extendido por la hierba. Los marcos no tardarían en alabearse. Tremenda ironía. Toda la obra desperdiciada. El corte de las telas. La limpieza de los pinceles. Los meses y meses dedicados a pintar.

Le das un golpe a una furgoneta y ves como tu vida se desvanece.

Dejé en paz a Blaine, no se lo dije, me pasé el día entero evitándole. Caminé por el bosque, alrededor del lago, por los caminos de tierra. Reúne cuanto amas, pensé, y prepárate a perderlo. Me senté y arranqué de raíz las plantas trepadoras enroscadas a los árboles: parecía lo único valioso que podía hacer. Aquella noche me acosté mientras Blaine miraba el agua y lamía el resto de la coca que quedaba en la bolsa.

A la mañana siguiente, con las pinturas todavía junto al garaje, me encaminé al pueblo. En cierta etapa, cada cosa puede ser una señal. A mitad del trayecto por la carretera, una bandada de estorninos levantó el vuelo desde un montón de baterías de coche abandonadas.

El restaurante Trofeo estaba en el extremo de la calle Mayor, a la sombra del campanario de la iglesia. En el exterior había una hilera de camionetas de caja abierta con armeros vacíos en las ventanillas. Algunas rancheras estaban aparcadas delante de la iglesia. Asomaban hierbajos en las grietas de la acera, a la entrada. Sonó la campanilla. Los parroquianos sentados en taburetes giratorios se volvieron a mirarme. Eran más numerosos que de costumbre. Gorras de béisbol y cigarrillos. Desviaron las cabezas enseguida, apretujados y charlando. No me molestó. De todos modos, nunca tenían mucho tiempo para mí.

Sonreí a la camarera, pero ella no me devolvió el gesto. Me senté en uno de los bancos rojos, bajo un cuadro de patos volando. Sobre la mesa estaban diseminadas varias bolsitas de azúcar, cañas y servilletas. Limpié la superficie de formica e hice una estructura con los mondadientes.

Los hombres sentados en los taburetes eran ruidosos y estaban achispados, pero no entendía lo que decían. Por un momento me entró pánico ante la posibilidad de que se hubieran enterado del accidente, pero eso parecía más allá de los límites de la lógica.

Cálmate. Permanece sentada. Desayuna. Observa el devenir del mundo.

Finalmente llegó la camarera y puso un menú sobre la mesa y un café frente a mí, sin ni siquiera pedírselo. Normalmente, la mujer llevaba el cansancio escrito en su cara, pero se le notaba cierto brío mientras volvía rauda al mostrador y se situaba de nuevo entre los hombres.

La taza de café blanca no estaba bien lavada y tenía marcas de gotitas aquí y allá. La limpié con una servilleta de papel. En el suelo, a mis pies, había un periódico, doblado y manchado de huevo. *The New York Times.* Llevaba casi un año sin leer un periódico. En la cabaña teníamos una radio provista de una manivela que debíamos accionar si queríamos escuchar el mundo exterior. Empujé el periódico con el pie, alejándolo al máximo bajo la mesa. La perspectiva de las noticias no era nada comparada con el accidente y las pinturas que habíamos perdido. Todo un año de trabajo desaparecido. Me pregunté qué ocurriría cuando Blaine lo descubriera. Le imaginé levantándose de la cama, el pelo revuelto, sin camisa, rascándose, ajustando la posición del paquete en la entrepierna, saliendo y mirando la cabaña, despertándose de una vez, corriendo por la larga hierba que rebotaría tras su paso.

No tenía mucho genio, y ésa era una de las cosas que aún me gustaban de él, pero podía prever la cabaña llena de fragmentos de los marcos destrozados.

Quieres parar los relojes, detenerlo todo durante medio segundo, darte la oportunidad de hacer las cosas de nuevo, rebobinar la vida, eludir el accidente, volver atrás y hacerla regresar milagrosamente a través del parabrisas, conservar el cristal intacto, seguir con tu vida sin que nada de eso te afecte, y esperar que el tiempo perdido sólo te haya dejado el dulce sabor de lo cotidiano.

Pero allí estaba de nuevo, el charco de sangre cada vez mayor.

Intenté llamar la atención de la camarera. Tenía los codos apoyados en el mostrador y charlaba con los hombres. La vehemencia con la que hablaban hacía vibrar la sala. Carraspeé vigorosamente y volví a sonreírle. Ella suspiró, como diciéndome: enseguida voy, por Dios, no me estreses. Abandonó el mostrador, pero se detuvo una vez más, en medio de la sala, y se rió de alguna broma privada.

Uno de los hombres había desplegado su periódico. La cara

de Nixon, en primera plana, apareció brevemente ante mí. Embaucador, con el papel bien ensayado y voraz. Yo siempre había detestado a Nixon, y no sólo por las razones obvias, sino porque había aprendido a destruir lo que quedaba detrás y a envenenar lo que vendría después. Mi padre había sido copropietario de una empresa automovilística de Detroit y la enorme fortuna de nuestra familia había desaparecido en los últimos años. No es que yo quisiera la herencia (no la quería, en absoluto), pero me veía dejando atrás la juventud, aquellos buenos momentos en los que mi padre me llevaba en brazos, me hacía cosquillas, me acostaba y me besaba la mejilla. Aquellos días desaparecidos, cada vez más distantes a causa del cambio.

—¿Qué ocurre?

Lo pregunté con la mayor naturalidad posible. La camarera tenía el bolígrafo apoyado en el bloc de pedidos.

—¿No lo sabe? Nixon se ha ido.

—¿Lo han asesinado?

—No, por Dios. Ha dimitido.

—¿Hoy?

—No, mañana, querida. La semana que viene. Por Navidad.

—¿Perdone?

Ella se dio unos golpecitos con el bolígrafo en la barbilla.

—¿Qué desea tomar?

Farfullé un pedido de tortilla al estilo del Oeste y bebí un poco de agua de un vaso de plástico.

Una imagen cruzó rauda por mi mente. Antes de que conociera a Blaine, antes de las drogas, el arte y el Village, había estado enamorada de un muchacho de Dearborn. Se ofreció voluntario para luchar en Vietnam. Volvió a casa con la mirada perdida y un fragmento de proyectil alojado perfectamente en su espina dorsal. Iba en silla de ruedas. Me sorprendió verle hacer campaña a favor de Nixon en las elecciones de 1968. Recorría las zonas urbanas deprimidas y seguía dando su aprobación a todo lo que no podía comprender. Rompimos a causa de la campaña. Yo creía saber lo que era Vietnam, pensaba que lo dejaríamos convertido en cascotes y empapado en sangre. Las mentiras repetidas se convertían en historia, pero no se convertían necesariamente en la verdad. Él las había engullido todas, incluso había decorado su silla de ruedas con pegatinas que decían: «NIXON AMA A JESÚS». Iba de puerta en puerta, diseminando rumores sobre Hubert Humphrey. Incluso me compró una cadenita de la que pendía un elefante republicano. La llevé para complacerle, para devolverle las piernas, pero él no reaccionaba a esos detalles de mi afecto. Seguía preguntándome qué habría sucedido si hubiera seguido con él y aprendido a fingir ignorancia. Me habría escrito diciéndome que había visto la película de Blaine sobre el edificio Clock Tower, y le habría hecho reír tanto que se habría caído de la silla de ruedas. Ahora, no podía levantarse, se arrastraba, ¿era posible ayudarle? Al final de la carta decía: «Que te jodan, zorra cruel, me has enrollado el corazón y lo has escurrido hasta dejarlo seco». De todos modos, en mi recuerdo siempre le veo esperándome bajo las gradas plateadas de la escuela de enseñanza media, sonriente, mostrando los dientes blancos, relucientes y perfectos.

El pensamiento da saltos, no ceja en sus intentos de comprender.

Vi de nuevo a la chica del accidente de tráfico, su cara por encima de los hombros del conductor. Esta vez no eran las plantas blancas de sus pies. La vi completa, en toda su belleza. Sin sombra de ojos, ni maquillaje, ni fingimientos. Sonriéndome, me preguntó por qué me había ido, por qué no había querido hablar con ella, por qué no paré, vamos, vamos, por favor, ¿no quería ver el trozo de metal que le había desgarrado la espalda, y qué decir de la carretera que había acariciado a ochenta por hora?

—¿Está usted bien? —me preguntó la camarera mientras dejaba el plato de comida sobre la mesa.

—Sí, bien, gracias. —Vio que no había tocado la taza de café y quiso saber por qué—. Es que no me apetece.

Ella me miró como si fuera una extraterrestre. ¿No tomaba café? Habría que llamar al Comité de Actividades Antiamericanas.

Vete al infierno, pensé. Déjame en paz. Vuelve a tus tazas sin lavar.

Permanecí sentada en silencio y le sonreí. La tortilla estaba húmeda y no del todo hecha. Tomé solamente un bocado y noté que la grasa me revolvía el estómago. Me agaché, extendí la pierna bajo la mesa, acerqué el periódico del día anterior y lo recogí. Estaba abierto por el artículo sobre un hombre que había recorrido sobre una cuerda floja la distancia entre las torres del World Trade Center. Al parecer, había examinado el edificio durante seis años, y finalmente, no sólo había caminado, sino bailado e incluso tendido el cable. El hombre decía que, si veía naranjas, quería hacer malabarismos con ellas, y si veía rascacielos, quería caminar entre ellos. Me pregunté qué podría hacer si entraba en el restaurante y encontraba mis fragmentos diseminados por el suelo, demasiado numerosos para hacer malabarismos con ellos.

Pasé el resto de las páginas. Algo sobre Chipre, algo sobre el tratamiento del agua, un asesinato en Brooklyn, pero sobre todo Nixon, Ford y el Watergate. Yo no sabía gran cosa del escándalo. Blaine y yo no lo habíamos seguido, porque era el aspecto más frío de la política del sistema. Otra especie de napalm, pero que caía en casa. Me alegraba de que Nixon hubiera dimitido, pero eso no iba a traer una revolución. Ford dejaría pasar los primeros cien días de su administración y entonces también él haría un pedido de más bombas. No ocurriría mucho más que eso. Yo tenía la impresión de que no había pasado nada bueno desde el día en que el maligno Sirhan Sirhan apretó el gatillo. El idilio había terminado. *Libertad* era una palabra que todo el mundo mencionaba pero que ninguno de nosotros conocía. No quedaba gran cosa por la que morir, excepto el derecho a conservar tu peculiaridad.

El periódico no mencionaba ningún accidente en la autopista Franklin D. Roosevelt, ni siquiera había un pequeño párrafo oculto bajo el pliegue.

Pero allí estaba ella, todavía mirándome. No sabía por qué, pero no era el conductor quien me afectaba, en absoluto, seguía siendo ella, sólo ella. Avanzaba a través de las sombras hacia ella, el motor del coche seguía gimiendo y ella tenía un halo de esquirlas. ¿No eres grande, Dios? Pues sálvala. Recógela del suelo y quítale ese vidrio del cabello. Limpia la falsa sangre derramada en la autopista. Sálvala aquí y ahora. Rehaz su cuerpo mutilado.

Me entró dolor de cabeza. Todo giraba a mi alrededor. Casi sentía que me caía del banco. Tal vez fuesen las drogas que circulaban por mi cuerpo. Tomé una tostada y me la acerqué a los labios, pero incluso el olor de la mantequilla me producía náuseas.

A través de la ventana vi un coche de época con neumáticos de banda blanca que se detenía en el bordillo. Tardé un momento en percatarme de que no se trataba de una alucinación, de una imagen cinemática rescatada por el recuerdo. Se abrió la puerta y un zapato tocó el suelo. Blaine bajó y se puso una mano sobre los ojos a modo de visera. Era casi el mismo gesto exacto que el de la autopista dos días atrás. Llevaba una camisa de leñador y unos tejanos. No eran prendas anticuadas. Parecía un nativo de aquella zona del norte del estado. Se apartó el cabello de los ojos. Cuando cruzó la calle, el tráfico del pueblo se detuvo para dejarle pasar. Con las manos en los bolsillos, avanzó junto a las ventanas del restaurante y me sonrió. Caminaba con un garbo desconcertante, el cuerpo un poco echado atrás. Parecía un anuncio. Todo en él resultaba falso. De repente le imaginé vestido con un traje de algodón rayado. Sonrió de nuevo. Tal vez se hubiera enterado de lo de Nixon. Lo más probable era que aún no hubiera visto los cuadros irreparablemente dañados.

Sonó la campanilla y vi que saludaba a la camarera agitando la mano y a los hombres con un movimiento de la cabeza. Del bolsillo de la camisa le sobresalía una espátula.

—Estás pálida, cariño.

—Nixon ha dimitido —le dije.

Él sonrió de oreja a oreja mientras se inclinaba sobre la mesa para besarme.

—Ese gran tipo desinhibido. ¿Sabes una cosa? He visto las pinturas.

Me estremecí.

—Son excepcionales.

—¿Qué?

—Anoche se quedaron fuera bajo la lluvia.

—Sí, lo he visto.

—Han cambiado por completo.

—Lo siento.

—¿Lo sientes?

—Sí, lo siento, Blaine, lo siento.

—Vamos, vamos.

—¿Por qué intentas tranquilizarme, Blaine?

—¿No te das cuenta? —replicó—. Les has dado un final distinto. Se han vuelto nuevas. ¿Es que no lo ves?

Le miré directamente a los ojos. No, no lo veía. No podía ver nada, todo era impenetrable.

—Esa chica estaba muerta —le dije.

—Por Dios, no empecemos otra vez con eso.

—¿Otra vez? Ocurrió anteayer, Blaine.

—¿Cuántas veces voy a tener que decírtelo? No hemos tenido la culpa. Relájate. Y haz el jodido favor de no alzar tanto la voz en este sitio, Lara, te lo ruego.

Me tomó la mano entre las suyas, los ojos entornados y vehementes: no hemos tenido la culpa, no hemos tenido la culpa.

Dijo que no iba rápido y que no había tenido ninguna intención de golpear a ese gilipollas que no sabía conducir. Las cosas suceden. Las colisiones se producen.

Pinchó mi tortilla y separó un trozo. Levantó el tenedor y casi me señaló con él. Bajó los ojos, engulló el bocado y lo masticó lentamente.

—Acabo de descubrir algo y no me estás escuchando.

Era como si quisiera aguijonearme con un chiste tonto.

—Un momento de *satori* —añadió.

—¿Es sobre ella?

—Tienes que dejarlo, Lara. Tienes que superarlo. Escúchame.

—¿Sobre Nixon?

—No, no es sobre Nixon. Que le den por saco a Nixon. La historia se encargará de él. Escúchame, por favor. Estás actuando de una manera absurda.

—Basta ya. Relájate de una puñetera vez.

—También podría estar muerto, el conductor.

—Calla, joder. Fue un simple roce, nada más. No le funcionaban las luces de freno.

En aquel momento llegó la camarera y Blaine me soltó la mano. Pidió un especial con huevos, beicon extra y salchicha de venado. La camarera retrocedió, él le sonrió y la miró contonearse mientras se alejaba.

—Mira, es sobre el tiempo —me dijo—. Ésa es la conclusión cuando piensas en ello. Tratan del tiempo.

—¿Qué es lo que trata del tiempo?

—Las pinturas. Son un comentario sobre el tiempo.

—Oh, Dios mío, Blaine.

Hacía mucho tiempo que no veía un brillo como aquél en sus ojos. Rasgó varios envoltorios de azúcar y lo vertió en el café. Algunos granos se derramaron sobre la mesa.

—Escucha. Hicimos nuestras pinturas de los años veinte, ¿verdad? Y vivimos en aquella época, ¿no? Evidencian un dominio, quiero decir que esas pinturas estaban equilibradas, tú misma lo dijiste. Y se referían a esa época, ¿no es cierto? Conservaban su formalidad, tenían una armadura estilística, incluso una monotonía. Obedecían a un propósito. Las cultivábamos. Pero, ¿has visto lo que les ha hecho el tiempo?

—Lo he visto, sí.

—Bien, al verlas esta mañana me he quedado de una pieza. Pero entonces he empezado a verlas de otro modo. Eran hermosas y estaban arruinadas. ¿Te das cuenta?

—No.

—¿Qué ocurre si hacemos una serie de pinturas y las dejamos a la intemperie? Dejamos que el presente opere sobre el pasado. Así podríamos hacer algo radical. Realizar las pinturas formales al estilo del pasado y que el presente las destruya. Dejas que el tiempo se convierta en la fuerza imaginativa. El mundo real actúa sobre tu arte, y así le das un nuevo final. Y entonces lo reinterpretas. Es perfecto, ¿comprendes?

—La chica murió, Blaine.

—Déjalo correr.

—No, no voy a dejarlo correr.

Él levantó las manos y las descargó sobre la mesa. Los granos de azúcar solitarios saltaron. Algunos de los hombres que estaban sentados a la barra se volvieron y nos miraron.

—Hay que joderse —dijo—. Es inútil hablar contigo.

Llegó su desayuno y empezó a engullirlo, malhumorado. Me dirigía continuas miradas, como si yo pudiera cambiar de repente y convertirme en la belleza con la que se casó, pero sus ojos azules eran aborrecibles. Se comió la salchicha con ferocidad. La ensartó en el tenedor como si aquel objeto, que en otro tiempo estuvo vivo, le enojara. A un lado de la boca, donde no se había afeitado bien, tenía adherido un trocito de huevo. Trataba de hablar de su nuevo proyecto, el de que un hombre podía encontrar sentido en cualquier parte. Su voz zumbaba como una mosca atrapada. Su deseo de seguridad, de sentido. Me necesitaba como un elemento indispensable para su tarea. Sentí el impulso de decirle que en realidad me había pasado la vida amando al muchacho de Nixon en su silla de ruedas, y que desde entonces todo había sido pasto para la subsistencia, juvenil, inútil y fatigoso, todo nuestro arte, nuestros proyectos, nuestros fracasos, todo eran puros desechos y nada de eso importaba, pero en vez de decirle tales cosas permanecí allí sentada, sin decir nada, escuchando el vago rumor de voces que llegaba desde el mostrador y el tintineo de los tenedores contra los platos.

—Bueno, hemos terminado —dijo Blaine.

Chascó los dedos y la camarera vino a toda prisa. Él dejó una propina enorme y salimos a la luz del sol.

Se puso unas gafas de sol enormes, aceleró el paso y se encaminó hacia el taller de reparaciones que estaba al final de la calle Mayor. Le seguí dos pasos por detrás. Él no volvió la cabeza, no me esperó.

—Hola —dijo a un par de piernas que se extendían desde debajo de un coche—. ¿Aceptaría usted un encargo especial?

El mecánico serpenteó hasta salir de su escondrijo, miró hacia arriba y parpadeó.

—¿En qué puedo servirle, amigo?

—Un faro de repuesto para un Pontiac de 1927. Y un guardabarros delantero.

—¿Un qué?

—¿Puede conseguirlos o no?

—Esto es América, jefe.

—Entonces consígalos.

—Eso requiere tiempo, amigo. Y dinero.

—No hay ningún problema —replicó Blaine—. Tengo ambos.

El mecánico se tocó los dientes y sonrió. Avanzó pesadamente hacia una mesa atestada: archivadores, virutas de lápiz y fotos de chicas de calendario. A Blaine le temblaban las manos, pero no le importaba; ahora estaba concentrado en sí mismo y en lo que haría con las pinturas una vez el coche estuviera reparado. En cuanto el coche tuviera el faro y el guardabarros nuevo, podría olvidarse del asunto y entonces trabajaría. Yo no tenía idea de cuánto tiempo podría durarle esa nueva obsesión... ¿una hora, otro año, el resto de su vida?

—¿Vienes conmigo? —me preguntó Blaine cuando salimos del taller.

—Preferiría andar.

—Deberíamos filmar esto, ¿sabes? El proceso de pintar esta nueva serie. Desde el comienzo mismo. Hacer un documental, ¿no crees?

Delante del Hospital Metropolitano, en la esquina de la calle Noventa y ocho y la Primera Avenida, había una hilera de fumadores. Todos tenían el mismo aspecto que su último cigarrillo, llenos de ceniza y a punto de caer. Al otro lado de las puertas giratorias, la sala de recepción estaba llena a rebosar. Dentro había otra nube de humo. Gotas de sangre en el suelo. Yonquis tendidos en los bancos. Era la clase de hospital que parecía necesitar un hospital.

Avancé entre las personas sentadas a un lado y a otro. Era la quinta sala de recepción que visitaba. Empecé a pensar que tanto el conductor como la joven habían muerto a causa del impacto y los habían trasladado, de inmediato, a un depósito de cadáveres.

Un guardia de seguridad me indicó dónde se encontraba el punto de información. Había una ventanilla en la pared de una habitación sin ningún letrero, en el extremo del pasillo, y enmarcaba a una mujer robusta. De lejos parecía como si estuviera en una pantalla de televisión. Las gafas le pendían sobre el cuello. Me acerqué sigilosamente a la ventanilla y le pregunté en susurros por un hombre y una mujer que podrían haber ingresado el miércoles a causa de un accidente de tráfico.

—Ah, ¿es usted un familiar? —me preguntó, sin mirarme siquiera.

—Sí —farfullé—. Soy prima suya.

—¿Ha venido a recoger sus cosas?

—¿Sus qué?

Ella me echó un vistazo rápido.

—¿Sus cosas?

—Sí.

—Tendrá que firmar un volante para llevárselas.

Al cabo de quince minutos me encontré con una caja que contenía las posesiones del difunto John A. Corrigan. Consistían en unos pantalones negros, con una de las perneras recortadas, una camisa negra, una camiseta blanca manchada, ropa interior y calcetines en una bolsa de plástico, una medalla religiosa, unas zapatillas deportivas oscuras con las suelas desgastadas, su permiso de conducir, una multa por aparcamiento ilegal en la calle John a las 7.44 de la mañana del miércoles, 7 de agosto, un paquete de picadura de tabaco, varios papeles, unos pocos dólares y, curiosamente, un llavero con una foto de dos niñas negras. También había un encendedor de plástico de color rosa claro que no parecía armonizar con las demás cosas. Yo no quería la caja. Me la había quedado porque estaba azorada, porque debía ser responsable tras haber mentido. Tenía la obligación de guardar las apariencias y tal vez incluso de salvar el pellejo. Había empezado a pensar que tal vez abandonar el escenario del accidente era homicidio, o por lo menos alguna clase de delito grave, y ahora había un segundo delito, que no me parecía muy grave pero me repugnaba. Quería abandonar la caja en las escaleras del hospital y huir de mí misma. Yo había empezado todo aquello, y ahora sólo tenía un puñado de objetos del difunto. Era evidente que me había metido en un lío. Era hora de volver a casa, pero me había quedado con el equipaje manchado de sangre de aquel hombre. Examiné el permiso de conducir. Parecía más joven que la imagen congelada que tenía en mi memoria. Los ojos extrañamente asustados, mirando más allá de la cámara.

—¿Y la chica?

—Murió en el acto —dijo la mujer en tono neutro.

Me miró y se ajustó las gafas en la nariz.

—¿Algo más?

—No, gracias —farfullé.

La única idea que tenía era que John A. Corrigan, nacido el 15 de enero de 1943, metro setenta y ocho de estatura, setenta y un kilos, ojos azules, era probablemente el padre de dos niños negros del Bronx. Tal vez hubiera estado casado con la chica que salió despedida por el parabrisas. Tal vez las niñas del llavero fuesen sus hijas, ahora ya mayores. O tal vez se tratara de algo clandestino, como Blaine había dicho, tal vez hubiera tenido una aventura con la mujer muerta.

Había una fotocopia de cierta información médica doblada en el fondo de la caja: su historial médico. La escritura era casi indescifrable. «Taponamiento cardiaco. Clindamicina, 300 mg». Por un momento volví a encontrarme en la autopista. El guardabarros tocó la parte trasera de su furgoneta y ahora era yo quien giraba en el gran vehículo marrón. Muros, agua, barreras de protección.

Cuando salí a la calle surgió de la caja el olor de su camisa. Sentí el curioso deseo de repartir su tabaco entre los fumadores.

Un grupo de chicos puertorriqueños permanecían ociosos delante del Pontiac. Llevaban zapatillas deportivas de colores y pantalones acampanados, y en las mangas de sus camisetas asomaban paquetes de tabaco. Podían notar mi nerviosismo mientras me acercaba lentamente. Un muchacho alto y delgado extendió una mano por encima de mi hombro, sacó la bolsa con la ropa interior de Corrigan, lanzó un falso grito y la dejó caer al suelo. Los otros soltaron una carcajada. Me agaché para recoger la bolsa, pero noté que una mano me rozaba el pecho.

Me erguí cuan alta era y clavé mis ojos en los del muchacho.

—No te atrevas.

Me sentía mucho mayor de los veintiocho años que tenía, como si hubiera cargado con décadas en los últimos días. Él retrocedió dos pasos.

—Sólo estaba mirando.

—Pues no lo hagas.

—Dame una vuelta.

—¡Un Pontiac! —gritó uno de los chicos—. ¡El pobre negro cree que es un Cadillac!

—Vamos, señora, deme una vuelta.

Más risitas.

Por encima de su hombro vi a un guardia de seguridad del hospital que avanzaba hacia nosotros. Llevaba un gorro *kufi* y se acercaba a paso ligero hablando por la radio. Los chicos se separaron y echaron a correr calle abajo, gritando.

—¿Está bien, señora? —me preguntó el guardia de seguridad.

Yo estaba, junto a la puerta del coche, manipulando las llaves con torpeza. Pensaba que el guardia daría la vuelta por la parte delantera, vería el faro destrozado y sumaría dos y dos, pero se limitó a orientarme para que maniobrara y me uniera al tráfico. Vi por el retrovisor que recogía la bolsa de plástico con la ropa interior que yo había dejado en el suelo. La levantó en el aire un momento y entonces se encogió de hombros y la tiró al cubo de la basura que estaba en un lado de la calzada.

Doblé la esquina hacia la Segunda Avenida, sollozando.

Había ido a la ciudad con el pretexto de comprarle a Blaine una cámara de vídeo moderna para que filmara el viaje de sus nuevas pinturas, pero las únicas tiendas que conocía estaban en la calle Catorce, cerca de mi antiguo barrio. ¿Quién había dicho que ya no podía volver a casa? Sin embargo, me dirigí al oeste de la ciudad. Fui a una pequeña zona de estacionamiento en Riverside Park, junto al río. La caja de cartón estaba en el asiento del pasajero, a mi lado. La vida de un desconocido. Jamás había hecho una cosa semejante. Mi intención se había hecho patente y era inflamable. Me habían dado aquellos objetos con demasiada facilidad, tan sólo una simple firma y una palabra de agradecimiento. Pensé en arrojarlo todo al Hudson, pero hay ciertas cosas que no somos capaces de hacer. Miré de nuevo su fotografía. No era él quien me había llevado allí, sino la muchacha. Aún no sabía nada de ella. Aquello no tenía sentido. ¿Qué iba a hacer? ¿Practicar una nueva forma de resurrección?

Bajé del coche, busqué un periódico en un cubo de basura cercano y pasé las páginas para ver si encontraba noticias de fallecimientos o una necrológica. Había una, un editorial referido a la América de Nixon, pero ninguna sobre una joven negra víctima de un accidente en el que el vehículo agresor se había dado a la fuga.

Hice acopio de valor y me dirigí al Bronx, hacia la dirección que constaba en el permiso de conducir. Manzanas enteras de solares abandonados. Altas vallas metálicas con alambre espinoso en la parte superior en el que estaban atrapadas bolsas de basura desgarradas. Catalpas atrofiadas y dobladas por el viento. Talleres de reparación. Neumáticos nuevos y usados. El olor del caucho y el ladrillo quemados. En un muro medio derribado alguien había escrito: DANTE YA HA DESAPARECIDO.

Tardé mucho tiempo en encontrar el lugar. Había un par de coches patrulla bajo la Major Deegan. Dos de los policías tenían una caja de donuts. Parecía que estuvieran viendo un programa de bazofia televisiva. Me miraron, boquiabiertos, cuando me detuve junto a ellos. Había perdido por completo el temor. Si querían detenerme por haberme dado a la fuga tras un atropello, que lo hicieran.

—Este barrio es peligroso, señora —me dijo uno de ellos

con el acento nasal de Nueva York—. Un coche como el suyo va a llamar bastante la atención.

—¿Qué podemos hacer por usted, señora? —me preguntó el otro.

—Tal vez no llamarme señora.

—Quisquillosa, ¿eh?

—¿Qué es lo que quiere? Aquí no hay más que problemas.

Como para confirmar sus palabras, un enorme camión frigorífico aminoró la marcha al pasar entre los semáforos. El conductor bajó la ventanilla, se aproximó al bordillo y al ver el coche patrulla pasó de largo.

—Hoy no se chinga —le gritó el policía al camión que pasaba.

Su compañero palideció un poco cuando volvió a mirarme, y su leve sonrisa le arrugó los párpados. Deslizó las manos por un rollo de grasa que sobresalía en su cintura.

—Hoy no hay negocio —dijo, como si se disculpara.

—Bueno, ¿en qué podemos ayudarla, señorita?

—Estoy buscando el lugar donde he de devolver algo.

—¿Ah, sí?

—Tengo esas cosas aquí, en mi coche.

—¿De dónde las ha sacado? ¿Qué es esto? ¿Ropa del siglo XIX?

—Es de mi marido.

Sonrieron levemente. Parecían contentos porque les había disipado el tedio. Se acercaron a mi coche y murmuraron, deslizando las manos por el salpicadero de madera, maravillándose del freno de mano. A menudo me había preguntado si Blaine y yo nos habíamos permitido el capricho de vivir en los años veinte para poder tener el coche. Lo habíamos comprado como un regalo de bodas que nos hacíamos a nosotros mismos. Cada vez que me sentaba al volante, tenía la sensación de que regresaba a unos tiempos más sencillos.

El segundo policía echó un vistazo a la caja de posesiones.

Eran repugnantes, pero yo no estaba en condiciones de decir nada. Sentí una repentina punzada de culpa por haber abandonado la bolsa de plástico con ropa interior en el hospital, como si alguien pudiera necesitarla ahora para completar a la persona que no estaba presente. El policía tomó la multa de aparcamiento y el permiso de conducir que yacían en el fondo de la caja. El más joven asintió.

—Oye, éste es el irlandés, el sacerdote.

—Desde luego.

—El que nos tocaba las narices con las putas. Conducía esa apestosa furgoneta.

—Está ahí, en el quinto piso. Quiero decir su hermano. Ordenando las cosas del difunto.

—¿Un sacerdote? —pregunté.

—Un monje o algo por el estilo. Uno de esos tipos que trabajan en la «teoloquesea» de la liberación.

—Teólogo —dijo el otro.

—Uno de esos tipos convencidos de que Jesús recibía prestaciones de la seguridad social.

Sentí un estremecimiento de odio, y entonces dije a los policías que pertenecía a la administración del hospital y que debía devolver aquellas pertenencias. ¿Les importaría dárselas al hermano del fallecido?

—No es nuestro trabajo, señorita.

—¿Ve ese camino de ahí, al lado del complejo? Sígalo hasta el cuarto edificio. A la izquierda. Tome el ascensor.

—O suba por la escalera.

—Pero tenga cuidado.

Me pregunté cuántos gilipollas eran necesarios para componer un departamento de policía. La guerra de Vietnam los había vuelto más valientes y ruidosos. Se daban aires. Diez mil hombres manejando los cañones de agua. Disparad a los negros. Golpead a los radicales. Amadlo o dejadlo. No creáis nada si no nos lo oís decir a nosotros.

Caminé hacia el complejo de viviendas. Estaba atemorizada. Es difícil serenar el corazón cuando da tales saltos. De niña veía a los caballos tratando de entrar en el río para refrescarse. Los ves moverse desde el grupo de castaños de Indias, cuesta abajo, a través del barro, espantando las moscas, y se hunden cada vez más hasta que nadan o retroceden. Me daba cuenta de que esa forma de actuar estaba determinada por el temor y que había algo vergonzoso en ella: aquellos edificios altos no eran un país que existiera en mi juventud, ni en mi arte, ni en ninguna otra parte. Había sido una chica protegida. Ni siquiera cuando estaba confundida por la droga habría ido a semejante lugar. Traté de persuadirme de que debía seguir adelante. Conté las grietas en el pavimento. Colillas. Cartas sin abrir, sucias, pisoteadas. Esquirlas de vidrio. Alguien silbó, pero no miré hacia él. Unas vaharadas de hierba salieron de una ventana abierta. Por un momento, no fue como si entrara en el agua; era más bien como si llevara en las manos cubos de mi propia sangre y la oyera golpear en los bordes y derramarse mientras avanzaba.

Los restos secos y marrones de una corona fúnebre pendían en la puerta principal. En el vestíbulo, los buzones estaban abollados y tenían marcas de quemaduras. Olía a spray contra las cucarachas. Por alguna razón, las luces del techo estaban pintadas con spray negro. Una corpulenta dama de mediana edad, con un vestido estampado de flores, esperaba al ascensor. La mujer empujó a un lado con el pie una aguja hipodérmica y exhaló un profundo suspiro. La aguja quedó en el rincón, con una burbujita de sangre en la punta. Le devolví el saludo, un gesto con la cabeza y una sonrisa. Sus blancos dientes. El collar de perlas de imitación en el cuello.

—Qué buen tiempo —le dije, aunque ambas sabíamos exactamente la clase de tiempo que hacía.

El ascensor subió. Caballos en el río. Miraban cómo me ahogaba.

Me despedí de la mujer en el quinto piso mientras ella seguía hacia arriba. El sonido de los cables sonaba como el crujido de las ramas viejas.

Había varias personas reunidas ante la puerta, mujeres negras en su mayoría, vestidas con prendas de luto que parecían no pertenecerles, como si las hubieran alquilado para la ocasión. Su maquillaje chillón era lo que las traicionaba, con destellos plateados alrededor de los ojos, que parecían llenos de fatiga. Los policías habían mencionado a unas putas, y pensé que tal vez la joven había sido una de ellas. Por un instante me sentí agradecida, y entonces, al darme cuenta, me quedé fría, paralizada: ¿cómo podía ser tan rastrera?

Lo que estaba haciendo era imperdonable, y lo sabía. Notaba el martilleo del corazón bajo la blusa, pero las mujeres me abrieron paso y entré a través de su cortina de dolor.

La puerta estaba abierta. En el interior del piso una joven barría el suelo. Su cara parecía salida de un mosaico español. Regueros de rímel le oscurecían los ojos. Una sencilla cadena de plata alrededor del cuello. Era evidente que no se trataba de una prostituta. Me sentí de inmediato mal vestida, como si profanara su silencio. Más allá de ella, una réplica del hombre de la foto en el permiso de conducir, sólo que más pesado, con la mandíbula más pronunciada y la barba más cerrada. Al verle tuve la sensación de que me quedaba sin aire. Llevaba camisa blanca, corbata oscura y chaqueta. Tenía la cara ancha y un tanto rubicunda, los ojos hinchados por el llanto. Farfullé que era del hospital y que había venido para entregar las pertenencias de cierto señor Corrigan.

—Ciaran Corrigan —me dijo, y se me acercó con la mano tendida.

Al principio me pareció la clase de hombre que sería completamente feliz haciendo crucigramas en la cama. Tomó la caja, la examinó y revolvió el contenido. Encontró el llavero, lo miró un momento y se lo guardó en el bolsillo.

—Gracias —me dijo—. Nos habíamos olvidado de recoger estas cosas.

Tenía algo de acento, no muy fuerte, pero su actitud era la que había visto en otros irlandeses, ensimismado pero, al mismo tiempo, exageradamente consciente de su entorno. La mujer hispana tomó la camisa y la llevó a la cocina. De pie junto al fregadero, aspiró hondo la tela. Las manchas de sangre negra aún eran visibles. Me miró y entonces su mirada se posó en el suelo. Sus pequeños senos subían y bajaban. De repente abrió el grifo, metió la prenda en el agua y empezó a escurrirla, como si John A. Corrigan pudiera aparecer de improviso y quisiera volver a ponérsela. Estaba claro que allí ni me querían ni me necesitaban, pero algo me retenía.

—Tenemos que asistir a un entierro dentro de tres cuartos de hora —me informó—. Si usted me disculpa...

En el piso de arriba se oyó el sonido de un váter cuando alguien tiró de la cadena.

—También había una joven —le dije.

—Sí, ahora van a enterrarla. Su madre va a salir de la cárcel. Eso es lo que nos han dicho. Durante una o dos horas. El de mi hermano será mañana. Incineración. Ha habido algunas complicaciones. Nada preocupante.

—Comprendo.

—Si usted me disculpa...

—Claro.

Un sacerdote bajo y robusto que se anunció como el padre Marek entró en el piso. El irlandés le estrechó la mano, y entonces me miró como preguntándome por qué seguía allí. Me dirigí a la puerta, me detuve y volví la cabeza. Parecía como si hubieran apalancado los cerrojos varias veces.

La mujer hispana seguía en la cocina, donde había suspendido la camisa húmeda colgada de una percha sobre el fregadero. Permanecía allí con la cabeza gacha, como si tratara de recordar. Acercó de nuevo la cara a la camisa.

Me volví y farfullé:

—¿Podría asistir al entierro de la chica?

Él se encogió de hombros y miró al sacerdote, que trazó con rapidez un plano en un trozo de papel, como si se alegrara de tener algo que hacer. Me tomó del codo y me llevó al corredor.

—¿Tiene usted alguna influencia? —me preguntó el sacerdote.

—¿Influencia? —repliqué.

—Verá, el hermano de John ha insistido en que lo incineren antes de que vuelva a Irlanda. Mañana. Y me preguntaba si usted podría convencerle de que no lo haga.

—¿Por qué?

—Es contrario a nuestra fe.

En el corredor, una de las mujeres había empezado a sollozar. Pero dejó de hacerlo cuando salió el irlandés. Éste se había puesto corbata, con el nudo alto, y la chaqueta le apretaba los hombros. Le seguía la mujer hispana, que tenía un porte de majestuoso orgullo. Se hizo el silencio en el corredor. Él presionó el botón del ascensor y me miró.

—Lo siento —le dije al sacerdote—. No tengo ninguna influencia.

Me aparté de él y fui presurosa al ascensor cuando la puerta ya se cerraba. El irlandés puso la mano en la brecha, me abrió la puerta, entré y descendimos. La mujer hispana me miró con una sonrisa precavida y me dijo que lamentaba no poder asistir al entierro de la chica, pues tenía que ir a casa y cuidar de sus hijos, pero se alegraba de que Ciaran tuviera a alguien que le acompañara.

Me ofrecí a llevarle sin pensarlo dos veces, pero él dijo que no, que le habían pedido que fuera con el cortejo fúnebre, no sabía por qué.

Al bajar del vehículo, se retorció las manos nerviosamente.

—Ni siquiera conocía a la chica —dijo.

—¿Cómo se llamaba?

—No lo sé. Su madre se llama Tillie. —Lo había dicho con rotundidad, pero entonces añadió—: Creo que se llamaba Jazzlyn o algo por el estilo.

Aparqué el coche fuera del cementerio de Saint Raymond, en Throgs Neck, lo bastante lejos para que nadie pudiera verlo. Llegaba un murmullo desde la autopista, pero cuanto más me acercaba al cementerio el olor de hierba recién cortada impregnaba la atmósfera. Noté una leve vaharada salobre procedente del canal de Long Island.

Los árboles eran altos y a través de ellos penetraba la luz. Costaba creer que aquello era el Bronx, aunque en algunos mausoleos había grafitos y varias lápidas, cerca de la entrada, estaban destrozadas. Se celebraban varios entierros al mismo tiempo. La mayor parte en el nuevo cementerio, pero era bastante fácil saber cuál era el grupo de la chica. Transportaban el ataúd por la carretera bordeada de árboles hacia el cementerio antiguo. Los niños vestían de un blanco impecable, pero las ropas de las mujeres parecían improvisadas. Las faldas demasiado cortas, los tacones demasiado altos, el escote cubierto por un chal. Era como si hubieran adquirido sus prendas en un mercadillo de extraños objetos de segunda mano. Ropas brillantes y caras que desentonaban bajo otras oscuras. El irlandés parecía muy pálido entre ellas, muy blanco.

Un hombre que vestía un traje llamativo, con un sombrero que lucía una pluma violeta, avanzaba a la cola del cortejo. Parecía drogado y malévolo. Bajo la chaqueta llevaba un ceñido jersey negro de cuello de cisne y una cadena de oro de la que pendía una cuchara.

Un niño que no tendría más de ocho años tocó el saxofón de una manera muy bella, como un extraño tamborilero de la Guerra de Secesión. La música surgía a ráfagas cadenciosas y se extendía sobre el camposanto.

Permanecí detrás, cerca de la carretera, en un lugar donde la hierba estaba demasiado crecida, pero cuando empezó el entierro, el hermano de John A. Corrigan me miró a los ojos y me hizo una seña para que me acercara. No había más de veinte personas reunidas alrededor de la tumba, y algunas mujeres lloraban a lágrima viva.

—Ciaran —repitió, tendiéndome la mano, como si pudiera haberme olvidado de su nombre. Sonrió levemente, azorado. Éramos las dos únicas personas blancas entre todos los asistentes. Sentí deseos de ajustarle el nudo de la corbata, ordenarle el pelo revuelto, acicalarlo.

Una mujer, que sólo podía ser la madre de la muchacha muerta, sollozaba al lado de dos hombres trajeados. Otra, más joven, se acercó a ella. Se quitó un hermoso chal negro y lo puso en los hombros de la madre.

—Gracias, Angie.

El predicador, un negro delgado y elegante, carraspeó y los asistentes guardaron silencio. Habló del espíritu triunfante sobre el cuerpo caído, de que es preciso aprender a reconocer la ausencia del cuerpo y valorar la presencia de lo que queda. Dijo que la vida de Jazzlyn había sido dura, que la muerte no podía justificarla ni explicarla. Una tumba no equivale a lo que hemos tenido en vida. Tal vez no era el momento ni el lugar, pero él iba a hablar de justicia de todos modos. De justicia, repitió. Al final sólo la franqueza y la verdad vencerán. La casa de la justicia había sido destruida. Jóvenes como Jazzlyn se habían visto obligadas a hacer atrocidades. A medida que crecían, el mundo les exigía que hicieran cosas horribles. Éste era un mundo maligno que le había obligado a hacer cosas malignas. Ella no se lo había buscado, sino que se había visto reducida a soportar la maldad. Había estado sometida al yugo de la tiranía. Puede que la esclavitud hubiera terminado, pero aún no había desaparecido por completo. Sólo podía lucharse de un modo contra ella, a través de la caridad, la justicia y la bondad. No era un simple ruego, en absoluto. La bondad era más difícil que la maldad. Los hombres malos lo sabían mejor que los buenos. Ése era el motivo de que se volvieran malos. Por eso no podían librarse de la maldad. El mal era para quienes jamás podrían alcanzar la verdad. Era una máscara de la estupidez y la falta de amor. No importaba que la gente se riera de la idea de bondad, que le pareciera sentimental o nostálgica, pues no era nada de eso, y había que luchar por ella.

—Justicia —dijo la madre de Jazzlyn.

El predicador asintió, y entonces, miró hacia los altos árboles. Dijo que Jazzlyn creció en Cleveland y en la ciudad de Nueva York, que había visto esas lejanas colinas de bondad y sabía que un día llegaría a ellas. Siempre sería un viaje difícil. Había visto mucha maldad por el camino. Había tenido algunos amigos y confidentes, como John A. Corrigan, fallecido con ella, pero el mundo la había juzgado sobre todo a ella, la había sentenciado y se había aprovechado de su amabilidad. Las dificultades de la vida eran inevitables si se quería alcanzar un mínimo de belleza, y ahora se dirigía a un lugar donde no había gobiernos que la encadenasen ni la esclavizaran, ni bellacos que le exigieran cosas que estaban mal, así como nadie de su propia gente que obtuviera beneficios de su cuerpo. Entonces se irguió cuan alto era y dijo:

—Es preciso señalar que no estaba avergonzada.

Todas las personas reunidas hicieron gestos de asentimiento con la cabeza.

—Que caiga la deshonra sobre los que quisieron avergonzarla.

—Así sea —replicaron los demás.

—Que ésta sea una lección para todos —dijo el predicador—. Algún día caminaréis por la oscuridad y la verdad resplandeciente la atravesará, y tendréis a vuestras espaldas una vida que jamás querréis ver de nuevo.

—Sí.

—Esa mala vida, esa vida maligna. Ante vosotros se extenderá la bondad. Seguiréis el camino y éste será bueno. No fácil, pero sí bueno. Tal vez lleno de terror y dificultades, pero las ventanas se abrirán al cielo y vuestro corazón se purificará y emprenderéis el vuelo.

De repente una terrible imagen de Jazzlyn volando a través del parabrisas cruzó por mi mente. El predicador movía los labios, pero por un momento no pude oírle. Su mirada estaba concentrada en un lugar, en el hombre con el sombrero de la pluma violeta que se encontraba detrás de mí. Miré por encima del hombro. El hombre se mordía el labio superior, enfurecido, y su cuerpo parecía tenso, convertido en un resorte a punto de soltarse y golpear. El ala del sombrero le ensombrecía los ojos, pero parecía tener uno de vidrio.

—Las serpientes perecerán con las serpientes —dijo el predicador.

—Sí, señor —intervino una voz femenina.

—Desaparecerán.

—Así será.

—Que se vayan de aquí.

El hombre del sombrero con una pluma violeta no se había movido. Nadie se movía.

—¡Vamos! —gritó la madre de Jazzlyn, contorsionándose. Parecía como si estuviera atada y se retorciera para liberarse. Uno de los hombres trajeados le tocó un brazo. La mujer movía los hombros de un lado a otro y su voz hervía de cólera—. ¡Lárgate de una puta vez!

Por un momento me pregunté si me lo estaba gritando a mí, pero miraba más allá, al hombre del sombrero con la pluma. El coro de gritos se intensificó. El predicador tendió las manos y pidió calma. Sólo entonces me percaté de que la madre de Jazzlyn tenía los brazos a la espalda y estaba esposada. Los dos negros trajeados que la flanqueaban eran policías.

—Lárgate, Pajarera —dijo la mujer.

El hombre del sombrero aguardó un momento, enderezó el cuerpo y sonrió, mostrando los dientes. Se tocó el ala del sombrero, lo ladeó, giró sobre sus talones y se alejó. Un leve murmullo de alivio se extendió entre los reunidos, mientras veían alejarse al proxeneta carretera abajo. Alzó el sombrero una vez más, sin volverse, y lo agitó en el aire, como si en realidad no se despidiera.

—Las serpientes se han ido —dijo el predicador—. Que no vuelvan más.

Ciaran me tocó el brazo para tranquilizarme. Tenía frío y me sentía sucia: era como si me pusiera una camisa de cuarta mano. No tenía derecho a estar allí. Estaba pisando su terreno. Pero había en el entierro algo puro y cierto: «Tendréis a vuestras espaldas una vida que jamás querréis ver de nuevo».

El llanto había cesado.

—Quitadme estos puñeteros chismes —pidió la madre de Jazzlyn. Los dos policías permanecieron inmutables—. ¡He dicho que me los quitéis!

Finalmente uno de los policías se colocó detrás de ella y le quitó las esposas.

—Gracias a Dios.

La mujer sacudió las manos y caminó alrededor de la fosa hasta el lugar donde estaba Ciaran. Al abrirse el pañuelo con que se cubría, reveló la gran amplitud de su escote. Ciaran, azorado, se ruborizó.

—Voy a contaros una pequeña anécdota —dijo a los reunidos—. Mi Jazzlyn tenía diez años y vio una imagen de un castillo en una revista. La recortó y la fijó en la pared encima de su cama. Como digo, no era gran cosa, nunca le di a eso mucha importancia. Pero cuando ella conoció a Corrigan... —Señaló a Ciaran, quien miró el suelo—... Y un día él le trajo café y ella le habló de aquel castillo... tal vez estaba aburrida y sólo quería hablar de algo, cualquier cosa, no lo sé. Pero ya conocéis a Corrigan, aquel tipo escuchaba lo que fuese. Prestaba oídos. Y, claro, lo que la chica decía le interesó. Le dijo que donde él había nacido había castillos como aquél, y que un día la llevaría a uno de ellos. Le hizo una solemne promesa. A diario salía de casa, llevaba café a mi niñita y le decía que estaba preparando el castillo, que esperase y vería. Un día le decía que el foso estaba hecho. Al día siguiente que estaba trabajando en las cadenas del puente levadizo. Luego en las torrecillas. A continuación le decía que estaba organizando el banquete. Habría hidromiel, que es una especie de vino, comida abundante y músicos tocando arpas sin parar. Los bailes no terminarían nunca.

—Sí —dijo una mujer que llevaba un maquillaje centelleante.

—Cada día le decía algo nuevo acerca de aquel castillo. Ése era su juego, y a Jazzlyn le encantaba.

Asió el brazo de Ciaran.

—Eso es todo —dijo—. Eso es todo lo que tengo que decir. Ésa es la jodida anécdota que quería contar. Perdonadme por haberlo hecho.

El grupo prorrumpió en un coro de «amén», y entonces ella se volvió hacia algunas de las demás mujeres e hizo una especie de comentario, unas palabras extrañas y apocopadas, acerca de ir al baño del castillo. Una parte de los reunidos se echó a reír y sucedió algo curioso: ella empezó a citar a un poeta cuyo nombre no capté, un verso sobre puertas abiertas y un solo rayo de luz solar que incidía en el centro del suelo. Su acento del Bronx zarandeaba al poema, hasta que éste pareció caer a sus pies. Ella contempló con tristeza aquel fracaso, pero entonces dijo que Corrigan estaba lleno de puertas abiertas y que él y Jazzlyn se lo pasarían estupendamente dondequiera que estuviesen. Cada una de las puertas se abriría, sobre todo la de aquel castillo.

Entonces se apoyó en el hombro de Ciaran y se echó a llorar.

—He sido una mala madre —dijo—, he sido una pésima madre.

—No, no, nada de eso.

—Jamás hubo ningún maldito castillo.

—Estoy seguro de que hay uno —replicó él.

—No soy idiota —dijo ella—. No tienes que tratarme como si fuese una niña.

—Está bien.

—Le permití que se inyectara droga.

—No debes ser tan dura contigo misma...

—Se inyectaba cuando la tenía en mis brazos. —Miró al cielo y entonces asió la solapa más cercana—. ¿Dónde están mis criaturas?

—Ahora ella está en el cielo, no te preocupes.

—Mis criaturas —repitió—. Las hijas de mi hija.

—Están bien, Till —dijo una mujer que estaba cerca de la tumba.

—Cuidan de ellas.

—Vendrán a verte, Till.

—¿Me lo prometéis? ¿Quién las tiene? ¿Dónde están?

—Te lo juro, Till. Están bien.

—Prometédmelo.

—Créeme, por Dios —dijo una mujer.

—Será mejor que me lo prometas, Angie.

—Te lo prometo. Están bien, Till, te lo prometo.

Ella se apoyó en Ciaran y entonces volvió la cara, le miró a los ojos y le dijo:

—¿Recuerdas lo que hicimos? ¿Me recuerdas?

A juzgar por su aspecto, se habría dicho que Ciaran estaba manipulando un cartucho de dinamita. No estaba seguro de si debía sostenerlo y apagar la mecha o arrojarlo tan lejos de sí mismo como pudiera. Me dirigió una mirada rápida, luego miró al predicador, pero entonces se volvió hacia ella, la rodeó con los brazos y la estrechó con fuerza contra sí.

—También yo echo de menos a Corrie —le dijo.

Las demás mujeres se acercaron y fueron turnándose para

conversar con él. Le abrazaban, al parecer, como si fuese la encarnación de su hermano. Él me miró y enarcó las cejas, pero aquella reacción de las mujeres era sin duda buena y apropiada. Se aproximaron una tras otra.

Él se metió la mano en el bolsillo, sacó el llavero con las fotos de los bebés y se lo tendió a la madre de Jazzlyn. Ella lo miró, sonriente, y de improviso retrocedió y abofeteó a Ciaran. Pareció como si él le agradeciera la agresión. Uno de los policías esbozó una sonrisa. Ciaran hizo un gesto de asentimiento, frunció los labios y vino hacia mí.

No tenía ni idea de la clase de complicaciones en las que me había metido.

El predicador carraspeó, pidió silencio y dijo que quería decir unas palabras finales. Pasó por las formalidades de la oración y la antigua cita bíblica «Las cenizas a las cenizas y el polvo al polvo», pero entonces dijo que tenía la firme creencia de que algún día las cenizas volverían a ser madera, que ése era el milagro no sólo del cielo, sino también el milagro de este mundo, que las cosas se pueden reconstituir y los muertos pueden vivir de nuevo, sobre todo en nuestros corazones. Así era como a él le gustaría que terminaran las cosas. Llegó el momento de sepultar a Jazzlyn para que descansara, porque eso era lo que él quería que hiciera, «descansar».

Cuando terminó el servicio religioso, los policías pusieron de nuevo las esposas en las muñecas de Tillie. Ésta gimió una sola vez. Los policías se la llevaron. La mujer comenzó a sollozar en silencio.

Acompañé a Ciaran hacia la salida del cementerio. Se quitó la chaqueta y se la colgó del hombro. No lo hizo con despreocupación, sólo tenía calor. Recorrimos el sendero hacia las puertas que daban a la Avenida Lafayette. Ciaran caminaba unos pasos delante de mí. Una persona puede parecer distinta de una hora a otra, según el ángulo de la luz del día. Era mayor que yo, tendría unos treinta y cinco años, pero por un momento me pareció más joven y sentí el impulso de protegerlo. La suavidad de sus pasos, su mandíbula pronunciada, el rollo de grasa en la cintura. Se detuvo y observó una ardilla que trepaba a una gran lápida. Supongo que era uno de esos momentos en los que todo está desequilibrado, y el mero hecho de mirar algo curioso parece tener sentido. La ardilla subió rauda por el tronco de un árbol. Sus garras sonaron como el agua en una bañera.

—¿Por qué estaba esposada?

—Creo que le cayeron unos ocho meses por un delito de robo, además de la prostitución.

—Entonces, ¿sólo la han dejado salir para que asistiera al funeral?

—Sí, eso tengo entendido.

No había nada que decir. El predicador ya lo había dicho todo. Salimos del recinto y fuimos en la misma dirección, hacia la autopista, pero él se detuvo y me tendió la mano.

—Le llevaré a casa —ofrecí.

—¿A casa? —replicó con una risita—. ¿Su coche es anfibio?

—¿Cómo?

—Nada —dijo él, sacudiendo la cabeza.

Caminamos a lo largo de Quincy, donde había aparcado el coche. Supongo que lo supo en cuanto vio el Pontiac. Estaba estacionado de cara a nosotros, con una rueda sobre el bordillo. Se veía perfectamente que un faro estaba destrozado y el guardabarros abollado. Se detuvo un momento en medio de la calle y asintió a medias, como si ahora todo tuviera sentido para él. La expresión de su rostro fue cambiando poco a poco, como si se le alterara a cámara lenta. Al sentarme al volante y abrir la puerta del copiloto, temblaba.

—Éste es el coche, ¿verdad?

Permanecí sentada mucho tiempo, deslizando los dedos por el salpicadero, ahora cubierto de polen.

—Fue un accidente —repliqué.

—Éste es el coche —repitió él.

—Fue sin querer. No teníamos ninguna intención de que ocurriera.

—¿«Teníamos»?

Me expresaba exactamente como Blaine, lo sabía. Todo lo que estaba haciendo era rechazar la culpa. Evitar el fracaso, las drogas, la temeridad. No podría haberme sentido más estúpida e inoportuna. Era como si hubiera incendiado la casa y buscara entre los escombros fragmentos de la que fui, pero sólo encontrara la cerilla que estuvo en el origen del siniestro. Me debatía frenéticamente, buscando cualquier justificación. Y, sin embargo, en algún rincón de mi mente todavía pensaba que tal vez era sincera, o tan sincera como podía serlo, tras haber abandonado la escena del accidente y haber huido de la verdad. Blaine había dicho que esas cosas sucedían de manera inevitable. Era una lógica patética, pero, en lo más profundo, era cierta. Las cosas suceden. Nosotros no habíamos querido que sucedieran. Habían surgido de las cenizas del azar.

Seguí limpiando el salpicadero, restregando el polvo y el polen en la pernera de mis tejanos. La mente siempre busca otro lugar, más sencillo, menos cargado. Deseaba poner el motor en marcha y conducir hasta el río más cercano. Lo que podría haber sido un leve toque del freno o un minúsculo viraje, se había vuelto insondable. Necesitaba desplazarme por el aire. Quería ser uno de esos animales que deben volar para comer.

—Entonces, ¿no trabaja usted en el hospital?

—No.

—¿Lo conducía usted? ¿El coche?

—¿Cómo dice?

—¿Lo conducía o no?

—Supongo que sí.

Fue la única mentira que he dicho jamás que tuvo un sentido para mí. Algo crujió entre nosotros: coches como cuerpos, chocando.

Ciaran permaneció sentado, mirando a través del parabrisas. Emitió un ligero sonido que estaba más próximo a la risa que a cualquier otra cosa. Subió y bajó la ventanilla, deslizó los dedos por el borde y entonces golpeó el vidrio con los nudillos, como si buscase la manera de escapar.

—Voy a decir una sola cosa —dijo.

Noté el golpeteo en el vidrio a mi alrededor: pronto se astillaría y se vendría abajo.

—Una sola cosa, eso es todo.

—Por favor —le dije.

—Debería haber parado.

Golpeó el salpicadero con la base de la mano. Quería que me maldijera, que me condenara por haber tratado de acallar mi conciencia, por mentir, por desentenderme del asunto, por presentarme en el piso de su hermano. También quería que se volviera y me golpeara, que me golpeara de veras, que me hiciera sangre, que me hiciera daño, que me arruinara.

—Bien, me marcho —dijo.

Tenía la mano en el tirador. Abrió la puerta empujándola con el hombro, empezó a bajar y entonces la cerró de nuevo y se reclinó en el asiento, exhausto.

—Joder, debería haber parado. ¿Por qué no lo hizo?

Otro vehículo se detuvo a aparcar justo en el espacio que quedaba frente a nosotros. Era un gran Oldsmobile azul con aletas plateadas. Permanecimos sentados en silencio, mirando como el conductor trataba de maniobrar en el espacio entre nosotros y el coche que estaba delante. El espacio era justo. Entró en diagonal, salió y volvió a entrar. Lo mirábamos como si fuera lo más importante del mundo. Ni un solo movimiento entre nosotros. El conductor miró por encima del hombro e hizo girar el volante. Poco antes de aparcar hizo marcha atrás una vez más y tocó levemente la parrilla de mi coche. Oímos un tintineo: el resto de vidrio que quedaba en el faro roto. El conductor se apeó con los brazos alzados, como si se rindiera, pero le hice una seña para que se marchara. Era un hombre con cara de búho y gafas. Su expresión de sorpresa resultaba un tanto cómica. Echó a correr calle abajo mirando por encima del hombro como para asegurarse.

—No lo sé —respondí—. La verdad es que no lo sé. No hay ninguna explicación. Estaba asustada. Lo siento. No puedo decirle hasta qué punto lo lamento.

—Mierda —dijo él.

Encendió un cigarrillo, abrió un poco la ventanilla, exhaló el humo por la comisura de la boca y desvió la mirada.

—Escuche —dijo finalmente—. Tengo que marcharme de aquí. Déjeme en alguna parte.

—¿Dónde?

—No lo sé. ¿Quiere ir a tomar café o lo que sea en algún sitio?

Los dos estábamos desconcertados por lo que estaba pasando entre nosotros. Yo había sido testigo de la muerte de su hermano. Había visto el impacto que acabó con su vida. No dije nada, me limité a asentir, puse el coche en marcha, lo saqué del estrecho espacio y salimos a la carretera vacía. Tomar algo en un bar penumbroso no era el peor de los destinos.

Aquella noche, cuando llegué a casa, si así podía seguir llamándola, fui a nadar. El agua estaba turbia y llena de curiosas plantas. Extraños zarcillos y hojas. Las estrellas parecían cabezas de clavos en el cielo: bastaría con arrancar unas pocas para que la oscuridad cayera. Blaine había terminado un par de cuadros y los había colocado alrededor del lago, en diversas partes del bosque y en las orillas. Había dudado, como si supiese que era una idea estúpida, pero de todos modos quería experimentar con ella. No hay nada tan absurdo que no pueda interesar por lo menos a un comprador. Permanecí en el agua, confiando en que él lo dejara y se fuese a dormir, pero se sentó sobre una manta en el embarcadero y, cuando salí del agua, me envolvió en ella. Rodeándome el hombro con un brazo, me acompañó a la cabaña. Lo último que deseaba yo era una lámpara de queroseno. Necesitaba enchufes y electricidad. Blaine intentó llevarme a la cama, pero le dije que no, que no me apetecía.

—Anda, vete a dormir —le dije.

Sentada a la mesa de la cocina, me puse a hacer bosquejos. Hacía mucho tiempo que no trabajaba con carboncillo. Los objetos adquirían forma en la página. Recordé que, cuando nos casamos, Blaine había levantado una copa delante de nuestros invitados y, sonriente, había dicho: «Hasta que la vida nos separe». Ése era su humor. Entonces pensé que estábamos casados... viviríamos juntos hasta que uno de los dos exhalara el último suspiro.

Pero, mientras bosquejaba, comprendí que lo único que deseaba era marcharme de allí, irme a otra parte, a un lugar limpio.

Antes, con Ciaran, no había sucedido gran cosa, o eso me había parecido, por lo menos al principio. Durante el resto del día no tuve la sensación de que en nuestro encuentro hubiera habido nada fuera de lo corriente. Desde el cementerio habíamos atravesado el Bronx y pasado por el puente de la Tercera Avenida, evitando la autopista Franklin F. Roosevelt.

El tiempo era cálido y el cielo de un azul brillante. Viajábamos con las ventanillas abiertas. El viento agitaba el cabello de Ciaran. Al llegar a Harlem me pidió que aminorase la marcha, asombrado por las pequeñas iglesias instaladas en establecimientos comerciales.

—Parecen tiendas —comentó.

En la calle 123 nos detuvimos ante la iglesia baptista y escuchamos el coro que practicaba en el interior. Las voces eran agudas y angelicales, y cantaban sobre la dicha de estar en los brillantes valles del Señor. Ciaran tamborileaba distraídamente en el salpicadero. Parecía como si la música hubiera penetrado en él y brincara en su interior. Dijo que ni su hermano ni él habían tenido el don de la danza, pero que, cuando eran pequeños, su madre tocaba el piano. En cierta ocasión su hermano empujó el piano fuera de la casa y lo arrastró a lo largo de la costa de Dublín, pero ni por todo el oro del mundo era capaz de recordar por qué lo había hecho. Así de curiosa es la memoria, añadió. Los recuerdos se presentan en los momentos más inesperados. Hacía mucho tiempo que no recordaba esa anécdota. Habían empujado el piano a lo largo de la playa, bajo el sol. Fue la única vez que su madre le había confundido con su hermano. Había mezclado los nombres y le había llamado John («Vamos, John, ven aquí, cariño»), y aunque él era el hermano mayor, aquél fue un momento en el que se vio firmemente enraizado en la infancia, y tal vez siguiera ahí, ahora, hoy y siempre, cuando su hermano no estaba en ninguna parte.

Soltó una maldición y golpeó con el pie los paneles inferiores del coche. Vayamos a tomar esa copa.

En el paso elevado de Park Avenue, un chico que llevaba puesto un arnés pendía de unas cuerdas y se dedicaba a pintar el puente con spray. Pensé en las pinturas de Blaine. También eran una especie de grafitos, nada más.

Avanzamos por Upper East Side, a lo largo de la Avenida Lexington, y encontramos un pequeño local cerca de la calle Sesenta y cuatro. Un joven barman que llevaba un delantal enorme apenas nos miró cuando entramos. La luz ambarina nos hizo parpadear. No había tocadiscos automático. Cáscaras de cacahuete en el suelo. En la barra había unos ancianos escuchando un partido de béisbol por la radio. Los espejos tenían manchas de decrepitud. Olía a aceite de freír rancio. En la pared había un letrero que decía: TODO ES SEGÚN EL COLOR DEL CRISTAL CON QUE SE MIRA.

Nos sentamos en bancos tapizados de cuero rojo y pedimos dos Bloody Mary. La espalda de mi blusa estaba húmeda, pegada al asiento. La llama de una vela oscilaba entre los dos, un brillo tenue. Motas de suciedad nadaban en la cera líquida.

Ciaran rompió su servilleta de papel en minúsculos fragmentos y me habló de su hermano. Al día siguiente, después de la incineración, lo llevaría a casa y lo esparciría por las aguas de la bahía de Dublín. Esta acción no le parecía en absoluto nostálgica, sino que era lo correcto. Llevarlo a casa. Caminaría por la orilla, esperaría a que subiese la marea y entonces lanzaría a Corrigan al viento. Eso no iba en absoluto contra su fe. Corrigan no le había hablado nunca de su entierro y Ciaran estaba seguro de que preferiría formar parte de muchas cosas.

Una cosa le gustaba de su hermano, siguió diciendo Ciaran, y era que ayudaba a la gente a convertirse en aquello que no se creían capaces de llegar a ser. Retorcía algo en sus corazones. Les daba nuevos lugares a los que ir. Seguía haciendo eso incluso después de muerto. Su hermano creía que el espacio para Dios era una de las últimas grandes fronteras: los hombres y las mujeres podían hacer toda clase de cosas, pero el auténtico misterio siempre se encontraría en un más allá diferente. Él arrojaría las cenizas y dejaría que se aposentasen donde quisieran.

—¿Qué harás entonces?

—Ni idea. Tal vez me dedique a viajar, o quizá me quede en Dublín. Puede que regrese aquí e intente abrirme camino.

Al principio, la ciudad no le había gustado mucho, con su exceso de suciedad y de prisas, pero sus aspectos positivos se habían ido imponiendo, y ahora no le parecía nada mal. Dijo que llegar allí había sido como entrar en un túnel y descubrir, sorprendido, que la luz en el extremo no importaba, que a veces, en realidad, el túnel hacía que la luz fuese tolerable.

—En un lugar como éste nunca se sabe —dijo Ciaran.

—¿Volverás entonces? ¿Algún día?

—Es posible. Corrigan nunca pensó que se quedaría aquí. Entonces conoció a alguien. Creo que iba a quedarse aquí para siempre.

—¿Estaba enamorado?

—Sí.

—¿Por qué le llamas Corrigan?

—Una vieja costumbre.

—¿Nunca le llamabas John?

—John era demasiado vulgar para él.

Dejó caer al suelo los fragmentos de la servilleta y dijo algo extraño, que las palabras servían para decir qué son las cosas, pero que a veces no son útiles para decir lo que las cosas no son. Desvió los ojos. El neón en la ventana se hacía más brillante a medida que disminuía la luz en el exterior.

Su mano rozó la mía. Ese viejo defecto humano del deseo.

Pasé otra hora con él, durante la que apenas hablamos. El lenguaje corriente se me escapaba. Me levanté, con una sensación de debilidad en las piernas y carne de gallina en los brazos desnudos.

—No iba yo al volante —le dije.

Ciaran se inclinó sobre la mesa y me besó.

—Lo suponía. —Señaló la alianza matrimonial en mi dedo anular—. ¿Cómo es él?

No le respondí, y me sonrió, pero era una sonrisa llena de tristeza. Se volvió hacia el barman, le hizo una seña y le pidió dos Bloody Mary más.

—He de irme.

—Me beberé los dos —replicó.

Uno por su hermano, pensé.

—Bien. Hazlo.

—Lo haré.

Salí del local y vi que en el parabrisas del Pontiac había dos multas, una de aparcamiento y otra por circular con un faro roto. Aquello me trastocó. Antes de irme miré de nuevo hacia la ventana del bar, me puse la mano sobre los ojos a modo de visera y examiné el interior. Ciaran estaba sentado a la barra, cruzado de brazos y con el mentón en la muñeca, hablando con el barman. Miró en mi dirección y me quedé inmóvil. Entonces me apresuré a alejarme. En esta tierra hay rocas tan profundas que, por muy grande que sea la brecha, jamás verán la superficie.

Creo que existe un miedo al amor.

Existe un miedo al amor.

QUE EL VASTO MUNDO SIGA GIRANDO
ETERNAMENTE

Lo que ha visto a menudo en el prado: un nido de tres halcones de cola roja, tres polluelos, en una rama de árbol, encajado en un espeso entrelazamiento de ramitas. Los polluelos sabían cuándo regresaba su madre, incluso cuando ésta se hallaba a una distancia considerable. Empezaban a graznar, anticipando alegremente el festín. Sus picos se abrían como tijeras, y al cabo de un momento la madre planeaba hacia ellos con una paloma sujeta por las garras. Se cernía y posaba un ala todavía extendida hacia afuera, medio ocultando el nido. Arrancaba pedazos de carne roja y los dejaba caer en las bocas de los polluelos. Todo ello realizado con la clase de facilidad para la que no existe un vocabulario. El equilibrio de garra y ala. La caída perfecta de la carne roja en sus bocas.

Momentos como ése eran los que mantenían su entrenamiento bien encarrilado. Seis años en tantos lugares diferentes. El prado era sólo uno de ellos. La hierba cubría una extensión aproximada de ochocientos metros, aunque el cable alcanzaba sólo ochenta metros en el centro del prado, donde soplaba más el viento. El cable estaba sujeto por una serie de puntos bien tensados. A veces él los aflojaba para que el cable oscilara. Así mejoraba su equilibrio. Iba hasta el centro de la cuerda floja, donde era más difícil mantenerlo. Trataba de saltar de un pie al otro. Llevaba una pértiga de equilibrio que pesaba demasiado, para que su cuerpo se habituara al cambio. Si un amigo le visitaba, le pedía que golpeara el cable con una tabla para que oscilara, y ejercitarse en el balanceo de un lado a otro. Incluso le pedía al amigo que saltara sobre el cable para ver si podía derribarle.

Lo que más le gustaba era correr por la cuerda floja sin vara de equilibrio, pues en ese momento conseguía la fluidez corporal más pura de la que era capaz. Lo que comprendía, incluso cuando se adiestraba, era que no podía estar arriba y abajo al mismo tiempo. La imposibilidad del intento. Podía sujetarse con las manos o rodeando el cable con los pies, pero eso era un fracaso. No se cansaba de buscar nuevos ejercicios: la vuelta completa, de puntillas, la caída fingida, la voltereta lateral, hacer que un balón de fútbol le rebotara en la cabeza, caminar con los tobillos atados. Pero eran ejercicios, no movimientos que le sirvieran para caminar realmente por la cuerda floja.

Cierta vez, durante una tormenta, recorrió el cable como si fuese una tabla de surf. Aflojó los tensores para que el cable fuese más temerario que nunca. Las ondas que creaba la oscilación tenían un metro de altura y eran brutales, erráticas, iban de un lado a otro y de arriba abajo. El viento y la lluvia le rodeaban. La pértiga de equilibrio tocaba el extremo de la hierba, pero nunca el suelo. Se reía mientras el viento le azotaba la cara.

Sólo más tarde, cuando regresó a la cabaña, pensó que la pértiga había sido un pararrayos. Todo era apropiado para que la electricidad atmosférica fuese a su encuentro: un cable de acero, una vara de equilibrio, un amplio prado.

La cabaña de madera llevaba varios años deshabitada. Una sola habitación, tres ventanas y una puerta. Tuvo que destornillar los postigos para que entrara la luz. El viento húmedo también penetraba. Del techo pendía una cañería oxidada, y cierta vez se olvidó de que estaba allí y chocó con ella. Observaba las acrobacias de las moscas que rebotaban en las telarañas. Se sentía a sus anchas, incluso cuando las ratas arañaban las tablas del suelo. Decidió entrar y salir por la ventana en lugar de hacerlo por la puerta, un viejo hábito cuyo origen desconocía. Se ponía la pértiga sobre el hombro y caminaba por la hierba alta hacia el cable.

A veces, unos alces de las Montañas Rocosas se acercaban al borde del prado para pastar. Levantaban las cabezas, le miraban y desaparecían entre los árboles. Él se había preguntado qué veían y cómo lo veían. La oscilación de su cuerpo. La vara sostenida en el aire. Se sintió encantado cuando los alces empezaron a quedarse. Grupos de dos o tres, manteniéndose cerca de los árboles, pero cada día atreviéndose a acercarse un poco más. Se preguntó si irían a restregarse contra los gigantescos palos que había insertado en el suelo o si los morderían y roerían, dejando el cable flojo.

Un invierno regresó sin la intención de entrenarse, sólo para relajarse y revisar sus planes. Se alojó en la cabaña de madera, en lo alto de la colina frente al prado. Extendió los planos y las fotografías de las torres en la mesa rústica, junto a la ventana que daba al vacío.

Una tarde, se quedó atónito al ver un coyote jugando en la nieve junto a su cable. Éste, en su punto más bajo, se hallaba en verano a cuatro metros y medio de altura, pero ahora la nieve era tan espesa que el coyote podría haber saltado por encima.

Al cabo de un rato fue a poner leña en la estufa y vio que el coyote se había esfumado, como si hubiera sido una aparición. Tuvo la seguridad de que lo había soñado, pero cuando miró a través de los prismáticos comprobó que aún había huellas de patas en la nieve. Vestido con tejanos, camisa de leñador, una bufanda y calzado con botas, avanzó bajo el frío hasta el sendero que había abierto en la nieve. Subió por las estaquillas del poste, recorrió el cable sin la pértiga de equilibrio y fue al encuentro de las huellas. La blancura le encantaba. Le parecía como si caminara sobre el lomo de un caballo hacia un lago frío. La nieve reformaba la luz, la doblaba, la coloreaba, la hacía rebotar. El funámbulo se sentía exuberante, casi drogado.

Debería saltar a este mar blanco y nadar, se dijo. Zambullirme en él. Sacó un pie y entonces saltó con los brazos extendidos y las palmas abiertas. Pero a mitad del vuelo se dio cuenta de lo que había hecho. Ni siquiera tuvo tiempo de maldecir. La nieve era tersa y densa, y él había saltado del cable con los pies por delante, como si se tratara de una piscina. Debería haber caído hacia atrás, haberse dado de una forma diferente. Estaba hundido hasta el pecho en la nieve y no podía salir. Atrapado, trató de contorsionarse de atrás hacia adelante. Tenía una sensación extraña en las piernas, ni pesadas ni ligeras. Estaba encajonado en una celda de nieve. Se liberó con los codos y trató de asir el cable por encima de su cabeza, pero estaba demasiado hundido. La nieve se deslizaba a lo largo del tobillo y le penetraba en las botas. La camisa se le había levantado hasta la parte superior del torso, y sentía como si hubiera aterrizado en una piel húmeda y fría. Notaba los cristales en la caja torácica, el ombligo, el pecho. Tenía que vivir, luchar por mantenerse vivo, y pensó que poder salir de allí sería la tarea de toda su vida. Apretó los dientes e intentó ascender un poco. Sintió un prolongado y doloroso tirón en todo el cuerpo. Volvió a sumirse en su forma original. El cielo se iba volviendo gris y la puesta del sol era una amenaza. La lejana línea de árboles le observaban como centinelas.

Era la clase de hombre capaz de hacer flexiones de brazos apoyándose en un dedo, pero no había nada hacia lo que tender la mano, pues el cable estaba fuera de su alcance. Le cruzó por la mente la posibilidad de quedarse allí congelado hasta que llegara el deshielo, y con éste descendería hasta quedar de nuevo a cuatro metros y medio bajo el cable. Pudriéndose. Era la caída más lenta que podía imaginar. Tal vez terminaría roído por el mismo coyote al que admiraba.

Tenía las manos del todo libres y se las calentaba cerrando y abriendo los puños. Se quitó lentamente la bufanda del cuello, midiendo el movimiento, pues sabía que el corazón se movía más despacio debido al frío, la pasó por encima del cable y tiró. Unas perlitas de nieve se desprendieron de la bufanda, cuyos hilos, como pudo notar, se estiraron. Conocía el cable, su alma, y no le traicionaría, pero pensó que la bufanda era vieja y estaba desgastada. Podía estirarse o desgarrarse. Movió briosamente los pies a través de la nieve, haciendo espacio, buscando algo compacto. No caigas hacia atrás, se dijo. Cada vez que se levantaba, la bufanda se estiraba. Se esforzó por levantarse y logró ascender un poco más. Ahora era posible. El sol se había sumido por completo detrás de los árboles. Trazó círculos con los pies para liberarlos, empujó de lado a través de la nieve, ascendió de repente, separó el pie derecho de la nieve y sacó la pierna, tocó el cable, halló la salvación.

Asido del cable, sacó el resto del cuerpo, se arrodilló y entonces se tumbó un momento. Contempló el cielo, tuvo la sensación de que el cable se había convertido en su espina dorsal.

Nunca volvió a recorrer la cuerda floja sobre la nieve, y dejó que esa clase de belleza le recordara lo que podía sucederle. Colgó la bufanda de un clavo en la puerta y a la noche siguiente vio de nuevo al coyote, husmeando sin rumbo el lugar donde aún estaban sus huellas.

A veces iba al pueblo cercano, caminaba por la calle principal y entraba en el bar donde se reunían los rancheros. Hombres duros que le miraban como si fuese pequeño, ineficaz, afeminado. A decir verdad, era más fuerte que cualquiera de ellos. En ocasiones, un peón de rancho le desafiaba a echar un pulso o a pelear, pero él tenía que mantener su cuerpo en condiciones. El desgarro de un ligamento sería un desastre. Un hombro dislocado le haría retroceder seis meses. Apaciguaba a aquellos hombres, les enseñaba trucos de naipes, hacía malabarismos con platillos. Al salir del bar les daba palmadas en la espalda, les birlaba las llaves, trasladaba sus camionetas media manzana, dejaba las llaves en el contacto y volvía a casa bajo la luz de las estrellas, riendo.

En el reverso de la puerta de su cabaña había un letrero clavado con chinchetas: NADIE CAE A MEDIAS.

Su meta era un funambulismo bello y elegante. Tenía que actuar como una especie de credo que le llevaría al otro lado. Se había caído una sola vez durante el entrenamiento, solo una, por lo que le parecía que no podía suceder de nuevo, que no existía esa posibilidad. En cualquier caso, un solo fallo era necesario. En toda obra bella tenía que haber un pequeño cabo suelto. Pero la caída le había dejado con varias costillas rotas y a veces, cuando aspiraba hondo, era como un minúsculo recordatorio, una punzada cerca del corazón.

En ocasiones practicaba desnudo, con el único propósito de ver cómo funcionaba su cuerpo. Armonizaba con el viento. Aguzaba el oído no sólo para oír la ráfaga sino también para preverla. Todo se reducía a suspiros. Sugestiones. Utilizaba la propia humedad de sus ojos para captarla. «Aquí llega». Al cabo de poco tiempo aprendió a discernir cada sonido del viento. Incluso la trayectoria de los insectos le informaba. Le encantaban los días en los que el viento soplaba enfurecido en el prado y él silbaba mientras recibía sus embates. Si la fuerza del viento resultaba excesiva, dejaba de silbar y lo arrostraba. El viento llegaba desde muchos ángulos distintos, a veces desde todos al mismo tiempo, y traía olores de árboles, vaharadas de ciénaga, aromas de alce.

Había ocasiones en las que estaba tan concentrado que podía contemplar a los alces, o seguir las volutas de humo que se alzaban de las fogatas en el bosque, u observar al halcón de cola roja cernido por encima del nido, pero cuando se concentraba al máximo no veía nada. Lo que debía hacer era imaginar de nuevo las cosas, formarse una impresión en la cabeza, levantar una torre en el extremo de su visión, el perfil de una ciudad por debajo de él. Podía inmovilizar esa imagen y entonces concentrarse en el cable. A veces lamentaba llevar la ciudad al prado, pero tenía que fusionar los paisajes en la imaginación, la hierba, la ciudad, el cielo. Era casi como si caminase hacia arriba a través de su mente sobre otro cable.

Había otros lugares en los que practicaba, un campo al norte del estado de Nueva York, el solar vacío de unos almacenes en la costa, una extensión aislada de marisma en la zona oriental de Long Island, pero el que le resultaba más difícil de abandonar era el prado. Miraba por encima del hombro y veía a aquel hombre, hundido en la nieve hasta el cuello, agitando la mano en un gesto de despedida de sí mismo.

El ruido de la ciudad le envolvió. El hormigón y el vidrio eran estrepitosos. El zumbido del tráfico. Los peatones que se movían como agua a su alrededor. Se sentía como un antiguo inmigrante: había llegado a una nueva costa. Recorría el perímetro de la ciudad, pero no solía perder de vista las torres. Aquello era el límite de lo que el hombre podía hacer. A nadie más se le había pasado por la cabeza. Se sentía audaz. Exploró en secreto las torres. Pasó por delante de los guardias. Subió por la escalera. La torre sur aún no estaba terminada. Gran parte del edificio estaba todavía desocupado y constreñido por los andamios. Se preguntó quiénes serían las demás personas que se movían por allí, cuáles eran sus objetivos. Salió al terrado del edificio sin terminar, con un casco protector, para evitar que se fijaran en él. Memorizó las torres. La visión de los caballetes dobles en el terrado. El despliegue de los cables en forma de *y*, tal como estarían al final. Los destellos de las ventanas y cómo le reflejarían, en ángulo, desde abajo. Puso un pie en el borde, lo extendió al vacío e hizo el pino en el borde mismo del terrado.

Cuando se marchó de allí, tuvo la sensación de que saludaba de nuevo, agitando la mano, a su viejo amigo: hasta el cuello, esta vez a cuatrocientos metros de altura.

Un día, al amanecer, estaba examinando el perímetro de la torre sur, anotando los horarios de los camiones de reparto, cuando vio una mujer vestida con un mono verde que se agachaba, como para atarse los cordones de los zapatos, pero lo hacía una y otra vez alrededor de la base de las torres. Parecía tener en las manos manojos de plumas. Estaba metiendo pájaros muertos en bolsitas de plástico con cierre hermético. Gorriones de garganta blanca y también algunas aves canoras. Migraban en plena noche, cuando las corrientes de aire estaban más calmadas. Deslumbrados por las luces del edificio, se estrellaban contra el vidrio o volaban sin cesar alrededor de las torres hasta que se extenuaban y perdían su capacidad de orientación. La mujer le dio una pluma de una curruca de garganta negra. Cuando se marchó de la ciudad y llegó al prado la clavó con una chincheta en la pared de la cabaña. Otro recordatorio.

Todo tenía un objetivo, una señal, un significado.

Pero sabía que, al final, todo se reducía al cable. Él y el cable. Sesenta y cuatro metros y la distancia que cubría. Las torres habían sido diseñadas para que oscilaran hasta un metro en caso de tormenta. Una ráfaga violenta o incluso un cambio repentino de temperatura obligarían al edificio a oscilar, y el cable podría tensarse y rebotar. Era una de las pocas cosas que dependían del azar. Si cuando sucediera él estaba en el cable, tendría que aguantar el rebote o salir volando. La oscilación del edificio podía partir el cable en dos. El extremo pelado de un cable podía incluso decapitar a un hombre en pleno vuelo. Tenía que ser meticuloso para que todo estuviera en orden: el torno, el tirante de trinquete, las llaves de tubo, el enderezamiento, la alineación, las matemáticas, la medida de la resistencia. Quería que la tensión del cable fuese de tres toneladas. Cuanto más tenso estuviera el cable más grasa podría soltar. Incluso un cambio de tiempo atmosférico podría hacer que un poco de grasa se deslizase desde el núcleo.

Revisó los planos con sus amigos. Tendrían que entrar a hurtadillas en la otra torre, colocar los caballetes en su lugar, tensar el cable con el torno, vigilar por si se acercaban guardias de seguridad, mantenerle informado mediante un intercomunicador. De lo contrario, el desplazamiento sobre el cable sería imposible. Desplegaron planos de los edificios y los memorizaron. Las escaleras. Los puestos de los guardianes. Conocían escondites donde jamás los encontrarían. Era como si estuvieran planeando el atraco a un banco. Cuando no podía dormir se acercaba caminando hasta las desangeladas calles cercanas al World Trade Center: a lo lejos, con las luces encendidas, los edificios parecían uno solo. Se detenía en una esquina y se trasladaba mentalmente allá arriba, se imaginaba en el cielo, una figura más oscura que la oscuridad.

La víspera de la hazaña extendió el cable hasta alcanzar la longitud de una manzana de casas. Los conductores le miraban mientras lo desenrollaba. Tenía que limpiarlo. Lo hizo de una manera meticulosa, lo fregó con un trapo empapado en gasolina y entonces lo restregó con esmeril. Tenía que asegurarse de que no había filamentos desprendidos que pudieran punzarle el pie a través de las zapatillas. Una simple esquirla (un gancho de carnicero) podría ser letal. Y en cada cable había espacios en los que era necesario asentar los filamentos. No podía haber ninguna sorpresa. El cable tenía sus propios estados de ánimo. Lo peor de todo eran las torsiones internas, en las que el cable giraba dentro de sí mismo, como una serpiente moviéndose a través de una piel.

El cable tenía un grosor de seis ramales con diecinueve filamentos cada uno. Dos centímetros de diámetro. Trenzado a la perfección. Los ramales rodeaban el núcleo en una configuración que daba la máxima adherencia a los pies. Él y sus amigos caminaron a lo largo del cable y fingieron que estaban en el aire.

Aquella noche tardaron diez horas en tender el cable furtivo. El funámbulo estaba exhausto. No se había traído suficiente agua. Pensó que tal vez ni siquiera podría andar, estaba tan deshidratado que quizá el movimiento le haría desfallecer. Pero la mera visión del cable tenso entre las torres le animó. Recibió la llamada por el intercomunicador desde la otra torre. Estaban preparados. Sintió una acometida de pura energía en su interior: volvía a estar como nuevo. El silencio parecía hecho para que el funámbulo se balanceara en él. La luz de la mañana se elevó sobre los muelles, el río, los grises edificios en la orilla, la escualidez del East Side, donde se extendió y difuminó en umbrales, toldos, cornisas, saledizos de ventana, ladrillos, barandillas, terrados, hasta que dio un salto largo e incidió en la dura superficie del centro de la ciudad. El funámbulo susurró por el intercomunicador y saludó a la persona que aguardaba en la torre sur. Había llegado la hora.

Un pie en el cable, el mejor de los dos, el pie del equilibrio. Primero deslizó los dedos, luego la planta, acto seguido el talón. El cable estaba encajado entre el dedo gordo y el segundo dedo para asegurar la sujeción. Las zapatillas eran delgadas, las suelas de piel de búfalo. Se detuvo un momento y con la fuerza de su mirada tensó más el cable. Deslizó la vara de aluminio por sus manos para ver cómo se comportaba. La frialdad se extendió por su palma. La barra pesaba veinticinco kilos, la mitad del peso de una mujer. Era una mujer y se movía sobre su piel como el agua. Había cubierto el centro con un tubo de caucho para evitar que resbalase. Al doblar los dedos de la mano izquierda podía tensar el músculo de la pantorrilla derecha. El meñique reproducía la forma del hombro. El pulgar era el dedo que mantenía la vara en su lugar. La inclinó hacia arriba, a la derecha, y su cuerpo se ladeó ligeramente a la izquierda. El movimiento de la mano era tan minúsculo que sería imposible percibirlo a simple vista. Su mente se hizo a un lado para dejar que el largo y riguroso entrenamiento se pusiera al frente de la situación. La fatiga había desaparecido. En la memoria de sus músculos estaban registradas sus reacciones al sujetar la pértiga, y todo armonizó a la perfección cuando el funámbulo echó a andar.

Por un momento no sucedió nada. Él ni siquiera estaba allí. El fracaso no cruzó por su mente. Se sentía como si flotara. Podría haber estado en el prado. Su cuerpo se distendió y adoptó la forma del viento. El movimiento del hombro podía dar instrucciones al tobillo. La garganta podía suavizar el talón y humedecer los ligamentos del tobillo. El contacto de la lengua con los dientes podía relajar el muslo. El codo podía hermanarse con la rodilla. Si tensaba el cuello, notaba que ese movimiento corregía la cadera. El centro de su ser no se movía. Imaginaba su estómago como una jofaina con agua. Si él se equivocaba, la jofaina se enderezaría. Palpaba la curvatura del cable con el arco y luego la planta del pie. Un segundo paso y un tercero. Rebasó las primeras cuerdas tensoras, todo él sincronizado.

Al cabo de unos segundos era pureza en movimiento y podía hacer lo que quisiera. Estaba dentro y fuera de su cuerpo al mismo tiempo, gozando de lo que significaba pertenecer al aire, sin futuro, sin pasado. Y eso le deleitaba, dándole pureza a su paseo. Estaba transportando su vida de un lado a otro. A la caza del momento en que ni siquiera notaría su respiración.

La razón esencial de todo aquello era la belleza. Caminar por la cuerda floja era un placer divino. Cuando estaba allá arriba, en el aire, todo se escribía de nuevo. Era posible hacer nuevas cosas con la forma humana. Aquello iba más allá del equilibrio.

Por un momento se sintió increado. Otra clase de despertar.

LIBRO SEGUNDO

GRAFITOS

Vedlo ahí, en la articulación de los vagones, en la mañana ya tórrida y bochornosa. Le quedan nueve fotos en el carrete. Las ha tomado casi todas en la oscuridad. En dos de ellas, por lo menos, el flash no ha funcionado. Cuatro las ha hecho desde trenes en movimiento. Otra, tomada en el vestíbulo de la estación, ha salido mal, está seguro de ello.

Navega sobre las vías por la delgada plataforma metálica mientras el tren, que ha salido de Grand Central, avanza hacia el sur. A veces tan sólo pensar en la próxima curva le aturde. Esa velocidad. Ese ruido infernal en los oídos. A decir verdad, le asusta. El acero que vibra a través de su cuerpo. Es como si tuviese el tren entero en sus zapatillas. Control y olvido. A veces tiene la sensación de que es él quien conduce. Demasiado a la izquierda y el tren podría estrellarse en la curva, habría un millar de cuerpos mutilados a lo largo de la vía. Demasiado a la derecha y los vagones resbalarían de costado y sería adiós, me alegro de haberte conocido, te veré en los titulares. Subió al tren en el Bronx, una mano en su cámara, la otra en la puerta del vagón. Los pies bien separados para mantener el equilibrio. Los ojos concentrados en la pared del túnel, buscando nuevos grafitos.

Va camino del centro, a su trabajo, pero al diablo con los peines, las tijeras, los frascos de loción. Confía en que la mañana comience con un grafito. Eso es lo único que lubrica las bisagras de su jornada. Todo lo demás repta, pero las pintadas trepan a sus globos oculares. FASE 2, KIVU. SUPER KOOL 223. Le encanta la manera en que las letras se curvan, los arcos, los virajes, las llamas, sus nubes.

Sube al tren local sólo para ver quién ha estado ahí durante la noche, quién ha venido y firmado, hasta dónde se han internado en la oscuridad. Ya no tiene mucho tiempo para las pintadas en la superficie, los puentes del ferrocarril, los andenes, los muros de los almacenes, ni siquiera los camiones de basura. Eso es cosa de idiotas. Cualquier chulo puede pintar un grafito apresurado en una pared: él se ha aficionado cada vez más a los subterráneos. Los que encuentras en la oscuridad. En las paredes de los túneles, bien adentro. Lo sorprendentes que son. Cuanto más adentro, mejor. Iluminados por las luces en movimiento del tren y captados tan sólo un instante, por lo que él nunca está completamente seguro de si los ha visto o no. JOE 182, COCO 144, TOPCAT 126. Algunos son garabatos rápidos. Otros van desde la grava hasta el techo, tal vez han requerido dos o tres latas de pintura. Las letras curvándose como si no quisieran terminar, como si hubieran aspirado una bocanada de aire. Otros se prolongan metros y metros a lo largo del túnel. El mejor de todos es uno de cinco metros y medio bajo el vestíbulo de Grand Central.

Durante algún tiempo pintaron con un solo color, sobre todo plateado, para que brillara en las profundidades, pero aquel verano habían pasado a dos, tres y cuatro colores: rojo, azul, amarillo, incluso negro. Cuando los vio por primera vez le dejaron perplejo. Hacer un grafito a tres colores donde nadie lo ve... Alguien estaba drogado o era un genio, o ambas cosas. Se pasaba el día pensando en ello. El tamaño de las letras acampanadas, la profundidad. Incluso utilizaban pitorros de distintos tamaños en las latas: él lo notaba por la textura del spray. Imaginaba a los grafiteros entrando apresuradamente sin hacer caso de la tercera vía, las ratas, los topos, la suciedad, el hedor, el polvo de acero, las escotillas, los escalones, las luces de señales, los cables, las cañerías, las vías bifurcadas, los Juan 3:16, la basura, las rejillas, los charcos.

Lo cojonudo del caso era que lo hacían en el subsuelo de la ciudad. Como si toda la parte superior ya hubiera sido pintada y aquél fuese el único territorio libre que quedaba. Como si estuvieran alcanzando una nueva frontera. Ésta es mi casa. Leed y llorad.

Subido a un tren subterráneo, donde él era un color más, una mancha de pintura entre otras cien manchas, descubría aquellos grafitos y los fotografiaba. Avanzando a toda velocidad hacia el centro de la ciudad, a través de los callejones de las ratas. Sin salida. Cerraba los ojos, permanecía cerca de las puertas, balanceaba los hombros y pensaba en los colores que se movían a su alrededor. Pintar un tren entero no estaba al alcance de cualquiera. Tenías que estar en el meollo del asunto. Escalar la valla de un depósito ferroviario, saltar una vía, atacar un vagón, pintarlo, hacer que amanezca sin un solo cristal de ventanilla ileso a través del que se pueda ver el exterior, todo el tren pintado de la cabeza a la cola. Incluso algunas veces se quedó en el vestíbulo de Grand Central, donde estaban los grafiteros puertorriqueños y dominicanos, pero ninguno de ellos tenía tiempo para él. Le decían que no les convencía. Le insultaban en español, llamándole simplón, cabronazo, pendejo. El caso es que era un alumno ejemplar. No es que él se lo hubiese propuesto, pero no podía evitarlo... y era el único que no había dejado de ir a clase. Por eso se reían de él. Se marchaba desmoralizado. Incluso pensó en abordar a los negros en el otro lado del vestíbulo, pero al final no lo hizo. Regresó con su cámara, la que le dieron en la barbería, se acercó a los puertorriqueños y les dijo que podría hacerles famosos. Ellos volvieron a reírse y un Skull de doce años le dio una bofetada.

A mitad del verano, cuando iba hacia el trabajo, pasó de un vagón a otro. El tren se había detenido poco antes de llegar a la estación de la calle 138, y, al reanudar la marcha, él se estaba tambaleando en la plataforma de acero cuando vio el rápido borrón. No tenía idea de qué era, una cosa enorme y plateada que volaba. Permaneció en su retina durante toda la jornada de trabajo en la barbería.

Estaba allí, era suya, la poseía. No la eliminarían. No podían meter un muro subterráneo en un baño de ácido. No puedes borrar eso. Una pintada de campeonato. Era como descubrir el hielo.

Cuando regresaba a casa, al complejo de viviendas subvencionadas, volvió a situarse en medio del tren, sólo para examinarlo de nuevo, y allí estaba, STEGS 33, grueso y solitario en medio del túnel, sin el acompañamiento de otros grafitos. Era descojonante que el grafitero hubiera bajado al túnel y dejado allí su firma, y entonces tendría que haber vuelto, pasado por encima de la tercera vía, subido los sucios escalones y salido por la rejilla metálica a la luz, las calles, la ciudad, su nombre bajo sus pies.

Entonces caminó por el vestíbulo de la estación con aire arrogante y miró a los grafiteros que se habían pasado todo el día en la superficie. Pendejos. Él tenía el secreto. Conocía los lugares. Poseía la llave. Pasó por su lado balanceando los hombros.

Empezó a viajar en metro tan a menudo como le era posible, y se preguntó si los grafiteros llevarían consigo una linterna o si actuaban en grupos de dos o tres, como los que pintaban los trenes en los depósitos ferroviarios, uno que vigilaba, otro que alumbraba con la linterna y el tercero que pintaba. Ya ni siquiera era un fastidio trasladarse al centro para trabajar en la barbería de su padrastro. Por lo menos el trabajo veraniego le daba tiempo para viajar en metro. Al principio acercaba la cara a las ventanillas, pero luego empezó a recorrer los vagones, sin perder de vista las paredes, buscando una señal. Prefería pensar que los grafiteros trabajaban solos, ciegos a la luz, excepto la de una cerilla aquí y allá, únicamente para ver el contorno, avivar un color, llenar un espacio en blanco o curvar una letra. Trabajo de guerrilleros. Nunca más de media hora entre uno y otro tren, incluso en plena noche. Lo que más le gustaba eran las envolturas en estilo libre. Cuando el tren pasaba por delante, él se esforzaba al máximo por memorizarlas, y luego les daba vueltas en la cabeza durante todo el día, seguía las líneas, las curvas, los puntos.

Él nunca ha hecho una grafito, pero si alguna vez tuviera ocasión, sin consecuencias, sin una zurra propinada por su padrastro, sin confinamiento en una celda, inventaría un nuevo estilo, pondría un poco de negro en la negrura, un poco de blanco sobre el blanco profundo, o lo agitaría con algo de rojo, blanco y azul, lo intensificaría con la gama cromática. Pondría algo de puertorriqueño, algo de negro, se desmadraría y los dejaría alucinados, de eso se trataba, ni más ni menos, les haría rascarse la cabeza, erguirse y darse cuenta. Él podría hacer eso. Lo llamaban genio. Pero sólo era genial si eras el primero en pensarlo. Un profesor le había dicho eso. El genio es solitario. Cierta vez tuvo una idea. Quería hacerse con un proyector de diapositivas y poner en ella una fotografía de su padre. Quería proyectar la imagen en diversos lugares de la casa, de modo que su madre viera en cada esquina al marido que se había marchado, al que ella echó, al que él no ha visto en doce años, al que cambió por Irwin. Le encantaría proyectar allí a su padre, como los grafitos, para hacerlo fantasmal y real en la oscuridad.

Que los grafiteros lleguen a ver o no sus propias creaciones es un misterio para él. Quizá echan una mirada rápida cuando su obra está acabada, pero todavía húmeda. Retroceden y pasan por encima de la tercera vía para dar un vistazo. Cuidado, o será una descarga de miles de voltios. E incluso entonces existe la posibilidad de que venga un tren, o de que llegue la policía con linternas y porras, o de que algún puto melenudo salga de las sombras, con el blanco de los ojos brillante y la navaja en la mano, para vaciarles los bolsillos, atacarlos y dejarlos allí despanzurrados. Tienes que actuar con rapidez y largarte antes de que te trinquen.

Se agarra bien contra las sacudidas del vagón. Calle Treinta y tres. Veintiocho. Veintitrés. Union Square, donde cruza el andén y hace transbordo a la línea cinco, se desliza entre los vagones, espera a que empiece el movimiento. Esta mañana no hay nuevas pintadas a lo largo de las paredes. A veces piensa que debería comprar unas latas, saltar del tren y ponerse a rociar, pero en lo más profundo de su ser sabe que carece de lo que hace falta tener: es más fácil con la cámara en las manos. Puede fotografiarlas, sacarlas de la oscuridad, hacerlas salir de los callejones. Cuando el tren adquiere velocidad, pone la cámara bajo el faldón de la camisa para que no rebote. Ya ha hecho quince fotos de un carrete de veinticuatro. Ni siquiera está seguro de que alguna de ellas haya salido bien. El año pasado un parroquiano de la barbería le dio la cámara, uno de los personajes del centro de la ciudad que quería lucirse. Se la dio sin más, con estuche y todo. Él no tenía idea de qué iba a hacer con la cámara. Primero la escondió detrás de su cama, pero una tarde la sacó, se puso a examinarla y empezó a fotografiar lo que veía.

Llegó a cogerle gusto. Empezó a llevarla a todas partes. Al cabo de algún tiempo su madre incluso le pagó el revelado de las fotos. Hasta entonces nunca le había visto tan interesado por nada. Una Minolta SR-T 102. Le gustaba lo manejable que era. Cuando se sentía avergonzado, a causa de Irwin, por ejemplo, o su madre, o bien al salir de la escuela, podía cubrirse la cara con la cámara, ocultarse detrás de ella.

Ojalá pudiera estar ahí abajo el día entero, en la oscuridad de los calurosos túneles, yendo atrás y adelante entre los vagones, haciendo fotos, ganando fama. El año pasado oyó hablar de una chica que había accedido a la primera página de *The Village Voice*. Una foto de un vagón pintado de un extremo al otro que entraba en el túnel. Lo había captado con la luz apropiada, medio soleado y medio a oscuras. La rociada luminosa de los faros en primer plano y todos los grafitos extendiéndose detrás. El lugar y el momento adecuados. Él tenía entendido que aquella foto le había valido bastante dinero, quince dólares o más. Al principio tuvo la seguridad de que era un rumor, pero fue a la biblioteca, pidió el número atrasado y allí estaba, y además con una doble página en el interior y el nombre de la chica en el pie de foto. También había oído hablar de dos muchachos de Brooklyn que iban en metro, uno de ellos con una Nikon y otro con algo llamado Leica.

Cierta vez lo intentó. A comienzos del verano llevó una foto a *The New York Times*. Una instantánea de un grafitero en el paso elevado Van Wyck pintando. Una bella imagen hecha de sombras, el grafitero colgado de unas cuerdas y un par de nubes hinchadas al fondo. Material de primera página, estaba seguro. Se tomó media jornada libre en la barbería, incluso se puso camisa y corbata. Entró en el edificio, que estaba en la calle Cuarenta y tres, y dijo que quería ver al director de fotografía, que tenía una foto que iba a ser un éxito seguro, una foto magistral. Había aprendido esos términos de un libro. El guarda de seguridad, un moreno alto y robusto, hizo una llamada telefónica, se inclinó sobre la mesa y le dijo: «Deja el sobre aquí, hermano».

—Pero quiero ver al director de fotografía.

—En estos momentos está ocupado.

—Bueno, ¿cuándo no estará ocupado? Vamos, Pepe, por favor.

El guarda de seguridad se echó a reír y desvió la vista, una vez, luego otra, y entonces le miró fijamente.—¿Pepe?

—Señor.

—¿Qué edad tienes?

—Dieciocho años.

—Vamos, chico, dime tu edad.

—Catorce —respondió él, con los ojos bajos.

—¡Horatio José Alger!* —exclamó el guarda de seguridad, y soltó una carcajada. Hizo un par de llamadas telefónicas y entonces alzó la vista, los párpados caídos, como si ya lo supiera—. Siéntate aquí, muchacho. Cuando él pase te lo diré.

Las paredes del vestíbulo eran de vidrio; lo cruzaban hombres trajeados y mujeres de piernas bonitas. Permaneció dos horas sentado, hasta que el guarda le guiñó un ojo. Se acercó al director de fotografía y le puso el sobre en las manos. El hombre estaba comiendo un emparedado, se le veía un fragmento de lechuga entre los dientes. Él mismo habría sido una buena fotografía. Le dio las gracias con un gruñido, salió del edificio y se alejó por la Séptima Avenida, donde se alineaban los locales de *striptease* y estaban los veteranos sin techo, con la foto bajo el brazo. Le siguió a lo largo de cinco manzanas, y entonces lo perdió de vista entre el gentío. No volvió a tener noticias de aquel hombre, ninguna en absoluto. Aguardó una llamada telefónica, pero no se produjo. Incluso regresó al vestíbulo en tres ocasiones, pero el guarda de seguridad le dijo que no podía hacer nada. «Lo siento, muchacho.» Tal vez el director había perdido la foto o se la iba a robar o le llamaría en cualquier momento o había dejado un mensaje en la barbería e Irwin se había olvidado. Pero no sucedió nada.

Entonces lo intentó en una humilde publicación del Bronx, un periodicucho de alcance vecinal, e incluso ellos se negaron en redondo: oyó que alguien se reía en el otro extremo de la línea. Algún día acudirían a él arrastrándose. Algún día le lamerían las zapatillas hasta dejárselas limpias. Algún día se harían la zancadilla entre ellos para ser los primeros en llegar hasta él. Fernando Yunque Marcano. Imaginista. Una palabra que le gustaba, incluso en español. No tenía sentido pero sonaba bien.

---

* Popular autor de novelas juveniles del siglo xix. Su tema principal es el de quien empieza con pocos recursos y acaba siendo muy rico. (N. del T.)

Si tuviera una tarjeta de visita, eso es lo que pondría en ella: FERNANDO Y. MARCANO. IMAGINISTA. EL BRONX. EE. UU.

Cierta vez vio en la televisión a un tipo que se ganaba la vida quitando ladrillos de los edificios. Era raro, pero en cierta manera lo comprendió. Los edificios tenían un aspecto distinto, sin los ladrillos la luz penetraba en ellos de una forma diferente. Eso hacia que la gente los viese de un modo distinto. Les hacía pensar dos veces. Debes mirar el mundo con unos ojos con los que nunca antes nadie se lo haya mirado. Eso es lo que piensa mientras barre el suelo, limpia las tijeras y coloca en los estantes los frascos de loción. Todos esos agentes de bolsa importantes que vienen para que les corten un poco el pelo en la parte de atrás y los laterales. Irwin decía que un corte de pelo era algo artístico. «La galería más amplia que jamás podrías conseguir. Toda la ciudad de Nueva York en las puntas de tus dedos.» Y él pensaba: Ah, cállate, Irwin. No eres mi padre. Cállate y barre. Limpia tú mismo los tarros de los peines. Pero nunca se atrevía a decirlo. La desconexión entre su boca y su mente. Ahí era donde intervenía la cámara.

El tren tiembla y él, con aire despreocupado, apoya las palmas en cada vagón para conservar el equilibrio. El tren sigue adelante, pero entonces vuelve a detenerse con brusquedad. Chirriar de frenos. El muchacho choca lateralmente con el vagón, su hombro recibe un fuerte impacto y la pierna presiona con fuerza las cadenas. Inspecciona la cámara al momento. Perfecta. No hay ningún problema. Ésta es su situación preferida. La parada en seco. Cerca de la boca del túnel, pero todavía en la oscuridad. Agarra el saliente metálico de la puerta. Se endereza y vuelve a apoyarse en ella.

Despreocupación. Tranquilidad. Ahora está en la oscuridad del túnel. Entre Fulton y Wall Street. Y los pasajeros se disponen a salir en tropel.

El tren no vuelve a producir más estrépito, y a él le gustan estos silencios, le dan tiempo para explorar las paredes. Echa un rápido vistazo a lo largo del vagón para asegurarse de que no hay policías, pone un pie en las cadenas, se yergue, agarra el reborde del vagón y se eleva a la altura de un brazo extendido. Si se subiera al techo, podría tocar la curva del túnel (buen lugar para un grafito), pero, asido al reborde del vagón, mira por encima. En el lugar donde las paredes se curvan hay unas marcas rojas y blancas. Unas pocas luces amarillas a lo lejos que parecen de azufre.

Aguarda a que sus ojos se adapten, que las estrellitas de la retina empiecen a desaparecer. Desde la plataforma donde se encuentra hasta la cola del tren, unas barritas de color se desprenden del borde de cada vagón y salpican hacia afuera. Pero no hay nada en las paredes. Una Antártida de los grafitos. ¿Qué esperaba? Es de suponer que apenas habrá grafiteros en el centro de la ciudad, pero nunca se sabe. Ahí estaría el genio. Ése sería el quid. Anda, maricón, borra ésta.

Nota la sacudida de la cadena bajo sus pies, la primera advertencia de movimiento, y sujeta con más fuerza el borde saledizo del vagón. Ninguno de los grafiteros llegará jamás al techo. Ése es territorio virgen. Él mismo debería iniciar la modalidad, un flamante espacio. Mira a lo largo del tren y se levanta un poco más, poniéndose de puntillas. En el extremo del túnel, observa algo que podría ser pintura en la pared del lado este, una pintura que no ha visto antes, rápida y oblonga, un matiz blanco y plateado, una P o una R o tal vez un 8. Nubes y llamas. Debería abrirse camino a través de los vagones, entre los muertos y los que sueñan, y acercarse más a la pared, descifrar el grafito, pero en ese momento el tren sufre una segunda sacudida y él sabe que es una señal de advertencia. Baja a la plataforma y se agarra. Mientras las ruedas chirrían, hace que la imagen vibre en su mente, la compara con otros grafitos del túnel. Imagina que es nuevo, ha de serlo, sí, y se aprieta en silencio el puño: alguien ha venido al centro y hecho un grafito.

Al cabo de unos segundos el tren se encuentra en la pálida estación de Wall Street y las puertas se abren con un siseo, pero él tiene los ojos cerrados y lo está reconstruyendo, la altura, el color, la profundidad del nuevo grafito, tratando de memorizarlo para recuperarlo cuando vuelva a casa, donde podrá fotografiarlo y hacerlo suyo.

Un sonido de radio. La negatividad se apodera de él. Se asoma. Polis por todas partes. Vienen desde el extremo del andén. Le han visto, sin duda. Van a sacarlo de allí a rastras y ponerle una multa. Son cuatro, los cinturones moviéndose. Abre la puerta del vagón y entra. Espera una palmada en su hombro. Nada. Se apoya en el frío metal de la puerta. Los ve corriendo más allá de los tornos. Como si se dirigieran a un incendio. Los cuatro produciendo un estrépito. Las esposas, las armas, las porras, los blocs de multas, las linternas y sabe Dios qué más. Piensa que a alguien se le va a caer el pelo.

Sale de costado a través de la puerta que se cierra, sujetando la cámara también de costado para que la hoja de la puerta no la roce. La puerta se cierra a sus espaldas con un siseo. Camina con paso desenfadado. Pasa por el torno y sube las escaleras. Al diablo la barbería. Irwin puede esperar.

DESDE EL OESTE A TRAVÉS DEL ÉTER

Es de madrugada y los fluorescentes parpadean. Nos hemos tomado un descanso en la tarea de realizar un *hack* gráfico. Dennis ha instalado el programa Bluebox en el PFP-10 para ver si podemos encontrar algo interesante. Se trata de un dispositivo electrónico utilizado para llevar a cabo el pinchazo telefónico.

Estamos Dennis, Gareth, Compton y yo. Dennis es el mayor, casi treinta años. Le llamamos Abuelo... Ha estado dos veces en Vietnam. Compton se licenció por la UC Davis. Debe de hacer diez años que Gareth se dedica a la programación. En cuanto a mí, tengo dieciocho años. Me llaman el Chico. Ando por el instituto desde los doce.

—¿Cuántas llamadas, muchachos? —pregunta Compton.

—Tres —responde Dennis, como si ya estuviera aburrido.

—Veinte —dice Gareth.

—Ocho —digo.

Compton me mira.

—El Chico habla.

La verdad es que casi siempre dejo que sea mi actividad de *hacker* la que hable por mí. Así ha sido desde que crucé a hurtadillas la puerta del sótano del instituto, allá por 1968. Hacía novillos, un crío con pantalones cortos y unas gafas rotas. El ordenador escupía una cinta perforada y los muchachos que estaban ante la consola me dejaron mirar. A la mañana siguiente me encontraron dormido en el umbral: Eh, mirad, es el Chico.

Ahora me paso el día entero aquí, todos los días, y la verdad es que soy el mejor *hacker* que tienen, el que hizo todos los parches para el programa Bluebox.

Responden a la novena llamada y Compton me da una palmada en el hombro, se inclina hacia el micrófono y, con su acento cortado y suave para no asustar a la persona que ha respondido, le dice:

—Sí, hola, no cuelgue, aquí Compton.

—¿Perdone?

—Aquí Compton. ¿Dónde está usted?

—En una cabina telefónica.

—No cuelgue.

—Esto es una cabina telefónica, señor.

—¿Con quién hablo?

—¿Qué número está buscando...?

—Hablo con Nueva York, ¿verdad?

—Mire, estoy ocupado.

—¿Está cerca del World Trade Center?

—Sí, pero...

—No cuelgue.

—Debe de haberse equivocado de número, señor.

La comunicación se corta. Compton teclea, el disco de velocidad se pone en marcha y, cuando el timbre ha sonado trece veces, alguien contesta.

—Por favor, no cuelgue, le llamo desde California.

—¿Cómo?

—¿Está usted cerca del World Trade Center?

—Chúpamela de canto.

Oímos una risita antes de que colgaran el aparato. De inmediato Compton teclea seis números y espera.

—Hola, señor.

—¿Sí?

—Dígame, señor, ¿está usted en las proximidades del centro de Nueva York?

—¿Quién es usted?

—Sólo queríamos saber si podría mirar arriba y decirnos qué ve.

—Muy gracioso, ja, ja.

La comunicación vuelve a cortarse.

—Hola, señora.

—Me temo que se ha equivocado de número.

—¡Oiga! No cuelgue.

—Lo siento, señor, pero tengo un poco de prisa.

—Perdone...

—Hable con la operadora, por favor.

—Me has calado —dice Compton cuando la comunicación se interrumpe.

Estamos pensando que deberíamos recogerlo todo y volver al *hack* gráfico. Son las cuatro o las cinco de la madrugada y el sol no tardará en salir. Supongo que incluso, si quisiéramos, podríamos ir a casa y dormir a pierna suelta en vez de hacerlo bajo las mesas como de costumbre, con cajas de pizza por almohada y los sacos de dormir entre los cables.

Pero Compton pulsa de nuevo el intro.

Es algo que hacemos continuamente por diversión, utilizando el Bluebox a través del ordenador, por ejemplo para llamar al Dial-A-Disc londinense, ese servicio que te permite escuchar música por teléfono, o a la chica del tiempo en Melbourne, o al servicio horario para saber la hora que es en Tokio, o a una cabina telefónica que hemos encontrado en las islas Shetland. Lo hacemos para distraernos, para relajarnos de la programación. Hacemos un bucle con las llamadas y las almacenamos en la pila, las enrutamos y volvemos a enrutar para que no puedan localizarnos. Primero probamos con un número 800 para no tener que pagar ni un centavo: Hertz, Avis, Sony y hasta el centro de reclutamiento del ejército en Virginia. Eso entusiasmaba a Gareth, que regresó de Vietnam en un 4-F. Incluso Dennis, que llevaba una camiseta con las palabras MUERTE OCCIDENTAL desde que volvió de la guerra, también se lo pasó en grande cuando llamamos allí.

Una noche que estábamos holgazaneando *hackeamos* las palabras del código para hablar con el presidente y llamamos a la Casa Blanca. Hicimos ver que la llamada procedía de Moscú para engañarlos. Dennis dijo: «Tenemos un mensaje muy urgente para el presidente». Entonces desgranó las palabras del código. «Un momento, señor», dijo el operador. Casi nos meamos en los pantalones. Pasamos por otros dos operadores, y estuvimos a punto de hablar con Nixon en persona, pero a Dennis le entró el canguelo y le dijo al tipo: «Dígale tan sólo al presidente que en Palo Alto se nos ha terminado el papel higiénico». Nos tronchamos de risa, pero luego estuvimos esperando durante semanas la llamada en la puerta. Al cabo de cierto tiempo se convirtió en una broma: empezamos a llamar al repartidor de las pizzas Agente Secreto Número Uno.

Fue Compton quien recibió el mensaje en el ARPANET esta mañana. Llegó por el servicio AP en la pantalla informativa que funciona sin interrupción durante las veinticuatro horas del día. Al principio no nos lo creíamos: en Nueva York, un tipo andaba por la cuerda floja a más de ciento diez pisos de altura. Compton se puso en contacto con una operadora, fingió que era un empleado de la compañía que estaba realizando verificaciones de la recepción de llamadas interurbanas en las cabinas telefónicas, dijo que necesitaba algunos números de cabinas cercanas a los edificios del World Trade, como parte de un análisis de la línea de emergencia, y entonces programamos los números, los hicimos brincar a través del sistema y cada uno apostó a si el tipo caería o no. Así de sencillo.

Las señales rebotaban a través del ordenador, pitidos de multifrecuencia, como sonidos de flauta, y a la novena llamada atrapamos al tipo.

—Ah, hola.

—¿Está usted cerca del World Trade Center, señor?

—¿Eh? ¿Cómo dice?

—Esto no es una broma. ¿Está cerca del World Trade?

—Mire, este teléfono estaba sonando y yo sólo... bueno, lo he cogido.

Era uno de esos acentos neoyorquinos, joven pero gruñón, como si hubiera fumado demasiados pitillos.

—Lo sé —dice Compton—, pero, ¿puede v r los edificios desde donde se encuentra? ¿Hay alguien ahí arriba?

—¿Quién es usted?

—¿Hay alguien ahí arriba?

—En este momento le estoy mirando.

—¿Qué está haciendo?

—Le estoy mirando.

—¡Genial! ¿Puede verle?

—Le estoy mirando desde hace veinte minutos, incluso más. ¿Es usted...? Este teléfono sonó y yo...

—¡Puede verle!

Compton golpea el escritorio con las palmas, se quita el protector del bolsillo de la camisa, con su carga de bolígrafos, y lo arroja al otro lado de la habitación. Su melena se agita alrededor de su cara. Gareth baila junto a la mesa de la impresora y Dennis se me acerca, me hace una llave de cabeza y me golpea el cráneo con los nudillos, como si en realidad no le importara, pero le gusta presenciar nuestro entusiasmo, como si todavía fuese el sargento del ejército o algo por el estilo.

—¡Te lo dije! —grita Compton.

—¿Quién es usted? —pregunta la voz.

—¡Genial!

—¿Quién diablos es usted?

—¿Está todavía en la cuerda floja?

—Pero, ¿qué pasa aquí? ¿Me estás tomando el pelo o qué?

—¿Está todavía ahí?

—¡Lleva ahí veinte, veinticinco minutos!

—¡Muy bien! ¿Está caminando?

—Va a matarse.

—¿Está caminando?

—¡No, en este momento se ha detenido!

—¿Está ahí quieto?

—¡Sí!

—¿Está ahí parado? ¿En el aire?

—Sí, mueve la vara que tiene en las manos, arriba y abajo.

—¿A mitad del cable?

—Cerca del borde.

—¿Muy cerca?

—No demasiado cerca pero bastante.

—¿A qué distancia? ¿Cinco metros? ¿Diez? ¿Se mantiene estable?

—¡Estable de cojones! ¿Quién quiere saberlo? ¿Cómo se llama usted?

—Compton. ¿Y usted?

—José.

—¿José? Estupendo. José. ¿Cuál es tu onda, amigo? —le pregunta en español.

—¿Cómo?

—Tu onda, hombre.

—No hablo español, tío.

Compton pulsa el botón que corta el sonido y golpea el hombro de Gareth.

—¿No es increíble este tipo?

—Anda, no lo pierdas.

—He visto preguntas del examen de ingreso a la universidad con más seso que él.

—¡Mantenlo en línea, tío!

Compton se inclina hacia la consola y toma de nuevo el micro.

—¿Puedes decirnos lo que está pasando, José?

—¿Decirte qué, tío?

—Pues contarme lo que pasa.

—Ah, bueno, está ahí arriba...

—¿Y...?

—Está en pie.

—¿Y...?

—¿Desde dónde llamas? ¿Quieres decirme?

—Desde California.

—En serio.

—Te lo digo en serio.

—Estás jugando conmigo, ¿eh?

—No.

—¿Es esto una broma?

—No es ninguna broma, José.

—¿Estamos en la tele? Estamos en la tele, ¿verdad?

—No tenemos tele. Tenemos un ordenador.

—¿Un qué?

—Es complicado, José.

—¿Me estás diciendo que hablo con un ordenador?

—No te preocupes por eso, hombre.

—¿Qué es esto? ¿Es *La cámara oculta*? ¿Me estás viendo en este momento? ¿Estoy ahí?

—¿Dónde, José?

—¿Estoy en el programa? Vamos, hombre, por aquí, en alguna parte, hay una cámara. Confiesa, tío, di la verdad. ¡Me encanta ese programa, tío! ¡Me encanta!

—Esto no es la televisión.

—¿Eres el productor de ese programa?

—¿Qué?

—¿Dónde están las cámaras? No veo ninguna. Eh, oye, ¿estás en el Edificio Woolworth? ¿Eres ese de ahí arriba? ¡Eh!

—Te digo que estamos en California, José.

—¿Dices que estoy hablando con un ordenador?

—Algo así.

—¿Estás en California...? ¡Eh, oigan! ¡Escuchen esto!

Lo dice a gritos, sacando el auricular al exterior. Oímos

voces que parlotean y el rumor del viento. Suponemos que es una de esas cabinas telefónicas en medio de la calle, llena de pegatinas con chicas atractivas y todo, y oímos el agudo sonido de las sirenas al fondo, la risa de una mujer y algunos gritos ahogados, el claxon de un coche, un vendedor que ofrece cacahuetes, un hombre diciendo que la lente es inadecuada, que necesita un ángulo mejor, y otro que grita: «No te caigas».

—¡Eh, oigan! —insiste—. Hay un chalado al aparato. Un tipo de California. Imaginen. Eh. ¿Estás ahí?

—Aquí estoy, José. ¿Sigue ahí arriba?

—¿Eres amigo suyo?

—No.

—Entonces, ¿cómo lo has sabido? ¿Para llamar precisamente te aquí?

—Es complicado. *Hackeamos* el sistema telefónico... Oye, ¿sigue ahí arriba? Eso es todo lo que quiero saber.

Una vez más el hombre se separa del auricular y su voz oscila.

—¡Dime de nuevo dónde estás! —grita.

—En Palo Alto.

—¿No es broma?

—En serio, José.

—¡Dice que el tipo es de Palo Alto! ¿Cómo se llama?

—¡El tipo se llama Compton! Sí, Comp-ton! Sí. Sí. Un momento. Eh, oye, hay alguien aquí que quiere saberlo, ¿Compton qué más? ¿Cuál es su apellido?

—No, no, yo me llamo Compton.

—¿Cómo se llama él, tío? Dime su nombre.

—Escucha, José, ¿no puedes decirme simplemente lo que está pasando?

—¿Podrías darme un poco de lo que tomas? Estás alucinando, ¿no? ¿De veras eres amigo suyo? ¡Eh! ¡Escuchen! Aquí hay un chiflado que llama desde California. Dice que ese tipo es de Palo Alto. El de la cuerda floja es de Palo Alto.

—José, José. Escúchame un momento, por favor, ¿de acuerdo?

—No se oye bien. ¿Cómo se llama?

—¡No lo sé!

—Creo que tenemos una mala conexión. Aquí hay un chiflado. No sé, está farfullando. Ordenadores y esa mierda. ¡Oh, esto es la rehostia!

—¿Qué? ¿Qué pasa?

—Hostia santa.

—¿Qué? ¿Oye?

—¡No!

—¿José? ¿Estás ahí?

—Jesús bendito.

—¿Estás ahí, José?

—Santo cielo.

—Eh, oye.

—No puedo creerlo.

—¡José!

—¡Sí, estoy aquí! Acaba de saltar. ¿Has visto eso?

—¿Qué dices que ha hecho?

—Pues ha dado un salto. ¡Hostia santa!

—¿Se ha lanzado al vacío?

—¡No!

—¿Ha caído?

—No, hombre.

—¿Está muerto?

—¡Que no!

—¿Qué ha hecho?

—¡Ha saltado de un pie al otro! Viste de negro, tío. Puedes verlo. ¡Sigue ahí arriba! ¡Ese hombre es de miedo! ¡Hostia santa! Creía que estaba listo. ¡Ha levantado un pie y luego el otro!

—¿Ha dado un brinco?

—Exactamente.

—¿Como uno de esos saltos de conejo con la bicicleta?

—Más bien como unas tijeras. Se ha... ¡Arrea! La madre que lo parió. Acaba de hacer un movimiento de tijera. ¡Encima del cable!

—Genial.

—¿No es increíble? ¿Es un gimnasta o algo por el estilo? Parece como si estuviera bailando. ¿Es bailarín? Eh, tío, ¿tu amigo es bailarín?

—No es amigo mío, José.

—Juraría que está atado de alguna manera. Atado al cable. Apuesto a que está atado. ¡Está ahí arriba y acaba de hacer ese movimiento de tijera! Es demasiado increíble.

—Escucha, José. Aquí hemos hecho una apuesta. ¿Qué aspecto tiene?

—Está resistiendo, tío, hay que ver cómo resiste.

—¿Puedes verlo bien?

—Es como una mota. ¡Una cosa insignificante! Está a una altura enorme. Pero ha dado un brinco. Viste de negro. Se le ven las piernas.

—¿Hay viento?

—No. Hace un bochorno de la hostia.

—¿No sopla el viento?

—Allá arriba debe de haber viento. ¡Cielos! Lo alto que llega a estar. No sé cómo coño van a bajarlo de ahí. Hay cerdos ahí arriba. Los hay a montones.

—¿Cómo?

—Hay polis. Pululan en la parte superior, en ambos lados.

—¿Están tratando de atraparlo?

—No. Está muy lejos de ellos. Ahora está parado sujetando la vara. ¡Oh, no es posible! ¡No!

—¿Qué? ¿Qué pasa? ¡José!

—Se está agachando. Cágate.

—¿Cómo?

—Ya sabes, arrodillándose.

—¿Qué dices?

—Ahora se está sentando, tío.

—¿Cómo que se está sentando? ¿Qué quieres decir?

—Se está sentando en el cable. ¡Este tipo está enfermo!

—¿José?

—¡Verlo para creerlo!

—¿Oye?

Se produce otra pausa de silencio, la respiración del hombre contra el micrófono.

—José. Eh, amigo. ¿José? Amigo mío...

—No puede ser.

Compton se inclina más hacia el ordenador con el micrófono en los labios.

—José, compañero, ¿me oyes? ¿José? ¿Estás ahí?

—Es imposible.

—José.

—No te miento...

—¿Qué?

—Está tendido.

—¿Sobre el cable?

—Sí, sobre el jodido cable.

—¿Y...?

—Tiene los pies doblados bajo el cuerpo. Está mirando el cielo. Parece... extraño.

—¿Y la pértiga?

—¿La qué?

—La vara.

—Sobre el vientre, tío. Ese tipo no es de este mundo.

—¿Está ahí tendido?

—Sí.

—¿Como si dormitara?

—¿Qué?

—¿Como si hiciera la siesta?

—¿Estás tratando de confundirme?

—¿Que si trato de...? Pues claro que no, José. Qué va, de ninguna manera.

Hay una larga pausa de silencio, como si hubieran transportado a José allá arriba, junto al funámbulo.

—¿José? Hola, José. Veamos, José, ¿cómo va a levantarse? ¿Me oyes, José? Quiero decir que, si está tendido, ¿cómo va a ponerse de nuevo en pie? ¿Seguro que está tendido? ¿José? ¿Estás ahí?

—¿Me estás diciendo que soy un embustero?

—No, hombre, sólo estoy hablando.

—Dime una cosa, tío. ¿Estás en California?

—Sí, claro.

—Demuéstramelo.

—La verdad es que no puedo... —Compton cierra el micro una vez más—. ¿Puede alguien pasarme la cicuta?

—Habla con otra persona —le dice Gareth—. Pídele que pase el teléfono a alguien.

—Alguien que sepa leer, por lo menos.

—¿El tipo se llama José y ni siquiera sabe hablar en español? Vuelve a inclinarse hacia el micro.

—Oye, José, hazme un favor, ¿quieres? ¿Puedes pasarle el teléfono a otra persona?

—¿Por qué?

—Estamos haciendo un experimento.

—¿Estás llamando desde California? ¿No es broma? ¿Crees que soy retrasado mental? ¿Eso es lo que crees?

—Déjame hablar con otra persona, ¿quieres?

—¿Por qué? —repite, y oímos que vuelve a apartar el teléfono de su boca. Le rodea una multitud que parlotea y suelta exclamaciones. Oímos como deja caer el teléfono y dice algo sobre un majareta. Luego habla más bajo, susurra y grita mientras el aparato oscila y el viento transporta las voces.

—¿Alguien quiere hablar con este chiflado? ¡Cree que está llamando desde California!

—¡José! Vamos, pasa el teléfono de una vez.

El teléfono debe de estar oscilando en el aire, pero poco a poco se estabiliza, porque las voces son más firmes y, detrás de ellas, suenan algunas sirenas, alguien grita ahora ofreciendo perritos calientes, y puedo imaginarlos a todos ahí, pululando, los taxis parados, la gente con la cabeza echada atrás, mirando allá arriba, y José que deja el teléfono oscilando a la altura de las rodillas.

—Pues no sé, amigo —dice—. Es un capullo de California, no sé. Creo que quiere decirle algo. Sí. Supongo que sobre lo que está pasando. ¿Quiere...?

—¡Eh! ¡José! Vamos, pasa el aparato, por favor.

Un momento después, el hombre toma el teléfono y dice:

—Aquí hay una persona que va a hablar contigo.

—Oh, gracias a Dios.

—Hola —dice un hombre en voz muy baja.

—Qué tal, soy Compton. Estamos aquí en California...

—Hola, Compton.

—¿Sería tan amable de decirnos lo que está ocurriendo?

—Bueno, eso es difícil ahora mismo.

—¿Por qué?

—Ha pasado algo terrible.

—¿Qué?

—Se ha caído.

—¿Cómo dice?

—Se ha estrellado contra el suelo. Hay aquí una conmoción terrible. ¿Ha oído esa sirena? ¿No puede oírla? Escuche.

—No se oye bien.

—Hay muchos policías corriendo. Se están desparramando por toda la zona.

—¿José? ¿Eres tú, José? ¿Se ha caído alguien?

—Se ha estrellado aquí. Junto a mis pies. Todo está lleno de sangre y mierda.

—¿Quién eres? ¿Eres José?

—Escucha las sirenas, tío.
—Vete de ahí.
—Lo ha salpicado todo.
—¿Me estás tomando el pelo?
—Es horrible, tío.
Cuelgan el teléfono, la comunicación se interrumpe y Compton nos mira con los ojos saltones.
—¿Creéis que se la ha pegado?
—Claro que no.
—¡Ése era José! —exclama Gareth.
—No, era una voz diferente.
—Qué va, hombre, era José. ¡Nos estaba siguiendo la corriente! No puedo creer que haya hecho eso.
—¡Marca otra vez el número!
—Nunca se sabe. Podría ser cierto. Podría haberse caído.
—¡Inténtalo!
—¡No pago ninguna apuesta si no me dicen que está vivo! —grita Compton.
—Vamos, hombre —dice Gareth.
—¡Muchachos, por favor! —tercia Dennis.
—Tenemos que asegurarnos de que vive. Una apuesta es una apuesta.
—¡Muchachos!
—Nunca pagas tus apuestas, tío.
—Marca de nuevo el número.
—Tenemos trabajo que hacer, muchachos —dice Dennis—. Creo que esta noche incluso podríamos conseguir ese parche.
Me da una palmada en el hombro y dice:
—¿Verdad, Chico?
—Esta noche ya es mañana, tío —observa Gareth.
—¿Y si se ha caído?
—No se ha caído. Ha sido una broma de José, hombre.
—La línea está ocupada.
—¡Pues llama a otra!

—Prueba en la ARPANET.

—En serio.

—¡Llama a una cabina telefónica!

—Hazla rebotar.

—No puedo creer que esté ocupada.

—Bueno, desocúpala.

—No soy Dios.

—Entonces encuentra a alguien que lo sea.

—Uf, hermano. ¡Llaman desde todas las cabinas!

Dennis pisotea las cajas de pizza diseminadas por el suelo, pasa junto a la impresora, golpea el costado del PDP-10 y entonces se aporrea el pecho, al lado de las palabras «MUERTE OCCIDENTAL».

—¡A trabajar, muchachos!

—Vamos, vamos, Dennis.

—¡Son las cinco de la mañana!

—No, averigüémoslo.

—Trabajad, chicos, trabajad.

Al fin y al cabo, la empresa pertenece a Dennis y es él quien reparte el dinero al final de la semana. Aunque nadie compra nada salvo cómics y ejemplares de *Rolling Stone*. Dennis proporciona todo lo demás, incluso los cepillos de dientes que hay en el lavabo del sótano. Allí en Vietnam aprendió todo lo que necesitaba saber. Le gusta decir que se encuentra a ras de suelo, que está haciendo su propia fotocopia de Xerox. Gana su dinero gracias a nuestros *hacks* para el Pentágono, pero los programas de transferencia de archivos son lo que realmente le interesa. Dice que uno de estos siglos todos vamos a tener la ARPANET en la cabeza. Tendremos en la mente un pequeño chip de ordenador. Nos lo empotrarán en la base del cráneo y seremos capaces de enviar mensajes en el tablero electrónico, tan sólo pensando. Dice que es electricidad. Es Faraday. Es Einstein. Es Edison. Es el Wilt Chamberlain del futuro.

La idea me gusta. Es audaz. Es posible. De ese modo ni siquiera tendríamos que pensar en las líneas telefónicas. La gente no nos cree, pero es cierto. Algún día sólo tendrás que pensar algo para que suceda. «Apaga la luz», y la luz se apagará. «Haz el café», y la máquina se pondrá en marcha.

—Vamos, hombre, sólo cinco minutos.

—De acuerdo —dice Dennis—. Cinco minutos, ni más ni menos.

—Eh, ¿están todos los segmentos conectados? —pregunta Gareth.

—Sí.

—Prueba también ahí.

—Si hay tono, llamará.

—Vamos, Chico, mueve el culo. Llama al programa Bluebox.

—¡Vámonos de pesca!

Construí mi primer receptor de radio de cristal a los siete años. Un poco de alambre, una hoja de afeitar, un fragmento de lápiz, un audífono, el cilindro de cartón de un rollo de papel higiénico. Hice un condensador variable con capas de papel de plata y plástico, todo ello bien unido con un tornillo. Sin pilas. Saqué los planos de un tebeo de Superman. Captaba una sola emisora, pero eso no importaba. La escuchaba de noche, oculto en la cama. Oía a mis padres pelearse en la habitación contigua. Los dos eran nerviosos. Pasaban de la risa al llanto y volvían a reír. Cuando la emisora empezó a funcionar, puse la mano sobre el audífono y absorbí la electricidad.

Más adelante, cuando construí otra radio, aprendí que si te pones la antena en la boca, la recepción mejora y puedes ahogar todo el ruido con facilidad.

Cuando programas, el mundo se empequeñece e inmoviliza. Te olvidas de todo lo demás. Estás en una zona. No hay miradas hacia atrás. El sonido y las luces siguen empujándote hacia adelante. Adquieres ritmo. Sigues avanzando. Las variaciones cumplen con los requisitos. El sonido se canaliza hacia un punto, como una explosión vista hacia atrás. Todo se concentra en un solo punto. Podría ser un programa de reconocimiento de la voz, o un *hack* de ajedrez, o el trazado de las líneas de posición del radar de un helicóptero Boeing, no importa. Lo único que te interesa es la siguiente línea que has de trazar. En un buen día pueden ser mil líneas. En uno malo no eres capaz de descubrir dónde está el fallo.

Nunca he tenido mucha suerte en la vida, y no me quejo: las cosas son así y no hay más que hablar. Pero esta vez, al cabo de tan sólo un par de minutos, acierto en una llamada.

—Estoy en la calle Cortland —dice la mujer.

Giro en el sillón y me golpeo la palma con el puño.

—¡Tengo una!

—El Chico tiene una.

—¡Chico!

—Espere —le digo a la mujer.

—¿Perdone? —replica ella.

Hay trozos de pizza alrededor de mis pies y botellas de refresco vacías. Mis compañeros van de un lado a otro apartando los desechos con los pies, y una cucaracha sale disparada de entre las cajas. He conectado un micrófono doble al ordenador, con extremos de espuma procedentes de material de embalaje y un colgador de alambre. Son unos micrófonos muy sensibles, de baja distorsión, los he hecho yo mismo, tan sólo dos plaquitas muy cerca una de la otra, aisladas. También he confeccionado los altavoces, con piezas de radio desechadas.

—Mirad esto —dice Compton, dando un capirotazo a los grandes extremos de espuma del micrófono.

—¿Perdone? —dice la señora.

—Dispense. —Me empuja fuera de mi asiento—. Hola, me llamo Compton.

—Hola, Colin.

—¿Aún está ahí arriba?

—Viste un mono negro.

—Os he dicho que no se había caído.

—Bueno, no es exactamente un mono. Es una especie de traje pantalón. Cuello de pico. Pantalones acampanados. Tiene un aplomo extraordinario.

—¿Cómo ha dicho?

—Sal de aquí —dice Gareth—. ¿Aplomo? ¿Habla en serio? ¿Aplomo? ¿Quién dice que tiene aplomo?

—Callaos —ordena Compton, y se vuelve hacia el micro—. ¿Señora? ¿Hola? Sólo está ese hombre ahí arriba, ¿verdad?

—Bueno, debe de tener algunos cómplices.

—¿Qué quiere decir?

—Es imposible tender un cable de un lado al otro. Si no cuentas con nadie, quiero decir. Debe de tener un equipo.

—¿Puede ver a alguien más?

—Sólo la policía.

—¿Cuánto tiempo lleva ahí arriba?

—Más o menos cuarenta y tres minutos —responde ella.

—¿Más o menos?

—Salí del metro a las siete cincuenta.

—Ah, de acuerdo.

—Y en ese momento empezaba.

—Bien, comprendo.

Intenta cubrir ambos micros a la vez, pero desiste, retrocede y traza círculos con el índice en la sien, como si hubiera capturado un pez loco.

—Gracias por su ayuda.

—De nada —responde ella—. Oh.

—¿Está usted ahí? ¿Oiga?

—Allá va de nuevo. Está cruzando otra vez. Con una rapidez endiablada.

—¿Lo hace corriendo?

Fuertes aplausos como ruido de fondo; Compton se aparta del micro y gira un poco el sillón.

—Estos chismes parecen unas puñeteras piruletas —comenta. Se vuelve hacia el micrófono y finge lamerlo.

—Menudo jaleo, señora. ¿Hay mucha gente?

—Tan sólo en esta esquina debe de haber seiscientas, setecientas personas más o menos.

—¿Cuánto tiempo cree que estará ahí arriba?

—Válgame Dios.

—¿Cómo dice?

—Mire, llego tarde.

—Espere un minuto más, por favor.

—Quiero decir que no puedo estar aquí hablando sin parar...

—¿Y los polis?

—Hay algunos policías inclinados sobre el borde —dice la mujer—. Creo que están tratando de convencerle para que vuelva al edificio. Hmmm...

—¿Qué? ¡Oiga!

No hay respuesta.

—¿Qué pasa? —pregunta Compton.

—Dispense —dice ella.

—¿Qué está ocurriendo?

—Bueno, hay un par de helicópteros. Se están acercando mucho.

—¿Cuánto?

—Espero que el viento que producen no se lo lleve.

—¿A qué distancia están?

—A unos setenta metros, cien como mucho. Bien, ahora retroceden. Oh, Dios mío.

—¿Qué sucede?

—Bueno, el helicóptero de la policía ha retrocedido.

—Sí.

—Cielos.

—¿Qué pasa?

—En este mismo momento está saludando. Se inclina con la pértiga apoyada en la rodilla. El muslo, en realidad. El muslo derecho.

—¿En serio?

—Y está agitando el brazo.

—¿Cómo lo sabe?

—Creo que eso se llama hacer la venia.

—¿Cómo dice?

—Una especie de fanfarroneo. Se inclina en el cable, se mantiene en equilibrio, levanta una mano de la pértiga y, bueno, sí, nos está haciendo la venia.

—¿Cómo lo sabe?

—¡Upa! —exclama ella.

—¿Qué? ¿Está bien, señora?

—Sí, sí, estoy bien.

—¿Sigue usted ahí? ¡Oiga!

—¿Dispense?

—¿Cómo puede verle con tanta claridad?

—Tengo unos prismáticos.

—¿Eh?

—Le estoy mirando con unos prismáticos. Es difícil equilibrar unos prismáticos y el teléfono al mismo tiempo. Un momento, por favor.

—Le está mirando con unos prismáticos —dice Dennis.

—¿Tiene unos gemelos? —pregunta Compton—. Oiga. Oiga. ¿Tiene unos gemelos?

—Pues sí. Unos gemelos de ópera.

—Sal de aquí —dice Gareth.

—Anoche fui a ver a la Marakova. En el American Ballet Theatre. Me olvidé de ellos. De los gemelos, quiero decir. Ella es maravillosa, por cierto. Con Baryshnikov.

—¿Oiga? ¿Oiga?

—En mi bolso, los he dejado ahí toda la noche. Un olvido fortuito.

—¿Fortuito? —repite Gareth—. Qué graciosa es esta chica.

—Calla, coño —dice Compton, cubriendo el micro—. ¿Puede verle la cara, señora?

—Un momento, por favor.

266

—¿Dónde está el helicóptero?

—Oh, se encuentra muy lejos.

—¿Aún está haciendo la venia?

—Un momento, por favor.

Parece como si sostuviera el aparato a cierta distancia de ella, oímos aclamaciones y gritos de regocijo, y de repente sólo deseo que ella vuelva con nosotros, que se olvide del funámbulo, quiero a nuestra mujer con gemelos de ópera, el cálido sonido de su voz y su curiosa manera de pronunciar *fortuito*. Yo diría que es mayor, pero eso no importa, no se trata de nada sexual, no me gusta en ese sentido. No es como si me la quisiera ligar ni nada de eso. Nunca he tenido novia, eso no es ningún problema, no pienso de esa manera, sólo me gusta su voz. Además, he sido yo quien la ha encontrado.

Imagino que tiene unos treinta y cinco años e incluso más, con el cuello largo y falda de tubo, pero quién sabe, podría tener cuarenta o cuarenta y cinco e incluso ser mayor, con laca en el pelo para mantenerlo en su sitio y una dentadura postiza en el bolso. Y entonces pienso que probablemente es guapa.

Dennis está en el rincón, sonriente, sacudiendo la cabeza. Compton sigue trazando círculos junto a la sien y Gareth se parte de risa. Todo lo que quiero hacer es apartarlos de mi sillón e impedir que sigan usando mis cosas, porque tengo derecho a utilizarlas sólo yo.

—Pregúntale por qué está ahí —susurro.

—¡El Chico habla de nuevo!

—¿Estás bien, Chico?

—Anda, pregúntaselo.

—No seas soso —dice Compton.

Se reclina hacia atrás y se ríe, cubriendo el micrófono con ambas manos, y empieza a oscilar hacia adelante y hacia atrás en mi sillón. Pisotea las cajas de pizza que están esparcidas a sus pies.

—¿Dispense? —dice la señora—. Hay ruido en la línea.

—Pregúntale qué edad tiene, vamos.

—Calla, Chico.

—Cállate tú, Compton, jodido.

Compton me golpea la frente con la base de la mano.

—¡Escucha al Chico!

—Vamos, pregúntaselo.

—El amado derecho norteamericano a la búsqueda del calentón.

Gareth empieza a desternillarse de risa y Compton se inclina hacia el micro y dice:

—¿Sigue usted ahí, señora?

—Aquí estoy —responde ella.

—¿Todavía está haciendo la venia?

—Ahora está en pie. Los policías se asoman por encima del borde.

—¿El helicóptero?

—No está a la vista.

—¿Algún salto de conejo más?

—¿Perdone?

—¿Ha dado algún otro salto de conejo?

—No he visto tal cosa. No ha dado ningún salto de conejo. ¿Quién ha dado saltos de conejo?

—De un pie a otro.

—Es todo un artista del espectáculo.

Gareth suelta una risita.

—¿Me están grabando?

—No, no, no, de veras.

—Oigo voces en el fondo.

—Estamos en California. Somos serios. No se preocupe. Trabajamos con ordenadores.

—Mientras no me graben...

—Oh, no. Esté tranquila.

—Hay disposiciones legales contra eso.

—Naturalmente.

—En cualquier caso, realmente debería...

—Espere un momento —le digo—, inclinándome por encima del hombro de Compton.

Compton me empuja hacia atrás y pregunta si el funámbulo parece nervioso. La mujer tarda un poco en responder, como si estuviera mascando la idea y preguntándose si debería engullirla.

—Pues parece bastante sereno. Por fuera, claro, su cuerpo. Parece sereno.

—¿No puede verle la cara?

—No, no se la veo bien.

La mujer está empezando a desvanecerse, como si no quisiera hablar con nosotros mucho más, se evapora a lo largo de la línea, pero no quiero que cuelgue, no sé por qué, tengo la sensación de que es mi tía o algo así, como si la conociera desde hace mucho tiempo, lo cual es imposible, por supuesto, pero ya no me importa, y tomo el micrófono, lo aparto de Compton y digo:

—¿Trabaja usted ahí, señora?

Compton echa atrás la cabeza para reírse de nuevo. Gareth trata de hacerme cosquillas en los huevos y formo con los labios la palabra *gilipollas*.

—Bueno, sí, soy bibliotecaria.

—¿De veras?

—Trabajo en Hawke Brown and Wood. En la biblioteca de investigación.

—¿Cómo se llama?

—La planta cincuenta y nueve.

—¿Su nombre?

—La verdad es que no sé si debería...

—No pretendo ser descortés.

—No, no.

—Me llamo Sam. Estoy aquí, en un laboratorio de investigación. Sam Peters. Trabajamos con ordenadores. Soy programador.

—Comprendo.

—Tengo dieciocho años.

—Felicidades —dice ella, riendo.

Es casi como si pudiera oír que me ruborizo desde el otro extremo de la línea. Gareth se está desternillando de risa.

—Sable Senatore —dice ella finalmente. Su voz es suave como el agua.

—¿Sable?

—Eso es.

—¿Puedo preguntarle...?

—¿Sí?

—¿Qué edad tiene?

Silencio de nuevo.

Todos se están desternillando, pero la voz de la mujer tiene un punto de dulzura y no quiero que cuelgue. Sigo tratando de imaginarla allí, bajo esas grandes torres, mirando hacia arriba, los gemelos de ópera colgándole del cuello, disponiéndose a ir al trabajo en un bufete de abogados con las paredes forradas de madera y recipientes de café.

—Son las ocho y media de la mañana —dice ella.

—¿Perdone?

—No es la hora más apropiada para una cita.

—Lo siento.

—Bueno, Sam, tengo veintinueve años. Un poco mayor para ti.

—Oh.

Como era de esperar, Gareth se pone a renquear como si estuviera usando bastón, y Compton lanza pequeños aullidos de hombre de las cavernas, incluso Dennis se pone a mi lado y me dice: Tenorio.

Entonces Compton me echa de la mesa empujándome a un lado y dice algo sobre su apuesta, tiene que resolver la cuestión de esa apuesta.

—¿Dónde está el funámbulo? ¿Sable? ¿Dónde está ahora?

—¿Es Colin de nuevo?

—Compton.

—Está en el borde de la torre sur.

—¿Qué distancia hay entre las dos torres?

—Es difícil de juzgar. Unos doscientos... ¡Oh, allá va!

Hay un gran ruido a su alrededor, rugidos y aclamaciones. Es como si todo se hubiese venido abajo y ahora se redujera a cháchara, pienso en los millares de personas que han bajado de autobuses y trenes y que lo ven por primera vez. Deseo estar allí, con ella, y notar un tembleque en las rodillas.

—¿Se ha tendido?

—No, no, claro que no. Ha terminado.

—¿Ha parado?

—Ha entrado en el edificio. Ha vuelto a hacer la venia y entonces ha entrado. Muy rápido. Casi corriendo.

—¿Ha terminado?

—Mierda.

—¡Gano yo! —exclama Gareth.

—Vaya, ¿ha terminado? ¿Está segura? ¿Eso es todo?

—Los policías en el borde lo están deteniendo. Tienen la pértiga. Oh, escuche.

Se oye un enorme griterío, abucheos y aplausos cerca del teléfono. Compton parece irritado y Gareth chasca los dedos como si hiciera el gesto que significa dinero. Me inclino y tomo el micrófono.

—¿Ha terminado? ¿Oiga? ¿Puede oírme?

—Eh, Sable.

—Bien —dice ella—. La verdad es que debo...

—Antes de que se vaya.

—¿Eres Samuel?

—¿Puedo hacerle una pregunta personal?

—Bueno, creo que ya me la has hecho.

—¿Podría pedirle su número de teléfono?

Ella se ríe y no dice nada.

—¿Está casada?

Otra risa, con cierto arrepentimiento.

—Lo siento.

—No.

—¿Perdone?

Y no sé si ese «no» es una negativa a darme su número o si quiere decir que no está casada o tal vez ambas cosas a la vez, pero suelta una risita que se aleja aleteando.

Compton se mete la mano en el bolsillo en busca de dinero. Le tiende a Gareth un billete de cinco dólares.

—Me pregunto si...

—En serio, Sam, tengo que irme.

—No soy un bicho raro.

—Hasta pronto.

Y la comunicación se interrumpe. Alzo la vista y veo que Gareth y Compton me miran fijamente.

—Hasta pronto —brama Gareth—. Qué manera de hablar, ¡qué aplomo!

—Calla, hombre.

—¡Eso es fortuito!

—Calla, capullo.

—Huy, qué quisquilloso.

—Alguien ha caído, desde luego —dice Compton con una sonrisa.

—Sólo estaba bromeando con ella. Tonteaba.

—¡Hasta pronto!

—¿Puede darme su número, por favor?

—Calla la boca.

—Eh, el Chico se enfada.

Me acerco al teléfono y pulso de nuevo el intro en el teclado, pero los timbrazos se suceden en vano. Compton tiene una expresión rara, como si nunca me hubiera visto hasta ahora, como si fuese un recién llegado al grupo, pero no me importa. Llamo de nuevo. El timbre sigue sonando. Veo mentalmente a

Sable, la veo alejándose calle abajo, entrando en las torres del World Trade Center, subiendo a la planta cincuenta y nueve, entrando en el bufete con las paredes forradas de madera y los archivadores metálicos, saludando a los abogados, sentándose a su mesa, colocándose un lápiz detrás de la oreja.

—¿Cómo se llamaba el bufete de abogados?

—Hasta pronto —responde Gareth.

—Olvídalo, hombre —dice Dennis.

Está ahí con camiseta, el flequillo torcido.

—No va a volver —asegura Compton.

—¿Qué te hace estar tan seguro?

—Intuición femenina —responde con una risita.

—Bien, tenemos que trabajar en ese parche —dice Dennis—. Manos a la obra.

—Yo no —replica Compton—. Me voy a casa. Llevo años sin dormir.

—¿Y tú, Sam? ¿Qué vas a hacer?

Está hablando del programa para el Pentágono. Hemos firmado un acuerdo secreto. Se trata de algo bastante fácil. Cualquier crío podría hacerlo. Eso es lo que estoy pensando. Usas el programa del radar, introduces la atracción gravitacional, tal vez utilizas unos diferenciales de rotación, y puedes averiguar dónde aterrizará cualquier misil.

—¿Chico?

Cuando hay muchos ordenadores funcionando al mismo tiempo, la sala se llena de zumbidos. Es algo más que ruido blanco. Es la clase de zumbido que te produce la sensación de que eres el verdadero terreno que se extiende bajo el cielo, un zumbido azul que está por encima de ti y a tu alrededor, pero si piensas demasiado en ello se vuelve demasiado ruidoso o grande, y te hace sentir tan sólo como una mota. Te atrapa en los cables, los pitidos, los electrones en movimiento, pero en realidad nada se mueve, nada en absoluto.

Me acerco a la ventana. Es una ventana de sótano que no

recibe nada de luz. Eso es algo que no comprendo, ventanas en los sótanos... ¿Por qué pondría alguien una ventana en un sótano? Una vez traté de abrirla, pero no se mueve.

Apuesto a que en el exterior está saliendo el sol.

—¡Hasta pronto! —dice Gareth.

Siento deseos de cruzar la sala y golpearle, darle un puñetazo, un auténtico puñetazo que le haga daño de veras, pero me contengo.

Me siento ante la consola, pulso la tecla de escape, luego la N, a continuación la Y, abandono el *hack* de Bluebox. Se acabó el pirateo telefónico por hoy. Abro el programa de gráficos, utilizo mi contraseña, samu17. Llevamos seis meses trabajando en él, pero el Pentágono lo ha desarrollado durante años. Si hay otra guerra, no hay duda de que emplearán este *hack*.

Me vuelvo hacia Dennis. Ya está encorvado sobre su consola.

El programa se pone en marcha. Oigo el cliqueo.

Cuando compones códigos, experimentas una especie de embriaguez. Es fácil. Te olvidas de mamá, de papá, de todo. Tienes al país entero integrado. Esto es América. Llegas a la frontera. Puedes ir a cualquier parte. Se trata de estar conectado, de accesos, portales, como un juego susurrado en el que, si cometes un error, tienes que volver al principio.

ÉSTA ES LA CASA QUE LEVANTÓ EL CABALLO

No me dejaron asistir al entierro de Corrigan. Habría hecho cualquier cosa por estar allí presente. Pero me encerraron de nuevo en el talego. No lloré. Me tendí en el banco con la mano sobre los ojos.

He visto mis antecedentes penales, unas hojas amarillas con cincuenta y cuatro anotaciones. El mecanografiado no es muy pulcro que digamos. Ves tu vida en copias hechas con papel carbón. Las guardan en un archivo. Hunts Point, Lex y la Cuarenta y nueve, la autopista del West Side hasta Cleveland. «Merodeo. Delitos relacionados con la prostitución. Delito leve de clase A. Posesión delitiva de sustancias controladas en séptimo grado. Entrada sin autorisasión en propiedad privada, segundo grado. Posesión delictiva de narcóticos. Delito grave de clase E. Ejercicio de la prostitución callejera, clase A. Delito lebe de grado o».

Los policías deben de sacar una nota pésima en ortografía.

Los del Bronx escriben peor que nadie. Sacan insuficiente en todo excepto en impedirnos trabajar en nuestra parcela y amonestarnos.

Tillie Henderson, alias Señorita Éxtasis, alias Adivinanza, alias Rosa P., alias Almíbar.

Raza, sexo, altura, peso, color del pelo, tipo de pelo, tez, color de los ojos, cicatrices, marcas, tatuajes (ninguno).

Me gustan las tartas de supermercado. No encontrarás eso en mi hoja amarilla.

El día que nos detuvieron, la radio emitía una canción de Bob Marley. «Levántate, ponte en pie, defiende tus derechos». Un policía coñón subió el volumen, nos miró por encima del hombro y sonrió. Jazzlyn gritó: «¿Quién va a cuidar de las niñas?».

Dejé la cuchara en la papilla del bebé. Treinta y ocho años. No hay premios para las abuelas jóvenes.

Putear es innato en mí. No exagero. Nunca quise hacer un trabajo normal. Cuando vivía en Prospect Avenue y la calle Treinta y uno Este, el puterío estaba delante de casa. Desde la ventana de mi dormitorio veía trabajar a las chicas. Tenía ocho años. Llevaban zapatos de tacón alto y peinados voluminosos.

Los chulos, a los que aquí llamamos *papaítos*, pasaban camino del Hotel Turco. Concertaban citas para sus chicas. Llevaban unos sombreros lo bastante grandes para poder bailar dentro de ellos.

En todas las películas con proxenetas que habéis visto aparecen en un Cadillac. Eso es cierto. A los papaítos les encanta ese coche. Les gustan los neumáticos de banda blanca. Sin embargo, los grandes dados decorativos de felpa colgados del retrovisor no son tan frecuentes.

Me pinté los labios por primera vez a los nueve años. Me brillaban en el espejo. A los once, las botas azules de mi madre me iban demasiado grandes. Podría haberme escondido en ellas y asomado la cabeza por el borde.

A los trece años ya tenía las manos en la cadera de un hombre con un traje de color frambuesa. Su cintura era como la de una mujer, pero me pegaba. Se llamaba Fine. Me quería tanto que me obligaba a hacer la calle. Decía que me estaba preparando.

Mi madre asistía a lecturas religiosas. Pertenecíamos a la Iglesia de la Israel espiritual. Tenías que echar la cabeza atrás y hablar otras lenguas. Ella también había hecho la calle. Eso fue años atrás. Lo dejó cuando se le cayeron los dientes. Me dijo: «No hagas lo que yo he hecho, Tillie».

Así que hice exactamente eso. Pero los dientes no se me han caído todavía.

No busqué clientes hasta los quince años. Entré en el vestíbulo del Hotel Turco. Alguien silbó bajito. Todo el mundo volvió la cabeza, yo entre ellos. Entonces me di cuenta de que me silbaban a mí. En aquel mismo momento empecé a caminar contoneándome. Estaba empezando a trabajar. Mi primer papaíto me dijo: «En cuanto hayas terminado con tu primer cliente, cariño, vente a casa conmigo».

Medias, pantalones muy cortos, tacones altos. Hice la calle con ganas.

Una de las cosas que aprendes pronto es que no debes dejar que el pelo te penda por la ventana abierta. Si haces eso, los locos te agarran de los mechones, te hacen entrar y entonces te dan una paliza.

A tu primer papaíto no lo olvidas. Le quieres hasta que te golpea con un destornillador de neumáticos. Dos días después estás cambiando las ruedas con él. Te compra una blusa que hace resaltar tu figura en los lugares adecuados.

Dejé a la pequeña Jazzlyn con mi madre. Agitaba las piernas y me miraba. Cuando nació tenía la piel muy blanca. Al principio pensé que no era mía. Nunca supe quién era su padre. Podría haber sido cualquiera de una lista tan larga como el domingo. La gente decía que podría haber sido un mexicano, pero no recuerdo a ningún Pablo sudando sobre mí. La tomé en brazos y fue entonces cuando me dije: «Voy a tratarla bien durante toda su vida».

Lo primero que haces cuando tienes una niña es decir: Nunca hará la calle. Lo juras. Nunca va a estar ahí afuera. Así que haces la calle para mantenerla a ella fuera de la calle.

Estuve así cerca de tres años, en la calle, corriendo a casa para verla y tomarla en brazos, y entonces supe lo que tenía que hacer. Dije: «Cuida de ella, mamá. Volveré en seguida».

El perro más flaco que he visto jamás es el pintado en el lateral de los autobuses Greyhound.

La primera vez que vi Nueva York, me tendí en el suelo ante Port Authority para poder ver todo el cielo. Un tipo pasó por encima de mí sin bajar siquiera la vista.

Empecé a putear el primer día. Iba a hoteles de mala muerte por encima de la Novena. Puedes convertir un techo en el cielo, eso no es ningún problema. En Nueva York hay muchos marineros.

Me gustaba bailar con su gorra puesta.

En Nueva York trabajas para tu hombre. Tu hombre es tu papaíto, aunque no sea más que un macarra con una sola chica trabajando para él. Es fácil encontrar un papaíto. Yo pronto tuve suerte y encontré a Tukwik. Me aceptó e hice la calle en la mejor zona, la Cuarenta y nueve y Lexington. Ahí es donde a Marilyn se le subió la falda. En la rejilla de ventilación del metro. La siguiente mejor zona estaba lejos de allí, en el West Side, pero a Tukwik no le gustaba, así que no iba con frecuencia. En el West Side no se ganaba tanta pasta. Los polis siempre estaban sacando sus placas, como si fueran los dueños. Sabían cuánto tiempo llevabas fuera de la cárcel porque preguntaban la fecha de tus antecedentes. Si llevabas mucho tiempo fuera del talego, arqueaban los dedos y te decían «Ven conmigo».

Me gustaba el East Side, aunque los polis fuesen inflexibles.

En la calle Cuarenta y Nueve y Lexington no había muchas chicas de color. Eran blancas y con buena dentadura. Ropa bonita. Peinados elaborados. Nunca llevaban anillos grandes porque eran un engorro. Pero lucían hermosas manicuras y las uñas de sus pies relucían. Me miraban y gritaban: «¿Qué coño estás haciendo aquí?». Y les respondía: «Trabajo aquí, chicas, eso es todo». Al cabo de algún tiempo dejaron de meterse conmigo. Se acabaron los arañazos. Se acabaron los intentos de rompernos mutuamente los dedos.

Fui la primera negra que trabajó con regularidad en aquella zona. Me llamaban Rosa Parks. Solían decir que era como una mancha de chicle. Negra y en la acera.

Así sucede en la vida, palabra. Bromeas mucho. Me dije a mí misma: Voy a ganar suficiente dinero para comprarle a Jazzlyn una casa grande con chimenea, terraza trasera y llena de muebles bonitos. Eso es lo que quería.

Soy una fracasada. No hay nadie que lo sea más que yo.

Claro que nadie lo sabe. Ése es mi secreto. Voy por el mundo como si lo poseyera. Mira este sitio. Mira cómo se curva.

Tengo una compañera de celda que alimenta a un ratón en una caja de zapatos. El ratón es su mejor amigo. Le habla y lo acaricia. Incluso lo besa. Una vez le mordió en el labio. Me desternillé de risa.

Le han caído ocho meses por pelea con arma blanca. No me habla. Pronto la llevarán al norte del estado. Dice que no tengo cerebro. Yo no voy al norte del estado, de ninguna manera. He hecho un trato con el diablo: era un hombrecillo calvo con una capa negra.

A los diecisiete años tenía un cuerpo por el que Adán habría abandonado a Eva. Una época tórrida. Era de primera clase, en serio. No tenía nada mal colocado. Piernas interminables y un trasero por el que te morías. Adán le habría dicho a Eva: «Eva, cariño, te dejo». Y Jesús en persona, en segundo plano, le habría dicho: «Adán, eres un hijo de puta afortunado».

En Lexington había una pizzería. En la pared había colgada una foto de un montón de tipos en pantalón corto, con buena piel y un balón a los pies. Estaban muy bien. Pero los parroquianos del local eran gordos y peludos y siempre hacían chistes sobre los *pepperoni*. Tenían que envolver la pizza con una servilleta para quitarle todo el aceite que le chorreaba. Los mafiosos también iban por allí. Procurabas no mezclarte con ellos. Los pantalones de sus trajes tenían raya y su pelo olía a brillantina. Podían invitarte a una buena cena italiana pero luego terminabas mascando el barro.

A Tukwik le gustaba exhibirse. Me llevaba del brazo como si fuese una joya. Tenía cinco mujeres, pero yo era la número uno, lo más alto del árbol navideño, la carne más fresca del montón. Haces lo que puedes por tu papaíto, lanzas fuegos artificiales para él, le amas hasta la puesta del sol, y entonces te vas a hacer la calle. Yo era la que ganaba más dinero de todas, y él me trataba bien. En el coche me dejaba sentarme delante, junto a él. Las demás mujeres me miraban, desde la calle, furiosas.

El único inconveniente es que, si te quiere más, también te pega más. Así son las cosas.

Uno de los médicos de urgencias se encaprichó de mí. Me cosió una ceja después de que Tukwik me golpeara con una cafetera plateada. Entonces el médico se inclinó y me besó la herida. Me hizo cosquillas en la parte por la que asomaba el hilo de los puntos.

Los días de poco movimiento, cuando llovía, las otras mujeres y yo nos peleábamos mucho. Incluso una vez corrí por la calle con la peluca de Susi en la mano. Dentro todavía quedaban restos de carne. Pero la mayor parte del tiempo éramos como una familia, palabra. Nadie se lo cree, pero es cierto.

En Lexington hay hoteles con papel en las paredes, servicio de habitaciones y pintura de oro auténtico en el borde de las bandejas. Hay habitaciones en las que dejan bombones sobre las almohadas. Los hombres de negocios pasan en ellos una noche. Blancos, con calzoncillos prietos. Cuando se quitan la camisa huelen a marido en pleno ataque de pánico, como si su mujer fuese a salir del televisor.

Las camareras ponen bombones de menta en las almohadas. Yo tenía un bolso lleno de envoltorios verdes. Cuando salía de la habitación, con los envoltorios verdes, los hombres aún sudaban su licencia matrimonial.

Yo era una chica estrictamente horizontal, siempre tendida boca arriba. Follar de la manera convencional era todo lo que sabía hacer, pero les hacía sentirse mejor que nadie. «Oh, nena, déjame que te palpe.» «Qué caliente me pones.» «No le des esos huesos a otro perro.»

Yo tenía un centenar de dichos estúpidos. Era como si cantara una vieja canción. A ellos les deleitaba.

—¿Estás bien, Almíbar?

—¡Joder, qué satisfecha me has dejado!

(Un minuto y medio, campeón, eso ha sido un récord.)

—Dame un poquito de esa dulzura, encanto.

—No, cariño, si te besara no acabaría nunca.

(Preferiría lamer la cañería del fregadero.)

—¡Qué, nena! ¿No lo hago bien?

—Oh, sí, lo haces muy bien, increíblemente bien.

(Pero qué penoso es el colgajo que tienes entre las piernas.)

Al salir del Waldorf Astoria, di propina a los detectives del hotel, al botones y al ascensorista. Conocían a todas las chicas que hacían la calle. Yo le gustaba al ascensorista. Una noche se la chupé en la cámara frigorífica. Al salir, robó un bistec. Se lo metió bajo la camisa. Me dijo que le gustaba poco hecho pero en su punto.

Era una monada. Me guiñaba el ojo, aunque el ascensor estuviera lleno de gente.

Era una maniática de la limpieza. Me gustaba ducharme cada vez antes de hacerlo. Cuando conseguía que el cliente se duchara conmigo, lo enjabonaba bien y veía cómo se alzaba la masa.

Le decía: «Quiero un poco de ese pan, cariño». Entonces lo llevaba al horno, donde no tardaba en correrse.

Procuras que termine en quince minutos como máximo, pero intentas que aguante por lo menos un par de minutos. A los tíos no les gusta correrse demasiado pronto. Eso les infravalora. Se sienten sucios y vulgares. No he estado nunca con un hombre que no se haya corrido, ni una sola vez. Bueno, no puedo decir jamás, pero, si no se corría, le rascaba la espalda mientras le decía cosas bonitas, nunca sucias. En ocasiones él lloraba y decía: «Sólo quiero hablar contigo, cariño, eso es todo lo que quiero hacer, sólo quiero hablar». Pero otras veces se daba la vuelta, se ponía violento y gritaba: «A la mierda, sabía que nunca lo lograría contigo, perra negra».

Entonces yo hacía pucheros como si me hubiera roto el corazón, me acercaba mucho a él y le susurraba que mi papá estaba en los Panteras con muchos perros negros, y a él no le gustaba escuchar tales cosas, ¿comprendes? Se subían los pantalones a toda leche y salían de allí cagando hostias.

Tukwik se metía en peleas. Llevaba un puño americano dentro de un calcetín. Tenían que derribarle antes de que pudiera usarlo. Pero era inteligente. Untaba a los polis y los mafiosos, y el resto se lo quedaba.

El papaíto inteligente busca a la chica que pasea sola. Yo paseé sola durante dos semanas. Ohio. O-hi-O.

Me convertí en una mujer moderna. Tomaba la píldora. No quería otra Jazzlyn. Le enviaba postales desde la estafeta de la calle Cuarenta y tres. Al principio, el hombre que estaba detrás del mostrador no me reconoció. Todo el mundo me gritaba por haberme colado. Me fui derecha hacia él, contoneando el trasero. Él se ruborizó y me dio unos sellos gratis.

Siempre reconozco a mis clientes.

Encontré un nuevo papaíto que era un jugador famoso. Se llamaba Jigsaw. Llevaba un traje elegante al que llamaba su parra. Lucía un pañuelo en el bolsillo. Su secreto consistía en que en el interior del pañuelo había una hilera de hojas de afeitar fijadas con cinta adhesiva. Podía sacárselo y convertirte la cara en un rompecabezas. Caminaba con cierto impedimento. Todo cuanto es perfecto tiene un fallo. Los polis le odiaban. Cuando supieron que Jigsaw era mi hombre, me detuvieron con más frecuencia.

Detestaban la idea de que un negro ganara dinero, sobre todo si era a costa de un blanco, y en la calle Cuarenta y nueve casi todos eran blancos.

Jigsaw tenía más pasta que Dios. Me compró una boa de piel de zorro y un collar de perlas de jade. Pagó en metálico. Incluso superaba a los otros con su Cadillac. Tenía un Rolls-Royce. Plateado. No miento. Era viejo, pero rodaba. El volante era de madera. A veces paseábamos en él por Park Avenue. Eran los tiempos de la buena vida. Al pasar ante el Colony Club, bajábamos las ventanillas. Decíamos: «Hola, señoras, ¿alguna de ustedes desea una cita?». Estaban aterradas. Seguíamos adelante, gritando: «¡Vamos! Nos zamparemos unos bocadillos de pepino».

Seguíamos hacia Times Square gritando: «¡Arráncales la piel, nena!».

Jigsaw me dio las cosas más bonitas. Tenía un piso en la Primera Avenida, a la altura de la calle Cincuenta y ocho. Todo lo que había dentro era robado, incluso las alfombras. Jarrones por todas partes. Espejos con marcos dorados. A los clientes les gustaba ir allí. Nada más entrar, decían: «Arrea». Era como si yo les pareciera una mujer de negocios.

Enseguida buscaban la cama, pero estaba empotrada en la pared y no se veía a primera vista. Se accionaba mediante un control electrónico.

Era un piso de lo más elegante.

A los tipos que pagaban cien dólares los llamábamos Champañas. Susie decía: «Ahí llega mi champaña», cuando se detenía un coche lujoso en la calle.

Una noche vino un jugador de los Giants de Nueva York, un linebacker con el cuello tan grueso que le llamaban Secuoya. También tenía una cartera espectacular, nunca había visto una como ésa, llena de billetes de cien. Pensé: Aquí llegan diez Champañas a la vez. Aquí llega, burbujeante, el poderoso billete grande, el de mil dólares.

Resultó que quería que se lo hiciera gratis, así que me arrodillé en el suelo, me agaché, miré entre mis piernas, exclamé «¡HIKE!», como lo haría un jugador de fútbol americano, y le lancé un menú del servicio de habitaciones.

A veces me tronchaba de risa.

Entonces me llamaba Señorita Éxtasis, porque era muy feliz. Los hombres no eran más que cuerpos que se movían encima de mí. Borrones de color. No importaban lo más mínimo. A veces me sentía como la aguja de un tocadiscos automático. Me limitaba a caer en aquel surco y dejaba que se moviera durante un rato. Entonces me sacudía el polvo y caía de nuevo.

Observé que los agentes del departamento de homicidios vestían trajes buenos y siempre lucían los zapatos bien lustrados. Uno de ellos tenía una caja de limpiabotas con tres patas debajo de su mesa. Trapos, betún y todo. Era una monada. No trataba de hacerlo gratis. Sólo quería saber quién había liquidado a Jigsaw. Yo lo sabía, pero no iba a decírselo. Cuando se cargan a alguien, mantienes la boca cerrada. Ésa es la ley de la calle, punto en boca, echas la cremallera y no dices ni una sola palabra.

Jigsaw recibió tres balazos. Lo vi allí tendido, sobre el suelo húmedo. Tenía uno en el centro de la frente que le había volado los sesos. Cuando el enfermero le abrió la camisa fue como si tuviera dos ojos rojos adicionales en el pecho.

Había salpicaduras de sangre en el suelo, en la farola y también en el buzón. El hombre de la pizzería salió para limpiar el retrovisor del lado del copiloto de su furgoneta. Lo restregó con el delantal, mientras sacudía la cabeza y mascullaba, como si se le acabaran de quemar los calzoni, ¡como si Jigsaw se hubiera propuesto dejarse los sesos en el espejo de aquel tipo! ¡Como si lo hubiera hecho a propósito!

Entró de nuevo en la tienda. La siguiente vez que fuimos a comprar una porción nos dijo: «Eh, aquí no quiero putas, largaos, id a alquilar vuestros culos F-U-E-R-A, sobre todo tú, N-E-G-R-A». Replicamos: «Vaya, si sabe deletrear y todo», pero juro por Dios que quería retorcerle sus cojones de italiano, metérselos en la garganta y apretárselos hasta que se fusionaran como una nuez.

Susie dijo que detestaba a los racistas, sobre todo a los racistas italianos. Nos tronchamos de risa, salimos del local, caminamos Segunda Avenida abajo y entramos en Ray's Famous. Allí la pizza estaba tan deliciosa que ni siquiera teníamos que eliminar la grasa con una servilleta. Nunca más volvimos a aquella tienda de Lex.

No íbamos a darle beneficios a un cerdo racista.

Jigsaw estaba forrado de pasta, pero lo enterraron en Potter's Field, el cementerio municipal. He asistido a demasiados entierros. Supongo que no soy distinta al resto de la gente. No sé quién se quedó con el dinero de Jigsaw, pero yo diría que fue el sindicato del crimen.

Hay una sola cosa que se mueve a la velocidad de la luz, y es el frío y duro dinero.

Un par de meses después de que hicieran un revoltillo con Jigsaw, vi a Andy Warhol que venía por la calle en sentido contrario al mío. Tenía los ojos grandes, azules y esquizoides, como si se hubiera pasado el día robando fichas en el torniquete de la estación de metro por el procedimiento de aplicar la boca a la ranura y succionarlas. «Eh, Andy, cariño», le dije, «¿te apetece una cita?». «No soy Andy Warhol», replicó, «soy sólo un tipo que lleva una máscara de Andy Warhol, ja, ja». Le di un pellizco en el culo. Él saltó hacia atrás y dejó ir un: «Ooohh». Era un poco soso, pero entonces habló conmigo durante unos diez minutos o más.

Pensé que me haría salir en una película. Yo brincaba con mis zapatos de tacón alto. Le habría besado si me hubiera hecho salir en una película. Pero al final no quería nada más que encontrar un muchacho. Eso era todo lo que quería, un chico que pudiera llevarse a casa para hacer con él lo que le gustaba. Le dije que podría ceñirme un gran consolador rosa y él replicó: «Oh, no sigas, me estás poniendo cachondo».

Me pasé la noche entera diciendo por ahí: «¡He puesto caliente a Andy Warhol!».

Tenía otro cliente al que creí reconocer. Era joven, pero calvo en la parte superior de la cabeza. La zona calva era muy visible, como una pequeña pista de hielo en su cabeza. Tomó una habitación en el Waldorf-Astoria. Lo primero que hizo fue correr la cortina, tenderse en la cama y decir:

—Vamos a ello.

—Oye, ¿no te conozco, cariño? —le pregunté.

Él me miró con severidad.

—No.

—¿Estás seguro? —insistí en un tono de lo más cursi—. Me resultas familiar.

—No —dijo él, irritado de veras.

—Eh, tranquilo, encanto. Sólo estoy hablando.

Le desabroché el cinturón, le bajé la cremallera y él gimió, «oh, sí, oh, sí, oh, sí», como hacen todos, cerró los ojos y siguió gimiendo, y entonces, no sé por qué, caí en la cuenta de quién era. ¡El hombre del tiempo de la CBS! ¡Pero no llevaba el tupé! Ése era su disfraz. Acabé con él, me vestí y me despedí, pero cuando estaba en la puerta me di la vuelta y le dije:

—Eh, oye, está nuboso en el este, con viento de diez nudos y una posibilidad de nieve.

Allí estaba yo, desternillándome de nuevo.

Me gustaba el chiste que terminaba diciendo: «Señoría, con lo único que estaba armado era con un trozo de pollo frito».

Los hippies eran malos para el negocio. Lo suyo era el amor libre. Me mantenía alejada de ellos. Apestaban.

Los soldados eran mis mejores clientes. Cuando regresaban no pensaban más que en echar un casquete. Un puñado de hijos de puta mal paridos de ojos rasgados les habían zurrado la badana, y ahora necesitaban olvidarlo. Y no había nada mejor para olvidar que echar un polvo con la Señorita Éxtasis.

Hice una pequeña insignia que decía: LA SOLUCIÓN DE LA SEÑORITA ÉXTASIS: HAZ LA GUERRA, NO EL AMOR. A nadie le pareció divertido, ni siquiera a los muchachos que regresaban de Vietnam, por lo que la arrojé al contenedor de la basura que estaba en la esquina de la Segunda Avenida.

Aquellos chicos olían como pequeños cementerios ambulantes. Pero necesitaban amar. Yo era una especie de servicio social, palabra. Me esforzaba por Norteamérica. A veces tarareaba una nana mientras el muchacho deslizaba los dedos por mi espalda. Eso le excitaba.

Bob era un policía especializado en prostitución que la tenía tomada con las chicas negras. Debo de haber visto su placa más veces que desayunos calientes he tomado. Me detenía incluso cuando no estaba trabajando. Estaba en la cafetería y él sacaba la placa y me decía: «Vas a venir conmigo, Sambita».

Creía ser gracioso. Yo le decía: «Anda, Bob, besa mi culo negro». Pero de todos modos él me llevaba al talego. Tenía que cumplir con su cuota. Le pagaban horas extras. Me entraban ganas de rajarlo con la lima de las uñas.

Cierta vez estuve con un hombre una semana entera en el Sherry-Netherlands. Del techo pendía una araña de luces rodeada de uvas y parras talladas en el yeso. Era un hombre bajo, gordo, calvo y moreno. Puso un disco que sonaba como música para serpientes. «¿No es esto una divina comedia?», preguntó. «Qué cosas más raras dices», respondí. Él se limitó a sonreír. Tenía un acento bonito.

Había cristales de cocaína, caviar y champán en un cubo. Era un verdadero despilfarro, pero todo lo que él me pidió que hiciera fue leerle. Poemas persas. Pensé que quizá ya estaba en el cielo, flotando en una nube. Allí decía muchas cosas acerca de la Siria y la Persia antiguas. Me acosté en pelota picada y leí bajo la araña de luces. Él ni siquiera quiso tocarme. Se sentó en la butaca y me contempló mientras leía. Me marché con ochocientos dólares y un ejemplar de los poemas de Rumi. Jamás había leído nada igual. Sentí deseos de tener una higuera.

Eso fue mucho antes de que fuese a Hunts Point, que a su vez fue mucho antes de que acabara bajo la Deegan. Y eso fue mucho antes de que Jazz y Corrie se estrellaran con aquella furgoneta.

Pero si me permitieran vivir de nuevo una semana de mi vida, si pudiera elegir, esa semana en Sherry-Netherlands es la que repetiría. Estaba tendida en la cama, desnuda y leyendo, y él se portaba bien conmigo, me decía que estaba muy bien, que me las arreglaría a la perfección en Siria y Persia. Jamás he estado en Siria ni Persia ni Irán ni comoquiera que se llame. Algún día iré, me llevaré a las hijas de Jazzlyn y me casaré con un jeque del petróleo.

Si no fuera porque he estado pensado en el nudo corredizo.

Cualquier excusa es una buena excusa. Cuando te envían a la cárcel te someten a una prueba de la sífilis. Yo estaba limpia. Pensé que tal vez en esta ocasión no estaría limpia. Quizá eso sería una buena excusa.

Detesto las fregonas. Detesto las escobas. En la cárcel no puedes dedicarte a lo tuyo. Has de limpiar ventanas, fregar el suelo y restregar las duchas. Soy la única puta en el módulo C-40. A todas las demás las han trasladado al norte del estado. Una cosa es segura: no ves hermosas puestas de sol a través de la ventana.

Todas las lesbianas masculinas están en el módulo C-50. Todas las femeninas en el mío. A las lesbianas las llaman *bolleras*, no sé por qué; a veces las palabras son extrañas. En la cantina, todo lo que las bolleras quieren hacer es peinarme. Eso no me va. Nunca me ha ido. No me pondré zapatos con cordones. Me gusta que la falda de mi uniforme sea corta, pero tampoco me pondré un lazo en el pelo. Aunque vayas a morir, no hay motivo para que no mueras guapa.

No como. Por lo menos conservo la línea. Aún estoy orgullosa de eso.

Soy una fracasada, pero todavía estoy orgullosa de mi cuerpo. De todos modos, ni los perros comerían. Se ahorcarían después de leer el menú. Se pondrían a aullar y se pincharían con los tenedores hasta matarse.

Tengo el llavero con las fotos de las niñas. Me gusta colgármelo del dedo índice y verlas girar. También tengo un trozo de papel de estaño. No es como un espejo, pero puedo mirar mi reflejo y suponer que todavía soy guapa. Es mejor que hablarle a un ratón. Mi compañera de celda se afeitó la cabeza para hacerle un nido al ratón. Una vez leí un libro sobre un tipo que tenía un ratón. Se llamaba Steinbeck; el tipo, no el ratón. No soy estúpida. No llevo las orejas de burra por ser puta. Nos hicieron las pruebas del cociente de inteligencia y saqué 124. Si no me crees, pregúntaselo al psiquiatra de la cárcel.

El carrito de la biblioteca pasa chirriando una vez a la semana. No tienen libros que me gusten. Pregunté por Rumi y me dijeron: «¿Qué diablos es eso?».

En el gimnasio juego a ping-pong. Las bolleras dicen: «Ooooh, mirad qué remate tiene».

Jazz y yo no solíamos robar a nadie. No merecía la pena. Pero aquel gilipollas nos llevó desde el Bronx hasta el barrio de Manhattan llamado Hell's Kitchen y nos prometió una pasta. Las cosas fueron de otra manera, así que lo único que hicimos fue aliviarle de la tarea, ésa es la palabra, aliviarle. Aligerarle los bolsillos, a decir verdad. Cargué con la culpa de Jazzlyn. Ella quería volver con las niñas, y además necesitaba el caballo. Yo quería que dejara la droga, pero la chica no podía. No podía dejarla sin más. Yo estaba limpia. Podía asumirlo. Llevaba seis meses limpia. Robaba cocaína aquí y allá, y a veces vendía un poco de caballo que Angie me facilitaba, pero en general estaba limpia.

En la comisaría, Jazz lloraba a lágrima viva. El detective se inclinó por encima de la mesa y me dijo:

—Mira, Tillie, ¿quieres solucionarle el asunto a tu hija?

—Claro, nene —respondí.

—Muy bien, hazme una confesión y la soltaré. Te caerán seis meses, no más, te lo garantizo.

De modo que canté. Era una vieja acusación, robo en segundo grado. Jazz le había birlado a aquel tipo doscientos dólares y se los había gastado en droga.

Eso es lo que ocurre.

Todo sale volando a través del parabrisas.

Me dijeron que Corrigan se había roto todos los huesos del pecho cuando chocó con el volante. Pensé: Bueno, por lo menos en el cielo su chica hispana podrá extender la mano y cogerle el corazón.

Soy una fracasada. Eso es lo que soy. Cargué con la culpa y Jazzlyn pagó el precio. Soy la madre y mi hija ya no existe. Sólo confío en que, por lo menos, en el último minuto, sonriera.

Soy una fracasada como ninguna otra que hayas visto antes.

Ni siquiera a las cucarachas les gusta esta cárcel de Rikers. Las cucarachas le tienen aversión. Son como jueces, fiscales de distrito y todo eso. Salen correteando de las paredes con sus togas negras y dicen: Señorita Henderson, la condeno a ocho meses.

Cualquiera que conozca a las cucarachas sabe que zumban. Ésa es la palabra. Zumban por el suelo.

El cubículo de la ducha es el mejor lugar. Podrías colgar un elefante de las cañerías.

A veces me golpeo la cabeza contra la pared durante el tiempo suficiente para dejar de sentirlo. La golpeo tan fuerte que al final me duermo. Me despierto con dolor de cabeza y vuelvo a golpearla. En la ducha sólo noto punzadas cuando todas las bolleras me están mirando.

Ayer hirieron a una chica blanca. Con el borde limado de una bandeja de la cantina. Se lo había estado buscando. De una blancura deslumbrante. Fuera del talego nunca me había importado: blanco, negro, moreno, amarillo o rosado. Pero supongo que el talego es el reverso de la vida real: demasiados negros y no muchos blancos, porque los blancos pueden arreglárselas para no acabar entre rejas.

Éste es el periodo más largo que he pasado encerrada. Te hace pensar, sobre todo en lo fracasada que eres. Y sobre todo en el lugar del que colgarás el nudo corredizo.

Cuando me informaron de lo de Jazzlyn, me golpeé la cabeza contra la jaula como un pájaro. Me dejaron asistir al funeral y volvieron a encerrarme. Las niñas no estaban presentes. Preguntaba por ellas una y otra vez, pero todo el mundo me decía: No te preocupes por las niñas, están bien cuidadas.

En mis sueños vuelvo a estar en el Sherry-Netherlands. No sé por qué aquel hombre me gustaba tanto. No era un putero como los demás. Incluso su calva era agradable.

Los hombres de Oriente Medio comprenden a las putas. Les gusta mimarlas, comprarles cosas e ir por ahí envueltos en sábanas. Me pidió que me pusiera de perfil junto a la ventana.

Ajustó la posición de la lámpara. Le oí jadear. Yo no hacía más que estar allí en pie. Nunca me había sentido mejor que de aquel modo, él mirándome y apreciando lo que veía. Eso es lo que hacen los buenos hombres, aprecian. Ni siquiera se tocaba, sólo estaba allí sentado, mirándome, casi sin respirar. Me dijo que le hacía delirar, que me daría cualquier cosa con tal de que estuviera allí para siempre. Repliqué algo sarcástico, pero en realidad estaba pensando lo mismo. Me detesté por haber dicho algo irrespetuoso. Habría querido que la tierra me tragara.

Al cabo de un momento, él se relajó y exhaló un suspiro. Me dijo algo sobre el desierto de Siria, donde los limoneros parecían pequeñas explosiones de color.

Y de repente, mirando hacia Central Park, añoré a mi hija como nunca antes me había ocurrido. En esa época Jazzlyn tenía ocho o nueve años. Sólo quería estrecharla entre mis brazos. Que seas una puta no significa que ames menos, en absoluto.

El parque se sumió en la oscuridad. Se encendieron las luces. Sólo algunas funcionaban. Iluminaban los árboles.

—Lee el poema sobre el mercado —me pidió él.

El poema trataba de un hombre que compra una alfombra en el mercado, y es una alfombra perfecta, sin un solo defecto, de modo que le acarrea toda clase de penas. Tuve que encender la luz para leerle, y estropeé la atmósfera. Me di cuenta enseguida. Entonces me pidió que le contara algo.

Apagué la luz y guardé silencio. No quería decir ninguna vulgaridad.

No se me ocurría nada salvo una anécdota que me había contado un cliente hacía pocas semanas. Así que permanecí allí, con las cortinas en las manos, y le dije:

—Una pareja mayor caminaba junto al Plaza. Empezaba a anochecer. Iban cogidos de la mano. Estaban a punto de entrar en el parque cuando un policía hizo sonar con fuerza el silbato para que se detuvieran. «No pueden entrar ahí», les dijo el policía. «Va a hacerse de noche y es demasiado peligroso pasear por el parque, les atracarán.» Ellos replicaron: «Queremos entrar ahí, es nuestro aniversario, estuvimos aquí hace exactamente cuarenta años». «Están locos», dijo el policía. «Ya nadie pasea por Central Park.» Pero, de todos modos, la pareja se adentró en el parque. Querían dar exactamente el mismo paseo que dieron muchos años atrás, alrededor del estanque. Para recordar. Así que, cogidos de la mano, avanzaron en la oscuridad. ¿Y sabes una cosa? El policía caminó a unos veinte pasos detrás de ellos, alrededor del lago, sólo para protegerles y evitar que les atracaran, ¿no es admirable?

Ése fue mi relato. Permanecí inmóvil. Las cortinas estaban húmedas en mis manos. Casi podía oír la sonrisa del hombre de Oriente Medio.

—Vuelve a contármelo —me pidió.

Me acerqué un poco más a la ventana; la luz que entraba era preciosa. Se lo conté de nuevo, incluso con más detalles, como el sonido de sus pisadas y todo.

Nunca le conté esa anécdota a Jazzlyn. Quería contársela, pero nunca lo hice. Esperaba el momento oportuno. Él me dio aquel libro de Rumi cuando me fui. Me lo guardé en el bolso. Al principio no le di importancia, pero se me fue acercando sin que me diera cuenta, como una farola.

Mi hombre bajo, gordo y calvo me gustaba. Fui al Sherry-Netherlands para ver si estaba allí, pero el gerente me echó. Tenía una carpeta en la mano y la usó como una picana eléctrica. «¡Vamos, largo de aquí!»

Empecé a leer continuamente a Rumi. Me gustaba por los detalles, los versos bonitos. Empecé a hablar de él a mis clientes. Les decía que los versos me gustaban gracias a mi padre, que había estudiado la poesía persa. A veces decía que era mi marido.

Nunca he tenido un padre ni un marido. Ninguno que yo supiera, por lo menos. No me quejo. Es sólo un hecho.

Soy una fracasada y mi hija ya no existe.

Cierta vez Jazzlyn me preguntó por su papá. Su papá real, no un papá papaíto. Tenía ocho años. Estábamos hablando por teléfono. Conferencia entre Nueva York y Cleveland. No me costaba nada, porque todas las chicas sabían cómo recuperar la moneda. Lo aprendimos de los veteranos que volvían de Vietnam con la cabeza desquiciada.

Me gustaba la batería de teléfonos de la calle Cuarenta y cuatro. Cuando me aburría llamaba al teléfono que estaba a mi lado. Lo descolgaba y hablaba conmigo misma. Era una gran diversión. «Hola, Tillie, ¿cómo te va, pequeña?» «No del todo mal, Tillie, ¿y a ti?» «Voy tirando, Tillie, ¿qué tiempo hace por ahí, chica?» «Está lloviendo, Tillie.» «¿De veras? Aquí también está lloviendo, Tillie, ¿no es sorprendente?»

Estaba telefoneando desde el drugstore de la Quince a la altura de Lex cuando Jazzlyn me preguntó: «¿Quién es mi verdadero papá?». Le dije que su papá era un hombre simpático que un día se fue a comprar tabaco. Eso es lo que le dices a una criatura. Todo el mundo lo dice, no sé por qué; supongo que todos los gilipollas que no quieren estar al lado de sus hijos son fumadores.

Nunca volvió a preguntarme por él. Ni una sola vez. Yo pensaba que, fuera quien coño fuese aquel hombre, llevaba demasiado tiempo comprando tabaco. Tal vez Pablo esté todavía ahí, esperando a que le den el cambio.

Regresé a Cleveland para recoger a Jazzlyn. Era en 1964 o 1965, uno de esos años. Ella tenía entonces ocho o nueve. Me estaba esperando en el umbral. Llevaba un chaquetón con capucha y estaba allí sentada, haciendo pucheros. Entonces alzó los ojos y me vio. Juro que fue como si viera el estallido de unos fuegos artificiales. «¡Tillie!», gritó. Nunca me llamaba mamá. Se levantó del escalón. Nadie me había dado jamás un abrazo tan fuerte. A punto estuvo de asfixiarme. Me senté a su lado y lloré a lágrima viva. «Espera a ver Nueva York, Jazz», le dije. «Te va a entusiasmar.»

Mi madre estaba en la cocina mirándome mal. Le di un sobre con dos mil dólares. Me dijo: «¡Oh, cariño, sabía que las cosas te irían bien, lo sabía!».

A Jazz y a mí nos habría gustado cruzar el país en coche, pero viajamos desde Cleveland en un autobús con un perro flaco pintado en uno de los lados. Durante todo el trayecto ella durmió apoyada en mi hombro chupándose el pulgar. Más adelante, en el Bronx, me enteré de que ése era uno de sus hábitos. Le gustaba chuparse el pulgar cuando estaba con un cliente. Me estremezco al pensarlo. Soy una fracasada y eso es todo. Eso viene a ser todo lo que importa.

Tillie Fracasada Henderson. Ésa soy yo sin cintas de adorno.

No voy a matarme hasta que haya visto a las hijas de mi hija. Hoy le he dicho a la guardiana que soy abuela, y ella no ha hecho ningún comentario.

—Quiero ver a mis nietecitas —le he dicho—, ¿por qué no me traen a mis nietecitas?

Ella ni siquiera parpadeó. Tal vez me esté haciendo mayor. Celebraré aquí dentro mi treinta y nueve cumpleaños. Me tomaré toda una semana sólo para soplar las velas.

Le rogué una y otra vez. Ella me dijo que las niñas están

bien, que cuidan de ellas, que están en manos de los servicios sociales.

Fue un papaíto quien me instaló en el Bronx. Se hacía llamar L. A. Rex. No le gustaban los negros, aunque él lo era. Me dijo que Lexington era un lugar para blancos. Me dijo que me estaba haciendo vieja. Me dijo que era una inútil. Me dijo que dedicaba demasiado tiempo a Jazzlyn. Me dijo que mi aspecto era cutre. Me dijo: «No vuelvas a Lex o te partiré los brazos, Tillie, ¿me oyes?».

Y eso es lo que hizo, me rompió los brazos. También me rompió los dedos. Me había sorprendido en la esquina de la Tercera y la calle Cuarenta y ocho, y me los partió como si fuesen huesos de pollo. Me dijo que el Bronx era un buen sitio para jubilarme. Sonrió y dijo que era como Florida sin las playas.

Tuve que ir a casa, al encuentro de Jazzlyn, con los brazos escayolados. Estuve convaleciente durante no sé cuánto tiempo.

L. A. Rex tenía un brillante estrellado en un diente, palabra. Se parecía un poco a ese tipo de la tele, Cosby, salvo que éste luce unas patillas a la moda. L. A. incluso me pagó las facturas del hospital. Pero no me sacó de la calle. Me pregunté: «¿Qué coño significa esto?». A veces el mundo es un lugar que no puedes comprender.

Así que me reformé. Conseguí una vivienda. Abandoné el juego. Aquellos años fueron buenos. Lo único que necesitaba para ser feliz era encontrar una moneda en el fondo del bolso. Las cosas iban muy bien. Tenía la sensación de estar junto a una ventana. Envié a Jazzlyn a la escuela. Conseguí un empleo en un supermercado, donde me dedicaba a pegar etiquetas en latas. Iba de casa al trabajo y del trabajo a casa. Permanecía apartada de la calle. Nada me haría volver allí. Y entonces un día, de repente, ni siquiera recuerdo por qué, fui a la Deegan, extendí la mano con el pulgar hacia arriba y busqué un cliente.

Un papaíto llamado Pajarera me dio un golpe en la nuca. Llevaba un sombrero muy grande. No se lo quitaba nunca porque así ocultaba su ojo de cristal. «Eh, nena, ¿qué te cuentas?», me preguntó.

Jazzlyn necesitaba libros de texto. Casi estoy segura de que ése fue el motivo de que lo hiciera.

En la calle Cuarenta y nueve a la altura de Lex no usaba sombrilla. Comencé a usarla en el Bronx. Con la sombrilla me ocultaba la cara. Ése es un secreto que no le diré a nadie. Siempre he tenido un buen cuerpo. Incluso durante los años en que me atiborré de basura, conservé mi buena figura, mis exquisitas curvas. Nunca padecí una enfermedad de la que no pudiera librarme. Cuando llegué al Bronx empecé a utilizar la sombrilla. No podían verme la cara, pero sí el trasero. Lo meneaba. Tenía en mi trasero suficiente electricidad para iluminar toda la ciudad de Nueva York.

En el Bronx subía con rapidez al coche y entonces no podían rechazarme. Intenta echar a una chica de tu coche sin pagarle: Sería como si absorbieras las gotas de lluvia de un charco.

En el Bronx siempre han trabajado las chicas mayores. Todas excepto Jazzlyn. Quise que Jazz estuviese a mi lado para que me hiciera compañía. Ella sólo iba al centro de la ciudad de vez en cuando. En la calle era la chica más popular. Todas las demás cobraban veinte, pero Jazzlyn podía llegar a los cuarenta y hasta cincuenta. Iba con los hombres jóvenes y con los mayores que tenían pasta, los gordos que querían sentirse guapos. Quedaban encantados con ella. Tenía el cabello lacio, buenos labios y unas piernas que le llegaban al cuello. Algunos de los tipos la llamaban su Raf (abreviatura de *jirafa*), porque realmente era lo que parecía. De haber habido árboles bajo la Deegan, ella habría estado allí haciendo con la lengua lo que hacen las jirafas.

Ése era uno de los apodos que figuraban en sus antecedentes penales. Cierta vez estaba con un británico y éste se puso a hacer sonidos de bombardero en picado. Mientras se movía encima de ella decía chorradas como: «¡Aquí estoy, misión de rescate, Flandes uno cero uno, Flandes uno cero uno! ¡Allá voy!». Después de terminar, le decía: «¿Lo ves? Te he rescatado». «Y Jazzlyn replicaba: «Me has rescatado, ¿es cierto?». Porque a los hombres les gusta pensar que pueden rescatarte. Como si tuvieras una enfermedad y ellos fueran el remedio especial que estás esperando. «Ven aquí, cariño, ¿no quieres que alguien te comprenda? Yo te comprendo. Soy el único que conoce a una chica como tú. Tengo una polla tan larga como el menú de la Tercera Avenida, pero tengo un corazón más grande que el Bronx». Te follan como si te estuvieran haciendo un gran favor. Todo hombre quiere rescatar a una puta, ésa es la verdad. Es una enfermedad por derecho propio, si quieres que te lo diga. Entonces, cuando se han corrido, se suben la cremallera de la bragueta, te dejan y se olvidan de ti. Su cabeza está un tanto jodida.

Algunos de esos gilipollas creen que tienes un corazón de oro. Nadie tiene un corazón de oro. Ni siquiera Corrie. Incluso Corrie se coló por aquella hispana con un pequeño y tonto tatuaje en el tobillo.

Cuando Jazzlyn tenía catorce años regresó a casa con su primera marca roja en la parte interior del brazo. Por poco la vuelvo blanca de tanto zurrarla, pero otra vez regresó con la marca entre los dedos de los pies. Ni siquiera fumaba tabaco y allí estaba, chutándose caballo. Por entonces pertenecía a la banda de los Inmortales. Estaban enfrentados a los Hermanos del Gueto.

Intenté que no se drogara haciendo que estuviera en las calles. Eso era lo que yo pensaba.

El gran Bill Broonzy tiene una canción que me gusta, pero no me gusta escucharla: «Estoy tan por los suelos, nena, que cuando miro arriba veo abajo».

Cuando tenía quince años, observaba su crecimiento. Me sentaba en la acera y pensaba: Ésa es mi hija. Y entonces me decía: Espera un puñetero momento, ¿es ésa mi hija? ¿Es ésa realmente mi hija?

Y entonces pensaba: Sí, ésa es mi hija, es sangre de mi sangre, es ella, desde luego.

Yo la había hecho.

Tres veces le puse la goma elástica alrededor del brazo para que la vena sobresaliera. Velaba por su seguridad. Eso era todo lo que trataba de hacer.

Ésta es la casa que levantó el caballo. Ésta es la casa que levantó el caballo.

Un viernes Jazz volvió a casa y me dijo: «Eh, Till, ¿te gustaría ser abuela?» Le respondí: «Sí, la abuela T., ésa soy yo». Ella se puso a sollozar y entonces apoyó la cabeza en mi hombro y lloró. Habría sido bonito si no hubiese llorado en serio.

Fui a Foodland, pero sólo encontré un barato bollo Entenmann's.

Mientras se lo comía, la miraba y decía para mí: Ésta es mi pequeña y va a tener un hijo. No lo probé hasta que Jazz se acostó, y entonces engullí el puñetero bollo, llenando el suelo de migas.

La segunda vez que me convertí en abuela, Angie me organizó una fiesta. Convenció a Corrie para que le prestara una silla de ruedas, y me paseó sentada en ella a lo largo del paso inferior de la Deegan. Íbamos colocadas de cocaína y nos reíamos como locas.

Pero lo que debería haber hecho... Debería haberme tragado unas esposas cuando tenía a Jazzlyn en el vientre. Eso es lo que debería haber hecho. Debería haberle advertido de lo que le esperaba. Mira, ya estás detenida, tú, tu madre y tu abuela y una larga lista de madres que se extiende hasta Eva, francesas, negras, holandesas y lo que fueran antes que yo.

Oh, Dios mío, debería haberme tragado las esposas, debería habérmelas tragado por completo.

Me pasé los últimos siete años follando dentro de camiones frigoríficos. Me pasé los últimos siete años follando dentro de camiones frigoríficos. Sí. Me pasé los últimos siete años follando dentro de camiones frigoríficos.

Tillie Fracasada Henderson.

Me llaman para decirme que tengo una visita. Me preparo, me arreglo el pelo, me pinto los labios y me pongo perfume, aunque sea perfume carcelario. Me paso hilo dental por los dientes, me depilo las cejas y hasta me aseguro de que mi uniforme tenga buen aspecto. Pensé que había sólo dos personas en el mundo que podrían venir a verme. Bajé saltando los escalones. Era como bajar por una escalera de incendios. Olía el cielo. Atención, pequeñas, aquí llega la mamá de vuestra mamá.

302

Llegué a la torre de entrada. Así es como llaman a la sala de visita. Miro a mi alrededor en busca de las niñas. Hay muchas sillas, ventanas de plástico y una gran nube de humo de tabaco. Es como moverte a través de una niebla deliciosa. Me pongo de puntillas, miro hacia todas partes y veo que las internas se sientan a hablar con sus familiares. La atmósfera se llena de grandes exclamaciones, risas y gritos, los niños alborotan, y yo sigo de puntillas, tratando de localizar a mis pequeñas. Pronto sólo queda una silla libre. Una mujer blanca está sentada al otro lado del vidrio. Tengo la sensación de que no es la primera vez que la veo, pero no sé dónde, tal vez pertenezca a la comisión de libertad condicional o sea una asistente social o algo por el estilo. Es rubia, de ojos verdes, la piel de un blanco perlino. Y entonces me dice: «Ah, hola, Tillie».

Pienso: No me saludes así, ¿quién coño eres? Estos blancos te tratan con mucha familiaridad. Como si te comprendieran. Como si fueran tus mejores amigos.

Pero mi limito a decirle «hola» y me siento en la silla. Siento como si me faltara el aire. Me dice cómo se llama y me encojo de hombros, porque no me suena de nada.

—¿Tienes tabaco? —le pregunto, y me dice que no, que lo ha dejado. Entonces pienso: Me sirve de menos que hace cinco minutos, y hace cinco minutos era inútil.

—¿Eres tú quien se encarga de mis pequeñas? —le pregunto.

—No, alguien cuida de ellas.

Entonces empieza a preguntarme por la vida carcelaria, si me dan bien de comer, cuándo voy a salir. La miro como si tuviera ante los ojos una aparición repulsiva. Está muy nerviosa. Finalmente se lo planteo, pronunciando las palabras con tal lentitud que ella alza las cejas, sorprendida.

—¿Quién... coño... eres?

—Conozco a Keyring, es amigo mío.

—¿Quién coño es Keyring?

—C-i-a-r-a-n —deletrea ella.

Entonces caigo en la cuenta. Es la mujer que asistió al entierro de Jazzlyn con el hermano de Corrigan. Lo curioso es que él fue quien me dio el llavero.

—¿Haces proselitismo? —le pregunto.

—¿Cómo dices?

—¿Eres de alguna secta religiosa?

Ella sacude la cabeza.

—¿A qué has venido entonces?

—Sólo quería ver cómo estabas.

—¿De veras?

—De veras, Tillie.

Entonces dejo de estar a la defensiva.

—De acuerdo, lo que tú digas.

Ella se inclina hacia adelante y me dice que se alegra de volver a verme, que la última vez que me vio se había sentido fatal por la manera en que los cerdos me habían puesto las esposas junto a la tumba. Dijo literalmente «cerdos», pero me di cuenta de que no estaba acostumbrada a hablar así, como si tratara de ser dura pero no lo fuese. Pero pensé: Bueno, esto es guay, lo dejaré pasar, dejaré que pasen quince minutos, ¿qué son quince o veinte minutos?

Es guapa, es rubia, está en la onda. Le cuento lo de la chica del módulo C-40 que tiene un ratón, la diferencia entre lesbianas masculinas y femeninas, el terrible sabor de la comida, lo mucho que añoro a las pequeñas y que anoche hubo una discusión sobre el programa de televisión *Chico and the Man* en el que aparece el músico negro Scatman Crothers. Y ella asentía y decía «ajá», «hmmm», «ah», «comprendo», «eso es muy interesante», «Scatman Crothers es encantador». Como si realmente supiera quién es, pero quiere mostrarse informada conmigo, ríe, sonríe... y además es lista, se nota que es lista, una chica rica. Me dice que es artista y que sale con el hermano de Corrigan, aunque está casada, que él fue a Irlanda para diseminar allí las cenizas de su hermano y regresó enseguida, que se enamoraron, ella está poniendo orden en su vida. Había sido drogadicta y todavía le gusta beber. Dice que ingresará algún dinero en mi cuenta de la cárcel para que pueda comprar tabaco.

—¿Qué más puedo hacer por ti? —me pregunta.

—Mis nietas.

—Lo intentaré. Veré dónde se encuentran y si puedo conseguir que te visiten. ¿Algo más, Tillie?

—Jazz —respondo.

—¿Jazz?

—Tráeme también a Jazzlyn.

Y ella palidece.

—Jazzlyn ha muerto —me dice, como si yo fuese deficiente mental.

Por la expresión de sus ojos parece como si acabara de recibir un golpe. Me mira y le tiembla el labio inferior. Y entonces suena el puñetero timbre. La hora de visita ha terminado, nos estamos despidiendo con el vidrio entre las dos, y entonces me vuelvo y le pregunto:

—¿Para qué has venido?

Ella mira el suelo y me sonríe, con el labio todavía tembloroso, pero sacude la cabeza y tiene minúsculas lágrimas en los rabillos de los ojos.

La mujer desliza un par de libros sobre la mesa y me sorprendo al ver que se trata de Rumi. ¿Cómo coño lo ha sabido?

Dice que volverá de nuevo, y le ruego que traiga a las niñas. Parece ser que los servicios sociales se han hecho cargo de ellas, se enterará de dónde están. Entonces agita la mano, se enjuga los ojos y se aleja. ¿Qué coño es esto?, pienso.

Subía de nuevo la escalera, todavía preguntándome cómo se había enterado ella de mi afición a Rumi, cuando recordé. Empecé a reírme, pero me alegraba de no haberle dicho nada de Ciaran y su colita... ¿para qué? Keyring era un buen tipo. Cualquiera que sea hermano de Corrie es hermano mío.

No hay honradez. Corrigan sabía cómo son las cosas. Nunca me sermoneó. Su hermano era un poco gilipollas. Ése es un hecho comprobado. Pero hay muchos gilipollas y él me pagó bien por una sola vez y le cegué con Rumi. El hermano de Corrigan tenía bastante pasta, era barman o algo por el estilo. Recuerdo que le miré y me dije: Mi oscura teta está en la mano del hermano de Corrigan.

Nunca vi a Corrigan desnudo, pero imagino que estaba muy bien, aunque su hermano fuese un piolín.

La primera vez que vimos a Corrigan, supimos de inmediato que era clandestino. Hay irlandeses clandestinos. La mayoría de los polis son irlandeses. Tipos gordos con mala dentadura, pero cachondos.

Un día la furgoneta de Corrigan estaba sucia y Angie escribió con un dedo en el polvo: ¿NO DESEARÍAS QUE TU MUJER ESTUVIERA ASÍ DE SUCIA? Nos reímos tanto que se nos saltaron las lágrimas. Corrie no se dio cuenta. Entonces Angie dibujó una cara sonriente y las palabras DAME LA VUELTA en el otro lado. Deambulaba por el Bronx con esa idiotez escrita en la furgoneta y no la había visto. Corrie habitaba un mundo propio. Al final de la semana Angie se le acercó y le mostró las palabras. Él se ruborizó como les sucede a los irlandeses y empezó a farfullar.

—Pero no comprendo, no tengo esposa —le dijo a Angie.

No nos habíamos reído tanto desde tiempo inmemorial.

Estábamos todo el día con él, suplicándole que nos detuviera. Y él decía: «Vamos, chicas, por favor». Cuanto más le abrazábamos, más nos decía: «Chicas, chicas, ya está bien, chicas».

Una vez vino el papaíto de Angie, cogió a Corrie por el pescuezo y le dijo adónde debería ir. Le puso un cuchillo en el cuello. Corrie se limitó a mirarle fijamente. Tenía los ojos muy abiertos, pero no parecía sentir temor. Nosotras intervinimos: «Anda, hombre, márchate». El papaíto de Angie hizo un movimiento con el cuchillo y Corrie se alejó. La sangre se deslizaba por su camisa negra.

Un par de días después volvía a estar con nosotras, trayéndonos cafés, con un pequeño vendaje en el cuello. Le dijimos: «En serio, Corrie, deberías largarte, te va a matar». Él se encogió de hombros y dijo que no pasaría nada. Se presentaron a la vez el papaíto de Angie, el de Jazzlyn y el de Suchie, como los tres Reyes Magos. Vi que Corrie palidecía. Nunca le había visto tan blanco. Más blanco que el yeso.

Levantó las manos y dijo:

—Eh, tranquilos, sólo les estaba dando café.

Y el papaíto de Angie dio un paso adelante.

—Sí, bueno, yo sólo voy a darte una nata.

No sé la de veces que zurraron a Corrie sin que él se diera por vencido. Era algo doloroso, muy doloroso. Hasta Angie se abalanzó sobre la espalda de su papaíto y trató de arrancarle los ojos, pero no podíamos detenerlo. Sin embargo, Corrie volvía un día tras otro. Llegó un momento en que los papaítos le respetaban. Corrie no avisó ni una sola vez a la poli, o los guardias, como él los llamaba, ésa era la palabra irlandesa para referirse a la policía. «No voy a llamar a los guardias», decía. Con todo, los papaítos le zurraban la badana de vez en cuando, sólo para mantenerlo a raya.

Más adelante descubrimos que era sacerdote. Bueno, no un verdadero sacerdote, sino uno de esos tipos que viven en alguna parte porque creen que deben hacerlo, como si tuviera un deber, una moral, algo por el estilo, un monje, con votos y esas cosas, y la cuestión de la castidad.

Dicen que los chicos siempre quieren ser los primeros con las chicas, y ellas quieren ser las últimas con los chicos. Pero con Corrie todas queríamos ser la primera. Jazz decía: «Anoche estuve con Corrie y fue una delicia, se alegró de que yo fuese su primera chica». Y entonces intervenía Angie: «Tonterías, he tenido a ese hijo de perra para comer y me lo he zampado entero». Y Suchie terciaba: «Qué chorradas decís, lo he extendido sobre mis panqueques y me lo he comido con el café».

Cualquiera podía oírnos reír a kilómetros de distancia.

Cierta vez celebró un cumpleaños, creo que el de los treinta y uno, era un muchacho, y le compré un pastel y nos lo comimos entre todos bajo la Deegan. Estaba cubierto de cerezas, un montón de cerezas. Corrie ni siquiera captó el chiste,* le atiborrábamos de cerezas y él decía: «Chicas, chicas, por favor, tendré que llamar a los guardias».

Casi nos meamos de risa.

Corrie cortó el pastel y dio una porción a cada una. Él se quedó con la última. Le puse una cereza en la boca y le pedí que tratara de morderla. Se la quitaba una y otra vez mientras él intentaba morderla. Me perseguía por la calle. Yo llevaba puesto el bañador. Qué pareja debíamos de hacer, Corrie y yo, con el jugo de cereza corriéndole por la cara.

No dejes que nadie te diga que no hay más que pendejadas, mugre y falta de alma en la prostitución callejera. Eso es cierto a veces, pero en otras ocasiones es divertido. A veces pones una cereza delante de un hombre. A veces tienes que hacerlo para poder sonreír.

Cuando Corrie reía se marcaban en su cara unas arrugas muy profundas.

---

* *Cherry*, además de cereza, significa 'virginidad'. (N. del T.)

El único blanco con el que me habría acostado de buena gana fue Corrigan, en serio. No exagero. Me decía que era demasiado buena para él, que cuando hubiera hecho lo máximo de que era capaz me reiría de él y silbaría pidiendo más. Me decía que era demasiado guapa para un hombre como él. Corrigan era un semental frío como una piedra. Me habría casado con él. Le habría pedido que me hablara continuamente con su acento. Le habría llevado al norte del estado, cocinado una gran comida con carne en conserva y col y le habría hecho sentirse como si fuera el único blanco de la tierra. Le habría besado en la oreja si me hubiera dado la oportunidad. Habría derramado mi amor sobre él. Él y el tipo de Sherry-Netherlands. Eran magníficos.

Llenábamos su cubo de la basura siete, ocho, nueve veces al día. Eso era repugnante. Incluso Angie lo sabía, y eso que ella era la más guarra de todas, siempre dejaba allí sus tampones. Repugnante, de veras. No creo que Corrie se fijara nunca en esas cosas, y ni una sola vez nos regañó por ello, se limitaba a tirar la basura y seguía con lo suyo. ¡Un sacerdote! ¡Un monje! ¡El meadero!

¡Y aquellas sandalias! ¡Por Dios! Oíamos el ruido de sus pisadas cuando venía.

Cierta vez me dijo que casi siempre la gente utiliza la palabra *amor* tan sólo como otra manera de mostrar que están hambrientos. La manera en que lo expresó venía a decir: «Glorifica sus apetitos».

Lo dijo así, pero con su encantador acento. Podría haberme comido todo lo que Corrie decía, podría haberlo engullido todo. Me decía: «Aquí tienes un café, Tillie», y me parecía que era lo más bonito que había escuchado jamás. Se me aflojaban las rodillas. Corrie era como un blanco de Motown.

Jazzlyn decía que amaba a Corrie tanto como al chocolate.

Ha pasado mucho tiempo desde la visita de aquella chica, Lara. Quizá diez o trece días. Dijo que me traería a las niñas, me lo prometió. Pero una se acostumbra al prójimo. Siempre te prometen cosas. Incluso Corrie hacía promesas. La tontería del puente levadizo y todo eso.

Una vez me pasó con Corrie una cosa muy divertida. Nunca la olvidaré. Es la única vez que nos trajo un cliente para que lo cuidáramos. Se presenta una noche a altas horas, abre la puerta trasera de la furgoneta y saca a un anciano en silla de ruedas. Corrie se muestra muy cauteloso. ¡Quiero decir que es un sacerdote o lo que sea y nos trae un cliente! Mira por encima del hombro. Está preocupado. Tal vez se siente culpable. «Hola, papaíto», le digo, y palidece, por lo que me callo y no digo nada más. Corrie carraspea y se lleva el puño a la boca. Resulta que es el cumpleaños del anciano y éste ha suplicado a Corrie que lo saque. Dice que no ha estado con una mujer desde la Gran Depresión, que es como decir desde la prehistoria. Y el viejo es grosero de veras, dirige a Corrie toda clase de insultos. Pero a Corrie no le afecta lo más mínimo. Se encoge de hombros, acciona el freno de la silla y deja a Matusalén en la acera.

—No es mi cometido, pero Albee aquí presente necesita que le atiendan.

—¡Te pedí que no les dijeras mi nombre! —grita el anciano.

—Calla —replica Corrie, y empieza a marcharse. Entonces se vuelve una vez más, mira a Angie y le dice—: No le robes, por favor.

—¿Yo? ¿Mangarle yo a este señor? —protesta Angie, mirándole como si no pudiera dar crédito a sus oídos.

Corrie alza los ojos al cielo y sacude la cabeza.

—Prométemelo —le dice, y entonces sube a su furgoneta marrón, cierra la puerta y se queda ahí dentro, esperando. Pone la radio muy alta.

Nos ponemos a trabajar. Resulta que Matusalén tiene suficiente pasta para mantenernos a todas un buen rato. Debe de haber ahorrado durante años. Decidimos darle una fiesta. Lo subimos a la caja de un camión de frutas y verduras, comprobamos que el freno de la silla está en su sitio, nos desvestimos y empezamos a bailar. Nos meneamos en su cara. Le restregamos de arriba abajo. Jazzlyn da brincos sobre las cajas de fruta. Y todas estamos desnudas, adoptando posturas de fútbol americano y lanzando tronchos de lechuga y tomates. Es cómico.

Lo curioso es que el anciano, que debe de tener cien años por lo menos, cierra los ojos y se reclina en la silla de ruedas, como si nos estuviera aspirando, con una sonrisita en los labios. Le ofrecemos lo que quiera, pero él sigue con los ojos cerrados, como si estuviera recordando algo, y no deja de sonreír, está en el cielo. Ojos cerrados y fosas nasales distendidas. Parece uno de esos tipos a los que les gusta olerlo todo. Nos habla del hambre que pasó, de que conoció a su mujer cuando estaba hambriento y entonces cruzaron la frontera, entraron en Austria y poco después ella se murió.

Su voz era como la de Uri Geller. Casi siempre, cuando los clientes dicen algo, nos limitamos a responder «ajá», como si los comprendiéramos a la perfección. Las lágrimas se deslizaban por la cara del anciano, la mitad lágrimas de alegría y la mitad de otra cosa, no sé de qué. Angie le puso las tetas en la cara y gritó: «Dobla esta cuchara, cabrón».

A algunas chicas les gustan los viejos porque no son muy exigentes. A Angie no le molestaban, pero yo los detestaba, sobre todo cuando se quitaban la camisa. Tenían esas tetillas caídas como el glaseado deslizándose por el lado de una tarta. Pero, cuidado, aquel hombre nos pagaba y le decíamos una y otra vez que tenía muy buen aspecto. Se le estaba enrojeciendo la cara.

—¡Cuidado, chicas, no vaya a darle un ataque al corazón! —gritó Angie—. ¡Detesto las salas de urgencias!

Él soltó el freno de la silla de ruedas, y en el momento de pagar nos dio el doble de lo que le habíamos pedido. Le bajamos del camión y el viejo miró a su alrededor en busca de Corrie.

—¿Dónde está ese cagueta gilipollas?

—¿Por qué le llamas cagueta, eh, picha arrugada? —replicó Angie.

Corrie apagó la radio, bajó de la furgoneta marrón donde había estado esperando y empujó la silla de ruedas al interior del vehículo. Lo curioso es que había un resto de lechuga atascado entre los radios de la rueda. Cuando Corrie empujó la silla, el trozo de lechuga fue dando vueltas y más vueltas.

—Recuérdame que jamás vuelva a comer ensalada —me dijo Corrie.

Nos partimos de risa. Aquélla fue una de las mejores noches que pasé bajo la Deegan. Supongo que Corrie lo había hecho para ayudarnos. El anciano estaba forrado de pasta. Olía un poco mal, pero valía la pena.

Ahora, cada vez que hay lechuga en el rancho de la cárcel, no puedo evitar reírme.

La supervisora jefa me odia. Me llamó a su despacho y me dijo: «Ábrete el mono, Henderson». Lo abrí y dejé que me colgaran las tetas. Permaneció sentada sin moverse, tan sólo cerró los ojos y se le aceleró la respiración. Al cabo de un minuto dijo: «Rechazada».

Las lesbianas femeninas y las masculinas se duchan a distintas horas, pero eso apenas cambia nada. En las duchas hay toda clase de tejemanejes alocados. Creía haberlo visto todo, pero a veces parece un salón de masaje. Una vez alguien trajo mantequilla de la cocina. Ya la habían fundido. A las supervisoras armadas con porras les encanta disfrutar de eso. Es ilegal, pero a veces se traen a los guardianes de la cárcel masculina. Creo que se la sacudiría sólo por un paquete de tabaco. Oyes las exclamaciones cuando se corren. Pero no nos follan ni violan. Se detienen en eso. Sólo se quedan mirando y disfrutan de ello, igual que la supervisora jefa.

Un día tuve un cliente británico que lo llamaba *darle una alegría al cuerpo*. Me dijo: «Eh, cariño, ¿qué te parece si le das una alegría a mi cuerpo?» Eso me gusta. Voy a darle una alegría a mi cuerpo. Voy a colgarme de las cañerías en la sala de las duchas y entonces le daré una alegría al cuerpo.

Espera a verme oscilar colgada de la alegre cañería.

Una vez le escribí a Corrie una carta y la dejé en su baño. Le decía: «Me gustas de veras, John Andrew». Ésa fue la única vez que le llamé por su nombre verdadero. Él me lo había dicho, añadiendo que era un secreto. No le había gustado el nombre, que era el mismo de su padre, un gilipollas irlandés. «Lee la nota, Corrie», le dije. Él lo hizo y se ruborizó. Verle ruborizarse era una delicia. Sentía deseos de pellizcarle las mejillas.

Me dio las gracias y dijo que debía responder a las expectativas de Dios, que yo le gustaba de veras, pero que realmente tenía una estrecha relación con Dios. Era como si Dios y él libraran un combate de boxeo. Le dije que me mantendría al lado del cuadrilátero. Él me tocó la muñeca y replicó: «Eres irresistiblemente divertida, Tillie».

¿Dónde están mis pequeñas? Una cosa sé con seguridad, y es que les daba demasiados dulces. Con un año y medio ya lamían piruletas. Sinceramente, hay que ser una mala abuela para hacer eso. Tendrán una mala dentadura. Las veré en el cielo y llevarán aparatos de ortodoncia.

El día que tuve mi primer cliente, fui al supermercado y me compré una tarta. Una grande y blanca, glaseada. Hundí un dedo en ella y me lo lamí. Pude oler al hombre en mi dedo.

La primera vez que envié a Jazzlyn a la calle, también le compré una tarta de supermercado. Una especial de Foodland. Para ella sola, para que se sintiera mejor. Cuando regresó a casa, me había comido la mitad. Se detuvo en medio de la habitación, con lágrimas en los ojos: «Te has comido mi puñetera tarta, Tillie».

Y yo, allí sentada, con la cara cubierta de glaseado, repliqué:
—No he sido yo, Jazz, yo no, qué va.

Corrie siempre estaba diciendo aquella tontería del castillo que le conseguiría. Si yo tuviera un castillo bajaría el puente levadizo y permitiría que todo el mundo se marchara. En el entierro perdí el dominio de mí misma. Debería haber mantenido la compostura, pero no lo hice. Las niñas no estaban allí. ¿Por qué las niñas no estaban allí? Habría matado por verlas. Sólo quería verlas a ellas. Alguien dijo que los servicios sociales se ocupaban de ellas, pero alguien más dijo que todo iría bien, que las cuidaba una buena canguro.

Eso era siempre lo más difícil. Conseguir una canguro para que pudiéramos hacer la calle. Unas veces era Jean, otras Mandy y otras Latisha, pero sabía perfectamente que la mejor no era ninguna de ellas.

Debería haberme quedado en casa y comido todas las tartas de supermercado hasta que no pudiera levantarme de la silla.

No sé quién es Dios, pero si me encuentro pronto con Él voy a acorralarle hasta que me diga la verdad.

Le abofetearé hasta atontarlo y le zarandearé hasta que no pueda huir. Hasta que me mire, y entonces le obligaré a decirme por qué me ha hecho lo que me ha hecho y lo que le ha hecho a Corrie y por qué todos los buenos mueren y dónde está Jazzlyn ahora y por qué su vida terminó allí y cómo permitió que le hiciera lo que le hice.

Vendrá en su hermosa nube blanca con todos sus hermosos ángeles batiendo sus hermosas alas blancas y yo le preguntaré ceremoniosamente: ¿Por qué coño me dejaste hacerlo, Dios?

Él bajará los ojos, mirará el suelo y me responderá. Y si me dice que Jazz no está en el cielo, si me dice que no ha conseguido entrar, se va a ganar una patada en el culo. Eso es lo que se va a ganar.

Una patada en el culo como jamás nadie se la habrá dado.

No voy a gemir ni antes ni después de hacerlo. Bueno, supongo que de todos modos después no habrá gemidos. Si imaginas el mundo sin gente, es lo más hermoso que existe. Todo está bien equilibrado. Pero entonces llega la gente y lo jode. Es como si tienes a Aretha Franklin en tu dormitorio, dando todo de sí, está cantando sólo para ti, canta con ardor, es una petición especial para Tillie H., y entonces, de repente, Barry Manilow sale de detrás de las cortinas.

Cuando se acabe el mundo, tendrán cucarachas y discos de Manilow, eso es lo que Jazzlyn decía. También hacía que me desternillara de risa, mi Jazz.

No tuve la culpa. Peaches, del módulo C-49, me atacó con un trozo de cañería de plomo. Acabó en la enfermería con quince puntos en la espalda. Creen que es fácil vencerme porque soy mona.

Si no quieres que llueva, no manipules las nubes encima de Tillie H. Le di una buena tunda. No tuve la culpa. No quería cargármela. Eso no me gusta. La cuestión es pura y simple: necesitaba que le dieran una buena paliza.

La supervisora jefa la emprendió conmigo. Me informó de que iban a trasladarme a la penitenciaría que está al norte del estado. «Cumplirás allí los últimos meses de tu condena», me dijo, y le solté: «¿Qué coño dices?». «Ya me has oído, Henderson, y en este despacho no se dicen palabras malsonantes». «Me desnudaré para ti, jefa», le dije. «Me quedaré en cueros.» Ella me gritó: «¡Cómo te atreves! ¡No me insultes! Eso es repugnante». «No me envíes al norte del estado, por favor», le rogué. «Quiero ver a mis nietas.» Ella no respondió, me puse nerviosa y volví a decirle algo poco cortés. «Fuera de aquí ahora mismo», me ordenó.

Rodeé su mesa. Iba a abrirme el mono para complacerla, pero a ella le entró pánico y pulsó el botón. Entraron los guardianes. No me proponía hacer lo que hice, no tenía intención de darle en la cara. Tan sólo arremetí con un pie. Le rompí un incisivo. Supongo que no importaba. Ahora voy al norte del estado con toda seguridad. Saldré con la próxima expedición.

La supervisora jefa ni siquiera me golpeó. Yació un momento en el suelo y juro que casi sonreía. Entonces dijo: «Tengo algo bonito de veras para ti, Henderson». Me pusieron las esposas y me procesaron formalmente. Me metieron en el furgón y me llevaron ante el tribunal de Queens.

Me declaré culpable de agresión y me cayeron dieciocho

meses más. Junto con la condena ya cumplida, un total de casi dos años. El abogado defensor me dijo que era un buen trato, que podrían haber sido tres, cuatro, cinco, hasta siete años. «Acéptalo, muchacha», me dijo. Detesto a los abogados. Aquél era un hombre tan estirado que parecía como si le hubieran metido el asta de la bandera por el culo. Me dijo que había suplicado al juez, que le había dicho: «Es una tragedia detrás de otra, señoría».

Le dije que la única tragedia era que no veía a mis pequeñas. ¿Por qué no estaban en la sala de justicia? Eso era lo que quería saber, y lo pregunté a gritos: «¿Por qué no están aquí?».

Confiaba en que alguien estuviera presente, aquella chica, Lara, o alguien, pero no había nadie.

El juez, que esta vez era negro, debía de haber ido a Harvard o algo por el estilo. Pensé que lo comprendería, pero a veces los negros pueden ser peores con los negros. «¿Puede traerme a mis niñas, señoría?», le planteé. «Quiero verlas una sola vez.» Él se encogió de hombros y dijo que las niñas estaban bien. Ni una sola vez me miró a la cara. Me pidió: «Cuénteme con exactitud lo que sucedió». Y le respondí: «Lo que sucedió es que tuve una hija y luego ella tuvo sus propias hijas». Él replicó: «No, no, hábleme de la agresión». Y le dije: «¿A quién coño le importa el jodido asalto, mamón, eh, a quién coño le importa?» Entonces el abogado me hizo callar. El juez me miró por encima de las gafas y suspiró. Dijo algo sobre Booker T. Washington, el gran educador de la comunidad negra, pero yo apenas le presté atención. Finalmente, dijo que había una petición concreta del director de la cárcel para que me encerraran en la penitenciaría al norte del estado. Pronunció la palabra *penitenciaría* como si fuera mi dueño y señor. Le dije: «Que te den mucho, gilipollas».

Él golpeó la mesa con el mazo y eso fue todo.

Traté de arrancarles los ojos. Tuvieron que esposarme y llevarme al hospital. Luego, en el autobús que me llevaba al norte del estado, tuvieron que esposarme de nuevo. Peor todavía, no me dijeron que iban a trasladarme fuera del estado de Nueva York. Yo no dejaba de gritar, pidiendo ver a las niñas. No me habría importado estar en el norte del estado, pero, ¿Connecticut? No soy una chica de campo. Me vio una psiquiatra y entonces me dieron un mono amarillo. Desde luego, necesitas un psiquiatra si quieres ponerte un mono amarillo.

Me hicieron entrar en un despacho y le dije a la psiquiatra que me alegraba de encontrarme en la residencial Connecticut, me alegraba de veras. Dije que si me daban un cuchillo les mostraría hasta qué punto me alegraba. Lo grabaría en mi muñeca.

—Encerradla —dijo la psiquiatra.

Me dan píldoras. De color amarillo. Me observan mientras las trago. A veces puedo fingir y esconder una detrás de las muelas. Un día me las tomaré todas juntas como una naranja grande y deliciosa, y entonces tenderé las manos a la alegre cañería y diré: «sayonara».

Ni siquiera conozco el nombre de mi compañera de celda. Es gorda y lleva calcetines verdes. Le dije que iba a ahorcarme, le conté lo de la alegre cañería, y me dijo: «Ah». Varios minutos después añadió: «¿Cuándo?».

Supongo que aquella mujer blanca, Lara, arregló las cosas o bien alguien lo hizo, no sé cómo ni dónde. Bajé a la sala de espera. ¡Las niñas! ¡Las niñas! ¡Las niñas!

Estaban sentadas en la rodilla de una negra corpulenta, con

largos guantes blancos y un lujoso bolso rojo, que parecía como si acabara de despertarse en el lecho del Señor.

Corrí a la pared de vidrio y saqué las manos por la abertura inferior.

—¡Chiquillas! ¡Jazzlyn pequeña! ¡Janice!

No me conocían. Estaban sentadas en el regazo de aquella mujer, chupándose los pulgares y mirando por encima de su hombro. Como para romperme el corazón. Sonreían y se apretaban contra su pecho. «Venid con la abuela», les decía yo. «Venid con la abuela, dejadme que os toque las manos.» Eso es todo lo que puedes hacer por debajo del vidrio; hay una abertura de varios centímetros y puedes tocar las manos de otra persona. Es cruel. Deseaba abrazarlas, pero ellas no se movían, tal vez les retenía el uniforme carcelario, no sé. La mujer tenía acento sureño, pero su cara me era familiar, la había visto antes, en el complejo de viviendas subvencionadas. Siempre me había parecido una persona chapada a la antigua, pues cuando coincidíamos en el ascensor volvía la cara. Me dijo que traer o no a las niñas había sido un gran dilema, pero que al enterarse de que me moría de ganas de verlas se había decidido. Me contó que ahora vivían en Poughkeepsie, en una bonita casa con una bonita valla, no muy lejos de allí. Llevaba algún tiempo ocupándose de ellas. El Departamento de Bienestar Infantil se las había dado en adopción. Primero pasaron unos días en una especie de orfanato, pero ahora estaban bien cuidadas. No tenía de qué preocuparme.

—Venid con la abuela —repetí.

La pequeña Jazzlyn volvió la cara, ocultándola en el hombro de la mujer, mientras Janice se chupaba el pulgar. Observé que tenían los cuellos limpios y las uñas bien cortadas. Eran perfectas.

—Lo siento —dijo la mujer—. Supongo que son tímidas.

—Tienen buen aspecto.

—Comen sano.

—No les dé muchas porquerías —le dije.

Ella me miró un momento con el ceño fruncido, pero era buena persona, lo era de veras. No dijo nada por mis comentarios inapropiados. Eso me gustó. No era una persona estirada, no me juzgaba.

Permanecimos un rato en silencio. Luego me contó que las niñas tenían una buena habitación en una casita de una calle tranquila, mucho más tranquila que el complejo de viviendas subvencionadas. Ella había pintado los zócalos y empapelado la pared con un papel con dibujos de paraguas.

—¿De qué color? —le pregunté.

—Rojo.

—Estupendo —le dije, porque no quería que tuvieran sombrillas rosa—. Venid con Tillie y tocadme las manos —les dije una vez más, pero las niñas no se movieron del regazo de la mujer. Les rogué y rogué, y cuanto más les rogaba, más se volvían hacia ella. Tal vez la prisión y los guardianes las asustaban.

La mujer sonrió y la cara se le contrajo un poco. Dijo que había llegado el momento de marcharse. No estaba segura de si la detestaba o no. A veces mi mente oscila entre lo bueno y lo malo. Quería romper el vidrio y tirarle del pelo, pero pensé que estaba cuidando de mis niñas, que no se encontraban en un horrible orfanato, muertas de hambre, y, entonces, podría haberla besado por no darles demasiadas piruletas y cuidar de sus dientes.

Cuando sonó el timbre, acercó a las niñas para que me besaran desde el otro lado del vidrio. Creo que jamás olvidaré su delicioso olor a través de la pequeña abertura en la parte inferior. Deslicé el dedo meñique y Janice lo tocó. Fue mágico. Apliqué de nuevo la cara al vidrio. Olían a auténticas criaturas, a talco y leche y todo eso.

Cuando regresaba a la celda a través del patio, me sentía como si me hubieran arrancado el corazón y éste caminara por delante de mí. Eso es lo que pensé: Ahí delante va mi corazón, caminando solo, empapado en sangre.

Me pasé la noche llorando. No me avergüenzo. No quiero que ellas hagan la calle. ¿Por qué le hice eso a Jazzlyn? Eso es lo que me gustaría saber. ¿Por qué se lo hice?

Lo que más detestaba: estar sola bajo la Deegan entre esas mierdas de paloma pegadas en el suelo. Mirar al suelo y verlas como si fuesen mi alfombra. Era algo que odiaba por completo. No quiero que las niñas vean eso.

Corrie decía que hay mil razones para vivir, y cada una de ellas es buena, pero supongo que eso no le ha servido de nada, ¿verdad?

Mi compañera de celda me ha delatado. Dice que estaba preocupada por mí. Pero no necesito ningún psiquiatra carcelario para que me diga que no viviré si dejo los pies colgando en el aire. ¿Le pagan por decir esas trivialidades? Me he equivocado de vocación. Podría haber sido millonaria.

Aquí llega Tillie Henderson con el sombrero de psiquiatra puesto. Has sido una mala madre, Tillie, y eres una abuela pésima. Tu propia madre tampoco fue como debía. Ahora págame cien pavos, gracias, muy bien. La siguiente, por favor, no, no acepto cheques, sólo metálico por favor.

Eres maniacodepresiva y tú también eres maniacodepresiva y tú, muchacha, también tú eres definitivamente maniacodepresiva. Y tú, la que estás ahí, en el rincón, tú eres sólo una jodida depresiva.

El día que me vaya me gustaría tener una sombrilla. Me colgaré de las alegres cañerías y estaré muy linda desde abajo.

Lo haré por las niñas. No necesitan a nadie como yo. No necesitan hacer la calle. Están mejor así.

Alegre cañería, ya vengo.

Desde abajo pareceré una oscilante Mary Poppins.

En la torre de entrada tienen unas reuniones religiosas. Esta mañana he asistido a una de ellas. Estaba hablando con el capellán sobre Rumi y esas cosas, pero él replicó: «Eso no es espiritual, es poesía». A la mierda con Dios. Que le jodan. No viene a mí. No hay ninguna zarza ardiente ni ninguna columna de luz. No me hables de la luz. No es más que un resplandor en el extremo de una farola.

Lo siento, Corrie, pero a Dios hay que darle una patada en el culo.

Una de las últimas cosas que Jazz hizo fue gritar y arrojar el llavero desde el interior del furgón policial. El llavero tintineó en el suelo y vimos que Corrigan cruzaba rápidamente la calle con la cara enrojecida. Gritaba a los policías. Entonces la vida era bastante buena. Debo decir que ése es uno de los buenos momentos, por extraño que parezca. Recuerdo mi detención como si fuese ayer.

Eso de llegar a casa es una quimera. Es la ley de vivir tan lejos como me alcanza la vista. Apuesto a que en el cielo no habrá ningún Sherry-Netherlands. Los Sherry de los Países de Ensueño.

Una vez bañé a Jazzlyn. Era un bebé de pocas semanas. La piel le relucía. La miré y pensé que estaba dando nacimiento a la palabra *hermosa*.

A veces quiero atravesarme el corazón con un estilete. Cuando se hizo adulta, miraba a los hombres que estaban con ella. Y me decía: Eh, ésa que os estáis follando es mi hija. Hacéis subir a mi hija a vuestro coche. Es sangre de mi sangre.

Entonces era yonqui. Supongo que siempre lo he sido. Eso no es ninguna excusa.

No sé si el mundo me perdonará jamás por el mal que interpuse en su camino. No voy a interponerlo en el camino de las niñas, no seré yo quien lo haga.

Ésta es la casa que levantó el caballo.

Me despediría, pero no sé de quién. No gimoteo. Ésa es la puñetera verdad. Hay que darle a Dios una patada en el culo.

Allá voy, Jazzlyn, soy yo.

Tengo un puño americano escondido en el calcetín.

© Fernando Yuque Marcano

LOS RESONANTES SURCOS DEL CAMBIO

Antes de que diera su paseo sobre el cable, iba al parque de Washington Square para actuar. Allí era donde comenzaba el lado peligroso de la ciudad. El funámbulo buscaba el ruido, quería poner su cuerpo en tensión, estar totalmente en contacto con la suciedad y el estrépito. Actuaba para los turistas, con su sombrero de seda negra, desplazándose de puntillas. Puro teatro. La oscilación y la caída fingida. Desafiaba a la fuerza de la gravedad. Era capaz de inclinarse formando un ángulo recto y volverse a enderezar. Mantenía equilibrado un paraguas sobre la nariz. Lanzaba una moneda al aire con la punta del pie y la moneda aterrizaba perfectamente sobre su coronilla. Saltos mortales hacia adelante y hacia atrás. Hacía el pino. Juegos malabares con bolos, pelotas y antorchas encendidas. Inventó un juego con una Ondamanía: parecía como si el juguete metálico se desenvolviera a lo largo de su cuerpo. A los turistas les encantaba. Echaban dinero a un sombrero, en general monedas de cinco y diez centavos, pero a veces un dólar y hasta cinco. Por diez dólares saltaba al suelo, se quitaba el sombrero, saludaba y daba un salto mortal hacia atrás.

El primer día, camellos y yonquis se mantuvieron cerca del espectáculo y vieron cuánto ganaba. Se lo guardó todo en los bolsillos de sus pantalones acampanados, pero sabía que iban a perseguirle para quitárselo. Antes de hacer su número final, recogió las últimas monedas, se puso el sombrero, recorrió la cuerda montado en un monociclo, bajó pedaleando al suelo desde una altura de tres metros y se alejó por el Square y Washington Place. Saludó por encima del hombro. Al día siguiente volvió para recoger la cuerda, pero a los camellos les había gustado tanto su actuación que le permitieron seguir con ella. Además, a los turistas que atraía era fácil colocarles droga.

Alquiló un apartamento sin agua caliente en St. Marks Place. Una noche tendió una cuerda desde su dormitorio a la salida de incendios de una mujer japonesa que vivía enfrente, la cual le había encendido unas velas en la barandilla. Estuvo allí ocho horas, y al salir descubrió que unos chicos, siguiendo una costumbre de la ciudad, habían colgado de la cuerda un par de zapatos con los respectivos cordones anudados. Se deslizó por la cuerda. Se había aflojado y era peligrosa, pero todavía estaba lo bastante tensa como para sostenerle. Entró por su ventana. De inmediato vio que habían saqueado su apartamento. Se lo habían llevado todo, hasta la ropa. También el dinero había desaparecido de los bolsillos de sus pantalones. Nunca volvió a ver a la mujer japonesa. Miró hacia la casa de enfrente, pero las velas habían desaparecido. Nunca antes le habían robado.

Aquélla era la ciudad en la que se había instalado. Le sorprendía descubrir que había peligros por debajo del peligro que él mismo corría.

A veces le contrataban para actuar en fiestas. Necesitaba el dinero. Había muchos gastos y le habían desvalijado los ahorros. Sólo el cable ya le costaría mil dólares. Y luego estaban los tornos, los documentos de identidad falsos, la pértiga de equilibrio, las complicadas estratagemas para subir todo aquello a la azotea. Haría cualquier cosa para reunir el dinero, pero las fiestas eran horribles. Le contrataban como mago, pero decía a los anfitriones que no podía garantizarles su actuación. Tenían que pagarle, pero aun así era posible que se pasara la noche cruzado de brazos. Creaba tensión. Se convirtió en un asiduo de las fiestas. Se compró un esmoquin, una pajarita y una faja.

Se presentaba como un traficante de armas belga, un evaluador de Sotheby's o un jockey que había intervenido en el Derby de Kentucky. Se sentía cómodo en esos papeles. Pero el único lugar donde estaba realmente a sus anchas era en la cuerda floja. Era capaz de sacar una larga hilera de espárragos de la servilleta de su vecina, de encontrar un tapón de corcho detrás de la oreja de un anfitrión o extraer un interminable pañuelo del bolsillo superior de la chaqueta de un hombre. En medio del postre podía hacer girar un tenedor en el aire y lograr que aterrizara en su nariz. O se inclinaba hacia atrás en la silla hasta que estaba sentado sobre una sola pata, fingiendo que estaba tan bebido que había alcanzado un nirvana de equilibrio. Los asistentes a la fiesta estaban encantados. Se sucedían los susurros alrededor de las mesas. Las mujeres se inclinaban hacia él mostrándole el escote. Los hombres le tocaban con picardía la rodilla. Se esfumaba de las fiestas a través de una ventana o la puerta trasera, o disfrazado de camarero, con una bandeja de entremeses por encima de la cabeza.

Al comienzo de una cena que tenía lugar en el número 1040 de la Quinta Avenida, anunció que, cuando terminara la velada, diría las fechas de nacimiento exactas de todos los hombres que estaban en la sala. Los invitados estaban entusiasmados. Una dama que lucía una diadema brillante se inclinó hacia él. «Dime, ¿por qué no adivinas también las edades de las mujeres?» Él se apartó de la señora. «Porque es descortés revelar la edad de una dama». La mitad de los asistentes estaban ya bajo su hechizo. No dijo nada más durante toda la noche, ni una sola palabra. «Vamos», le pidieron los hombres, «dinos nuestras edades». Él miró fijamente a los invitados, cambió de asiento, examinó minuciosamente a los hombres y hasta deslizó los dedos por el nacimiento del pelo de cada uno. Frunció el ceño y sacudió la cabeza, como si estuviera desconcertado. Cuando sirvieron el sorbete, subió cansinamente a la mesa y fue señalando a todos los hombres excepto a uno, desgranando sus fechas de nacimiento: 29 de enero de 1947. 16 de noviembre de

1898. 7 de julio de 1903. 15 de marzo de 1937. 5 de septiembre de 1940. 2 de julio de 1935.

Las mujeres aplaudieron y los hombres se quedaron asombrados.

El único hombre cuya edad no había mencionado se reclinó en su silla con aire de suficiencia y dijo: «Sí, pero ¿qué hay de mí?». El funámbulo agitó la mano en el aire: «A nadie le importa cuándo naciste».

Los reunidos se echaron a reír, y el funámbulo se inclinó sobre las mujeres sentadas a la mesa y, una tras otra, extrajo los permisos de conducir de sus maridos de los bolsos, de las servilletas, de debajo de los platos, incluso a una de ella de entre los senos. En cada permiso de conducir constaba la fecha de nacimiento. El único hombre cuya edad no había adivinado seguía reclinado en su silla, e informó a los demás que él jamás llevaba encima su cartera, que nunca lo haría y, por lo tanto, sería imposible birlarle el documento y averiguar el dato. Se hizo el silencio. El funámbulo bajó de la mesa, se puso el pañuelo al cuello y, mientras agitaba la mano desde la puerta del comedor, le dijo al hombre: «28 de febrero de 1935».

El aludido se sonrojó. Los invitados aplaudieron y la esposa del hombre guiñó discretamente el ojo al funámbulo mientras éste se escabullía por la puerta.

Actuar de ese modo era arrogante, y lo sabía, pero en el cable la arrogancia se convertía en supervivencia. Era la única vez en que podía olvidarse de sí mismo por completo. Líbrate de este pie, de este dedo, de esta pantorrilla. Encuentra el lugar de la inmovilidad. Realmente, se trataba del viejo remedio del olvido. Volverse anónimo para sí mismo, hacer que su propio cuerpo le absorbiera. Sin embargo, había realidades que se superponían: quería que su mente estuviera en el lugar donde su cuerpo estaba cómodo.

Era algo muy parecido a hacer el amor con el viento. Éste complicaba las cosas, se le aferraba, se separaba suavemente y volvía a deslizarse a su alrededor. También el cable reflejaba dolor: siempre estaría ahí, bajo sus pies, el peso de la pértiga, la sequedad de su garganta, el latido de sus brazos, pero la alegría se estaba imponiendo al dolor, de modo que ya no importaba. Lo mismo sucedía con la respiración. Quería que su respiración penetrara en el cable a fin de sentirse etéreo. Esa sensación de perderse a sí mismo. Cada nervio. Cada cutícula. Lo percibió en las torres. La lógica dejó de ser algo inamovible. Era el lugar donde no había tiempo. El viento soplaba y su cuerpo podría haberlo experimentado con una antelación de años.

Ya había recorrido un buen trecho cuando apareció el helicóptero policial. Otro mosquito en el aire, pero no le intimidaba. Juntos, ambos helicópteros sonaban como un chasquido de ligamentos. Estaba seguro de que no serían tan estúpidos como para tratar de aproximarse. Le asombraba la manera en que las sirenas se imponían a todos los demás sonidos. Era como si desaguaran hacia arriba. Y ahora había en la azotea decenas de policías gritándole, corriendo de un lado a otro. Uno de ellos se asomaba por el lado de las columnas en la torre sur, sujeto por un arnés azul, sin gorra, inclinándose hacia afuera llamándole mamón, diciéndole que sería mejor que abandonara ya el jodido cable, coño, antes de que él enviara al jodido helicóptero para que le atrapara, ¿me oyes, cabrón?, ¡ahora mismo, coño!, y el funámbulo pensó: qué extraño lenguaje. Sonrió, se dio la vuelta en el cable, pero en el otro lado también había policías, más silenciosos, hablando por receptores-transmisores, cuya crepitación estaba seguro de poder oír. No deseaba provocarles, pero quería seguir allí: tal vez nunca más podría recorrer el cable como lo estaba haciendo en aquell momento.

Los gritos, las sirenas, los sonidos apagados de la ciudad. Dejó que se convirtieran en un murmullo blanco. Fue en busca de su último silencio y lo encontró. Permaneció allí, en el centro exacto del cable, a treinta metros de cada torre. Los ojos cerrados, el cuerpo inmóvil, el cable desaparecido. Se llenó los pulmones con el aire de la ciudad.

Ahora alguien le gritaba por un megáfono:

—Enviaremos el helicóptero, vamos a enviar el helicóptero. ¡Sal de ahí!

El funámbulo sonrió.

—¡Sal de ahí ahora mismo!

Se preguntó si el momento de la muerte sería así, el ruido del mundo seguido de la calma más absoluta.

Cayó en la cuenta de que sólo había pensado en el primer paso y en ningún momento había imaginado el último. Necesitaba una floritura. Se volvió hacia el megáfono y esperó un momento. Inclinó la cabeza, como si se mostrara de acuerdo. Sí, iba a entrar en el edificio. Alzó la pierna. La oscura forma de su cuerpo a la vista de los espectadores que estaban allá abajo. La pierna bien alta para aumentar el dramatismo de la imagen. Puso el lado del pie en el cable. El paso del pato. Y entonces el otro pie, un paso y otro y otro, hasta que fue un puro mecanismo y echó a correr, tan rápido como nunca antes lo había hecho encima del cable, empleando el centro de las plantas para asirse, los dedos a los lados, la pértiga sujeta ante sí, desde el centro del cable hasta el saliente del edificio.

El policía tuvo que retroceder para aferrarlo. El funámbulo corrió a sus brazos.

—Mamón —dijo el policía, pero con una sonrisa.

Durante años seguiría allá arriba, con zapatillas, los pies oscuros, ágil. Sucedía en momentos imprevistos, cuando conducía por la autopista, cerraba las ventanas con tablas antes de una tormenta o caminaba por los campos de hierba alrededor del prado cada vez más reducido en Montana. Estaba de nuevo en el aire, el cable tenso entre los dedos de los pies. Las ráfagas de viento entrelazándose a su alrededor. La repentina sensación de hallarse a gran altura. La ciudad por debajo él. Fuera cual fuese su estado de ánimo o el lugar donde se encontrara, experimentaba esa sensación de una manera espontánea. Podría estar sacando un clavo de su cinturón de carpintero para clavarlo en una tabla, o inclinado para abrir la guantera del coche, o dando vueltas a un vaso bajo el chorro del grifo, o realizando un truco de magia en la fiesta de unos amigos, y de repente todas las sensaciones de su cuerpo desaparecían y sólo le quedaba el impulso para dar un paso. Era como una fotografía que hubiera tomado su cuerpo, el álbum se había abierto una vez más bajo sus ojos y entonces se lo habían arrebatado. A veces lo que veía era la anchura de la ciudad, los callejones de luz, el clavicémbalo del puente de Brooklyn, la gris y apaisada cubierta de humo sobre Nueva Jersey, la rápida interrupción de una paloma que daba una apariencia de facilidad al vuelo, los taxis abajo. Él nunca se veía en peligro o en una situación límite, por lo que no evocaba el momento en que yacía sobre el cable ni cuando saltaba o corría la mitad de su longitud desde la torre sur a la norte. Más bien eran los pasos ordinarios los que volvían a su mente, los realizados sin ostentación. Ésos eran los que parecían totalmente ciertos, los que no titubeaban en su memoria.

Cuando terminó tenía mucha sed. Todo lo que quería era agua y que retirasen el cable, era peligroso dejarlo allí. «Deben recoger el cable», les dijo. Ellos pensaron que bromeaba. No tenían idea de por qué lo decía. Les explicó que el viento podría romper el cable y que éste era capaz de decapitar a un hombre. Los policías le empujaron hacia el centro de la azotea. «Por favor», les rogó. Vio que un agente se acercaba al torno para aflojarlo, para reducir la tensión. Se sintió muy aliviado y, ya de vuelta a la vida normal, le invadió la fatiga.

Cuando salió de las torres, esposado, los espectadores le aplaudieron. Iba flanqueado por policías, reporteros, cámaras, hombres sobriamente vestidos. Los flashes se dispararon.

En el puesto de mando del World Trade Center había cogido un clip. Le resultó bastante fácil abrir las esposas. Hizo una ligera presión lateral y produjeron un chasquido. Sacudió la mano y, mientras caminaba, la levantó para saludar. Antes de que los policías se percataran de nada se puso de nuevo las esposas.

—Listillo —dijo el sargento, guardándose el clip en un bolsillo, pero su tono era admirativo. La hazaña con el clip ocuparía un lugar preeminente en su colección de anécdotas.

El funámbulo pasó entre la multitud congregada en la plaza. El coche patrulla aguardaba al pie de los escalones. Era extraño hallarse de nuevo en el mundo: el sonido de las pisadas, los gritos del vendedor de perritos calientes, el timbre de un teléfono público a lo lejos.

Se detuvo y volvió la cabeza para mirar las torres. Aún se veía el cable: lo estaban retirando lenta, cuidadosamente, unido a una cadena, una cuerda, un sedal. Era como contemplar un Telesketch infantil mientras el cielo se desplegaba: la línea iba desapareciendo píxel a píxel. Finalmente allí no quedaría nada, salvo la brisa.

La gente se apretujaba a su alrededor, le pedía a gritos su nombre, le preguntaba por sus motivos, solicitaba su autógrafo. Él permanecía inmóvil, mirando hacia arriba, preguntándose cómo lo habrían visto los espectadores, qué línea de cielo se había interrumpido para ellos. Un periodista que llevaba un sombrero blanco le preguntó: «¿Por qué?». Pero, desde el punto de vista del funámbulo, esa pregunta estaba fuera de lugar. No le gustaba preguntarse el por qué. Las torres estaban allí y eso bastaba. Deseó preguntarle al reportero por qué preguntaba por qué. Una canción infantil se deslizó por su mente, una tonada en la que los por qué se barajaban con adioses.

Notó un leve empujón en la espalda y un tirón del brazo. Desvió la vista de las torres y se encaminó al coche. El policía le puso la mano sobre la cabeza: «Adentro, amigo». Se sentó en el duro asiento de cuero, esposado.

Los fotógrafos acercaron sus cámaras a la ventanilla del vehículo. Una erupción de luz contra el vidrio que le cegó un instante. Se volvió hacia el otro lado del coche. Más cámaras. Miró adelante.

Empezó a sonar la sirena.

Todo era rojo y azul, y ululante.

LIBRO TERCERO

UNA PIEZA DEL SISTEMA

El teatro empezó poco después del almuerzo. Sus colegas jueces, los funcionarios judiciales, los alguaciles e incluso las taquígrafas ya estaban hablando de ello como si fuese otra de esas cosas que sucedían en la ciudad. Uno de esos días fuera de lo corriente que daban sentido al montón de días corrientes. Era algo propio de Nueva York. De vez en cuando la ciudad revelaba cómo era en lo más profundo de su ser. Te asaltaba con una imagen, un día, un crimen, un terror o una belleza tan difícil de comprender que sacudías la cabeza con incredulidad.

Él tenía una teoría al respecto. Aquello sucedía una y otra vez porque era una ciudad que no se interesaba por la historia. Ocurrían cosas extrañas precisamente porque no había ninguna consideración hacia el pasado. Cierta vez él había visto una camiseta con la inscripción: NUEVA YORK CIUDAD DEL JODER. Como si fuese el único lugar que existía y el único que jamás había existido.

Nueva York seguía adelante precisamente porque le importaba un bledo lo que había quedado atrás. Era como la ciudad que abandonó Lot. Se disolvería si alguna vez empezaba a mirar atrás por encima del hombro. Dos columnas de sal. Long Island y Nueva Jersey.

Le había dicho muchas veces a su esposa que el pasado desaparecía en la ciudad. Por eso no había muchos monumentos. No era como Londres, donde en cada esquina se alzaba una figura histórica tallada en piedra, un monumento conmemorativo de la guerra aquí, el busto de un líder allá. Él sólo podría señalar una docena de auténticas estatuas en toda Nueva York, la mayor parte de ellas en Central Park, a lo largo del Paseo Literario, y en cualquier caso, ¿ahora quién se atrevía a pasear por Central Park? Haría falta una falange de tanques para poder visitar a Sir Walter Scott. En otras célebres esquinas de la ciudad, Broadway, Wall Street o alrededor de Gracie Square, nadie tenía necesidad de reivindicar la historia. ¿Para qué molestarse? No podías comerte una estatua. No podías tirarte a un monumento. No podías sacar un millón de dólares de una figura de bronce.

Incluso allí, en Centre Street, no tenían muchos símbolos. Ni Justicia con los ojos vendados ni Pensadores Supremos envueltos en togas. Ni siquiera los tres monos sabios con la leyenda «Haz la vista gorda» grabados en las columnas de granito de los tribunales.

Ésa era una de las cosas que hacían pensar al juez Soderberg que el funámbulo era genial. Un monumento en sí mismo. Se había convertido en una estatua, pero una estatua neoyorquina perfecta, temporal, en el aire, a gran altura, por encima de la ciudad. Una estatua que no tenía consideración hacia el pasado. Había ido al World Trade Center y tendido su cable entre las torres más altas del mundo. Nada menos que las Torres Gemelas. Tan llenas de ímpetu, tan vítreas, tan futuristas. Cierto, los Rockefeller habían derribado unas cuantas casas de estilo neoclásico y varios edificios de piedra rojiza tradicionales a fin de crear espacio para las torres, lo cual había irritado a Claire cuando lo leyó, pero en general se había tratado de tiendas de aparatos electrónicos, humildes casas de subastas donde embaucadores habían vendido todo lo inútil bajo el sol: utensilios para vender zanahorias, linternas con radio y pisapapeles con un paisaje nevado bajo una cúpula transparente y cajita de música incorporada. En el lugar donde operaban aquellos granujas, la Port Authority, habían levantado dos gigantescos faros que tocaban las nubes. El vidrio reflejaba el cielo, la noche, los colores: progreso, belleza, capitalismo.

Soderberg no menospreciaba lo que había existido. La ciudad era más grande que sus edificios, más grande también que sus habitantes. Tenía sus propios matices. Aceptaba lo que se iba presentando, el crimen, la violencia, las pequeñas descargas de bondad que surgían por debajo de lo cotidiano.

Imaginaba que el funámbulo debía de haber planeado su hazaña durante mucho tiempo. No se trataba de un paseo improvisado. Estaba haciendo una manifestación con su cuerpo, y si se caía, se caía... pero si sobrevivía iba a convertirse en un monumento, no tallado en piedra ni revestido de metal, sino uno de esos monumentos neoyorquinos que te hacen decir: «¿Puedes creerlo?». Con un improperio. Siempre habrá un improperio en una frase pronunciada en Nueva York. Incluso cuando la dice un juez. A Soderberg no le gustaba el lenguaje malsonante, pero no se le escapaba su valor en el momento apropiado. Un hombre en un cable tendido en el aire, a ciento diez pisos de altura, ¿quién cojones puede creerlo?

Por pocos minutos, el propio Soderberg se había perdido el espectáculo. Le irritaba pensarlo así, pero se lo había perdido por segundos. Había tomado un taxi hasta el centro de la ciudad. El conductor era un negro malhumorado que tenía el radiocasete a todo volumen. El interior del vehículo olía a marihuana. Era repugnante que ya no pudieras ir a ninguna parte en un vehículo limpio. El casete era de música rastafari. El taxista le dejó en la parte trasera del número 100 de Centre Street. Pasó ante el despacho del fiscal del distrito y se detuvo en la puerta contigua, metálica y cerrada. Era una entrada que sólo utilizaban los jueces, la única concesión que se les hacía, a fin de que no tuvieran que mezclarse con los visitantes en la parte delantera. No se trataba de una puerta furtiva, ni siquiera de un privilegio. Necesitaban su propia entrada, por si a algún idiota se le ocurría tomarse la justicia por su mano. De todas maneras, le animaba: era un pasaje secreto para entrar en la casa de la justicia.

En la puerta echó un rápido vistazo por encima del hombro. Vio que en los pisos superiores del edificio de al lado había gente asomada a las ventanas, mirando al oeste, señalando, pero él hizo caso omiso, suponiendo que era un accidente de tráfico u otro altercado matutino. Abrió la puerta metálica. Si hubiera dado media vuelta y prestado atención, podría haber subido al piso de arriba y visto el espectáculo que se desarrollaba a lo lejos. Pero entró, pulsó el botón del ascensor, esperó a que se abriera la puerta en forma de acordeón y subió a la cuarta planta.

Sus sencillos zapatos negros resonaron en el silencioso corredor. Las paredes oscuras exudaban un intenso olor a moho. En verano el ambiente de aquel lugar era de tristeza. Su despacho, en el extremo del corredor, era una habitación de techo alto. Al comienzo de su carrera judicial había tenido que usar como despacho un mugriento cuartito que ni siquiera era apropiado para un limpiabotas. Le asombró la manera en que les trataban, tanto a él como a sus compañeros. En los cajones de su mesa había excrementos de ratón. Las paredes clamaban por una capa de pintura. Había cucarachas encaramadas al antepecho de la ventana, como si también ellas quisieran salir. Pero en los últimos cinco años le habían cambiado varias veces de despacho. El que ocupaba ahora era más señorial, y también le trataban con algo más de respeto. La mesa era de caoba. El tintero de cristal tallado. Había fotografías de Claire y Joshua tomadas junto al mar en Florida. Una barra magnetizada retenía sus clips. A su espalda, junto a la ventana, había un asta con la bandera norteamericana, que a veces ondeaba con la brisa. No era el despacho más elegante del mundo, pero le bastaba. Además, no era un hombre que se quejara por frivolidades, se reservaba por si lo necesitaba en otras ocasiones.

Claire le había comprado un sillón giratorio nuevo, de cuero con el asiento acolchado. Sentarse en él por la mañana y dar el primer giro era un momento placentero. En los estantes había hileras y más hileras de libros. Los informes de la División de Apelaciones, los informes del Tribunal de Instancias, los Suplementos de Nueva York. Todas las obras de Wallace Stevens, firmadas y dispuestas en una hilera especial. El anuario de Yale. En la pared del este, los duplicados de sus diplomas. Y la caricatura de *The New Yorker* pulcramente enmarcada junto a la puerta. Moisés en la montaña con los Diez Mandamientos y dos abogados que miraban a la multitud: «Estamos de suerte, Sam, no dice nada del carácter retrospectivo».

Conectó la cafetera, desplegó *The New York Times* sobre la mesa y abrió unas bolsitas de sucedáneo de nata. Oía las sirenas en el exterior. Siempre sirenas: eran los hechos invisibles de su jornada.

Había ojeado media sección de economía cuando la puerta crujió al abrirse y se asomó otra calva reluciente. Era una injusticia, pero la mayoría de los jueces tenían poco pelo. No se trataba de una tendencia sino de un hecho. Todos ellos formaban un equipo de chicos de testa brillante. Ése había sido un tormento secreto desde los primeros días, la constatación de cómo se iba reduciendo lentamente su abundancia capilar: no muchos folículos entre los oráculos.

—Buenos días, muchacho.

La cara ancha del juez Pollack estaba enrojecida. Sus ojos eran como pequeñas arandelas de metal brillante. Su cabeza recordaba vagamente la del pez martillo. Se puso a hablar de un hombre que se había deslizado sobre un cable entre las dos torres. Al principio Soderberg pensó que se trataba de un suicidio, un salto desde una cuerda fijada a una grúa o algo por el estilo. Todo lo que hizo fue asentir y volver la página. Allí estaba toda la información sobre el escándalo Watergate. Recordó la fábula del pequeño holandés que descubrió una filtración en el dique y decidió taponar el orificio con un dedo para evitar una inundación. ¿Dónde está el pequeño holandés cuando lo necesitas? Hizo un chiste subido de tono acerca de G. Gordon Liddy, el supervisor de la operación Watergate, diciendo que esta vez había metido el dedo en el orificio erróneo, pero Pollack, que tenía un trocito de crema de queso en la pechera de la toga negra y un poco de saliva blanca en la comisura de la boca, no reaccionó. Agresión aérea. Soderberg se reclinó en su asiento. Estaba a punto de mencionar los restos del desayuno cuando oyó que Pollack hablaba de una pértiga de equilibrio y un cable, y comprendió de qué se trataba.

—¿Quieres repetirlo?

El hombre al que Soderberg se refería había caminado entre las torres. No sólo eso, sino que se había tendido en el cable. Había saltado. Había bailado. Prácticamente había corrido de un extremo a otro.

Soderberg giró bruscamente en su asiento, abrió las persianas y trató de ver a través del espacio. Vio el borde de la torre norte, pero el resto estaba oculto.

—Te lo has perdido —dijo Pollack—. Ha terminado hace un momento.

—¿Era oficial?

—¿Perdona?

—¿Estaba autorizado? ¿Lo habían anunciado?

—Claro que no. El tipo entró durante la noche. Tendió el cable y caminó. Le hemos visto desde la planta superior. Nos han avisado los guardias de seguridad.

—¿Ha entrado en el World Trade Center?

—Un chiflado, diría yo. ¿No te parece? Tendrían que llevarlo a Bellevue.

—¿Cómo ha podido tender el cable?

—No tengo ni idea.

—¿Lo han detenido?

—Por supuesto —respondió Pollack, y soltó una risita.

—¿Qué distrito?

—El primero, muchacho. ¿Quién crees que se encargará de él?

—Hoy tengo incoaciones de cargos.

—Qué suerte —replicó Pollack—. Allanamiento de propiedad ajena.

—Poner en peligro a los demás con una conducta temeraria.

—Autobombo —dijo Pollack, y le guiñó un ojo.

—Eso animará la jornada.

—Hará que se disparen los flashes.

—Hay que tener agallas.

Soderberg no estaba seguro de si en aquel caso la palabra *agallas* era sinónimo de *cojones* o de *estupidez*. Pollack volvió a guiñarle el ojo. Se despidió agitando la mano con el empaque de un senador y cerró la puerta con un chasquido agudo.

—Cojones —dijo Soderberg cuando se cerró la puerta.

Pero pensó que, desde luego, lo sucedido aquella mañana animaría la jornada. El verano había sido muy caluroso, un periodo grave y lleno de muerte, traiciones y puñaladas. Necesitaba un poco de diversión.

Sólo había dos tribunales de instancia, por lo que Soderberg tenía el cincuenta por ciento de posibilidades de que le correspondiera el caso. Tendría que llegar a tiempo. Tal vez impulsaran con rapidez el caso del funámbulo a través del sistema... si les parecía lo bastante noticiable, podían hacer lo que quisieran. En cuestión de horas podían dejarlo todo en orden: huellas dactilares, interrogatorio, envío de los datos a Albany y reclusión. Condenado por un delito menor. Tal vez él y algunos cómplices. Esto último le hizo preguntarse cómo diablos había tendido el cable de un lado al otro. Sin duda la cuerda floja debía de ser un cable de acero. ¿Cómo lo había lanzado a través del aire? No podía ser de cuerda. La cuerda no sostendría a un hombre a lo largo de semejante distancia. ¿Cómo lo había llevado de un lado al otro? ¿Un helicóptero? ¿Una grúa? ¿Tal vez

343

a través de las ventanas? ¿Dejó caer el cable y luego lo subió por el otro lado? Soderberg sintió un estremecimiento de placer. De vez en cuando se presentaba un buen caso que le alegraba el día. Le daba sabor. Algo de lo que se hablaría por cualquier esquina de la ciudad. Pero, ¿y si no le asignaban el caso? ¿Y si aterrizaba en el despacho al otro lado del pasillo? Tal vez incluso podría hablar con el fiscal del distrito y los alguaciles, a hurtadillas, por supuesto. En los tribunales había un sistema de favores. «Pásame al funámbulo y te deberé uno».

Apoyó los pies sobre la mesa, se tomó el café y encaró la jornada con la perspectiva de una comparecencia que, por una vez, no iba a ser la monotonía habitual.

Debía admitir que la mayoría de los días eran espantosos. Entraba la marea y se retiraba, dejando tras de sí sus detritus. Ya no le importaba utilizar la palabra *escoria*. Hubo una época en que no se habría atrevido. Pero eso eran en su mayoría y le dolía admitirlo. *Escoria*. Una sucia marea que llegaba a la orilla y al retirarse dejaba sus jeringuillas, envases de plástico, camisas ensangrentadas, condones y niños mocosos. Él se encargaba de lo peor dentro de lo peor. La mayoría de la gente pensaba que vivía en una especie de cielo forrado de caoba, que se trataba de un trabajo rimbombante, de una carrera poderosa, pero lo cierto era que, más allá de su reputación, no era nada del otro mundo. A veces, podía servir para conseguir una buena mesa en el restaurante y era un motivo de gran satisfacción para la familia de Claire. En las fiestas, la gente le prestaba atención. Enderezaban los hombros a su alrededor. Hablaban de un modo distinto. El oficio no comportaba muchas ventajas, pero era mejor que nada. De vez en cuando había una posibilidad de promoción, de ascender al Tribunal Supremo, pero eso aún no estaba a su alcance.

En Yale, cuando era joven y obstinado, estaba seguro de que un día iba a ser el eje del mundo, de que causaría un profundo impacto. Pero todos los jóvenes piensan así. Creer que serás importante es una característica de la juventud. Piensas en la huella que dejarás en el mundo. Pero más tarde o más temprano, aprendes. Te apropias de tu pequeño espacio. Sobrellevas la época lo mejor que puedes. Regresas a casa, te reúnes con tu esposa y tus nervios se calman. Te sientas y alabas la cubertería. Das las gracias a tu buena estrella por su herencia. Te fumas un buen cigarro y confías en un revolcón de vez en cuando entre sábanas de seda. Le compras una joya hermosa en De Natale y la besas en el ascensor, porque todavía es bella y está bien conservada a pesar de los años. Cada día le das el beso de despedida, te diriges al centro de la ciudad y pronto imaginas que tu pena no es la de todo el mundo. Lloras a tu hijo muerto. Te despierta en plena noche el llanto de tu mujer, que está a tu lado en la cama. Vas a la cocina, donde te preparas un bocadillo de queso, y te dices que, bueno, por lo menos es un bocadillo de queso en Park Avenue, podría haber sido peor, podrías haber acabado mucho peor: tu recompensa, un suspiro de alivio.

Los abogados conocían la verdad. Los alguaciles también. Y los demás jueces, por supuesto. Centre Street era un cagadero. Así lo llamaban en realidad: «el cagadero». Cuando se encontraban en el transcurso de sus funciones oficiales. «¿Qué tal te ha ido hoy en el cagadero, Earl? Me he dejado el portafolio en el cagadero». Incluso habían creado un verbo: «¿vas a cagadear mañana, Thomas?» Detestaba admitirlo, incluso para sí mismo, pero era la verdad. Se imaginaba en una escalera de mano, un hombre bien vestido en lo alto de una escalera de mano, un hombre privilegiado, instruido, con clase, enfundado en una toga negra, en la casa de la justicia, eliminando con sus manos las hojas y ramitas podridas de los canalones del cagadero.

No le molestaba tanto como antes, ni mucho menos. Eso formaba parte del sistema. Ahora lo sabía. Un fragmento de piel de una criatura muy compleja. Una pieza que hacía girar un engranaje. Tal vez se debiera al proceso de envejecer. Dejas el cambio en manos de las generaciones futuras. Pero entonces, la generación que te viene detrás vuela por los aires en los cafés vietnamitas, y sigues adelante, debes seguir adelante, porque, aunque hayan desaparecido, aún se les puede recordar.

Soderberg no era el judío rebelde que en otro tiempo se había propuesto ser, pero aun así se negaba a rendirse. Era una cuestión de honor, de verdad, de supervivencia.

Cuando le convocaron por primera vez, en el verano de 1967, pensó que aceptaría el cargo y sería un dechado de virtud. No sólo iba a sobrevivir, sino que florecería. Dejó su empleo y aceptó una reducción del 55% de su paga. No necesitaba el dinero. Él y Claire ya habían ahorrado bastante, sus cuentas estaban saneadas, la herencia era considerable y Joshua estaba colocado en el Centro de Investigación de Palo Alto. Aunque la idea de ser juez le pilló por sorpresa le encantaba. Cierto que había pasado los primeros años de su carrera en la oficina del ministerio fiscal, a la que había dedicado mucho tiempo. Había formado parte de una comisión de impuestos, tenía un buen historial y había enjabonado a las personas adecuadas. Se había ocupado de varios casos difíciles, los había argumentado bien y conseguido un equilibrio. Había escrito un editorial para *The New York Times* en el que ponía en tela de juicio los parámetros legales de los insumisos y los efectos psicológicos que el servicio militar obligatorio tenía en el país. Había sopesado los aspectos moral y constitucional y había sido un firme partidario de la guerra. En las fiestas celebradas en Park Avenue conoció al alcalde Lindsay, pero el contacto fue superficial, por lo que cuando le sugirieron su nombramiento pensó que era una artimaña. Colgó el teléfono. Se lo tomó a broma. El aparato sonó de nuevo. «¿Qué es lo que quieren que haga?» Le hablaron de que al final ascendería, primero sería juez en funciones del Tribunal Supremo de Nueva York, y luego, quién sabe, a partir de ahí todo era posible. Muchos de los ascensos se habían interrumpido cuando comenzó la bancarrota de la ciudad, pero a él no le importaba, capearía el temporal. Creía en el carácter absoluto de la ley. Sería capaz de sopesar, diseccionar, reflexionar y efectuar un cambio, de devolverle algo a la ciudad en la que había nacido. Siempre tuvo la sensación de que había evitado los extremos de la ciudad, y ahora estaba dispuesto a reducir su paga y vivir en el centro. La ley era fundamental en la manera de impartirla y en el grado en que podía contener los excesos de la locura humana. Abrazaba la idea de que incluso cuando las leyes estaban escritas no deberían mantenerse inalteradas. La ley era trabajo. Estaba allí para que la cernieran. Él se interesaba no sólo por el significado de lo que podría ser, sino también de lo que debería ser. Estaría en la veta de carbón. Uno de los mineros importantes de la moralidad de la urbe. El Honorable Solomon Soderberg.

Incluso el nombre sonaba bien. Tal vez lo habían utilizado como forraje judicial, un equilibrio de los libros, pero no le importaba gran cosa, pues lo bueno superará a lo malo. Sería rabínico, prudente, cuidadoso. Además, todo abogado llevaba un juez en su interior.

El primer día llegó a trabajar entusiasmado. Quería saborearlo. Se había comprado un flamante traje en una elegante sastrería de Madison Avenue. Corbata Gucci. Borlas en los zapatos. Se acercó al edificio con una profunda expectación. En el exterior de las anchas puertas doradas figuraban grabadas las palabras: LAS PERSONAS SON EL FUNDAMENTO DEL PODER. Se detuvo un momento y lo inhaló todo. Dentro, en el vestíbulo, había movimiento. Proxenetas, reporteros y abogados de víctimas de accidentes. Hombres con zapatos de plataforma violeta. Mujeres que llevaban a sus hijos a remolque. Vagabundos que dormían en los recesos de las ventanas. Soderberg notaba que el corazón se le encogía a cada paso. Por un momento le pareció como si el edificio aún pudiera retener el aura (los techos altos, las antiguas balaustradas de madera, el suelo de mármol), pero cuanto más se adentraba en él más se le encogía el corazón. Las salas de justicia eran incluso peores de lo que recordaba. Deambuló aturdido y desanimado. Las paredes del corredor estaban cubiertas de grafitos. Al fondo de las salas de justicia había hombres sentados que fumaban. En los lavabos se cerraban tratos. Los procuradores llevaban los trajes agujereados. Policías deshonestos iban de un lado a otro en busca de sobornos. Los chicos se daban complicados apretones de manos. Había padres sentados con hijas maltratadas y madres que lloraban por sus hijos melenudos. El elegante revestimiento de cuero rojo de las puertas que daban acceso a las salas de justicia estaba rajado. Los abogados sujetaban deteriorados portafolios. Soderberg se deslizó entre todos ellos, tomó el ascensor, subió a su despacho y se sentó a su nueva mesa, debajo de uno de cuyos cajones había una goma de mascar seca.

En cualquier caso, se dijo, en cualquier caso pronto lo tendría todo en orden. Podía arreglarlo, podía dar la vuelta a todo aquello.

Una tarde anunció sus intenciones a puerta cerrada, cuando estaban celebrando la jubilación de Kemmerer. Los reunidos se rieron. «Así habló Salomón», dijo un hombre regordete. «Dividid al niño por la mitad». Gran hilaridad y tintineo de copas. Los demás jueces le dijeron que acabaría por acostumbrarse a ello, que vería la luz y, sin embargo, seguiría en un túnel. Lo más grande de la ley era la sabiduría de la tolerancia. Uno tenía que aceptar a los necios. Eso era algo consustancial al territorio. Era preciso bajar las anteojeras de vez en cuando. Soderberg tenía que aprender a perder. Ése era el precio del éxito. «Inténtalo», le decían, «ve contra corriente y acabarás comiendo pizza en el Bronx». Ten cuidado. Sigue el juego. Actúa como nosotros. Y si pensaba que Manhattan era un mal distrito, debería haber ido adonde ardían los verdaderos incendios, al mismo Hanoi Americano, al final de la línea férrea n.° 4, donde lo peor de la ciudad actuaba a diario.

Durante muchos meses se resistió a creerles, pero poco a

348

poco comprendió que tenían razón: estaba atrapado, no era más que una pieza del sistema.

Así pues, muchos de los cargos se solventaban con rapidez. Los muchachos presentaban alegatos, o él consideraba que su tiempo de reclusión ya era suficiente, a fin de despejar el trabajo atrasado. Tenía su cuota que cumplir. Tenía que rendir cuentas ante los supervisores. Los delitos graves pasaban a leves. Era otra forma de derribo. Tenías que lanzar la bola de demolición. Le juzgaban por su manera de juzgar: cuanto menos trabajo diese a sus colegas del piso superior, tanto más satisfechos estarían. Había que liquidar el 90% de los casos, incluso los más graves. Él deseaba el ascenso prometido, sí, pero ni siquiera eso podía ahogar la sensación de que había metido bajo una toga negra y barata el idealismo que tuvo en otro tiempo. Ahora, cuando se ponía a buscarlo no lo encontraba ni siquiera dentro de los recovecos más oscuros.

Cinco días a la semana iba al número 100 de Centre Street, calzado con unos zapatos relucientes a más no poder, se ponía la toga, se subía los calcetines alrededor de los tobillos y, cuando le era posible, se imponía. Sabía que lo esencial era elegir las peleas. Podría haber librado fácilmente una docena de encarnizadas batallas al día, más si quisiera. Podría haberse enfrentado a todo el sistema. Podría haber impuesto a los grafiteros multas de mil dólares que no habrían podido pagar jamás. O podría haber sentenciado a seis meses a los chicos que armaron trifulcas en la calle Mott. Podría haber metido entre rejas a los drogadictos un año entero, encadenándolos con una elevada fianza. Pero sabía que el tiro le saldría por la culata. Los culpables no se reconocerían como tales, y le acabarían amonestando por congestionar los tribunales. Los ladrones de tiendas, los limpiabotas, los que se iban del hotel sin pagar la cuenta, los trileros, todos tenían derecho a decir finalmente: Soy inocente, señoría. Y entonces la ciudad se asfixiaría. Los arroyos se llenarían. El cieno rebosaría. Las aceras se llenarían. Y él tendría la culpa.

En los peores momentos se decía: «Soy un empleado de mantenimiento, soy un portero, soy un agente de seguridad de tres al cuarto». Veía el desfile que entraba y salía de la sala de justicia y se preguntaba cómo era posible que la ciudad se hubiese convertido en algo tan repugnante, una ciudad donde se maltrataba a los bebés, se violaba a mujeres de setenta años y se prendía fuego a las yacijas de los vagabundos, una ciudad donde se robaban dulces, se destrozaban cajas torácicas, se permitía que los manifestantes escupieran a los policías, donde los sindicalistas no tenían la menor consideración hacia sus jefes, donde la mafia se apoderaba de los paseos marítimos, donde los padres usaban a las hijas como ceniceros, donde las peleas tabernarias se desmadraban, donde hombres de negocios absolutamente honorables acababan orinando ante el edificio Woolworth, donde se desenfundaban armas en pizzerías y familias enteras saltaban por los aires, donde los enfermeros terminaban con el cráneo fracturado, los drogadictos se inyectaban heroína en la lengua, los sinvergüenzas se dedicaban a sus chanchullos, las ancianas perdían sus ahorros, los tenderos daban el cambio equivocado y el alcalde resollaba, camelaba y mentía mientras la ciudad ardía y se preparaba para su propio funeral de cenizas y delitos y más delitos.

No había una alimaña en la ciudad que no pasara ante los ojos, fijos en el arroyo, de Soderberg. Era como contemplar la evolución del cieno. Si permaneces ahí el tiempo suficiente, el arroyo se vuelve resbaladizo, por mucho que trates de evitarlo.

Todos aquellos idiotas salían sin cesar de sus burdeles, tugurios, espectáculos de fenómenos de feria, tiendas de artículos de broma, números de *striptease*, y aún parecían peores de lo que eran tras haber pasado cierto tiempo en los Sepulcros. Cierta vez, cuando presidía el tribunal, vio que una cucaracha salía de un bolsillo del acusado, correteaba a lo largo de su hombro y le subía por el lado del cuello antes de que el hombre se percatara. Cuando el acusado se dio cuenta, no hizo más que sacudírsela de encima y prosiguió con su declaración de culpabilidad. Culpable, culpable, culpable. Casi todos se declaraban culpables y a cambio conseguían una sentencia tolerable, o la pena se les conmutaba debido al tiempo de reclusión ya cumplido, o pagaban una pequeña multa y se marchaban alegremente, andando con aire arrogante. Se daban la vuelta y volvían al mundo, donde podían cometer de nuevo una necedad que les llevaría a los juzgados pocas semanas después. Eso estresaba a Soderberg. Se compró un tonificador de manos que le cabía en el bolsillo del traje. Era un objeto con muelles y dos asas de madera que él apretaba furtivamente bajo la ropa. Confiaba en que nadie se fijara, porque podrían interpretarlo mal, un juez manoseándose bajo la toga... Pero le calmaba mientras los casos iban, venían y completaban su cuota. Los héroes del sistema eran los jueces que se ocupaban de la mayor cantidad de casos en el menor tiempo posible. Abrían las compuertas y los dejaban salir.

A cualquiera que pasara por allí, cualquiera que participase en el sistema de alguna manera, lo desviaban. Los delitos pasaban a los procuradores fiscales. Las violaciones, los homicidios, los ataques con arma blanca, los atracos. El joven ayudante del fiscal del distrito estaba horrorizado por la larguísima lista que tenía delante. Las sentencias se entregaban a los actuarios, que eran como policías decepcionados, y a veces siseaban cuando los jueces eran blandos con los criminales. La difamación pasaba al relator. Los desvíos flagrantes pasaban a los abogados de oficio. Las condenas pasaban a los supervisores de la libertad condicional. Las vulgares simplezas pasaban a los psicólogos judiciales. El papeleo pasaba a la policía. Las multas, que eran reducidas, pasaban a los delincuentes. Las bajas cantidades de las fianzas pasaban a los avaladores. Todo el mundo estaba atascado y el trabajo de Soderberg consistía en permanecer en el centro, distribuir la justicia y equilibrarla entre el bien y el mal.

El bien y el mal. La izquierda y la derecha. Arriba y abajo. Se imaginó allá arriba, frente al precipicio, mareado y presa de vértigo, mirando inexplicablemente hacia arriba.

Soderberg se tomó el café de un trago. El sucedáneo de nata le daba un sabor vulgar.

Iban a asignarle el caso del funámbulo, estaba seguro de ello.

Descolgó el teléfono y marcó el número de la oficina del fiscal del distrito, pero no obtuvo respuesta, y cuando consultó el pequeño reloj que había sobre su mesa vio que ya era hora de iniciar la actividad limpiadora de la jornada.

Soderberg se levantó cansinamente y sonrió para sí mismo mientras iba en línea recta hacia la puerta.

Le gustaba la toga que usaba en verano, aquella tela negra ligera y vaporosa. Estaba un poco desgastada en los hombros, pero no le importaba, era fresca y liviana. Tomó los libros de registro, se los puso bajo el brazo, dirigió una rápida mirada al reflejo de su maciza figura en el espejo, la tracería de vasos sanguíneos en la cara, las cuencas de los ojos cada vez más hundidas. Se alisó los pocos pelos que le quedaban, avanzó con aire de gravedad por el corredor y pasó ante el grupo de ascensores. Bajó por la escalera, brincando un poco. Dejó atrás los puestos de los guardianes y la oficina de los supervisores de la libertad condicional y entró en el vestíbulo trasero de la Sección Primera de la Sala Penal. La peor sección del recorrido. En el fondo de la sala había unos cubículos donde estaban confinados los reclusos. Lo llamaban el matadero. Las celdas superiores ocupaban una extensión equivalente a media manzana de casas. Los barrotes estaban pintados de un amarillo cremoso. En la atmósfera flotaba un rancio olor corporal. Los alguaciles gastaban cuatro frascos de ambientador al día.

Había numerosos policías y alguaciles a ambos lados, y los

delincuentes fueron lo bastante listos para guardar silencio mientras el juez avanzaba por el pasillo. Caminaba a paso vivo, con la cabeza inclinada, entre los funcionarios.

—Buenos días, juez.

—Me gustan sus zapatos, señoría.

Hacía un rápido y sencillo gesto con la cabeza a todo el que le reconocía. Era importante mantener un distanciamiento democrático. Ciertos jueces bromeaban y confraternizaban, pero no Soderberg. Recorrió con rapidez el pasillo, cruzó la puerta de madera y entró en el ambiente civilizado, o sus restos, la oscura mesa del tribunal, el micrófono, las luces fluorescentes, y subió los escalones hasta su asiento elevado.

En Dios confiamos.

La mañana se deslizó con rapidez. Toda una tabla de casos. La lista habitual. Conducir con el permiso caducado.

Amenazar a un policía. Agresión en segundo grado. Acto indecente en público. Una mujer había acuchillado a su tía en un brazo durante una discusión por cupones de comida. Se había cerrado un trato con un muchacho de cabello de estopa por el robo de un vehículo. Se había asignado servicio comunitario a un hombre que puso una mirilla en el apartamento por debajo del suyo. El mirón desconocía que la mujer también era una mirona y que le veía mirarla. Un barman se había peleado con un cliente. El caso de un asesinato en Chinatown lo enviaron de inmediato a la planta superior, establecieron una fianza y lo pasaron a otra sección.

Durante toda la mañana revolvió, hizo trueques, puso impedimentos y reculó.

—¿Hay una citación pendiente o no?

—Dime, ¿vas a declarar sin lugar el caso o no?

—Concedida la solicitud de retirar los cargos. A partir de ahora, sed buenos el uno con el otro.

—¡Prisión preventiva!

—¿Dónde está la petición, por el amor de Dios?

—¿Quiere hacer el favor de decirme lo que ha ocurrido, alguacil? ¿Que estaba asando un pollo en la acera? ¿Me está tomando el pelo?

—Se establece una fianza de dos mil dólares. Ingresamos mil doscientos cincuenta.

—¡No empecemos de nuevo, señor Ferrario! ¿A quién le han birlado el dinero esta vez?

—Esto es un tribunal de instancia, abogado, no Shangri-La.

—Libérenla bajo pago de fianza.

—Esta demanda no establece un delito. ¡No hay lugar!

—¿Ha oído alguien de los que estamos aquí hablar alguna vez de privilegio?

—No tengo objeciones a que no se le condene a prisión.

—A cambio de su admisión de culpa, reduciremos el delito de grave a leve.

—¡Prisión preventiva!

—Creo que su cliente ha pasado esta mañana demasiado tiempo en el departamento de narcisismo, abogado.

—¡Deme algo más que música de ascensor, por favor!

—¿Habrá terminado usted el viernes?

—¡Prisión preventiva!

—¡Prisión preventiva!

—¡Prisión preventiva!

Había que aprender muchos trucos especiales. Mirar al acusado a los ojos lo menos posible. Sonreír lo menos posible. Procurar hacerles creer que tienes hemorroides, aunque leves: eso te procurará una expresión preocupada. Inviolable. Debes sentarte en una postura un poco incómoda, o que por lo menos lo parezca. Escribir siempre. Parecer un rabino, inclinado sobre el bloc. Acariciarte las hebras plateadas de la sien. Restregarte la cabeza cuando las cosas se desmadran. Utilizar los antecedentes penales como orientación de la personalidad del acusado. Asegurarte de que no hay reporteros en la sala. De haberlos, subrayar dos veces todas las normas. Escuchar con atención. La culpabilidad o la inocencia se esconden en la voz. No tengas favoritos entre los abogados. No les dejes jugar la carta del judío. No respondas jamás en yidish. Rechaza el halago excesivo. Ten cuidado con tu tonificador de mano. Evita los chistes sobre masturbación. No mires jamás el trasero de la taquígrafa. Ten cuidado con lo que comes. Lleva encima caramelos refrescantes. Considera siempre tus garabatos como obras maestras. Asegúrate de que han cambiado el agua de la jarra. Exterioriza tu enfado porque el vaso no está perfectamente limpio. Compra camisas con el cuello una talla superior a la tuya, por lo menos, a fin de que puedas respirar.

Los casos iban y venían.

Al final de la mañana ya había visto y había preguntado a la actuario, una mujer que llevaba una camisa blanca almidonada, si había alguna noticia sobre el caso del funámbulo. Ella le había respondido que corría la voz de que, al parecer, el funámbulo estaba procesado y probablemente comparecería al atardecer. No estaba segura de cuáles eran los cargos, posiblemente allanamiento de propiedad ajena y poner en peligro las vidas de otras personas debido a conducta temeraria. El fiscal del distrito estaba hablando con él. Era probable que el acusado se declarase culpable de todo si le ofrecían un buen trato. Parecía ser que el fiscal del distrito estaba empeñado en obtener una buena publicidad. Quería que aquel caso se desarrollara suavemente. El único obstáculo podría surgir si retenían al funámbulo y pasaba a depender del juzgado nocturno.

—Entonces, ¿tenemos entonces una posibilidad?

—Yo diría que muy buena. Si agilizan al máximo los trámites.

—Excelente. Entonces, ¿nos vamos a comer?

—Sí, señoría.

—Reanudaremos la sesión a las dos y cuarto.

Podría ir a Forlini o Sal o Carmine o Sweet o al Sloppy de Louis o el Delmonico de Oscar, pero él siempre prefería el local de Harry. Era el más alejado de Centre Street, pero no importaba, pues la carrera rápida en taxi le relajaba. Se apeó en Water Street y caminó hasta Hanover Square, se detuvo antes de entrar y pensó: Éste es mi restaurante. No era por la clase de personas que lo frecuentaban, los agentes de bolsa, los banqueros, los comerciantes, sino por el mismo Harry, con su cordialidad griega, sus buenos modales, sus brazos abiertos. Harry se había abierto camino a través del sueño americano. Había llegado a la conclusión de que se componía de una buena comida y un vino tinto capaz de remontar el vuelo. Pero Harry también podía hacer cantar un filete y lograr que unos espaguetis tocaran la trompeta. A menudo estaba en la cocina, supervisando al personal. Entonces se quitaba el delantal, se ponía la chaqueta del traje, se alisaba el pelo hacia atrás y entraba en el restaurante con elegancia y clase. Tenía una inclinación especial hacia Soderberg, aunque ninguno de los dos sabía por qué. Harry siempre se quedaba un rato más con él en el bar, incluso a veces se tomaban una botella juntos, sentados bajo los murales que recordaban los frescos de un monasterio. Tal vez porque eran los dos únicos hombres en aquel entorno que no se dedicaban a la actividad bursátil. Eran extraños al repique de campanas de las finanzas. Podían saber cómo había ido la jornada en los mercados por el nivel de decibelios a su alrededor.

En la pared de Harry's, las agencias de bolsa tenían líneas privadas conectadas a una batería de teléfonos en la pared. Hombres de Kidder, Peabody allí, Dillon, Read allá, First Boston por ahí, Bear Stearns en el extremo de la barra, L. F. Rothschild junto a los murales. Un local de gente de mucho dinero, personas elegantes y de buenos modales. Un club de privilegio. Sin embargo, no costaba una fortuna. Uno podía salir de allí con el alma intacta.

Se acercó sigilosamente a la barra, llamó a Harry y le habló del funámbulo, le dijo que aquella mañana se lo había perdido por muy poco, que habían detenido al chico y que no tardaría en comparecer.

—Ha entrado sin permiso en las torres, Har.

—Ya... es ingenioso.

—Pero, ¿y si se hubiera caído?

—El suelo no habría amortiguado precisamente la caída, Sol.

Soderberg tomó un sorbo de vino tinto, cuyo recio aroma se expandió por sus fosas nasales.

—Lo que quiero decir, Har, es que podría haber matado a alguien. No sólo a sí mismo. Podría haber convertido a alguien en una hamburguesa.

—Pues necesito un buen especialista, ¿sabes? Tal vez podría trabajar para mí.

—Lo más probable es que haya doce o trece cargos contra él.

—Con más motivo. Podría ser mi segundo chef. Prepararía las marmitas, desvainaría las alubias, atacaría la sopa desde allá arriba.

Harry dio una profunda calada a su cigarro y lanzó el humo al techo.

—Ni siquiera sé si me lo van a asignar —dijo Soderberg—. Puede que lo retengan ahí y pase al juzgado nocturno.

—Bueno, si te encargas del caso dale mi tarjeta de visita. Dile que tengo un filete para él y una botella de Château Clos de Sarpe, *grand cru*, cosecha de 1964.

—Después de eso no volverá a caminar por la cuerda floja. —Harry contrajo el rostro, y sus pliegues trazaron un tenue mapa de aquello en lo que se convertiría años después: redondeado, lleno de brío, generoso—. ¿Qué es lo que tiene el vino, Harry?

—¿Qué quieres decir?

—¿Qué es lo que nos cura?

—Está hecho para glorificar a los dioses y embotar a los idiotas. Anda, toma un poco más.

Brindaron bajo la luz ladeada que penetraba por la parte superior de las ventanas. Era como si, al mirar afuera, pudieran ver el paseo del funámbulo repetido allá arriba, a gran altura. Al fin y al cabo, estaban en América, la clase de lugar donde deberían permitirte caminar tan alto como quisieras. Pero, ¿y si eras el que caminaba debajo? ¿Y si el funámbulo se hubiera caído? Era muy posible que no sólo se hubiera matado él, sino que también se hubiese llevado por delante a una docena de personas. Temeridad y libertad... ¿cómo se convertían en un cóctel? Ése había sido siempre su dilema. La ley servía para proteger a los que carecen de poder y poner límites a los más poderosos. Pero, ¿y si los que carecen de poder no merecieran caminar por debajo? A veces estos planteamientos le llevaban a pensar en Joshua. No era algo de lo que le gustara hablar, no de la pérdida, por lo menos, la terrible pérdida. Era demasiado doloroso para él, le destrozaba el corazón. Tenía que asumir que su hijo había desaparecido, eso era lo fundamental. Al final Joshua había sido un encargado, un custodio de la verdad. Se había alistado para representar a su país y había vuelto a casa para sumir a Claire en la pena. Y para sumirle también a él. Pero él no lo evidenciaba. Nunca había podido. Lloraba en el baño, pero sólo cuando corría el agua. Solomon, el sabio Solomon, un hombre silencioso. Había noches en las que dejaba el desagüe abierto y dejaba que el agua corriera.

Era el hijo de su hijo... Estaba allí, se había quedado atrás.

Las pequeñas cosas le emocionaban. El mandamiento de la *maakeh*, la colocación de una valla alrededor de su tejado para que nadie se cayera desde él. Se preguntaba por qué le compró los soldados de juguete cuando era niño. Le inquietaba haberle hecho aprender a Joshua *La bandera tachonada de estrellas* al piano. ¿Era posible que cuando le enseñó a jugar al ajedrez le hubiera imbuido de alguna manera una mentalidad bélica? Ataca a lo largo de las diagonales, hijo. No permitas jamás un mate del pasillo. En algún momento debía de haber integrado al muchacho. Y, sin embargo, la guerra había sido justa, apropiada, correcta. Solomon comprendía toda su utilidad. Protegió los pilares de la libertad. Se libró por los mismos ideales que en el juzgado atacaban diariamente. Sólo era la manera que tenía Norteamérica de protegerse. Un tiempo para matar y un tiempo para sanar. No obstante, en ocasiones quería estar de acuerdo con Claire en que la guerra era una interminable fábrica de muerte. Enriquecía a otras personas, y a su hijo, un muchacho también rico, lo habían enviado para que abriera las puertas. Pero no era algo en lo que pudiera detenerse a reflexionar. Tenía que ser fuerte, firme, una columna. Casi nunca hablaba de Joshua, no lo hacía con Claire. Si había alguien con quien hablar, era Harry, quien sabía algo acerca del anhelo y la pertenencia, pero no era un tema del que hablar en aquellos momentos. Soderberg era prudente, siempre lo era. Tal vez demasiado prudente, pensó. A veces pensaba que desearía soltarlo todo: Soy el hijo de mi hijo, Harry, y mi hijo está muerto.

Acercó la copa a la nariz, husmeó el vino, su aroma profundo, de tierra. Un momento de ligereza, eso era lo que quería. Un buen momento de tranquilidad. Un tiempo amable y tranquilo. Pasar un buen rato con su amigo. O tal vez llamar para decir que estaba indispuesto, irse a casa y pasar la tarde con Claire, una de aquellas tardes en las que se limitaban a estar sentados juntos y leer, uno de aquellos momentos puros que él y su mujer compartían cada vez más. Era más o menos feliz. Era más o menos afortunado. No tenía todo lo que quería, pero sí lo suficiente. Sí, eso era lo que deseaba: una tarde tranquila sin hacer nada. Treinta y tantos años de matrimonio no le habían convertido en una piedra, en absoluto.

Un poquito de silencio. Un gesto hacia el hogar. Una mano en la muñeca de Harry y una o dos palabras en su oído: «Mi hijo». Era todo lo que necesitaba decir, pero, ¿por qué complicarlo ahora?

Levantó la copa y brindó con Harry.

—Salud.

—Por no caer —dijo Harry.

—Por ser capaz de volver a levantarte.

Soderberg empezaba a perder el deseo de que le asignaran el caso del funámbulo; sin duda comportaría demasiados quebraderos de cabeza. Prefería pasar el resto del día sentado a la barra, hablando con su querido amigo, brindando por los dioses y dejando que la luz del día se fuese desvaneciendo.

—Sección Primera de la sala penal del Tribunal de Instancia en sesión abierta. Todo el mundo en pie.

La funcionaria tenía una voz que le recordaba a las gaviotas. Pero sus palabras exigían un silencio inmediato y cesaron los murmullos al fondo de la sala.

—Silencio, por favor. El honorable juez Soderberg preside la sesión.

Supo de inmediato que le habían otorgado el caso. Veía a los reporteros en los bancos de la sección de espectadores. Tenían su característico aspecto de cansancio y decepción. Vestían camisas con el cuello abierto y pantalones demasiado grandes. Sin afeitar y con patillas. Lo que más les delataba eran los blocs de tapas amarillas que sobresalían de los bolsillos de sus chaquetas. Estiraban los cuellos. Querían ver quién salía por la puerta situada a espaldas del juez. Varios detectives adicionales estaban en primera fila presenciando el espectáculo. Algunos empleados fuera de servicio. Algunos hombres de negocios, posiblemente incluso jefazos de la Port Authority. Y alguno más, tal vez uno o dos guardias de seguridad. Incluso Soderberg pudo distinguir a un dibujante alto y pelirrojo. Y eso sólo podía significar una cosa: las cámaras de televisión estaban en el exterior.

Notaba los efectos del vino. No estaba bebido ni mucho menos, pero seguía sintiéndolo correr por sus venas, desde la cabeza hasta los dedos de los pies.

—Orden en la sala. Silencio. El tribunal está ahora en sesión abierta.

Las puertas se abrieron detrás de Soderberg y entraron nueve acusados. Avanzaron hacia los bancos que había dispuestos a lo largo de la pared lateral. La chusma habitual, un par de estafadores, un hombre con una ceja partida, dos putas hechas polvo y, detrás de todos ellos, con una sonrisa de oreja a oreja y dando pequeños saltitos, iba un joven blanco vestido de una manera extraña: sólo podía ser el funámbulo.

Hubo agitación en la galería. Los reporteros sacaron sus lápices. Se oyó un ruido, como si de repente un líquido les hubiera salpicado.

El funámbulo era incluso más menudo de lo que Soderberg había imaginado. Un chico travieso. Vestía camisa y mallas oscuras. Calzaba unas zapatillas de ballet extrañas y delgadas. Era rubio, de unos veinticinco años, la clase de hombre que podrías ver trabajando como camarero en el distrito de los teatros. Sin embargo exudaba confianza, tenía un aire arrogante que a Soderberg le gustaba. Parecía una versión reducida, achaparrada, de Joshua, como si le hubieran dotado de cierta genialidad, programado como uno de los *hacks* de Joshua, y su única salida fuese la actuación.

Era evidente que el funámbulo nunca había comparecido ante un tribunal. Los primerizos siempre estaban aturdidos. Entraban en la sala con los ojos muy abiertos, asombrados por todo.

El funámbulo se detuvo y miró desde un lado de la sala al otro. Momentáneamente asustado y desconcertado. Como si en aquel lugar se hablara demasiado. Era delgado, ágil, tenía algo de leonino. Ojos rápidos: su mirada terminó en la mesa del tribunal.

Soderberg le miró a los ojos una fracción de segundo. Quebraba su propia regla, pero, ¿qué más daba? El funámbulo comprendió y asintió a medias. Había algo alegre y juguetón en los ojos del muchacho. ¿Qué podía hacer Soderberg con él? ¿Cómo podía manipular el asunto? Al fin y al cabo, se trataba como mínimo de conducta temeraria que ponía en peligro la vida ajena, y eso podía enviarle a la planta superior, donde se ocupaban de los delitos graves, con la posibilidad de que le cayeran siete años. ¿Y qué tal conducta desordenada? Soderberg sabía bien que nunca iría en esa dirección. Seguirían considerándolo un delito leve y él debería arreglarlo con el fiscal del distrito. Actuaría con astucia. Se sacaría de la chistera algo insólito. Además, los reporteros estaban allí, mirando. El dibujante. Las cámaras de televisión fuera de la sala.

Llamó a la funcionaria y le susurró algo al oído. ¿Quién es el primero? Era su pequeña broma, su gag judicial de Abbott y Costello. Ella le mostró la lista y él deslizó rápidamente su mirada por los casos, echó un vistazo al banquillo de los acusados y suspiró. No era necesario que los juzgara por orden, podía hacerlo como le pareciera, pero dio unos golpecitos con el lápiz sobre el primer caso pendiente.

La funcionaria retrocedió y se aclaró la garganta.

—Causa cuyo número finaliza en seis, ocho, siete —dijo—. El pueblo contra Tillie Henderson y Jazzlyn Henderson. Levántense, por favor.

El ayudante del fiscal del distrito, Paul Concrombie, sacudió las arrugas de su chaqueta. Frente a él, el abogado de oficio se pasó una mano por la melena, dio un paso adelante y colocó el expediente en el estante. En el fondo de la sala, uno de los reporteros emitió un gemido audible mientras las mujeres se levantaban del banquillo. La prostituta más joven tenía la piel lechosa. Era alta y llevaba unos zapatos amarillos de tacón alto, un traje de baño fosforescente bajo una holgada camisa negra y un collar de bisutería. La mayor llevaba un traje de baño de una sola pieza y zapatos plateados de tacón alto. Su cara era un festival de rímel. Absurdo, pensó el juez. Tomando baños de sol en los Sepulcros. Parecía como si llevara bastante tiempo por ahí, como si ya hubiera dado muchas vueltas a la pista.

—Robo con violencia en segundo grado. La causa procede de una resolución judicial pendiente desde el 19 de noviembre de 1973.

La prostituta mayor envió un beso soplándose la mano por encima del hombro. Un hombre blanco de la galería se ruborizó y bajó la cabeza.

—Esto no es un club nocturno, señora.

—Perdone, señoría. También le soplaría a usted uno si no me hubiera quedado sin aliento.

La risa de los presentes invadió un momento la sala.

—Quiero que se respete el decoro en esta sala de justicia, señorita Henderson.

Tuvo la seguridad de que ella había pronunciado la palabra *gilipollas* entre dientes. Siempre se preguntaba por qué aquellas prostitutas se cavaban tales fosas. Echó un vistazo a los antecedentes penales que tenía delante. Dos ilustres carreras. La prostituta mayor había acumulado por lo menos seis cargos en el transcurso de los años. La más joven había iniciado la caída por la sección más rápida del tobogán: los cargos habían empezado a producirse con regularidad y en lo sucesivo no harían más que acelerarse. Él lo había visto con demasiada frecuencia. Era como abrir un grifo.

Soderberg se ajustó las gafas de lectura, se reclinó un momento en el sillón giratorio y fulminó con la mirada al ayudante del fiscal del distrito.

—Veamos, señor Concrombie. ¿A qué se ha debido la espera? Esto sucedió hace casi un año.

—Ha habido ciertas novedades, señoría. Las acusadas fueron detenidas en el Bronx y...

—¿Este caso todavía se encuentra en la etapa de demanda?

—Sí, señoría.

—¿Y el ayudante del fiscal del distrito quiere solventarlo a nivel de la sala penal?

—Sí, señoría.

Estaba apretando el paso, haciendo las cosas con rapidez. Había en todo aquello un poco de truco de magia. Abría la capa negra, agitaba la varita blanca y el conejo desaparecía. Veía las cabezas que asentían en la zona de los espectadores, arrastrados por la corriente, avanzando con él. Confiaba en que los reporteros se percataran, vieran el dominio que ejercía en la sala de justicia, incluso con los efluvios del vino todavía en la cabeza.

—¿Y qué estamos haciendo ahora, señor Concrombie?

—Señoría, he hablado de ello con el abogado de oficio, el señor Feathers aquí presente, y hemos convenido que en interés de la justicia, tomándolo todo en consideración, nos inclinamos a retirar los cargos contra la hija. No iremos más adelante, señoría.

—¿La hija?

—Jazzlyn Henderson. Sí, disculpe, señoría, es un equipo de madre e hija.

El juez echó un rápido vistazo a los antecedentes penales. Le sorprendió ver que la madre sólo tenía treinta y ocho años.

—Así que están ustedes emparentadas.

—¡Todo queda en la familia, señoría!

—Permanezca en silencio, señorita.

—Pero usted me ha hecho una pregunta.

—Señor Feathers, dé instrucciones a su clienta, por favor.

—Pero usted me ha preguntado.

—Hágame caso y no replique, señora.

—Oh —dijo ella.

—De acuerdo. Señorita... Henderson. Punto en boca. ¿Me comprende? Punto en boca. Bien, señor Concrombie. Adelante.

—Verá, señoría, tras estudiar el expediente, no creemos que el tribunal pueda rechazar nuestras pruebas. Más allá de la duda razonable.

—¿Por qué razón?

—Bueno, la identificación es problemática.

—¿Sí? Explíquese, por favor.

—La investigación ha revelado que hubo una cuestión de identidad errónea.

—¿La identificación de quién?

—Verá, tenemos una confesión, señoría.

—De acuerdo. No me impresione con su certeza sobre el caso, señor Concrombie. Así pues, ¿desiste de la demanda contra la señorita... a ver... la señorita Jazzlyn Henderson?

—Sí, señor.

—¿Todas las partes están de acuerdo?

Todos los miembros del público asintieron.

—De acuerdo, causa sobreseída.

—¿Causa sobreseída?

—¿Lo dice en serio? —preguntó la chica—. ¿Eso es todo?

—Eso es todo.

—¿No hay más que hablar? ¿Me deja libre?

El juez tuvo la seguridad de que le había oído decir entre dientes: «¡Me voy y que os den mucho!».

—¿Qué ha dicho, joven?

—Nada.

El abogado de oficio se inclinó y le susurró algo al oído, tal vez una seria advertencia.

—Nada, señoría. Perdone. No he dicho nada. Gracias.

—Sáquenla de aquí.

—¡Levantad la cuerda! ¡Una que se larga!

La prostituta más joven se volvió hacia su madre y la besó en una ceja. Extraño lugar. La madre, abatida y fatigada, aceptó el beso, acarició la mejilla de su hija y la atrajo hacia sí. Soderberg las miró mientras se abrazaban. Se preguntó qué clase de profunda crueldad permitía la existencia de semejante familia.

De todos modos, siempre le sorprendía el afecto que este tipo de gente era capaz de demostrase entre ellas. Era una de las pocas cosas que seguían emocionándole en la sala de justicia, el toque de crudeza que daba a la vida, la visión de los amantes que se abrazaban después de haberse maltratado mutuamente o las familias alegres al ver de nuevo a su hijo, el ladronzuelo, la sorpresa del perdón cuando resplandecía en la sala de justicia. Era infrecuente, pero a veces tenía lugar y, como sucede con todo, la rareza era necesaria.

La prostituta joven susurró algo al oído de su madre, ésta se echó a reír y volvió a agitar la mano por encima del hombro, mirando al chico blanco que estaba entre el público.

El joven alguacil no levantó la cuerda. Lo hizo por sí misma la prostituta joven. Se contoneaba al caminar, como si ya se estuviera vendiendo. Avanzó en actitud descarada por el pasillo hacia el hombre blanco con canas. Mientras caminaba se quitó la camisa negra, de modo que sólo se le veía el bañador.

—¡Vuelva a ponerse la camisa ahora mismo!

—Estamos en un mundo libre, ¿no? Usted ha sobreseído la causa. La camisa es suya.

—Póngasela —le dijo Soderberg, acercándose más al micrófono.

—Él quería que me vistiera con elegancia para comparecer ante el tribunal. ¿No es cierto, Corrie? Me la envió a los Sepulcros.

El hombre blanco le asió el codo e intentó llevársela de allí mientras le susurraba algo con vehemencia al oído.

—Póngase la camisa o la acusaré de despreciar... Señor, ¿está usted emparentado con la joven?

—No exactamente —respondió el hombre.

—¿Qué significa «no exactamente»?

—Soy amigo suyo.

Aquel chulo de pelo gris tenía acento irlandés. Alzaba la barbilla como un boxeador anticuado. Tenía el rostro delgado y las mejillas hundidas.

—Pues bien, amigo. Quiero que la señorita lleve la camisa puesta en todo momento.

—Sí, señoría. Y una cosa, señoría...

—Haga lo que le digo.

—Pero, señoría...

Soderberg descargó el mazo.

—Basta —dijo.

Miró a la joven prostituta mientras ella besaba al irlandés en la mejilla. El hombre se apartaba, pero entonces le tomó con delicadeza la cara entre las manos. Un chulo de aspecto extraño. No era el tipo habitual. Pero no importaba. Los había de todos los estilos. Las mujeres eran víctimas de los hombres, siempre lo fueron y siempre lo serían. Ésa era la verdad. Realmente, a quien debían encarcelar era a los chulos. Soderberg exhaló un suspiro y se volvió hacia el ayudante del fiscal del distrito.

Bastaba el gesto de enarcar una ceja para que se entendieran. Todavía estaba pendiente el asunto de la madre, y entonces llegaría el caso más interesante.

Dirigió una mirada rápida al funámbulo, que estaba sentado en el banquillo. La expresión de su cara era de aturdimiento. El delito que había cometido era tan peculiar que seguramente ni siquiera tenía idea de qué estaba haciendo allí.

Soderberg dio unos golpecitos en el micrófono y el público de la sala prestó atención.

—Entiendo que la acusada restante, la madre...

—Tillie, señoría.

—No estoy hablando con usted, señorita Henderson. Entiendo, letrado, que tenemos aquí una demanda por delito grave. ¿Va a ser posible despacharlo como delito leve?

—Ya lo hemos dispuesto así, señoría. Lo he discutido con el señor Feathers.

—Así es, señoría.

—¿Y...?

—La acusación va a reducir el cargo, de atraco a hurto, a cambio de la admisión de culpabilidad de la acusada.

—¿Es eso lo que usted desea, señorita Henderson?

—¿Eh?

—¿Está dispuesta a declararse culpable de este delito?

—Él me dijo que no serían más de seis meses.

—Un año es el máximo, señorita Henderson.

—Mientras pueda ver a mis pequeñas...

—¿Cómo dice?

—Aceptaré lo que sea —replicó ella.

—Muy bien, por lo que respecta a este proceso, los cargos pendientes se reducen a hurto. ¿Entiende usted que, si acepta declarar de acuerdo con la decisión que ha tomado, podría sentenciarla hasta a un año de cárcel?

Ella se inclinó rápidamente hacia el abogado de oficio, el cual sacudió la cabeza, le puso la mano en la muñeca y esbozó una sonrisa.

—Sí, lo entiendo.

—¿Y entiende usted que se declara culpable de hurto?

—Sí, encanto.

—¿Perdone?

Soderberg sintió una punzada de dolor entre los ojos y la parte posterior de la garganta. Un instante de pasmo. ¿Le había llamado realmente «encanto»? No era posible. La mujer estaba en pie, mirándole fijamente, sonriendo a medias. ¿Podía fingir que no lo había oído? ¿Podía pasarlo por alto? ¿Acusarla de falta de respeto? ¿Qué pasaría si exteriorizaba su irritación?

Por un momento, el silencio hizo encoger a la sala. Por la expresión del abogado que estaba al lado de la acusada, se diría que podría arrancarle una oreja de un mordisco. Ella se encogió de hombros, sonrió y agitó de nuevo la mano por encima del hombro.

—Estoy seguro de que no quería decir eso, señorita Henderson.

—¿Decir qué, señoría?

—Prosigamos.

—Lo que usted diga, señoría.

—Contenga su lenguaje.

—Tranquilo.

—O de lo contrario tendrá que atenerse a las consecuencias.

—Entendido.

—¿Comprende usted que está renunciando a su derecho a ser juzgada?

—Sí.

Los labios del abogado de oficio retrocedieron al tocar por accidente la oreja de la mujer.

—Quiero decir sí, señor.

—¿Ha hablado con su abogado de la posibilidad de declararse culpable y está satisfecha de los servicios del letrado? ¿Se declara culpable por su propia y libre voluntad?

—Sí, señor.

—¿Comprende usted que está renunciando a su derecho a ser juzgada?

—Sí, señor, puede estar seguro.

—Muy bien, señorita Henderson, ¿cómo se declara ante la acusación de hurto?

De nuevo el abogado de oficio se inclinó para darle instrucciones.

—Culpable.

—Bien, de acuerdo, dígame qué ocurrió.

—¿Cómo?

—Cuénteme lo sucedido, señorita Henderson.

Soderberg vio que los actuarios cambiaban los formularios de reverso amarillo por los que lo tenían azul para dar fe del delito menor. En la sección de espectadores, los reporteros jugueteaban con las espirales de alambre de sus cuadernos. Los murmullos en la sala se habían reducido ligeramente. Soderberg sabía que era preciso actuar con rapidez para poder lucirse con el caso del funámbulo.

La prostituta alzó la cabeza. Al ver su actitud, el juez no tuvo la menor duda de que era culpable. Lo supo tan sólo por la inclinación de su cuerpo. Siempre lo sabía.

—Hace mucho tiempo. Verá, yo no quería ir al distrito de Hell's Kitchen, pero Jazzlyn y yo, bueno, yo, tenía una cita allí y él echaba pestes de mí.

—Al grano, señorita Henderson.

—Decía que si era vieja y mierdas por el estilo.

—Cuide su lenguaje, señorita Henderson.

—Y su cartera dio un brinco delante de mí.

—Gracias.

—No he terminado.

—Eso es suficiente.

—No soy tan mala. Sé que a usted le parezco muy mala.

—Es suficiente, joven.

—Sí, papi.

Vio que uno de los actuarios sonreía. Notaba un calor en las mejillas. Se subió las gafas a lo alto de la cabeza y la miró fijamente. Los ojos de la mujer parecieron de improviso suplicantes, y él comprendió por un momento cómo podía atraer a un hombre, incluso en las peores condiciones: cierta belleza agreste, alguna historia de amor.

—¿Y comprende usted que no se le coacciona para que se declare culpable?

Ella se acercó al abogado y entonces se volvió, con los ojos velados, hacia el tribunal.

—Oh, no, no me coaccionan —replicó.

—Señor Feathers, ¿están ustedes de acuerdo en que la sentencia sea inmediata y prescindir del derecho a efectuar la acusación antes de la sentencia?

—Sí, señoría.

—Y usted, señorita Henderson, ¿desea prestar declaración antes de que pronuncie sentencia?

—Quiero ir a Rikers.

—Comprenderá usted, señorita Henderson, que este tribunal no puede determinar a qué prisión la enviarán.

—Pero me dijeron que sería Rikers. Eso es lo que me dijeron.

—¿Y por qué, quiere decirme, le gustaría ir a Rikers? ¿Por qué le gustaría a nadie...?

—Por las pequeñas.

—¿Tiene hijas pequeñas?

—Son de Jazzlyn.

Señaló por encima del hombro a su hija, repantigada en la sección de espectadores.

—Muy bien, no hay ninguna garantía, pero lo notificaré a los actuarios para que se disponga así. En el caso del pueblo contra Tillie Henderson, la acusada es declarada culpable y la sentencio a ocho meses de prisión.

—¿Ocho meses?

—Exacto. Puedo sentenciarla a un año, si lo prefiere.

Ella abrió la boca y gimió sin producir sonido.

—Creía que serían seis.

—Ocho meses, señora. ¿Desea variar su declaración?

—Mierda —dijo ella, y se encogió de hombros.

Soderberg vio que el irlandés que estaba en la sección de espectadores tomaba del brazo a la prostituta más joven. Trataba de abrirse paso en la sala para decirle algo a Tillie Henderson, pero el alguacil le puso en el pecho la punta de una porra.

—Orden en la sala.

—¿Puedo decir una palabra, señoría?

—Ahora no. Siéntese.

El juez notó que le rechinaban los dientes.

—Volveré luego, Tillie, ¿de acuerdo?

—Vuelva a su sitio o aténgase a las consecuencias.

El proxeneta se detuvo en el pasillo y miró a Soderberg. Las pupilas pequeñas, los ojos muy azules. El juez se sintió expuesto, desprotegido. Un manto de silencio cayó sobre la sala.

—¡Siéntese! Porque si no...

El proxeneta bajó la cabeza y se retiró. Soderberg exhaló un rápido suspiro de alivio y entonces se revolvió un poco en el sillón. Tomó la lista de casos, cubrió el micrófono con la mano e hizo un gesto de asentimiento al alguacil.

—Bien —susurró—, que comparezca el funámbulo.

Soderberg miró a Tillie, a quien escoltaban hacia la puerta situada a su derecha. La mujer caminaba cabizbaja, pero había una estudiada firmeza en su modo de andar. Como si ya estuviese fuera y haciendo la calle. La sujetaba un alguacil por cada lado. Llevaba una chaqueta arrugada y sucia, de mangas demasiado largas. Parecía como si cupieran dos mujeres en la prenda. Su rostro reflejaba lo vulnerable que se sentía, pero conservaba un toque de sensualidad. Los ojos eran oscuros y tenía las cejas muy depiladas. Sus facciones brillaban, relucían. Era como si él la viese por primera vez: al revés, como ve primero el ojo, y entonces debe corregir la imagen. Había algo tierno y cincelado en su cara. Tenía una nariz larga que parecía haberse roto varias veces. Sobre todo por la anchura de las fosas nasales.

Al llegar a la puerta se volvió e intentó mirar por encima del hombro, pero los alguaciles se lo impidieron.

Musitó algo hacia su hija y el proxeneta, pero sus palabras se perdieron, y exhaló un suspiro prolongado, como si estuviera al comienzo de un largo viaje. Por un instante su rostro pareció casi hermoso, y entonces se volvió, siguió adelante, la puerta se cerró tras ella y desapareció en el anonimato.

—Que comparezca ahora mismo el funámbulo —repitió el juez al alguacil.

CENTAVOS

Por lo menos esto nunca falta: mi piso, una primera planta en una casa de madera. En una calle de casas de madera. A través de la ventana, el rápido movimiento de algo oscuro contra el cielo azul. Me sorprende que haya pájaros de cualquier clase en el Bronx. Estamos en verano, por lo que Eliana y Jacobo no tienen escuela, pero ya están despiertos. Oigo el sonido del televisor a todo volumen. Nuestro viejo aparato está atascado en un solo canal y el único programa que emite es *Barrio sésamo*. Me vuelvo bajo la sábana hacia Corrigan. Es la primera vez que se ha quedado a dormir. No lo habíamos planeado: ha sucedido con toda naturalidad. Se agita en sueños. Tiene los labios secos. Las sábanas blancas se mueven con su cuerpo. La barba de un hombre es como un fenómeno meteorológico: una intercalación de luz y oscuridad, una oleada gris en el mentón, una oscura oquedad bajo el labio. Me asombra como le oscurece esa barba matinal, como le ha crecido en tan poco tiempo, incluso tiene motitas grises en sitios donde anoche no había nada.

Cuando amamos vivimos en un cuerpo distinto al nuestro.

Corrigan tiene puesto un brazo de la camisa y el otro no. Con las prisas ni siquiera nos hemos desvestido por completo. Todo está perdonado. Le levanto el brazo y le desabrocho la camisa. Botones de madera que se introducen en una anilla de tela. Tiro de la camisa a lo largo del brazo y se la quito. Tiene la piel muy blanca, del color de una manzana recién cortada, bajo el cuello moreno. Le beso en el hombro. La cadena que le pende de la garganta ha dejado una marca pálida en la piel bronceada, pero no el crucifijo, dado que está debajo de la camisa, y parece como si llevara un collar de piel blanca bruscamente cortado. Todavía tiene unos moratones en la piel: su trastorno sanguíneo.

Abre los ojos, parpadea un momento y emite un sonido que oscila entre el dolor y el temor reverencial. Saca los pies por debajo de la sábana y mira a su alrededor.

—Vaya, ya es de día —dice.

—Pues sí.

—¿Cómo han ido a parar ahí mis pantalones?

—Tomamos demasiado vino.

—¿De veras? —replica él en español—. ¿Y en qué me he convertido... en un acróbata?

Oímos pisadas en el techo de arriba. Nuestros vecinos se han despertado. Él espera hasta que se oye el sonido sordo cuando se calzan.

—¿Los niños?

—Están viendo *Barrio Sésamo*.

—Bebimos mucho.

—Así es.

—Ya no estoy acostumbrado. —Desliza las manos por las sábanas, llega a la curva de mi cadera y se retira.

Más sonidos desde arriba, la ducha, la caída de algo pesado, el sonido de los tacones altos de una mujer al golpear el suelo. A mi piso le llegan todos los ruidos, incluso desde el sótano. Por ciento diez dólares al mes tengo la sensación de que vivo dentro de un receptor de radio.

—¿Son siempre tan ruidosos?

—Espera a que se despierten los adolescentes.

Él gruñe y contempla el techo. Me pregunto en qué piensa: allá arriba se encuentra su Dios, pero primero están mis vecinos.

374

—Ayúdame, doctora —me dice—. Cuéntame algo espléndido.

Sabe que siempre he querido ser médico, que vine a este país desde Guatemala con esa intención, que allí no pude terminar los estudios en la facultad de medicina, y sabe que tampoco lo he conseguido aquí, que no he llegado a la universidad, que probablemente no tenía ninguna oportunidad de hacerlo, sin embargo se empeña en llamarme «doctora».

—Bien, esta mañana, al despertar, he diagnosticado una felicidad muy temprana.

—Nunca había oído hablar de eso —dice él.

—Es una enfermedad rara. La he atrapado antes de que se despertaran los vecinos.

—¿Es contagiosa?

—¿Todavía no la tienes?

Me besa en los labios, pero rápidamente se aparta de mí. El peso insoportable de sus complicaciones, la culpa, la alegría. Yace apoyado sobre el hombro izquierdo, las piernas dobladas, dándome la espalda, parece como si quisiera hacerse un ovillo y protegerse.

La primera vez que vi a Corrigan, miraba desde la ventana del hogar de ancianos. Él estaba allí, al otro lado de los sucios cristales, subiendo al vehículo a Sheila, Paolo, Albee y los demás. Se había metido en una pelea. Tenía rasguños y moratones en la cara, y a primera vista parecía exactamente la clase de hombre del que debería mantenerme alejada. Sin embargo, daba una sensación de lealtad, ésa era la única palabra con que podía describirlo, de fidelidad, parecía serles leal tal vez porque sabía cómo eran sus vidas. Utilizaba tablas de madera para subir las sillas de ruedas a la furgoneta, en cuyo interior las aseguraba con correas. Había pegado a la carrocería pegatinas que hablaban de paz y justicia, y pensé que debía de tener un sentido del humor paralelo a su violencia. Más adelante descubrí que los rasguños y los moratones se debían a los ataques de los proxenetas. Encajaba sus puñetazos y jamás los devolvía. También era leal a las chicas y a su Dios, pero incluso él sabía que la lealtad tenía que ceder en alguna parte.

Al cabo de un momento se vuelve hacia mí, desliza un dedo por mis labios y de improviso dice: «Lo siento».

Anoche teníamos prisa. Él se durmió antes que yo. A una mujer podría parecerle emocionante hacer el amor con un hombre que jamás lo ha hecho antes, y realmente me emocionaba pensarlo, el movimiento hacia la consumación, pero fue como si estuviera haciendo el amor con una serie de años perdidos, y lo cierto es que lloró, que apoyó la cabeza en mi hombro y no pudo soportar mi mirada.

Un hombre que se mantiene fiel a su voto de castidad durante tanto tiempo tiene derecho a reaccionar como quiera.

Le dije que le amaba y que siempre le amaría. Me sentí como una niña que arroja un centavo a una fuente y entonces ha de revelarle a alguien su deseo más extraordinario, aunque sabe que debería mantener el deseo en secreto y que, al revelarlo, lo más probable es que no se cumpla. Él replicó que no debía preocuparme, que el centavo podría salir de la fuente una vez y otra y muchas más.

Él quiso repetir el intento de hacer el amor. Cada vez una nueva sorpresa y, como si no confiara en sí mismo, la duda sobre lo que estaba ocurriendo.

Pero en este día que evocaré una y otra vez hay un momento en que se despierta, en que se vuelve hacia mí todavía con un rastro de vino en el aliento.

—Así que también me has quitado la camisa —me dice.

Mi mano se desliza sobre la sábana a su encuentro.

—Tendremos que cubrir la mirilla.

—¿Cómo dices?

Le explico que en cada puerta de mi piso hay una mirilla. Parece ser que el dueño de la casa consiguió barato ese lote de puertas y las colocó por todas partes. Puedes mirar de una habitación a otra, y el vidrio curvo la hace más estrecha o más ancha, según el lado desde el que mires. Si miras al interior de mi cocina, el mundo es minúsculo, si miras al exterior se ensancha. La mirilla del dormitorio mira al interior, donde Jacobo y Eliana pueden verme mientras duermo. La llaman la puerta de la feria. Gracias a la distorsión, les parece como si estuviera acostada en la cama más grande del mundo. Me ven hinchada, sobre las almohadas más grandes del mundo. Las paredes se curvan a mí alrededor. El día que empezamos a vivir aquí, saqué los pies de la ropa de cama. «¡Mamá, tienes los pies más grandes que la cabeza!» El chico dijo que el interior del dormitorio parecía elástico; la niña que estaba hecho de goma de mascar.

Corrigan baja de la cama. Su espalda delgada y desnuda, sus largas piernas. Se acerca al armario. Pone la camisa negra en un colgador que pende en la abertura entre la puerta y el marco. La camisa negra cubre la mirilla de la puerta. Llega hasta la habitación el sonido del televisor.

—También deberíamos correr el pestillo —le dijo.

—¿Estás segura? —responde en español.

Esas frasecitas en español suenan como piedras en su boca, su acento es tan terrible que me hace reír.

—¿No les preocupará?

—No si nosotros no nos preocupamos.

Vuelve a la cama, desnudo, azorado, cubriéndose. Se desliza entre las sábanas, se arrima a mi hombro, cantando, desafinando. «¿Puedes decirme cómo llegar, cómo llegar al *Barrio Sésamo?*»

Ya sé que regresaré a este día siempre que lo desee. Puedo hacer que viva, conservarlo. Todavía hay un punto en el que el presente, el ahora, se enrolla sobre sí mismo y nada está enmarañado. El río no está donde empieza o termina, sino en el punto medio, encauzado por lo que ha ocurrido y lo que llegará. Puedes cerrar los ojos y caerá una nieve ligera sobre Nueva York, al cabo de unos segundos estás tomando el sol en Zacapa y poco después exploras el Bronx impulsada por tus deseos. No hay forma de encontrar una palabra que exprese ese sentimiento. Las palabras se le resisten. Las palabras le dan una forma que no es la suya propia. Las palabras lo sitúan en el tiempo. Paralizan lo que no se puede detener. Intenta describir el sabor de un melocotón. Vamos, trata de describirlo. Experimenta la prisa de la dulzura: hacemos el amor.

Ni siquiera oigo los golpes en la puerta, pero Corrigan se detiene, sonríe y me besa. Tiene una franja de sudor en lo alto de la frente.

—Ése será Elmo.

—Creo que es Grouchy.

Bajo de la cama, quito la camisa del colgador que hay ante la mirilla y aplico el ojo. Veo la parte superior de sus cabezas: los ojos parecen minúsculos y confusos. Me pongo la camisa de Corrigan y abro la puerta. Me inclino a la altura de sus ojos. Jacobo tiene una vieja manta en las manos, Eliana un vaso de plástico vacío. Dicen que tienen hambre, primero en inglés y luego en español.

—Esperad un momento —les digo. Soy una madre terrible. No debería hacer esto. Cierro de nuevo la puerta, pero me apresuro a abrirla, corro a la cocina, lleno dos cuencos de cereales y dos vasos de agua.

—Ahora, preciosos, prometedme que estaréis quietos.

Regreso al dormitorio y observo a mis hijos a través de la mirilla. Están ante el televisor, derramando cereales sobre la alfombra. Cruzo la habitación y subo a la cama de un salto. Arrojo la sábana al suelo y me tiendo al lado de Corrigan, le atraigo hacia mí. Él se ríe, relajado.

Los dos nos apresuramos. Hacemos de nuevo el amor. Luego él se ducha en mi baño.

—Cuéntame algo espléndido, Corrigan.

—¿Por ejemplo?

—Vamos, es tu turno.

—Bueno, acabo de aprender a tocar el piano.

—No hay ningún piano.

—Exactamente. Me he puesto a hacerlo y de inmediato he podido tocar todas las notas.

—¡Ja!

Es cierto. Ésa es la sensación que produce. Entro en el baño, donde él se está duchando, y descorro la cortina, le beso en los labios mojados y entonces me pongo la bata y voy a cuidar de los niños. Mis pies descalzos en el ondulado suelo de linóleo, las uñas de los dedos pintadas. Soy vagamente consciente de que cada fibra de mi ser aún está haciendo el amor con Corrigan. Todo me produce una sensación de novedad. Las yemas de mis dedos vibran con cada contacto, son como sensores de calor.

Sale de la habitación con el pelo tan mojado que al principio me parece que las canas han desaparecido. Lleva los pantalones oscuros y la camisa negra porque no tiene otra ropa que ponerse. Se ha afeitado. Quiero regañarle por haber usado mi maquinilla. Tiene la piel enrojecida y reluciente.

Cuando transcurra una semana, después del accidente, cuando vuelva a casa, recogeré los pelos depositados a un lado de la pila y trazaré con ellos, obsesivamente, dibujos geométricos, una y otra vez. Los reuniré al lado de la pila e intentaré componer su retrato.

Vi las radiografías en el hospital. La sombra del corazón hinchado a causa del brutal traumatismo en el pecho. Su músculo cardiaco oprimido por la sangre y el fluido. Las venas yugulares, enormemente abultadas. El corazón galopaba y se detenía a intervalos. El médico le introdujo una aguja en el pecho. Yo conocía la operación por mi larga experiencia como enfermera: drenaje pericárdico. Extraían la sangre y el fluido, pero el corazón de Corrigan seguía hinchándose. Su hermano rezaba sin cesar. Hicieron otra radiografía. Las yugulares estaban abultadas, la sangre congestionada no podía circular. Todo su cuerpo se había enfriado.

Los niños se limitan a mirarle y le dicen: «Hola, Corrie», como si esta situación fuese lo más natural del mundo. A su espalda continúa el programa de televisión. «Contad hasta siete. Cantad conmigo. Cuando cortaron el pastel, los pájaros empezaron a cantar».

—Niños, apaguen la tele.

—Luego, mami.

Corrigan se sienta a la mesita de madera detrás del televisor. Me da la espalda. Me estremezco cada vez que se sienta cerca del retrato de mi difunto marido. Nunca me ha pedido que cambie la foto de sitio. Nunca lo hará. Sabe por qué motivo está ahí. No importa que mi marido fuese un bruto que murió combatiendo en las montañas cerca de Quezaltenango, eso es lo de menos, todos los niños necesitan un padre. Además, es tan sólo una foto. No tiene prioridad sobre él. No amenaza a Corrigan. Él conoce mi historia. Está contenida dentro de este momento.

Y de improviso, mientras le miro desde el otro lado de la mesa, pienso que nuestra vida será así. Éste es el futuro tal como lo vemos. El brusco viraje y la energía. La confianza y la duda. Corrigan me mira y sonríe. Desliza los dedos por uno de mis textos de medicina. Incluso lo abre por una página al azar y lo examina, pero no lo está leyendo en absoluto. Dibujos de organismos, de huesos, de cartílagos.

Pasa las páginas como si estuviera buscando más espacio.

—La verdad es que sería una buena idea —le oigo decir.

—¿Qué?

—Adquirir un piano y aprender a tocarlo.

—Sí, ¿y dónde lo pondríamos?

—Encima del televisor. ¿De acuerdo, Jacobo? Eh, Bo, eso estaría bien, ¿verdad?

—Qué va —responde Jacobo.

Corrigan se inclina sobre el sofá y toca con los nudillos el pelo oscuro de mi hijo.

—Tal vez compraremos un piano con un televisor incorporado.

—Qué va.

—Podríamos comprar un piano, un televisor y una máquina de hacer chocolate, todo en una sola pieza.

—Qué va.

—La televisión es la droga perfecta —dice Corrigan, sonriente.

Por primera vez en varios años deseo tener un jardín. Podríamos salir a tomar el fresco y sentarnos apartados de los niños, encontrar nuestro propio espacio. Reducir los edificios cercanos al tamaño de briznas de hierba, hacer que los picapedreros tallen flores a nuestros pies. A menudo he pensado en llevarlo conmigo a Guatemala. Había un lugar al que mis amigos de la infancia y yo solíamos ir, un bosque de mariposas, junto a la carretera de tierra que conducía a Zacapa. El sendero descendía entre los arbustos. En el interior del bosquecillo los arbustos eran bajos, las flores tenían forma acampanada y eran rojas y muy abundantes. Las chicas chupaban las flores dulces mientras los chicos arrancaban las alas de las mariposas para ver de qué estaban hechas. Los colores de algunas de las alas eran tan vivos que sólo podían ser venenosas. Cuando me marché de casa y llegué a Nueva York, alquilé un pisito en Queens y, un día, llena de añoranza, me hice grabar un tatuaje en el tobillo: una mariposa con las alas muy extendidas. Es una de las cosas más estúpidas que jamás he hecho. Me detesté por haberme convertido en una persona tan vulgar.

—Estás soñando despierta —me dice Corrigan.

—¿Ah, sí?

Tengo la cabeza apoyada en su hombro, y él se ríe como si la risa quisiera recorrer una larga distancia, también a través de mi cuerpo.

—¿Corrie?

—Dime.

—¿Te gusta mi tatuaje?

Él me empuja juguetonamente con un dedo.

—Puedo soportarlo —responde.

—Dime la verdad.

—En serio, me gusta.

—Trolero —le digo en español. Él arruga la frente—. Mentiroso.

—No miento. ¡Chicos! ¿Creéis que estoy mintiendo, chicos?

—Ninguno de los dos abre la boca—. ¿Lo ves? Te lo he dicho.

Mi deseo de él es ahora imperioso. Me inclino hacia él y le beso en los labios. Es la primera vez que nos besamos delante de los niños, pero ellos no parecen percatarse. Noto un escalofrío en el cuello.

Aunque no me sucede con frecuencia, hay ocasiones en las que desearía no tener hijos. Hazlos desaparecer, Dios. Durante una hora, no más, una sola hora, eso es todo. Hazlo rápido y sin que lo vea. Hazlos subir en una nubecilla de humo y luego devuélvemelos intactos, como si no hubieran estado ausentes. Pero déjame estar a solas con él, con este hombre, Corrigan, durante un rato, deja que estemos juntos.

Sigo con la cabeza apoyada en su hombro. Él me toca distraídamente la mejilla. ¿Qué debe de estar pensando? Son muchas las cosas que pueden apartarlo de mí. A veces tengo la sensación de que es como un imán. Brinca y gira en el aire a mi alrededor. Voy a la cocina y le hago café. Le gusta muy fuerte y caliente, con tres cucharadas de azúcar. Toma la cucharilla y la lame con placer, como si la cucharilla le hubiera permitido superar una experiencia penosa. Vierte el aliento sobre ella, se la cuelga de la nariz y la deja ahí oscilando, como si fuera tonto.

Se vuelve hacia mí.

—¿Qué te parece, Adie?

—Qué payaso.

—Gracias —me dice con su terrible acento.

Se coloca delante del televisor con la cucharilla todavía colgando de la nariz. Se le cae, la recoge y sopla sobre ella una vez más; lleva a cabo el truco. Los niños se echan a reír.

—Déjame hacerlo, anda, déjame.

Ésas son las pequeñas cosas que estoy aprendiendo. Es lo bastante ridículo para colgarse cucharillas de la nariz. Y le gusta soplar el café para que se enfríe, tres soplos cortos y uno largo. Y además no le gustan los cereales. Ah, y sabe reparar la tostadora.

Los niños miran de nuevo el programa de televisión. Él vuelve a sentarse y termina el café. Contempla la pared de enfrente. Sé que está pensando de nuevo en su Dios y su Iglesia, y lo que perderá si decide abandonar la orden. Es como si su propia sombra hubiera saltado para atraparle. Sé todo esto porque me sonríe, y es una sonrisa que lo contiene todo, incluido un encogimiento de hombros. Entonces se levanta bruscamente de la mesa, se estira, va al sofá, salta por encima del respaldo y se sienta entre los niños, como si pudieran protegerle. Les rodea los hombros con los brazos. Este gesto hace que me guste y moleste al mismo tiempo. Le vuelvo a desear, ahora en la boca, intenso como la sal.

—Tengo cosas que hacer, ¿sabes? —me dice.

—No te vayas, Corrie, quédate un rato más. El trabajo puede esperar.

—Sí —replica él, como si pudiera creerlo.

Atrae más a los niños hacia sí y ellos se lo permiten. Quiero que se decida. Quiero oírle decir que puede tenernos a Dios y a mí al mismo tiempo, así como a mis hijos y mi casita de madera. Quiero que permanezca aquí, exactamente aquí, en el sofá, sin moverse.

Siempre me preguntaré qué dijo, qué dijo en ese hermoso instante en que me susurró en el oído cuando lo encontramos destrozado en el hospital. Qué era lo que decía cuando susurró en la oscuridad que había visto algo que no podría olvidar. Una mezcla de palabras, un hombre, un edificio, no pude entenderlo con claridad. Sólo puedo esperar que en el último momento estuviera en paz. Pudo haber sido un pensamiento corriente, o tal vez había decidido abandonar la orden y volver conmigo a casa, o tal vez no fuese nada en absoluto, tan sólo un mero momento hermoso, una nimiedad de la que no valía la pena hablar, un encuentro fortuito o unas palabras que había intercambiado con Jazzlyn o Tillie, un chiste, o tal vez hubiera decidido que sí, que ahora podía perderme, podía quedarse con su iglesia y hacer su trabajo, o quizá no hubiera en su mente nada en absoluto, quizá sólo fuese feliz o puede que la morfina administrada para aliviarle el sufrimiento le hiciera delirar. Podría ser cualquier cosa, es imposible saberlo. Lo último que dijo antes de morir permanece confuso en mi mente.

Había un hombre que caminó por el aire, oí hablar de ello. Y Corrigan se había pasado la noche durmiendo en su furgoneta cerca del palacio de justicia. Le pusieron una multa por hacer eso. En la calle John. Tal vez se despertó, bajó tambaleándose del vehículo a primera hora de la mañana y vio al hombre allá arriba, desafiando a Dios, un hombre por encima de la cruz en vez de por debajo, quién sabe, no puedo decirlo. O tal fue lo ocurrido en la sala de justicia, que el funámbulo quedara libre mientras que a Tillie le cayeron ocho meses entre rejas, tal vez eso le enojó... son cosas que están enmarañadas, no hay respuestas. Tal vez pensara que ella merecía otra oportunidad. Estaba enfadado, Tillie no debería haber ido a la cárcel. O tal vez fuese otra persona quien le molestó.

En una ocasión me dijo que no hay mejor fe que una fe herida. A veces me pregunto si era eso lo que estaba haciendo conmigo, tratar de herir su fe a fin de ponerla a prueba. Quizá yo no era más que otra piedra en el camino de su Dios.

En mis peores momentos estoy convencida de que corría de regreso a casa para despedirse, de que iba demasiado rápido porque se había decidido y lo nuestro había terminado, pero en los mejores se presenta en el umbral, sonriente, con los brazos abiertos, para quedarse.

De modo que es así como le dejaré tanto y tan a menudo como pueda. Era, es, un jueves por la mañana antes del accidente, y encaja en el espacio de todas las demás mañanas en las que me despierto. Está sentado entre Eliana y Jacobo, en el sofá, con los brazos abiertos, la camisa negra desabrochada, mirando hacia adelante. Nada le hará levantarse jamás del sofá. Es un sencillo mueble marrón, con unos cojines que no armonizan y un agujero en un brazo debido al desgaste. Algunas monedas caídas entre los cojines. Ahora puedo llevármelo adondequiera que vaya, a Zacapa o al hogar de ancianos o a cualquier otro lugar que encuentre.

SALVE Y ALELUYA

Lo supe casi en el acto. Las dos pequeñas necesitaban alguien que las cuidara. Era un sentimiento profundo y arraigado. A veces, pensar de nuevo en las cosas es un error causado por el orgullo, pero supongo que lo sucedido vive dentro de ti durante años, lo llevas a todas partes y notas como crece y sus raíces se extienden hasta que tocan todo lo que se ve.

Crecí al sur de Missouri. La única chica de cinco hermanos. Eran los años de la Gran Depresión. Todo se desmoronaba, pero nosotros aguantábamos lo mejor que podíamos. Vivíamos en una casita con tejado a doble vertiente, como la mayoría de las casas de esa zona de la ciudad donde vivían los negros. Las tablas sin pintar se combaban alrededor del porche. A un lado de la casa estaba el salón alargado, amueblado con sillones de caña, un diván morado y una mesa larga que procedía del suelo de una carreta rota. Dos grandes robles daban sombra al otro lado de la casa, donde los dormitorios estaban encarados al este, de modo que desde ellos se veía la salida del sol. Colgué botones y clavos de las ramas para que sonaran con la brisa. En el interior de la casa, el suelo era desigual. Por la noche caían gotas de lluvia sobre el tejado metálico.

Mi padre decía que le gustaba sentarse y escuchar todos aquellos ruidos.

Los días que mejor recuerdo eran de lo más corriente. Cuando jugaba a la pata coja en la losa rota de hormigón, cuando seguía a mis hermanos por los maizales, arrastrando por el polvo mi cartera escolar. En aquel entonces mis hermanos mayores y yo leíamos muchos libros. Cada pocos meses llegaba una biblioteca ambulante y el camión permanecía quince minutos en nuestra calle. Cuando el sol teñía de amarillo la valla rota, salíamos corriendo de la casa, íbamos a la parte trasera del colmado de Chaucer para jugar en un arroyo que ahora me parece insignificante, pero que entonces era todo un río para nosotros. En aquella poderosa corriente hacíamos navegar vapores y el Negro Jim le zurraba la badana a Tom Sawyer. Con Huck Finn no sabíamos muy bien qué hacer, y en general lo dejábamos al margen de nuestras aventuras. Los barcos de papel giraban en el recodo y desaparecían.

Mi padre trabajaba sobre todo como pintor de brocha gorda, pero lo que le gustaba hacer era pintar letreros en las puertas de los comercios de la ciudad. Los nombres de personas importantes sobre vidrio opaco. Letras de pan de oro y minuciosas florituras plateadas. En ocasiones recibía encargos de las empresas, las fábricas y las agencias de detectives de la pequeña ciudad. De vez en cuando, un museo o una iglesia evangélica querían que les retocara sus letreros de bienvenida. Mi padre trabajaba casi por completo en la parte blanca de la ciudad, pero cuando lo hacía en nuestro lado del río íbamos con él y le sujetábamos la escalera de mano, le dábamos las brochas y los trapos. Pintaba letreros de madera a los que el viento hacía oscilar, para inmobiliarias, y puestos en la orilla del río, de almejas y bocadillos que costaban cinco centavos. Era un hombre de baja estatura. Siempre iba impecable, no importaba dónde tuviera que ir a trabajar, él siempre iba bien vestido. Llevaba una camisa arrugada con el cuello almidonado y aguja de corbata de plata. Sus pantalones tenían dobladillos en los extremos de las perneras, y le gustaba decir que si miraba atentamente podía ver reflejado su trabajo en sus zapatos. Jamás nos habló de dinero ni de que nos faltara, y en lo más recio de la Depresión se dedicó a revisar todos sus antiguos trabajos y retocó la pintura, con la esperanza de que el negocio se mantuviera en pie y pudieran darle uno o dos dólares cuando llegaran los buenos tiempos.

La falta de dinero no preocupaba demasiado a mi madre. Era una mujer que había conocido los buenos y los malos tiempos. Era lo bastante mayor para haber oído directamente los relatos de esclavos, y lo bastante sensata para saber lo beneficioso que era haberse liberado del yugo, o por lo menos haberse alejado todo lo que un negro de Missouri meridional podía hacerlo en aquella época.

Le habían regalado, como un recuerdo, la papeleta de intercambio de cuando vendieron a mi abuela. La llevaba encima para tener siempre presente su origen, pero cuando por fin tuvo ocasión de venderla, lo hizo sin dudarlo. Se la vendió al conservador de un museo que era de Nueva York. Empleó el dinero en la compra de una máquina de coser de segunda mano. También tenía otros trabajos, pero el principal era el de señora de la limpieza en la redacción del periódico que estaba en el centro de la ciudad. Volvía a casa con periódicos de todo el país y por la noche nos leía las noticias que a ella le parecían buenas, noticias que abrían las ventanas de nuestra casa, sencillos relatos sobre acrobacias o niños exploradores que ayudan a los bomberos u hombres de color luchando por lo bueno y justo, lo que nuestra madre llamaba *justísimo*.

No pertenecía al coro de Marcus Garvey, fundador de una asociación que abogaba por el regreso de los negros norteamericanos a África. No tenía rencor ni sentía deseo alguno de volver, pero no era contraria a la idea de que una mujer de color consiguiera un lugar mejor en el mundo.

Mi madre tenía el rostro más bello que yo conocía, tal vez el más bello que he conocido jamás. Oscuro como la misma oscuridad, terso, perfectamente ovalado, con unos ojos que parecían pintados por mi padre, un mohín de tristeza en la boca y los dientes muy brillantes, de modo que cuando sonreía se le relajaba completamente la cara. Leía con un agudo sonsonete africano, que debía de remontarse a sus antepasados en Ghana. Un acento que ella había convertido en norteamericano, pero que nos ligaba a un hogar que jamás habíamos visto.

Hasta los ocho años me permitieron dormir junto a mis hermanos, e incluso después nuestra madre seguía acostándome a su lado. Nos leía hasta que nos quedábamos dormidos. Entonces me tomaba en brazos y me llevaba a mi colchón, el cual, debido a la distribución de la casa, se encontraba en el estrecho pasillo fuera del dormitorio. Aún hoy puedo oír a mis padres susurrar y reírse antes de acostarse. Tal vez eso sea todo lo que quiero recordar, tal vez nuestros relatos deberían interrumpirse en seco, tal vez las cosas podrían empezar y terminar ahí, en el momento de la risa, pero supongo que las cosas ni empiezan ni terminan, tan sólo siguen adelante.

Cuando tenía once años, una noche de agosto, mi padre entró en casa con salpicaduras de pintura en los zapatos. Mi madre, que estaba horneando pan, se lo quedó mirando. Jamás, ni una sola vez, se había manchado la ropa mientras pintaba. Ella dejó caer una cucharilla. Un poco de mantequilla fundida se extendió por el suelo. «En nombre de Lutero, ¿qué te ha pasado?», susurró. Mi padre estaba pálido y demacrado. Se aferraba al borde del mantel a cuadros rojos y blancos. Parecía como si necesitara tragar saliva para poder hablar. Titubeó un poco y se le doblaron las rodillas. Ella dijo: «Oh, Señor, es una apoplejía», y le rodeó con los brazos.

El estrecho rostro de mi padre entre las grandes manos de mi madre. Sus ojos miraban más allá que los de ella. Mi madre alzó la vista y me gritó: «¡Ve a buscar al médico, Gloria!».

Salí de casa descalza.

En aquellos días la carretera era de tierra, y recuerdo la textura de cada paso... a veces tengo la sensación de que aún estoy corriendo por aquella carretera. El médico estaba durmiendo la mona. Su mujer me dijo que no se le podía molestar. Me abofeteó dos veces en cada mejilla cuando traté de zafarme de ella y subir por la escalera. Pero yo era una niña con buenos pulmones y grité con todas mis fuerzas. Me sorprendí al verle asomar la cabeza por el hueco de la escalera. Miró abajo y después cogió su maletín negro. Viajé en coche por primera vez, de regreso a nuestra casa, donde mi padre seguía sentado a la mesa de la cocina, apretándose el brazo. Resultó que no se trataba de una apoplejía, sino de un leve ataque cardiaco. Las consecuencias no fueron muy graves, pero desde entonces mi madre siempre estaba con los nervios de punta. No le perdía de vista, pues temía que se derrumbara en cualquier momento. Perdió su trabajo en el periódico al insistir en que él estuviera allí sentado mientras ella limpiaba: los jefes no soportaban la idea de que un hombre de color escudriñara sus papeles, aunque no veían nada malo en que una mujer lo hiciera.

Una de las cosas más bellas que he visto jamás es la imagen de mi padre preparándose para ir de pesca en compañía de unos hombres con los que había trabado amistad en la tienda de la esquina. Trastabilló por la casa, recogiendo los utensilios de pesca. Mi madre sufría. No quería que cargara con todo aquello. Creía que el esfuerzo le podía perjudicar. Él metió más comida en el cesto y dijo a gritos que se llevaría lo que le diera la gana. Incluso cargó con latas de cerveza y bocadillos de atún para sus amigos. Cuando silbaron desde la calle, él se volvió y besó a mi madre en la puerta, le dio una palmada en el trasero y le susurró algo al oído. Mamá echó la cabeza atrás y se echó a reír. Años después imaginé que él le dijo algo subido de tono. Le miró mientras se alejaba, hasta que casi le perdió de vista, más allá de la esquina. Entro en casa y se arrodilló. No era muy religiosa. Solía decir que el futuro del corazón era una palada de tierra, pero se puso a rezar para que lloviera, una plegaria dicha con toda seriedad, a fin de que mi padre volviese y estuviera a su lado.

Tal era la clase de amor cotidiano, con el que tenía que competir. Si habías crecido con él, era difícil pensar que alguna vez lo igualarías. Pensaba que los hijos de personas que se habían amado de veras lo tenían difícil. Sí, era difícil salir de debajo de aquella piel, porque a veces era tan cómoda que no querías desarrollar tu propia piel.

Jamás olvidaré el cartel que me pintaron años después, tras haber perdido a dos de mis hermanos en la batalla de Anzio, durante la Segunda Guerra Mundial, y después de que hubieran arrojado las bombas en Japón, después de los discursos y los apretones de manos con fingido entusiasmo. Me dirigía al norte para ir a la Universidad de Syracuse, en estado de Nueva York, y habían confeccionado un cartel con la pintura favorita de mi padre, el precioso dorado que guardaba para los trabajos de altos vuelos. Lo levantaron en la estación de autobuses, un cartel fuerte como una cometa, con un refuerzo romboidal en el reverso para que el viento no lo hiciera aletear: VUELVE PRONTO A CASA, GLORIA.

No volví pronto a casa. No volví. Por lo menos no lo hice entonces. Me quedé en el norte, no para hacer locuras sino para meter la cabeza en los libros, y luego el corazón en un matrimonio rápido, y luego el alma en cabestrillo, y acto seguido la cabeza y el corazón concentrados en mis tres hijos, dejando que los años se deslizaran, como hace todo el mundo, contemplando como se me hinchaban los tobillos. Cuando volví a casa, a Missouri, al cabo de los años, viajaba libremente en los autobuses y oía relatos sobre la policía y sus cañones de agua. La voz de mi madre resonaba en mis oídos: No has hecho nada en todo este tiempo, Gloria, nada en absoluto, ¿dónde has estado, qué has hecho, por qué no has vuelto, no sabías que estaba rezando para que lloviera?

Casi treinta años después, la gente que me ve cree que soy carne de iglesia. Me pongo vestidos que me cubren la espalda e impiden que me oscilen los pechos. Me pongo un broche dorado en el hombro izquierdo de mi vestido más negro. Llevo un bolso blanco con asas circulares. Uso medias hasta las rodillas y a veces me pongo unos guantes blancos que me llegan a los codos.

Tengo una voz resacosa, por lo que la gente me mira y cree que estoy a punto de ponerme a cantar un viejo espiritual de plantación de azúcar. Pero la verdad es que no he visto a Dios desde que abandoné Missouri y prefería irme a casa, a mi habitación en el Bronx, arrebujarme entre las sábanas y escuchar a Vivaldi a través de los altavoces del estéreo, en vez de escuchar a cualquier predicador perorando sobre la manera de salvar al mundo.

En cualquier caso, ya no encajo en los bancos de iglesia. Siempre me resulta incómodo moverme entre ellos en busca de un sitio donde sentarme.

Perdí dos matrimonios y tres hijos. Se marcharon de diferentes maneras, pero todas me rompieron el corazón y Dios no va a remendar ninguna de las roturas. Sé que hice el ridículo en ocasiones, y sé que Dios me llevó a hacer el ridículo con la misma frecuencia. Le abandoné sin sentirme demasiado culpable. Traté de hacer lo correcto durante la mayor parte de mi vida, pero no fue en la casa del Señor. Con todo, sé que he acabado por dar una impresión de beata. Me miran, me escuchan y creen que los conduzco hacia el Evangelio. Cada uno tiene su maldición particular, y supongo que, al menos durante algún tiempo, Claire vio que encajaba en esa peculiar casilla.

No era una mujer con la que tuviera ningún motivo de discusión. Me parecía una bellísima persona, tan amable como es posible serlo. No es que tratara de abrumarme con sus lágrimas. Lloraba de una manera natural, como cualquiera. Y era evidente que se sentía avergonzada por sus cortinas, su porcelana, el retrato de su marido en la pared, el tintineo de la taza de té en el platillo. Daba la impresión de que de un momento a otro podría salir volando por la ventana hacia Park Avenue, con la franja gris en el pelo, los brazos delgados y desnudos, el cuello largo surcado de venas azules. De la pared del corredor pendían títulos universitarios, y cualquiera podía ver que había nacido en el lado bueno del río. Mantenía su casa en perfectas condiciones y su voz tenía un leve acento sureño, de modo que si yo sentía afinidad con alguna de las señoras, era con ella.

La mañana se deslizó con suavidad, como lo hacen la mayor parte de las buenas mañanas.

Intercambiamos animadamente nuestros puntos de vista sobre el funámbulo. Bajamos de la azotea, nos comimos los donuts, tomamos el té y seguimos charlando. La sala de estar estaba inundada de luz. Los muebles tenían un brillo intenso. Los techos eran altos y estaban adornados con bonitas molduras. Sobre el estante había un pequeño reloj con cuatro patas bajo una campana de cristal. Mis flores estaban en el centro de la mesa. El calor ya había empezado a abrirlas un poco.

Me di cuenta de que a las demás les impresionaba el ambiente de Park Avenue. Cuando Claire desapareció en la cocina, siguieron levantando las tazas para ver qué clase de sello había allí. Janet incluso alzó un cenicero de cristal en el que había dos colillas aplastadas. Lo levantó en el aire para ver si encontraba alguna marca, como si pudiera proceder de la reina Elizabeth en persona. No pude contener una sonrisa. «Bueno, nunca se sabe», susurró Janet con vehemencia. Tenía el hábito de apartarse el cabello a un lado sin mover apenas la cabeza. Dejó el cenicero sobre la mesa e hizo una leve mueca de desdén, como si dijera: «¿Cómo te atreves?». Volvió a arreglarse el pelo con otro movimiento imperceptible y miró a Jacqueline. Hablaron en el lenguaje de las mujeres blancas, lo he visto suficientes veces para saberlo, se les nota en los ojos, se ladean un poco, sostienen la mirada un momento, y entonces desvían la vista. Lo han practicado durante siglos y me sorprende que algunas no tengan esa expresión perpetuamente.

Miré hacia la cocina, pero Claire seguía detrás de la puerta de lamas, y veía su delgada silueta, atareada, recogiendo más cubitos. El chasquido de una bandeja de hielo. El ruido del agua vertida por el grifo.

—Estaré con vosotras enseguida —dijo desde la cocina.

Janet se puso en pie y, de puntillas, se acercó al cuadro que pendía de la pared. El retrato del marido estaba muy bien pintado, parecía una fotografía, sentado en un sillón antiguo, con chaqueta y corbata azul. Era una de esas pinturas en las que apenas notas las pinceladas. Nos miraba muy seriamente. Calvo, de nariz afilada y con un atisbo de papada. Janet se detuvo ante el retrato e hizo una mueca. «Parece como si le hubieran metido un palo por el trasero», susurró. Supongo que era una observación divertida y cierta, pero no pude dejar de sentir una opresión en el pecho, pensando que Claire saldría de la cocina en cualquier momento. Me dije a mí misma: «No digas nada, no digas nada, no digas nada». Janet extendió el brazo y tocó el marco del cuadro. Marcia la miraba con una sonrisa maliciosa. Jacqueline se mordía el labio. Las tres estaban a punto de romper a reír.

La mano de Janet se deslizó a lo largo del marco y se cernió sobre el muslo del hombre pintado. Marcia se echó atrás en el sofá y se cubrió la boca como si aquello fuese lo más divertido que hubiera visto jamás.

—No excites al pobre hombre —dijo Jacqueline.

Un silencio y algunas risitas más. Me pregunté qué podría pasar si fuese yo la que se levantara y le tocase la rodilla, deslizara la mano por la parte interior de su pierna, imagina, pero, naturalmente, permanecí clavada en la butaca.

Oímos el sonido de la puerta de lamas y salió Claire con una gran jarra de agua helada en las manos.

Janet se apartó del cuadro. Marcia volvió al sofá y fingió que tosía. Jacqueline encendió otro cigarrillo. Claire me tendió la bandeja. Dos bagels y tres donuts, uno con azúcar glaseado, otro con chocolate granulado y otro sin nada.

—Si me como otro donut, Claire, me derramaré en la calle —le dije.

Fue como si hubiera dejado salir el aire de un globo, haciéndolo volar por la habitación. No había pretendido decir nada tan risible, pero al parecer lo era, y todas se relajaron. Pronto volvimos a conversar con toda seriedad, y la verdad es que fue una buena charla, una charla sincera, recordando a nuestros chicos, cómo habían sido y aquello por lo que fueron a luchar. El reloj hacía tictac cerca de la estantería de libros, y entonces Claire nos acompañó por el corredor, con los cuadros y los títulos universitarios, hasta la habitación de su hijo.

Abrió la puerta, que crujió al girar sobre sus goznes, como si fuese la primera vez que lo hacía en varios años.

Parecía como si nadie hubiera tocado la habitación. Lápices, sacapuntas, papeles, tablas de béisbol. Hileras de libros en los estantes. Una cómoda de patas altas. Un póster de Mickey Mantle encima de la cama. Una mancha de humedad en el techo. Una grieta en las tablas del suelo. La pequeñez de la habitación me sorprendió: apenas cabíamos las cinco en ella. «Dejadme que abra un poco la ventana», dijo Claire. Me senté en el extremo de la cama, donde había más apoyo, pues no quería que crujiera. Puse las manos sobre el colchón para que no rebotara y me apoyé en la pared, de modo que pudiera notar la frialdad del yeso en la espalda. Janet se sentó en el puf de bolitas, cuya forma apenas modificó, y las demás se colocaron junto a la cabecera de la cama, mientras Claire ocupaba una silla blanca al lado de la ventana por la que entraba la brisa.

—Bueno, aquí tenéis —dijo.

Por el sonido de su voz parecía como si hubiéramos llegado al final de un viaje muy largo.

—Vaya, es un cuarto precioso —comentó Jacqueline.

—Lo es de veras —dijo Marcia.

El ventilador del techo se puso a girar y el polvo se posó como minúsculos mosquitos a nuestro alrededor. En los estantes había muchas piezas de radio y tablillas con chismes electrónicos de los que colgaban cables. Grandes baterías. Tres pantallas, cuyas partes posteriores abiertas revelaban los tubos.

—¿Tanto le gustaba la televisión? —pregunté.

—Oh, esto son piezas de ordenador —respondió Claire.

Tomó una foto de su hijo. Estaba dentro de un marco de plata sobre la mesa. Nos la tendió. El marco era muy pesado y en el reverso de terciopelo tenía una etiqueta adhesiva que decía: FABRICADO EN INGLATERRA. En la foto, Joshua era un niño blanco, delgado y con granos en el mentón. Llevaba gafas oscuras y el pelo corto. En sus ojos se notaba que no le gustaban las cámaras. Tampoco vestía uniforme. Claire dijo que le habían hecho la foto antes de graduarse en la escuela secundaria, cuando pronunció el discurso de despedida. Jacqueline volvió a poner los ojos en blanco, pero ella no se dio cuenta; cada palabra que decía acerca de su hijo parecía ampliarle la sonrisa. Cogió de la mesa una esfera de nieve, la agitó y la devolvió a su sitio. La esfera era de Miami, y pensé que alguien había tenido un punto de humor... nieve en Florida. Pero cuando le dio la vuelta fue como si hubiera en el mundo otra fuerza de la gravedad: esperó hasta que todos los copos se hubieron posado y entonces le dio de nuevo la vuelta y nos lo contó todo de él, de Joshua, la escuela a la que asistió, lo que le gustaba tocar al piano, lo que hizo por su país, nos dijo que había leído todos los libros de la estantería y que hasta había construido su calculadora, que había ido a la universidad y luego a cierto parque en algún lugar... era la clase de chico que unos años atrás fue responsable de poner a otro hombre en la luna.

Una vez le pregunté si creía que Joshua y mis hijos habían sido amigos y ella me dijo que sí, pero yo sabía que probablemente no había nada más alejado de la verdad.

No me avergüenza decir que experimenté una sensación de soledad. Resultaba curioso, pero todas nos aferrábamos a nuestro pequeño mundo con la profunda necesidad de hablar, cada persona con su propio relato, empezando en algún punto medio y entonces empeñándose por contarlo todo, por hacer que todo tuviera sentido, que fuese lógico y definitivo. Tampoco me avergüenza decir que la dejé hablar, incluso la estimulé para que lo dijera todo. Años atrás, cuando estaba en la Universidad de Syracuse, adopté una manera de expresarme que agradaba a la gente, hacía que siguieran hablando, así yo no tenía que decir gran cosa. Imagino que de ese modo estaba construyendo un muro para mantenerme a salvo. En las habitaciones de la gente rica había perfeccionado mi costumbre sureña de decir «misericordia», «Señor» y «Dios glorioso». Eran las palabras que utilizaba como otra forma de silencio, las palabras que siempre he utilizado, en las que confío y que han sido mi último recurso desde no sé cuánto tiempo. Y, desde luego, en casa de Claire hice lo mismo. Ella se sumió en su pequeño mundo de cables, ordenadores y chismes eléctricos, y yo me encerré en el mío.

Ella no se fijó, o por lo menos hizo como si no se fijara. Echaba atrás el cabello con la franja gris, me miraba y sonreía, como si se sorprendiera de estar hablando y ahora nada pudiese detenerla. Era la imagen de la pura felicidad mientras los pensamientos se sucedían en su mente, daba vueltas a una idea, retrocedía, explicaba otra cosa sobre electrónica, aportaba otro detalle de la época escolar de Joshua, parloteaba sobre un piano en Florida, realizaba su peculiar juego de la pata coja a través de la vida de aquel muchacho.

Éramos cinco dentro de la pequeña habitación, y hacía mucho calor. Las manecillas del reloj, que estaba sobre la mesa al lado de la cama, ya no se movían, tal vez porque se le habían agotado las pilas, pero seguía funcionando en mi cabeza. Me estaba amodorrando. No quería quedarme dormida, y tuve que morderme el interior del labio para no dar cabezadas. No era yo sola, desde luego, todas nos sentíamos un tanto incómodas, eso era palpable, los cambios de postura, la respiración de

Jacqueline, la tosecilla de Janet y Marcia enjugándose la frente con su pequeño pañuelo.

Notaba la comezón de la inquietud. Procuraba mover los dedos de los pies y tensar los músculos de las pantorrillas. Supongo que al moverme hacía ruido y alguna mueca.

Claire me sonrió, pero era una de esas sonrisas reservadas, que no acaban de desplegarse por completo. Le sonreí, procurando no revelar que estaba tan inquieta como incómoda. No era que aquella mujer me aburriese, no tenía nada que ver con lo que me estaba diciendo, lo único que sucedía era que mis sensaciones físicas me lo estaban haciendo pasar mal. Volví a tensar los dedos, pero no sirvió de nada, y con la mayor discreción posible me puse a golpear con la rodilla el borde de la cama, tratando de espabilar la pierna que se me había dormido. Claire me miró como si estuviera decepcionada, pero no fui yo quien se levantó, no, fue Marcia la que finalmente se estiró y bostezó con toda naturalidad. Bostezó como una niña que se saca un chicle de la boca, un gesto que decía: Mírame, me aburro, voy a bostezar y nadie me lo impedirá.

—Perdonad —dijo, aunque no demasiado contrita.

Se hizo un silencio momentáneo. Era como si la atmósfera de la habitación se hubiera descompuesto en los elementos que la formaban.

Janet se inclinó hacia adelante y dio unas palmaditas a la rodilla de Claire.

—Sigue contándonos —le dijo.

—He olvidado lo que estaba diciendo —replicó ella—. ¿Qué estaba diciendo? —Nadie se lo recordó—. Sé que estaba diciendo algo importante.

—Era sobre Joshua —le ofreció Jacqueline.

Marcia nos lanzó a todas una mirada iracunda.

—No recuerdo en absoluto qué era —dijo Claire.

Sus labios trazaron otra de aquellas sonrisas contenidas, como si su cerebro se negara a admitir la clara evidencia, aspiró hondo y volvió a la carga. Pronto estaba viajando de nuevo en el tren de alta velocidad de su Joshua. Nos explicó que su hijo había estado en la cima de algo tan nuevo que el mundo nunca sabría del todo lo que se había perdido, que había llevado las máquinas a un lugar donde beneficiarían al hombre y la humanidad, y algún día aquellas máquinas hablarían entre ellas como si fuesen personas, incluso las guerras serían libradas por máquinas, tal vez fuese imposible comprenderlo, pero creedme, nos dijo, ésa es la dirección que seguía el mundo.

Marcia se levantó de nuevo y se estiró cerca de la puerta. Su segundo bostezo no fue tan descarado como el primero, pero entonces preguntó:

—¿Alguien tiene el horario del transbordador?

Claire se detuvo en seco.

—No quería interrumpirte, perdona —le dijo Marcia—. Es que quiero evitar una hora punta.

—Es la hora de comer.

—Lo sé, pero a veces está muy lleno.

—Oh, sí, es cierto —intervino Janet.

—A veces tienes que hacer cola durante horas.

—Horas.

—Incluso el miércoles.

—Podríamos encargar algo —propuso Claire—. En Lexington hay un nuevo restaurante chino.

—No, gracias. De veras.

Vi que Claire se ruborizaba. Intentó sonreír de nuevo, una sonrisa neutral, y pensé en aquel verso afirmativo, «Un poco de veneno le ayudó a seguir adelante», de una vieja canción que mi madre me enseñó en la infancia.

Claire se tiraba del vestido, lo alisaba, se aseguraba de que no estuviera arrugado. Entonces tomó la foto de su Joshua que estaba en el antepecho de la ventana y se levantó.

—Bueno, os agradezco mucho que hayáis venido —nos

dijo—. No sé cuánto tiempo hacía que no entraba en esta habitación.

Su sonrisa podría haber roto un cristal.

La de Marcia fue como un martillazo. Jacqueline se enjugó la frente como si acabara de pasar por la experiencia más penosa. La habitación se llenó de carraspeos, pausas y tosecillas, pero Claire seguía apretando la foto enmarcada contra su vestido. Todas empezamos a decir que qué estupenda mañana habíamos pasado y le agradecimos calurosamente su hospitalidad, comentamos lo valiente que había sido Joshua, le dijimos que sí, que nos reuniríamos lo antes posible, y lo asombrosa que había sido la inteligencia de su hijo y que, por favor, nos diera la dirección de la panadería donde hacían aquellos donuts y cualquier otra cosa que se nos pudiera ocurrir para llenar el silencio que nos rodeaba.

—No te olvides del paraguas, Janet.

—Nací con el paraguas en la mano.

—No lloverá, ¿verdad?

—Es imposible conseguir un taxi cuando llueve.

En el corredor, Marcia se miró en el espejo para retocarse el rojo de labios y se colgó el bolso de la muñeca.

—La próxima vez que venga, recuérdame que traiga una tienda.

—¿Una qué?

—Acamparé aquí.

—Yo también —dijo Janet—. Tienes un piso espléndido, Claire.

—Un ático —añadió Marcia.

Toda clase de mentiras volaban por el aire, iban y venían, chocaban entre ellas, e incluso Marcia temía ser la primera que hiciera girar el pomo de la puerta. Estaba junto al sombrerero cuyos pies eran garras de ave que sujetaban una bola. Lo tocaba con el hombro. Los pies se tambaleaban y los brazos oscilaban.

—Te llamaré sin falta la semana que viene.

—Estupendo —dijo Claire.

—Empezaremos de nuevo en mi casa.

—Gran idea, lo estoy deseando.

—Pondremos globos amarillos —dijo Janet—. ¿Los recuerdas?

—¿Había globos amarillos?

—En los árboles.

—Pues no lo recuerdo —dijo Marcia—. ¿Dónde tengo la cabeza? —Entonces se inclinó para susurrarle algo al oído a Janet, y las dos se rieron entre dientes.

Oíamos el sonido del ascensor que subía y bajaba.

—¿Una cuestión delicada? —preguntó Marcia. Tenía una expresión de culpabilidad en el semblante. Tocó el brazo de Claire.

—Por favor, por favor.

—¿Tenemos que darle una propina al ascensorista?

—Oh, no, claro que no.

Eché un vistazo rápido al espejo del corredor y estaba comprobando el cierre de mi bolso cuando Claire me tiró del codo y me hizo entrar en el corredor.

—¿Quieres algunos bagels más, Gloria? —me preguntó en voz lo bastante alta para que todas la oyeran.

—Ya he comido suficientes —respondí.

—Quédate aquí un poquito más —me dijo en voz baja. Tenía los ojos algo húmedos.

—De veras, Claire, ya he tomado suficientes bagels.

—Quédate un poco —me susurró.

—Claire —le dije, tratando de zafarme, pero ella se aferraba a mi codo como si fuera el último hilo de un cordel.

—Hasta que se hayan ido.

Vi el temblor de las aletas de su nariz. Tenía la clase de cara que, cuando la miras con atención, crees que ha envejecido de repente. Su tono era de súplica. Janet, Jacqueline y Marcia estaban en el extremo del corredor, ahora riéndose de uno de los cuadros que colgaban de la pared.

La verdad es que no quería dejar a Claire allí, con todas aquellas migas en la moqueta y las colillas en los ceniceros. Supongo que no me habría costado nada quedarme, arremangarme y ponerme a lavar los platos, fregar el suelo y meter los limones en recipientes de Tupperware, pero pensé que años atrás no nos habíamos esforzado por conquistar la libertad para acabar limpiando pisos en Park Avenue, por muy simpática que fuese ella y por mucho que sonriera. No tenía nada contra aquella mujer de ojos grandes, anchos y generosos. Estaba bastante segura de que me sentaría en el sofá y ella me colmaría de atenciones, pero tampoco organizamos las marchas para eso.

—Por piedad —dije.

No pude evitarlo.

—Ejem —hizo Jacqueline desde la puerta principal, como si se estuviera aclarando la garganta para hablar.

—¿A qué estamos esperando? —dijo Marcia.

Oí el taconeo de los zapatos de Janet en el parqué. Jacqueline volvió a toser. Marcia se arreglaba el pelo ante el espejo y musitaba algo.

Jamás lo habría creído posible en cualquier otra época de mi vida: tres mujeres blancas deseosas de que me fuera con ellas y otra tratando de retenerme. Me encontraba ante un rotundo dilema, y atada a un caballo al galope. El corazón empezó a martillearme en el pecho. Los ojos de Claire estaban húmedos y su mirada parecía decir que debía decidirme con rapidez. Una alternativa era ir con las demás, bajar en el ascensor y salir a la calle, donde nos despediríamos. La otra alternativa era quedarme con Claire. No quería perderme aquella ronda de reuniones matinales al mostrar una preferencia, por muy buena persona que ella fuese o por muy elegante que fuera su piso, así que retrocedí y le mentí descaradamente.

—Verás, Claire, he de volver al Bronx, por la tarde tengo una cita en la iglesia, el coro.

Me sentí fatal por mentirle de ese modo. Ella dijo que naturalmente, sí, lo comprendía, qué tonta había sido, y entonces me dio un suave beso en la mejilla. Sus labios me rozaron el pelo mientras me decía: «No te preocupes».

No sabría describir su manera de mirarme, pues hay pocas palabras con las que hacerlo; era algo que manaba, que se alzaba, una elevación sobre la superficie del agua, era la clase de cosa que no se puede expresar. Por un instante sentí como si algo se hubiera desatado a lo largo de mi espina dorsal y se me tensó la piel, pero, ¿qué podía decir? Me asió la muñeca y me la pellizcó, diciéndome por segunda vez que lo comprendía y que no había tenido intención de impedirme asistir al coro. Me aparté de ella. Asunto zanjado, estaba segura de ello, felizmente solucionado, ahora el corredor brillaba, todas sonreíamos y dijimos que la siguiente vez nos veríamos en casa de Marcia, aunque tenía la sensación de que probablemente nunca habría una siguiente vez, eso era lo doloroso, estaba segura de que todas habíamos tenido nuestra oportunidad, habíamos hecho revivir a nuestros chicos durante un rato, y salimos al rellano, donde Claire pulsó el botón del ascensor.

El ascensorista abrió la puerta de hierro. Fui la última en entrar, y Claire me tomó del codo, me hizo retroceder y acercarme de nuevo a ella con el rostro entristecido.

—¿Sabes? —me susurró—. Te pagaría con mucho gusto, Gloria.

Mi abuela fue esclava. Su madre también. Mi bisabuelo fue un esclavo que acabó redimiéndose en Missouri. Llevaba consigo un látigo mental, por si se olvidaba. Algo sé de lo que la gente quiere redimir, y cómo cree que puede redimirlo. Conozco las marcas que quedan en los tobillos de las mujeres. Conozco las cicatrices de arrodillarte que adquieres en el campo. He oído los relatos sobre la venta de niños. He leído los libros en los que aparecen barcos que son ataúdes llenos de lamentos. He oído hablar de las cadenas que te ponen en las muñecas. Me hablaron de lo que sucedió la primera noche que una chica floreció. He oído decir que les gusta que las sábanas de la cama estén bien tensas para que no puedas robarles ni una moneda. He escuchado a los hombres sureños con sus camisas blancas almidonadas y sus corbatas. He visto los puños agitados en el aire. Me he unido a las canciones. Estuve en los autobuses cuando levantaron a sus hijos pequeños para que gruñeran en las ventanillas. Conozco el olor del gas lacrimógeno y sé que no es tan dulce como algunos dicen.

Si empiezas a olvidar, ya estás perdida.

En cuanto hubo pronunciado aquellas palabras, Claire fue presa del pánico. Como si haber dicho algo tan inesperado desencadenase un remolino que la engullía. Los párpados le temblaron un instante. Abrió una palma, flácida, resignada, y se la quedó mirando como para decir que había desaparecido de sí misma y que todo lo que quedaba era aquella extraña mano que extendía en el aire.

Entré rápidamente en el ascensor.

—Buenas tardes, señora Soderberg —dijo el ascensorista.

Le vi los ojos mientras la puerta se cerraba: la tierna resignación.

La puerta se cerró. Marcia exhaló un suspiro de alivio. Jacqueline soltó una risita. Janet les siseó para que se callaran, con la mirada en la nuca del ascensorista, pero me di cuenta de que estaba reprimiendo una sonrisa. Me dije que no iba a seguirles el juego. Querían dejar de lado la reserva y comentarlo en susurros. «¿Sabes? Te pagaría con mucho gusto, Gloria». Estaba segura de que lo habían oído, de que diseccionarían la frase, tal vez en una cafetería o un restaurante, pero yo no soportaría más charla, más puertas cerradas, más tintineo de tazas. Las dejaría atrás, iría a dar un paseo, caminaría un poco hacia el norte de la ciudad, me despejaría la cabeza, pondría un pie delante del otro y digeriría mentalmente todo aquello.

La luz se derramaba nítida sobre las baldosas del vestíbulo. El portero nos detuvo.

—Perdonen, señoras, pero la señora Soderberg acaba de llamarme por el intercomunicador y ha dicho que le gustaría verlas de nuevo un momento.

Marcia exhaló uno de sus largos suspiros, y Jacqueline dijo que tal vez nos quería dar algunos bagels sobrantes, como si eso fuese lo más divertido del mundo. Noté que se me acaloraban las mejillas.

—He de irme —le dije.

—Vaya, alguien se ha enfadado —dijo Marcia. Se me había acercado sigilosamente y había puesto su mano en mi brazo.

—Tengo que ir a ensayar con el coro.

—¡Jesús! —exclamó ella con los ojos reducidos a una ranura.

La miré fijamente, crucé la puerta y eché a andar por la avenida, el calor de sus ojos en mi espalda.

—¡Gloria! —me llamaron—. Glo-ria.

A mi alrededor, los transeúntes caminaban a paso vivo, en actitud resuelta. Hombres de negocios, médicos y mujeres bien vestidas que iban a almorzar. Los taxis que pasaban tenían de repente las luces apagadas para una mujer de color, porque no querían llevarme, ni siquiera con mi mejor vestido, en la tarde brillante, en el calor del verano. Tal vez les haría ir en la dirección errónea, fuera de la ciudad, donde estaban el dinero y los cuadros, al Bronx, donde no había ni una cosa ni la otra. En cualquier caso, todo el mundo sabe que los taxistas detestan a una mujer de color: no me dará propina, o como mucho me dará calderilla, eso es lo que piensan, y no hay manera de cambiarlo, por muchas marchas en pro de la libertad que haya, eso permanecerá inmutable. Así que seguí poniendo un pie delante del otro. Llevaba mis mejores zapatos de piel, los que uso para ir a la ópera, y al principio eran cómodos, no estaban mal, y pensé que caminar disiparía mi sensación de soledad.

—Gloria —oí de nuevo, como si mi propio nombre se alejara de mí.

No miré atrás. Estaba segura de que Claire correría tras de mí, y me pregunté si había actuado bien al no quedarme a su lado, con las piezas de radio diseminadas en la habitación de su hijo, los libros, los lápices, las tablas de béisbol, la esfera de nieve, los sacapuntas, todo pulcramente dispuesto en los estantes. Vi de nuevo su rostro, la tristeza que embargaba sus ojos.

Me detuve ante el semáforo en rojo.

Ansiaba ir a casa y acurrucarme, esconderme en mi piso, lejos de las señales de tráfico. No quería experimentar la vergüenza ni la cólera, ni siquiera los celos; tan sólo quería estar en casa, las puertas cerradas, el estéreo encendido, una ópera resonando en la estancia, sentarme en el sofá de respaldo roto, la música ahogando todo lo demás hasta que fuese invisible.

El semáforo se puso en verde.

Entonces pensé de nuevo que no debería comportarme como lo estaba haciendo, que tal vez lo había entendido todo mal, tal vez en verdad ella no fuese más que una blanca solitaria que vivía en Park Avenue, que había perdido a su hijo exactamente de la misma manera que yo perdí a tres de los míos, que me había tratado bien, no me había pedido nada, me había recibido en su casa y besado en la mejilla, se había ocupado de que mi taza estuviera siempre llena, y tan sólo había cometido el error de hablar más de la cuenta, una frasecilla tonta a la que yo permitía echarlo todo a perder. Me había gustado cuando nos atendía, y ella no había tenido ninguna mala intención, tal vez sólo estaba nerviosa. La gente es buena o medio buena o una cuarta parte buena, y eso cambia continuamente, pero ni siquiera en el mejor de los días nadie es perfecto.

La imagino allí, mirando el ascensor, viendo descender los números de los pisos, mordiéndose los dedos mientras nos alejábamos. Regañándose a sí misma por haber sido demasiado abrumadora, corriendo al intercomunicador y rogándonos que nos quedáramos un minuto más.

Cuando había recorrido casi diez manzanas, noté una ligera punzada en el estómago, un tirón. Me apoyé en el umbral de un consultorio médico en la calle Ochenta y cinco, bajo el toldo, respirando pesadamente y sopesándolo todo, pero entonces me dije que no, no iba a volver, ahora no haría tal cosa, seguiría adelante, ése era mi deber y nadie iba a detenerme.

A veces se te mete algo entre ceja y ceja. Iré caminando a casa aunque tarde una semana en llegar, me dije. Voy a hacer todo el trayecto a pie, lo juro, eso es lo que voy a hacer, pase lo que pase, de regreso al Bronx.

Marcia, Janet y Jacqueline ya no me llamaban. En parte me sentía aliviada de que me hubieran dejado ir, de no haber cedido, no haber dado la vuelta. No estoy segura de cuál habría sido mi reacción si se hubieran puesto a caminar a mi lado. Pero por otra parte pensaba que al menos Claire debería haber venido a mi encuentro, me lo merecía, quería que viniera a darme una palmadita en el hombro y me rogara por segunda vez, de modo que yo supiera que importaba, como nuestros hijos importaban. Y no quería que las cosas terminaran así para mis hijos.

Miré avenida arriba. El parque era gris y ancho y delante había una pequeña cuesta, un estriberón formado por semáforos. Tensé las hebillas de mis zapatos y me adentré en el cruce.

Cuando me marché de Missouri, tenía diecisiete años, y fui a Syracuse, donde sobreviví con una beca académica. Me las arreglé bastante bien, aunque esté feo que lo diga yo misma. La escritura se me daba bien y podía hacer malabarismos con una buena porción de la historia norteamericana, y así, junto con unas pocas jóvenes de color de mi edad, nos invitaban a salones elegantes, estancias con las paredes revestidas de madera, velas oscilantes y buena cristalería, y nos pedían que opináramos sobre lo que les ocurrió a nuestros hermanos allá en Anzio, y quién era W. E. B. Du Bois, y qué significaba realmente estar emancipado, y cuál fue el origen de los pilotos afroamericanos conocidos como Aviadores de Tuskegee, y qué habría pensado Lincoln de nuestros logros. La gente escuchaba nuestras respuestas con los ojos vidriosos. Era como si realmente quisieran creer lo que se decía en su presencia, pero no pudieran creer que estaban presentes para escucharlo.

Al final de las veladas, yo tocaba rígidamente el piano, pero era como si quisieran una actuación de jazz. No era aquella la negra que habían esperado. A veces alzaban la vista y se sobresaltaban, como si acabaran de despertar de un sueño.

El decano de una u otra universidad nos acompañaba a la puerta. Estaba segura de que las fiestas sólo empezaban una vez cerradas las puertas, cuando nosotras nos habíamos ido.

Tras haber visitado aquellas casas espléndidas, ya no quería volver a mi cuartito de la residencia estudiantil. Caminaba por la ciudad, pasaba por Thornden Park e iba a los jardines de White Chapel, a veces hasta que amanecía, con agujeros en los zapatos.

Por lo demás, la mayor parte del tiempo en la universidad lo pasaba apretándome la cartera escolar contra el pecho y fingiendo que no oía las sugerencias de los chicos de la fraternidad, a los que no les habría importado una mujer de color como trofeo: estaban dispuestos a ir de safari.

Ciertamente echaba de menos las carreteras secundarias de mi pueblo de Missouri, pero rechazar una beca habría sido una derrota para mi familia, que no tenía ni idea de lo que era aquello para mí. Ellos estaban convencidos de que su niñita estaba en el norte, aprendiendo la verdad sobre los Estados Unidos, en la clase de lugar donde una mujer joven podría cruzar los umbrales de los ricos. Decían que mi encanto sureño me abriría paso. Las cartas de mi padre empezaban con las palabras «Mi pequeña maravilla». Le respondía en papel de correo aéreo. Les decía lo mucho que me gustaban las clases de historia, cosa que era cierta. Les decía que me encantaba pasear por los bosques, lo cual también era cierto. Les decía que siempre tenía ropa de cama limpia en mi habitación de la residencia, asimismo cierto.

Les contaba toda la verdad, pero no era sincera.

De todos modos, me licencié con matrícula de honor. Fui una de las primeras mujeres de color de Syracuse que lo lograron. Subí los escalones, miré la multitud de togas y birretes, los aplausos me abrumaron. Lloviznaba en el patio de la universidad. Pasé por delante de mis compañeras aterrada. Mis padres, que habían viajado desde Missouri, me abrazaron. Eran viejos, estaban arruinados y se cogían de la mano como si los dos fueran un solo ser. Fuimos a celebrarlo a Denny's. Mi madre dijo que habíamos recorrido un largo camino, nosotros y nuestra gente. Me encogí en mi asiento. Habían organizado el coche de manera que hubiese espacio para mí en la parte trasera. Les dije que no, que me quedaría un poco más si no les importaba, que aún no estaba en condiciones de regresar. «Oh», dijeron al unísono, sonriendo un poco, «¿ahora eres yanqui?». Era una sonrisa que contenía dolor, supongo que podría considerarse una mueca.

Mi madre ocupó el asiento del pasajero y ajustó el retrovisor mientras el coche se ponía en marcha. Me miró por el espejo, saludó agitando el brazo fuera de la ventanilla y me gritó que volviera pronto a casa.

Me casé por primera vez sin saber nada del amor. Mi marido era de una familia de Des Moines. Estudiaba ingeniería y era muy conocido por su habilidad dialéctica en los círculos negros de debate. No había tema que se le resistiera. Tenía mala epidermis y la nariz bellamente torcida. Llevaba un peinado afro conservador, teñido de canela en los bordes. Era la clase de hombre que se ajusta las gafas de una manera precisa, con el dedo corazón. Le conocí una noche en que decía que Norteamérica había estado siempre sometida a la censura y siempre lo estaría, a menos que cambiaran los derechos comunes. Tales eran las palabras que usaba en lugar de derechos civiles: *derechos comunes*. Hizo que todos los presentes guardaran silencio. El deseo que sentía por él me atenazó la garganta. Me miró desde el otro extremo de la sala. Tenía una esbeltez juvenil, los labios carnosos. Salimos durante seis semanas, y entonces nos decidimos. Mis padres y los dos hermanos que me quedaban viajaron al norte para asistir a la boda. Habíamos organizado la fiesta en un salón decadente en las afueras de la ciudad. Bailamos hasta la medianoche y entonces la orquesta cargó con sus trombones y se marchó. Buscamos nuestros abrigos. Mi padre había guardado silencio durante casi todo el tiempo. Me besó en la mejilla. Me dijo que ya no recibía muchos encargos de letreros pintados a mano, que todo el mundo se decantaba por el neón, pero si pudiera poner un letrero en el mundo diría que era el padre de Gloria.

Mi madre me dio consejos, sigo sin poder recordar nada de lo que me dijo, y entonces mi marido se me llevó de allí.

Le miré, sonreí y él me devolvió la sonrisa, y ambos supimos al instante que habíamos cometido un error.

Algunas personas creen que el amor es el final del camino, y si tienes la suerte de encontrarlo, te quedas ahí. Otras personas dicen que se convierte en un precipicio por el que te despeñas, pero la mayoría de la gente que he conocido sabe que es algo que cambia de un día a otro, y según el empeño con que luches por él, lo consigues, te aferras a él o lo pierdes, pero a veces nunca ha estado ahí en primer lugar.

Nuestra luna de miel fue un desastre. La fría luz del sol penetraba ladeada por las ventanas de una pensión en una pequeña ciudad al norte del estado de Nueva York. Había oído decir que muchas esposas se pasan la noche de bodas separadas de sus maridos. Al principio no me alarmó. Le vi acurrucado, insomne, en el sofá, temblando como si tuviera fiebre. Yo podía darle tiempo. Insistió en que estaba cansado y me habló con seriedad de la tensión del día. Años después descubrí que se había gastado todos los ahorros de su familia en la ceremonia nupcial. Aún sentía un fuerte residuo de deseo hacia él cuando le oía hablar o cuando me telefoneaba para decirme que no volvería a casa; parecía como si las palabras le tuvieran afecto, su manera de hablar era mágica, pero al cabo de un tiempo incluso su voz empezó a chirriar y me recordó los colores de las habitaciones de hotel en las que se alojaba: los colores se filtraron en él y lo poseyeron.

Al cabo de cierto tiempo no parecía tener nombre.

Y entonces, en 1947, al cabo de once meses de matrimonio, me dijo que había buscado otra caja vacía en la que cupiera. Aquél era el muchacho que había sido la estrella del equipo de debates negro. «Otra caja vacía». Sentí como si me separasen el cráneo de la carne. Le abandoné.

No quise volver a casa. Inventé excusas, unas excusas complicadas. Mis padres seguían convencidos de que mi matrimonio iba bien, ¿por qué iba a hacerles sufrir? No soportaba la idea de que supieran que había fracasado. Ni siquiera les dije que me había divorciado. Cuando hablaba por teléfono con mi madre le decía que mi marido estaba en el baño o en la pista de baloncesto o que había ido a una entrevista de trabajo para una empresa de ingeniería de Boston. Llevaba el teléfono hasta la puerta, tocaba el timbre y decía: «Tengo que dejarte, mamá... ha venido un amigo de Thomas».

Ahora que se había ido volvía a tener nombre. Thomas. Lo escribí con delineador de ojos azul en el espejo del baño. Miré a través del nombre, más allá, a mí misma.

Debería haber regresado a Missouri y buscado un buen empleo, debería haberme instalado con mis padres, tal vez incluso haber encontrado un marido al que no le asustara el mundo, pero no lo hice. Seguí fingiendo que lo haría, y pronto mis padres desaparecieron. Mi madre primero, mi padre, destrozado, sólo una semana después. Recuerdo haber pensado que eran como amantes. Uno no podía sobrevivir sin el otro. Era como si cada uno se hubiera pasado la vida respirando el aliento del otro.

Ahora me embargaba una sensación de pérdida, estaba enfurecida y quería ver Nueva York. Había oído decir que era una ciudad que bailaba. Llegué a la estación de autobuses con dos lujosas maletas, tacones altos y sombrero. Los hombres querían llevarme las maletas, pero seguí caminando, con la cabeza alta, por la Octava Avenida. Encontré una pensión y solicité una beca a una fundación, pero no obtuve respuesta, y acepté el primer trabajo que pude encontrar, como empleada de un centro de apuestas en el hipódromo de Belmont. Era taquillera. A veces nos metemos en algo que no es en absoluto para nosotros. Fingimos que lo es. Pensamos que podemos quitárnoslo de encima como si fuese un abrigo, pero no es un abrigo en absoluto, es más bien otra piel. Yo estaba demasiado bien preparada para un empleo tan humilde, pero lo acepté de todos modos. Cada día iba al hipódromo. Creía que iba a dejarlo al cabo de unas semanas, que era sólo temporal, un placer pasajero para una muchacha que sabía lo que era el placer pero aún no lo había saboreado plenamente. Tenía veintidós años. Todo lo que quería era que mi vida fuese emocionante durante algún tiempo, tomar los objetos corrientes de mis días y confeccionar con ellos un argumento distinto, sin ninguna obligación hacia mi pasado. Además, me encantaba el sonido del galope. Por las mañanas, antes de las carreras, paseaba entre las casillas de los caballos y aspiraba los aromas del heno, el jabón y el cuero de las sillas.

Algo en mí me hace creer que tal vez seguimos existiendo en un lugar incluso después de que lo hayamos abandonado. En Nueva York, en el hipódromo, me encantaba ver a los caballos de cerca. Sus flancos parecían tan azulados como alas de insecto. Agitaban sus crines en el aire. Para mí eran como Missouri. Olían a hogar, a campos, a orilla de riachuelo. Un hombre dobló la esquina con un cepillo de almohazar en la mano. Era alto, oscuro, elegante. Llevaba un mono. Su ancha sonrisa revelaba unos dientes muy blancos.

Mi segundo y último matrimonio fue el que me dejó a once pisos de altura en el complejo de viviendas subvencionadas del Bronx con mis tres hijos... y supongo, en cierta manera, con esas dos chiquitinas.

A veces tienes que subir a un piso muy alto para ver lo que el pasado le ha hecho al presente.

Subí parque arriba y llegué a la calle 116, y en el cruce empecé a preguntarme de qué manera pasaría al otro lado del río. Siempre podía recurrir a los puentes, pero se me habían empezado a hinchar los pies y los zapatos me cortaban la parte posterior de los talones. La horma de los zapatos era un poco superior a la mía. Los había comprado así apropósito, para ir los domingos a la ópera, pues me gustaba reclinarme en el asiento, quitarme discretamente los zapatos y disfrutar del frescor. Pero ahora se deslizaban hacia atrás a cada paso y me abrían pequeños surcos en los talones. Intenté adaptar el paso, pero las tiras de piel empezaban a separarse. Cada paso ahondaba un poco más el surco. Tenía una moneda para el autobús y una ficha para el metro, pero estaba firmemente decidida a caminar, a volver a casa por mi propio impulso, un pie después del otro. Así pues, seguí hacia el norte.

Las calles de Harlem parecían bajo asedio: vallas, rampas y alambre espinoso, radios en las ventanas, niños en las aceras. En las ventanas de los pisos altos había mujeres asomadas que se apoyaban en los codos, como si estuvieran contemplando una década mejor. Abajo, mendigos en sillas de ruedas con barbas descuidadas hacían carreras hacia los coches detenidos en los semáforos: se tomaban en serio su duelo de cuadrigas, y el ganador se inclinaba para recoger una moneda del suelo.

Tenía atisbos de las habitaciones: una jarra blanca esmaltada contra un marco de ventana, una mesa de madera redonda con un periódico desplegado, una pantalla de lámpara plisada sobre una silla verde. Me pregunté cuáles serían los sonidos que llenaban aquellas habitaciones. Nunca se me había ocurrido antes, pero en Nueva York todo está construido sobre otra cosa, no hay nada aislado por completo, cada cosa tan extraña como la anterior, y conectada.

Sentía un alfilerazo de dolor a cada paso que daba, pero podía soportarlo, había cosas peores que unos talones desgarrados. Recordé una canción pop de Nancy Sinatra en la que decía que sus botas estaban hechas para caminar. Pensé que cuanto más tararease, menos me dolerían los pies. «Uno de estos días estas botas van a caminar sobre ti». De una esquina a otra. Una grieta más en la acera. Así es como caminamos todos: cuanto más tenemos para ocupar la mente, tanto mejor. Me puse a tararear más alto, sin que me importara lo más mínimo quién me veía u oía. Otra esquina, otra nota. De niña había regresado a casa a través de los campos, y mis calcetines desaparecían dentro de los zapatos.

El sol aún estaba alto. Había caminado despacio, dos horas o más.

Corría agua por un arroyo, más adelante unos niños habían abierto una boca de incendios y, en ropa interior, bailaban bajo el rocío. Sus brillantes cuerpecillos eran hermosos y oscuros. Los chicos mayores holgazaneaban en las escalinatas, mirando a sus hermanos y hermanas con la ropa interior mojada, tal vez deseando ser de nuevo tan pequeños como ellos.

Crucé al lado soleado de la calle.

En el transcurso de los años, en Nueva York, me han atracado siete veces. Es algo inevitable. Lo sientes venir, incluso por detrás. Una ondulación en el aire. Una pulsación en la luz. Una intención. A lo lejos, esperándote, en un cubo de basura callejero. Bajo un sombrero o una sudadera. Los ojos se desvían y vuelven a mirar. Por una fracción de segundo, cuando sucede, ni siquiera estás en el mundo. Estás en tu bolso, y éste se aleja. Eso es lo que sientes. Allá va mi vida, calle abajo, se la llevan un par de zapatos que huyen.

Esta vez, la chica, una puertorriqueña, salió de un vestíbulo de la calle 127. Sola. Con aire arrogante. Cuadriculada por las sombras de una escalera de incendios. Sujetaba una navaja bajo su propio mentón. El brillo de la droga en los ojos. Había visto antes esa expresión: si no me rajaba a mí, se rajaba ella. Sus párpados estaban pintados de un color plateado reluciente.

—El mundo ya es bastante malo —le dije, empleando mi tono de iglesia, pero ella dirigió hacia mí la punta de la hoja.

—Dame el jodido bolso.

—Es un pecado empeorarlo más de lo que está.

Ella puso la navaja bajo las asas del bolso.

—Los bolsillos —me dijo.

—No tienes que hacer esto.

—Calla, joder —replicó, colgándose el bolso del brazo a la altura del codo. Fue como si, por el peso, ya supiera que dentro no había nada más que un pañuelo y unas fotografías. Entonces, con un movimiento rápido, se inclinó hacia adelante y me rasgó con la navaja el bolsillo lateral del vestido. La hoja se deslizó contra mi cadera. El bolsillo contenía el monedero, el permiso de conducir y dos fotos más de mis chicos. Abrió el otro bolsillo—. Puerca gorda —dijo mientras doblaba la esquina.

La calle latía a mi alrededor. La culpa era sólo mía. Oí los ladridos de un perro. Reflexioné que ya no tenía nada que perder, que debía seguirla, arrebatarle el bolso vacío, recuperar lo que era mío. La pérdida de las fotografías era lo que más lamentaba. Doblé la esquina. La chica ya estaba muy lejos, calle abajo. Las fotos estaban diseminadas una tras otra en la acera. Me agaché y recogí lo que quedaba de mis hijos. Mis ojos se posaron en los de una mujer, mayor que yo, que miraba por una ventana. Estaba enmarcada por la madera deteriorada. En el alféizar se alineaban santos de yeso y unas pocas flores artificiales. En aquel momento habría cambiado mi vida por la suya, pero ella cerró la ventana y despareció. Apoyé el bolso blanco vacío en la escalinata y seguí adelante sin él. Podía quedárselo. Que se lo quedara todo, excepto las fotos.

Levanté una mano y un taxi pirata se detuvo enseguida. Me acomodé en el asiento trasero. El hombre ajustó el retrovisor.

—¿Adónde? —me dijo, tamborileando en el volante.

Intenta medir ciertos días en una balanza.

—¡Eh, señora! —me gritó—. ¿Adónde va?

Intenta medirlos.

—A la Sesenta y seis y Park —respondí.

No tenía idea del motivo. Ciertas cosas no pueden explicarse. Con la misma facilidad podría haber vuelto a casa. Tenía suficiente dinero guardado bajo el colchón para pagar diez veces la tarifa del taxi. Y sabía que el Bronx estaba más cerca que la casa de Claire. Pero nos metimos entre el tráfico. No le pedí al taxista que diese la vuelta. El temor fue en aumento a medida que las calles iban quedando atrás.

El portero la llamó y ella bajó por la escalera, salió a la calle y pagó al taxista. Me miró los pies (una pequeña barrera de sangre se había formado sobre el borde del tacón y tenía el bolsillo del vestido desgarrado) y algo giró en ella, alguna llave; entonces su rostro se suavizó. Pronunció mi nombre y me incomodó un momento. Me tomó del brazo y me llevó al ascensor y luego por el pasillo hacia su dormitorio. Las cortinas estaban corridas. Ella emitía un fuerte olor a tabaco, mezclado con perfume fresco.

—Aquí —me indicó, como si aquél fuese el único lugar en el mundo. Me senté en la limpia y tersa sábana mientras ella abría el grifo de la bañera. El chapoteo del agua—. Pobrecilla —me dijo. Flotaba en el aire un aroma de sales perfumadas.

Veía mi imagen reflejada en el espejo del dormitorio. Tenía la cara hinchada y demacrada. Ella me estaba diciendo algo, pero el sonido del agua ahogaba su voz.

El otro lado de la cama estaba hundido. Así pues, Claire había estado tendida, tal vez llorando. Sentí deseos de estirarme en la huella y triplicar su tamaño. La puerta se abrió lentamente. Claire se detuvo un momento, sonriente. «Vamos a ponerte en condiciones», dijo. Se acercó al borde de la cama, me tomó del codo, me condujo al baño y me hizo sentar en un taburete de madera junto a la bañera. Se inclinó y probó con el nudillo la temperatura del agua. Me quité las medias. Fragmentos de piel se desprendieron de mis pies. El sol se ponía, y el rojo resplandor se dispersaba en el agua.

Claire puso una toalla blanca en medio del suelo, a mis pies. Me dio unas tiritas, con el papel del reverso ya retirado. No pude evitar la idea de que quería secarme los pies con su pelo.

—Estoy bien, Claire —le dije.

—¿Qué te han robado?

—Sólo el bolso.

Estaba atemorizada: ella podría pensar que lo único que quería era el dinero que me había ofrecido antes para que me quedara, conseguir mi recompensa, mi premio de esclava.

—No contenía dinero.

—De todos modos, llamaremos a la policía.

—¿La policía?

—¿Por qué no?

—Claire...

Ella me miró sin comprender, y entonces vi en sus ojos que había caído en la cuenta. La gente cree conocer el misterio de vivir dentro de tu piel. No es así. Nadie lo conoce excepto quien carga con él y da vueltas alrededor de su propio yo.

Me agaché y me apliqué las tiritas en los talones. No eran lo bastante anchas para el corte. Ya podía notar el dolor agudo cuando más tarde tuviera que quitármelas.

—¿Sabes qué es lo peor de todo?

—¿Qué?

—Me ha llamado gorda.

—Oh, Gloria. Lo siento.

—Tú no tienes la culpa, Claire.

—¿Perdona?

—No tienes la culpa.

—Ah —dijo ella, con un temblor nervioso en la voz.

—Te dije que no debería haber comido tanto donut.

—¡Oh!

Echó la cabeza atrás hasta que tuvo el cuello tenso y me tocó la mano.

—La próxima vez te daré pan y agua, Gloria.

—Tal vez una pastita.

Me agaché para secarme los pies. Ella deslizó la mano a mi hombro, pero entonces se enderezó y dijo:

—Necesitas unas zapatillas.

Revolvió en el armario hasta dar con unas zapatillas y una bata que debían de pertenecer a su marido, puesto que las suyas habrían sido demasiado pequeñas para mí. Hice un gesto negativo con la cabeza y colgué la bata de un gancho en el reverso de la puerta. «No te ofendas», le dije. No tenía necesidad de cambiarme el vestido desgarrado. Me acompañó a la sala de estar. Todavía no había retirado los platos y las tazas. En el centro de la mesa había una botella de ginebra. Estaba más vacía que llena. El hielo se fundía en un cuenco. Claire utilizaba el limón que habíamos cortado en vez de lima. Levantó la botella en el aire y se encogió de hombros. Sin preguntarme si quería, tomó otro vaso.

—Perdona que use los dedos —me dijo mientras depositaba el hielo en el vaso.

Hacía años que no tomaba una bebida alcohólica. Noté el

frío en el fondo de la garganta. Nada importaba salvo aquel sabor momentáneo.

—Qué bueno está.

—A veces es un remedio —replicó.

La luz del sol brillaba a través del vaso de Claire. Adquiría el color del limón a medida que lo hacía girar en sus manos. Parecía como si estuviera sopesando el mundo. Se reclinó en el respaldo blanco del sofá.

—Gloria...

—¿Sí?

Desvió la mirada por encima de mi cabeza, hacia un cuadro situado en el extremo de la habitación.

—¿Quieres saber la verdad?

—La verdad.

—Normalmente no bebo, ¿sabes? Sólo lo he hecho hoy, por la charla. Creo que me he puesto en ridículo.

—Has estado bien.

—¿No me he portado como una tonta?

—Has estado bien, Claire.

—Detesto hacer el ridículo.

—No lo has hecho.

—¿Estás segura?

—Claro que estoy segura.

—La verdad no es ridícula —dijo ella.

Daba vueltas al vaso y miraba como la ginebra trazaba círculos, un ciclón en el que quería ahogarse.

—Me refiero a Joshua, no a lo demás. Quiero decir que me sentí muy estúpida cuando te dije que te pagaría para que te quedaras. Sólo quería tener a alguien cerca, conmigo, ¿sabes? Un deseo egoísta, sin duda, y me sentí fatal.

—Son cosas que pasan.

—No quería decir eso. —Desvió los ojos—. Y entonces, cuando te ibas, te llamé. Quería correr hacia ti.

—Necesitaba caminar, Claire. Eso es todo.

—Las demás se reían de mí.

—Estoy segura de que no.

—No creo que vuelva a verlas jamás.

—Claro que las veremos.

Exhaló un largo suspiro, apuró el vaso y volvió a llenarlo, pero esta vez casi todo el líquido era tónica, no ginebra.

—¿Por qué has vuelto, Gloria?

—Para que me pagues, por supuesto.

—¿Perdona?

—Es una broma, Claire, una broma.

Notaba la acción de la ginebra bajo mi lengua.

—Ah, estoy un poco espesa esta mañana —replicó.

—La verdad es que no tengo ni idea —le dije.

—Me alegro de que hayas vuelto.

—No tenía nada mejor que hacer.

—Eres divertida.

—Eso no es divertido.

—¿No lo es?

—Es la verdad.

—Ah, el coro. Lo olvidaba.

—No tengo ningún coro, Claire. Nunca lo he tenido y nunca lo tendré. Lo siento. Eso no es lo mío.

Ella pareció asimilar durante un momento lo que acababa de decirle y sonrió.

—Te quedarás un rato, ¿verdad? Descansa los pies. Quédate a cenar. Mi marido volverá hacia las seis. ¿Te quedarás?

—No creo que deba.

—¿Veinte dólares la hora? —replicó Claire, sonriente.

—Hecho —dije riendo.

Permanecimos sentadas, en un agradable silencio, y ella deslizó los dedos por el borde del vaso, pero entonces se animó y dijo de repente:

—¿Me hablarás una vez más de tus hijos?

Esa pregunta me irritó. Yo no quería seguir pensando en

421

mis hijos. De una manera extraña, todo lo que deseaba era ser un elemento más de aquella sala ajena. Tomé un trozo de limón y me lo puse entre los dientes y las encías. La acidez me estremeció. Supongo que quería una pregunta del todo distinta.

—¿Puedo pedirte una cosa, Claire?

—Pues claro.

—¿Podríamos poner música?

—¿Qué?

—Verás, creo que aún estoy un poco conmocionada.

—¿Qué clase de música?

—La que tengas. Hace que me sienta... no sé, me calma. Me gusta estar cerca de una orquesta. ¿Tienes ópera?

—Me temo que no. ¿Te gusta la ópera?

—Invierto en ella todos mis ahorros. Voy al Met siempre que tengo ocasión. Al gallinero. Me quito los zapatos y me abandono.

Ella se levantó y fue al tocadiscos. No pude ver la carátula del disco que sacó. Limpió el vinilo con un paño amarillo y alzó la aguja. Hacía todo lo nimio como si fuese extraordinario y necesario. La música llenó la sala. Música de piano profunda, firme: los martillos ondeando a través de las cuerdas.

—Es ruso —me dijo—. Puede extender los dedos hasta trece teclas.

Me alegré bastante el día que mi segundo marido encontró una versión más joven del tren en el que viajaba hacia la desaparición. De todos modos nunca había destacado precisamente por su sentido de la responsabilidad. Le dio la ventolera de largarse dejándome con tres niños y una vista panorámica de la Deegan. No me importó. Lo último que pensé de mi marido fue que nadie debería estar tan solo como él al marcharse. Pero no me rompió el corazón cerrar la puerta tras su salida, ni siquiera tragarme el orgullo de un cheque mensual.

El Bronx era demasiado caluroso en verano y demasiado frío en invierno. Mis hijos llevaban gorros de caza marrones con orejeras. Más adelante tiraron los gorros y se peinaron a lo afro. Se escondían lápices en el pelo. Vivimos días felices. Recuerdo una tarde de verano en que los cuatro fuimos a Foodland y corrimos arriba y abajo por los pasillos con el carro de la compra, manteniéndonos frescos.

Fue Vietnam lo que me puso de rodillas. Llegó la guerra y me arrebató a mis tres hijos delante de mis narices. Los sacó de la cama, sacudió las sábanas y dijo: Éstos son míos.

Un día le pregunté a Clarence por qué iba y él respondió una o dos cosas sobre la libertad, pero el principal motivo era que se aburría. Brandon y Jason me dijeron más o menos lo mismo cuando dejaron las citaciones de alistamiento en nuestro buzón. Ése era el único correo que no robaban en las casas. El cartero acarreaba enormes sacas de pena. En aquellos años había heroína en todos los edificios del complejo de viviendas subvencionadas, y pensé que tal vez mis hijos tuvieran razón, que se estaban liberando. He visto demasiados chicos espatarrados en las esquinas con agujas clavadas en los brazos y cucharillas sobresaliéndoles de los bolsillos de la camisa.

Abrí las ventanas y me despedí de ellos diciéndoles que no perdieran nunca la alegría. Se marcharon y ninguno de ellos regresó.

Cada vez que una de mis ramas llegaba a tener un tamaño considerable, llegaba aquel viento y la rompía.

Me sentaba en la butaca de la sala de estar y miraba las telenovelas de la tarde. Imagino que comía. Supongo que eso era lo que hacía. Sola. Rodeada de envases de queso en lonchas y galletas saladas, esforzándome por no recordar, cambiando de canal y comiendo para mantener a raya al recuerdo. Veía hincharse mis tobillos. Cada mujer con su propia maldición, y supongo que la mía no era mucho peor que la de ellas.

Finalmente todo cae en manos de la música. Una sola cosa

me ha rescatado siempre, y ha sido escuchar una gran voz. En un sonido hay una acumulación de años. Cada domingo escuchaba la radio y me gastaba cualquier paga extra del gobierno en entradas para el Metropolitan. Me sentía como si tuviera una habitación llena de voces. La música se vertía en el Bronx. En ocasiones ponía el estéreo tan alto que los vecinos se quejaban. Me compré unos auriculares. Eran enormes y me cubrían la mitad de la cabeza. Ni siquiera me miraba en el espejo. Pero tenía un poder curativo.

También aquella tarde, sentada en la sala de estar de Claire, dejé que la música me inundara. No era ópera, sino piano, pero se trataba de un nuevo placer y me emocionaba.

Escuchamos tres o cuatro discos. Atardecía o empezaba a oscurecer, no estaba muy segura, cuando abrí los ojos y vi que ella me estaba poniendo una manta ligera en las rodillas. Volvió a reclinarse contra el respaldo del sofá con el vaso en los labios.

—¿Sabes qué me gustaría hacer? —me preguntó Claire.

—¿Qué?

—Me encantaría fumar un cigarrillo, aquí mismo, ahora, en esta sala. —Buscó un paquete en la mesa baja—. Mi marido detesta que fume dentro de casa.

Sacó un solo pitillo. Se lo puso en la boca por el extremo sin filtro y por un momento pensé que iba a encenderlo así, pero se echó a reír y le dio la vuelta. Los fósforos estaban húmedos y se disolvían con el contacto.

Me erguí y cogí de la mesa otro librito de fósforos. Ella me tocó la mano.

—Creo que estoy un poco achispada —me dijo, pero su voz era elegante.

Entonces, precisamente entonces, tuve la horrible sensación de que podría inclinarse y tratar de besarme, o hacerme alguna clase de propuesta extraña, como esas que lees en las revistas. A veces no podemos dominarnos. Me sentía hueca en mi interior, y parecía que un viento frío soplaba a lo largo de mi cuerpo como una brisa calle abajo, pero no hizo nada de eso, se limitó a seguir sentada, lanzó el humo al techo y dejó que la música nos envolviera.

Poco después puso la mesa para tres y calentó un estofado de pollo. El teléfono sonó varias veces, pero ella no respondió.

—Supongo que va a llegar tarde —dijo.

Cuando el teléfono sonó por quinta vez, se puso al aparato. Oía su voz, pero no podía distinguir qué estaba diciendo. Se acercó el micrófono a la boca y le oí susurrar las palabras «querido», «Solly» y «te quiero», pero la conversación fue rápida e impetuosa, como si sólo hablase ella, y tuve la extraña sensación de que la respuesta en el otro extremo de la línea era silencio.

—Está en su restaurante favorito —me informó—, de celebración con el fiscal del distrito.

No importaba gran cosa, pues no deseaba precisamente que aquel hombre se descolgara de la pared y trabara amistad conmigo, pero Claire tenía la mirada distante, como si quisiera que le preguntase por él, así que lo hice. Se embarcó en una larga explicación sobre un paseo que había dado y un hombre con pantalones de franela blancos que avanzaba hacia ella y que era amigo de un famoso poeta, y me dijo que iban a Mystic cada fin de semana, a un pequeño restaurante que había allí donde él cataba el Martini antes de dar su aprobación, y siguió hablando más y más, mirando hacia la puerta principal, esperando que él llegara a casa.

Lo que cruzó por mi mente fue el extraño cuadro que debíamos de formar, si alguien nos hubiera visto desde el exterior, allí sentadas mientras anochecía, dejándonos llevar por aquella sencilla conversación.

No recuerdo qué fue lo que me condujo al pequeño anuncio que estaba en la última página de *The Village Voice*. No era un periódico al que tuviera una simpatía especial, pero un día, por azar, como sucede a veces, vi el anuncio de Marcia, precisamente de ella. Me senté a escribir una carta de la que debí hacer cincuenta o sesenta borradores en el pequeño mostrador de mi cocina. Le explicaba todo sobre mis hijos, una y otra vez, sabe Dios cuántas veces, le decía que era una mujer de color, que vivía en un mal sitio, pero que mi piso era bonito y lo mantenía muy limpio, que había tenido tres hijos y dos maridos, que en realidad había querido regresar a Missouri pero nunca tuve la ocasión ni el valor de hacerlo, que me encantaría conocer a otras personas como yo y que sería un privilegio para mí. Rompí la carta mil veces. No parecía apropiada. Al final todo lo que escribí fue: «Hola, me llamo Gloria y también me gustaría conocerla».

Debían de ser las diez de la noche cuando su marido cruzó la puerta.

—Cariño, estoy en casa —dijo desde el corredor.

Al entrar en la sala de estar, se detuvo y se nos quedó mirando, como si se hubiera equivocado de lugar. Se palmeó los bolsillos como si pudiera encontrar en ellos unas llaves distintas.

—¿Ocurre algo? —le preguntó a Claire.

Era como si hubiese envejecido un poco y bajado del cuadro colgado en la pared. Tenía la corbata algo torcida, pero la camisa abrochada hasta el cuello. Le brillaba la calva. Llevaba un maletín de cuero con cierre de plata. Claire me presentó. Él recobró la compostura y se acercó para estrecharme la mano. Emitía un leve olor a vino.

—Es un placer conocerla —me dijo, en un tono revelador de que no tenía la menor idea de por qué podría ser un placer, pero tenía que decirlo de todos modos, estaba obligado por pura cortesía. Su mano era regordeta y cálida. Dejó el maletín al pie de la mesa y frunció el ceño al ver el cenicero.

—¿Una salida nocturna? —preguntó.

Claire le besó en la mejilla, cerca del párpado, y le aflojó la corbata.

—Me han visitado unas amigas.

Él miró al trasluz la botella de ginebra vacía.

—Ven a sentarte con nosotras —le pidió ella.

—Voy a ducharme ahora mismo, cariño.

—Vamos, hombre, ven aquí.

—Estoy agotado —replicó—. Pero tengo algo interesante que contarte.

—¿Ah, sí?

—Sensacional.

Se estaba desabrochando la camisa, y por un momento pensé que podría quitársela delante de mí y quedarse en medio de la sala como un pez redondo y blanco.

—Un tipo ha caminado sobre un cable, en el World Trade.

—Sí, lo hemos oído.

—¿Lo habéis oído?

—Bueno, sí, todo el mundo lo ha oído. No se habla de otra cosa.

—He tenido que juzgarle.

—¿Lo has hecho?

—Y he encontrado la sentencia perfecta.

—¿Ha sido detenido?

—Primero una ducha rápida. Sí, por supuesto. Luego os lo cuento todo.

—Sol... —le dijo ella, tirándole de la manga.

—Vuelvo enseguida y os lo cuento.

—¡Solomon!

Él me dirigió una mirada.

—Deja que me refresque —le pidió.

—No, dínoslo, dínoslo ahora mismo. —Claire se puso en pie—. Por favor.

Él volvió a mirarme. Me di cuenta de que le molestaba el mero hecho de que estuviera allí, que pensaba que era una mujer de la limpieza o una testigo de Jehová que había logrado entrar en su casa y que perturbaba el ritmo, la celebración de su hazaña. Se desabrochó otro botón de la camisa. Era como si estuviera abriendo una puerta en su pecho e intentara echarme por ella.

—El fiscal del distrito quería una buena publicidad —explicó—. Todo el mundo en la ciudad está hablando de ese tipo, así que no vamos a encerrarlo ni nada. Además, la Port Authority quiere llenar las torres. Están medio vacías. Cualquier publicidad es buena publicidad. Pero tenemos que juzgarle, ¿sabes? Se me ha ocurrido algo creativo.

—Sí —dijo Claire.

—Él se ha declarado culpable y le he sentenciado a un centavo por piso.

—Comprendo.

—Un centavo por piso, Claire. Le he puesto una multa de un dólar con diez. ¡Ciento diez pisos! ¿Entiendes? El fiscal del distrito estaba entusiasmado. Espera a verlo. El *New York Times* de mañana.

Se acercó al armario de los licores con la camisa abierta en sus tres cuartas partes. Veía la prominencia de su pecho fofo. Se sirvió un vaso de líquido ambarino, lo husmeó profundamente y exhaló.

—También le he sentenciado a otra representación.

—¿Otro paseo? —inquirió Claire.

—Sí, sí. Tendremos localidades en primera fila. En Central Park. Para los niños. Espera a que veas a ese personaje, Claire. Es algo fuera de serie.

—¿Volverá a hacerlo? —preguntó Claire.

—Sí, sí, pero esta vez en un lugar seguro.

Los ojos de Claire recorrieron la sala, como si estuviera mirando distintas pinturas y tratara de mantenerlas unidas.

—No está mal, ¿eh? Un centavo por piso.

Solomon juntó las manos, estaba disfrutando. Claire miró

el suelo, como si pudiera ver a través del hierro fundido el núcleo de todo.

—¿Y sabes cómo logró tender el cable de una torre a la otra? —preguntó Solomon. Se puso la mano en la boca y tosió.

—No lo sé, Sol.

—Vamos, adivínalo.

—La verdad es que no me importa.

—Adivínalo.

—¿Lo lanzó?

—Ese cable pesa cien kilos, Claire. Me lo contó todo. En la sala de justicia. Mañana saldrá en los periódicos. ¡Vamos!

—¿Usó una grúa o algo así?

—Lo hizo ilegalmente, Claire. Entró a escondidas por la noche.

—No sé qué decirte, Solomon. Hoy hemos tenido una reunión. Éramos cuatro y yo, y...

—¡Usó un arco y una flecha!

—...hemos estado hablando —dijo ella.

—Ese tipo debía de haber sido boina verde —comentó él—. ¡Me ha contado todo esto! Primero su compañero disparó un sedal de pesca. Arco y flecha. Al viento. Juzgó el ángulo a la perfección. Alcanzó el borde del edificio. Y entonces hicieron pasar las cuerdas hasta que pudo soportar el peso. Asombroso, ¿no es cierto?

—Sí —respondió Claire.

Dejó la copa acampanada sobre la mesa de centro con un vivo chasquido y entonces se husmeó la manga de la camisa.

Vino hacia mí. Cayó en la cuenta de que tenía la camisa abierta y la cerró sin abrocharla. Emitió una vaharada de whisky.

—Bien —me dijo—. Vaya, lo siento. No he retenido su nombre.

—Gloria.

—Buenas noches, Gloria.

Tragué saliva. Lo que realmente había querido decir era

«adiós». Yo no tenía idea de qué clase de respuesta esperaba. Me limité a estrecharle la mano. Él dio media vuelta y se alejó por el corredor.

—Ha sido un placer conocerla —dijo por encima del hombro.

Tarareaba una tonada. Más tarde o más temprano todos vuelven la espalda. Todos se marchan. Eso va a misa. He tenido esa experiencia. Lo he visto. Todos lo hacen.

Claire sonrió y se encogió de hombros. Me di cuenta de que quería que él fuese mejor de lo que era, que debía de haberse casado con él por alguna buena razón y quería que esa razón estuviera bien a la vista, pero no lo estaba. Él me había despedido y eso era la última cosa que ella había querido que hiciera. Tenía las mejillas enrojecidas.

—Espera un momento —le dijo.

Avanzó por el pasillo. Me llegaron los murmullos desde el dormitorio. El débil sonido del grifo del baño. Sus voces que subían y bajaban. Cuando él salió con Claire, al cabo de un momento, me sorprendí. Sus facciones se habían suavizado, como si el mero hecho de estar un momento con su mujer hubiera tenido un efecto relajante, le permitiera ser una persona distinta. Supongo que en eso consiste el matrimonio o consistía o podría consistir. Te quitas la máscara. Permites que entre la fatiga. Te inclinas y das un beso a los años porque son lo que importa.

—Lamento lo que le ocurrió a sus hijos —me dijo.

—Gracias.

—No tenía intención de ser tan brusco.

—Gracias.

—¿Me perdonará? —Se dio la vuelta y entonces, mirando al suelo, dijo—: También yo a veces echo de menos a mi chico.

—Y entonces abandonó la sala.

Supongo que siempre he sabido que resulta difícil ser una sola persona. La llave está en la puerta y siempre se puede abrir.

Claire estaba allí, sonriendo de oreja a oreja.

—Te llevaré a casa —me dijo.

La idea de que lo hiciera hizo que me sintiera inundada de gratitud, pero le dije:

—No, Claire, no es necesario. Tomaré un taxi. No te preocupes.

—Voy a llevarte a casa —insistió ella con una repentina claridad—. Por favor, llévate las zapatillas, te daré una bolsa para los zapatos. Ha sido un día muy largo. Llamaré al servicio de coches con chófer.

Buscó en un cajón y sacó un librito de direcciones telefónicas. Yo oía el sonido del grifo que seguía abierto. Las cañerías realizaban su cometido y las paredes gruñían.

En el exterior había oscurecido. El conductor esperaba, fumando un cigarrillo, apoyado en el capó del coche. Era uno de esos chóferes de antaño, con gorra de visera, traje oscuro y corbata. Se apresuró a apagar el pitillo y corrió a abrirnos la puerta. Claire subió primero. Se deslizó ágilmente sobre el asiento trasero y cruzó las piernas en el espacio entre asientos. El conductor me tomó del codo y me ayudó a subir. «Allá vamos», dijo en un falso tono. Me sentía un poco como una anciana negra, pero no importaba. Él creía que ésa era la mejor manera de comportarse, no pretendía hacerme sentir mal.

Le di la dirección y él titubeó un momento, asintió y se sentó al volante.

—Señoras... —dijo.

Permanecimos sentadas en silencio. Cuando llegamos al puente, Claire volvió la cabeza y dirigió una mirada rápida a la ciudad. Todo era luz, oficinas que parecían cernerse en el vacío, los círculos luminosos de las farolas, faros que brillaban en nuestras caras. Los pálidos pilares de hormigón pasaban raudos. Vigas de extrañas formas. Columnas desnudas coronadas por vigas de acero. La expansión del río abajo.

Cruzamos al Bronx, pasamos ante tiendas cerradas y perros en los umbrales. Campos de cascotes. Tuberías de acero retorcidas. Muros de ladrillo rotos. Cruzamos vías de ferrocarril y oscuros pasos subterráneos, en la noche punteada de fogatas.

Algunas personas se movían pesadamente entre los cubos de basura y los montones de desechos.

Claire se reclinó en el asiento.

—Nueva York —dijo, y exhaló un suspiro—. Toda esta gente... ¿Te has preguntado alguna vez qué es lo que nos hace seguir adelante?

Las dos sonreímos. Una ancha sonrisa compartida, porque cada una sabía algo de la otra: que ahora seríamos amigas, que poco era lo que podría impedírnoslo, que avanzábamos juntas por aquel camino. Podría hacer que se rebajase para penetrar en mi vida y probablemente Claire podría sobrevivir a la prueba. Y ella podría hacer que me rebajara para entrar en la suya y yo podría hurgar en ella. Le tomé la mano. Ahora no sentía ningún temor. Notaba un sabor a hierro en la garganta, como si me hubiera mordido la lengua y ésta hubiese sangrado, pero era agradable. Las luces se deslizaban velozmente a nuestro lado. Recordé que, de niña, metía flores en grandes tinteros. Las flores flotaban un momento en la superficie y entonces el tallo se inundaba, luego los pétalos y la flor entera se volvía negra.

Cuando llegamos al edificio del complejo de viviendas subvencionadas, había una conmoción en el exterior. Nadie reparó siquiera en el coche. Nos deslizamos junto a la valla, ensombrecida por el paso elevado. La luz de las farolas hacía vibrar las vigas de acero negras. Ninguna de las mujeres de la noche había salido, pero un par de chicas con falda corta estaban acurrucadas bajo la luz en la entrada. Una se apoyaba en el hombro de la otra y sollozaba.

Yo no tenía tiempo que dedicar a las prostitutas, nunca lo había tenido. No sentía rencor hacia ellas ni tampoco me apenaban. Tenían a sus chulos y sus hombres blancos para apiadarse de ellas. Aquélla era su vida. Ellas la habían elegido.

—Señora —dijo el conductor.

Aún tenía mi mano en la de Claire.

—Buenas noches —dije.

Abrí la puerta, y en aquel momento las vi salir: dos preciosas niñas bajo los globos de las farolas.

Las conocía. Las había visto antes. Eran las hijas de una puta que vivía dos pisos por encima del mío. Me había mantenido al margen de todo eso. Años y años. No les había permitido acercarse a mi entorno. Había visto a su madre en el ascensor, también una niña, bonita y depravada, y había mirado fijamente el panel de los botones.

Guiaban a las pequeñas por el camino un hombre y una mujer. Asistentes sociales, su pálida piel reluciente, las expresiones de sus caras asustadas.

Las niñas llevaban vestidos de color rosa, con lazos en lo alto del pecho. El pelo adornado con perlas. Calzaban sandalias de plástico. No tendrían más de dos o tres años y parecían gemelas, aunque no lo eran. Ambas sonreían, cosa que ahora, al pensar en ello, me parece extraña: no tenían idea de lo que sucedía y eran la viva imagen de la salud.

—Son adorables —dijo Claire, pero percibí el terror en su voz.

Los asistentes sociales tenían una expresión inescrutable. Hacían avanzar a las niñas entre las prostitutas que quedaban. A cierta distancia aguardaba un coche patrulla. Las espectadoras trataban de despedirse de las niñas agitando las manos, de inclinarse y decirles algo, tal vez incluso de tomarlas en brazos, pero los asistentes sociales las apartaban.

Ciertas cosas en la vida resultan muy claras y no necesitamos una razón que las explique: en aquel momento supe qué debía hacer.

—Se las llevan —dijo Claire.

—Supongo que sí.

—¿Adónde irán?

—A alguna institución.

—Pero son tan pequeñas...

Las estaban llevando a la parte trasera del coche. Una de ellas había empezado a llorar. Se había aferrado a la antena del coche y no la soltaba. La asistenta social tiraba de ella, pero la niña agarraba con fuerza la antena. La mujer dio la vuelta al vehículo e intentó abrirle los dedos.

Me apeé. Tenía la sensación de habitar un cuerpo que no era el mío. Actuaba con una rapidez poco habitual. Calzada con las zapatillas de Claire, bajé a la acera.

—¡Esperen! —grité.

Creía que todo había terminado hacía mucho tiempo, que no había ninguna posibilidad de volver atrás. Pero lo cierto es que nada termina. Si vivo hasta los cien años, seguiré en esa calle.

—Esperen.

Janice, la mayor de las dos, abrió los dedos y tendió las manos hacia mí. Hacía mucho tiempo que no experimentaba una sensación tan grata. La otra, Jazzlyn, lloraba a lágrima viva. Miré por encima del hombro a Claire, que seguía en el asiento trasero con el rostro brillante bajo la luz del techo. Parecía asustada y feliz a la vez.

—¿Conoce usted a estas niñas? —me preguntó el policía.

Supongo que le dije que sí.

Eso fue lo que dije finalmente, una mentira tan buena como cualquier otra: «Sí».

LIBRO CUARTO

RUGIENDO HACIA EL MAR, Y ME VOY
Octubre, 2006

A menudo se pregunta qué es lo que mantiene al hombre a tanta altura en el aire. ¿Qué clase de pegamento ontológico? Ahí arriba, su fantasmal silueta, un trazo oscuro contra el cielo, una figurilla delgada en la vastedad. El avión en el horizonte. El fino cable entre los bordes de los edificios. La pértiga en sus manos. La gran expansión del espacio.

Tomaron la foto el mismo día que murió su madre, y ése fue uno de los motivos por los que rápidamente se sintió atraída: el mero hecho de que semejante belleza se hubiera producido al mismo tiempo. Ella la encontró hacía cuatro años, amarillenta y desgarrada, en una venta de objetos de ocasión en San Francisco. En el fondo de una caja de fotografías. El mundo te da sorpresas. La compró, la enmarcó y la ha llevado consigo de hotel en hotel.

Un hombre en el aire mientras un avión parece que va a desvanecerse tras el borde del edificio. Un pequeño fragmento de historia que se encuentra con otro mayor. Como si de alguna manera el funámbulo anticipara lo que vendría más adelante. La intrusión del tiempo y la historia. El punto de colisión de los relatos. Esperamos la explosión pero ésta nunca llega. Pasa el avión, el funámbulo alcanza el extremo del cable. No se produce un derrumbe.

Se le antoja un momento perpetuo, el hombre solo contra la naturaleza, todavía capaz de convertirse en un mito ante cualquier otra evidencia. Esa foto se ha convertido en una de sus posesiones favoritas, y si no la llevara en la maleta tendría la sensación de que ésta es defectuosa, como si le faltara un cierre. Cuando viaja siempre envuelve la foto en papel de seda junto con los demás recuerdos: un collar de perlas y un mechón de pelo de su hermana.

En la fila de seguridad de Little Rock se pone detrás de un hombre alto con tejanos y una deteriorada chaqueta de cuero. Apuesto, de una manera informal. Treinta y muchos o cuarenta y pocos, tal vez, cinco o seis años mayor que ella. Se mueve con brío a lo largo del pasillo acordonado. Ella se le acerca un poco más. La etiqueta en su maleta dice: MÉDICOS SIN FRONTERAS.

El guardia de seguridad se irrita y le examina el pasaporte.

—¿Lleva algún líquido, señor?

—Sólo cuatro litros.

—¿Perdone, señor?

—Cuatro litros de sangre. No creo que se derrame.

Se da unas palmadas en el pecho y suelta una risita. Ella nota que es italiano, pues sus palabras se extienden con una voluta lírica. Se vuelve hacia ella y le sonríe, pero el guardia de seguridad retrocede, mira al hombre como si contemplara una pintura y le dice: Haga el favor de salir de la fila.

—¿Cómo dice?

—Salga de la fila, por favor. Ahora mismo.

Otros dos guardias se acercan.

—Oigan, sólo estoy bromeando —replica el italiano.

—Haga el favor de seguirnos, señor.

—No es más que una broma.

Le empujan por la espalda, hacia un despacho.

—Soy médico, sólo bromeaba. No llevo encima más líquido que cuatro litros de sangre, eso es todo. Un chiste malo, nada más que eso.

Alza las manos para suplicar, pero le retuercen el brazo a la espalda y la puerta se cierra bruscamente tras él.

El rencor se transmite a lo largo de la cola, a ella y los demás pasajeros en la zona de seguridad. Nota un hilo de frío en el cuello mientras el guardia la mira. Tiene un frasquito de perfume dentro de una bolsa de plástico con cierre, y lo deposita cuidadosamente en la bandeja.

—¿Por qué lleva esto en el equipaje de mano, señorita?

—No llega a tres onzas.

—¿Y la finalidad de su viaje?

—Personal. Ver a una amiga.

—¿Cuál es su destino final, señorita?

—Nueva York.

—¿Trabajo o placer?

—Placer —responde ella, y la palabra se le traba en el fondo de la garganta.

Responde con calma, experimentada, dominándose, y cuando pasa por el detector de metales levanta los brazos automáticamente para que la registren, aunque no se ha disparado la alarma.

El avión va casi vacío. Finalmente el italiano entra arrastrando los pies, silencioso, azorado, abatido. Encorva los hombros como si le costara acarrear su altura. Tiene revuelto el pelo, de color castaño claro. Una tenue sombra de barba teñida de gris en el mentón. Sus miradas se cruzan cuando se sienta detrás de ella. Ambos sonríen. Ella le oye a sus espaldas, mientras se quita la chaqueta de cuero y suspira al sentarse.

A medio vuelo, ella pide un gin tonic y él tiende un billete de veinte dólares por encima del asiento para pagárselo.

—Antes daban las bebidas gratis —le dice.

—¿Está acostumbrado a viajar a lo grande?

Se siente irritada consigo misma... No quería ser tan seca,

pero a veces le sucede, dice algo que está fuera de lugar, como si estuviera a la defensiva desde el principio.

—No, yo no —responde él—. Viajar a lo grande nunca ha sido lo mío.

Ella ve la confirmación de que eso es cierto en el cuello de la camisa, una mancha de tinta en el bolsillo delantero... Parece la clase de hombre que se corta el pelo a sí mismo. No el italiano corriente, pero, de todos modos ¿qué es un italiano corriente? Ella está harta de que le digan que no es una afroamericana normal, como si sólo existiera una gran caja normal de la que todo el mundo tendría que salir, los suecos, los polacos, los mexicanos, y en cualquier caso, ¿qué querían decir con aquello de que no era normal, que no llevaba aros de oro en las orejas, que se movía y vestía discretamente, que lo mantenía todo a raya?

—Bueno, ¿qué le han dicho en el aeropuerto? —le pregunta ella.

—Que no vuelva a hacer bromas.

—Dios bendiga a América.

—La policía que persigue los chistes malos. ¿Ha oído el que dice...?

—¡No, no!

—¿...el del hombre que fue al médico con la zanahoria metida en la nariz?

Ella ya se está riendo. Señala el asiento del pasillo.

—Sí, por favor.

Le sorprende la inmediatez de la comodidad que experimenta, invitándole a sentarse, incluso volviéndose hacia él, acortando la distancia sobre el asiento del centro. A menudo se pone nerviosa en presencia de hombres y mujeres de su edad, sus atenciones, sus deseos. Es una belleza alta y cimbreña, tiene la piel de color canela, los dientes blancos, los labios de expresión seria y no lleva maquillaje, pero siempre parece como si sus ojos oscuros quisieran huir de su hermosura, lo cual intensifica la extraña fuerza que la rodea: los demás la ven como inteligente y peligrosa, una extranjera de un país desconocido. A veces trata de abrirse paso a través de la incomodidad, pero cae de nuevo en ella, sofocada. Es como si notara que todo burbujea en su interior, todos sus salvajes antepasados, pero no pudiera llevarlo al punto de ebullición.

En el trabajo tiene fama de ser una de las jefas que tienen hielo en las venas. Si hay algún chiste enviado por correo electrónico a las oficinas, raras veces se lo envían. A ella le encantaría, pero por regla general nadie lo hace, ni siquiera sus colegas más próximos. En la fundación, los voluntarios hablan de ella a sus espaldas. Cuando se pone unos tejanos y una camiseta de media manga para reunirse con ellos en el trabajo de campo, siempre hay algo rígido en ese atuendo deportivo, pues no armoniza con la contención de sus movimientos, la formalidad de su porte.

—...y el médico le dice: «Sé qué es exactamente lo que le ocurre».

—¿Sí?

—No está comiendo como es debido.

—¡Claro! —exclama ella, y acerca alarmantemente la cabeza al hombro del italiano.

Cuatro botellitas de plástico de ginebra tintinean en la bandeja del hombre. Ella piensa que es demasiado complicado. Procede de Génova, está divorciado y tiene dos hijos. Ha trabajado en África, Rusia y Haití, y se ha pasado dos años en Nueva Orleans trabajando como médico en el Distrito Noveno. Le dice que acaba de mudarse a Little Rock, donde dirige una pequeña clínica móvil para veteranos de guerra que han vuelto a casa.

—Pino —le dice él, tendiéndole la mano.

—Jaslyn.

—¿Y tú? —le pregunta él.

—¿Yo?

Su mirada es encantadora.

—¿Qué me dices de ti?

¿Qué puede decirle ella? ¿Que procede de una larga saga de putas, que su abuela murió en una celda carcelaria, que a ella y su hermana las adoptaron, que creció en Poughkeepsie, que su madre, Gloria, iba por la casa cantando ópera mala? ¿Que estudió en Yale, mientras que su hermana decidió alistarse en el ejército? ¿Que estuvo en la escuela de arte dramático y no logró abrirse camino? ¿Que cambió su nombre de Jazzlyn por Jaslyn? ¿Que no hizo eso por vergüenza, no fue en absoluto por ese motivo? ¿Que Gloria decía que la vergüenza no existe, que la vida consiste en negarse a sentir vergüenza?

—Bueno, soy una especie de contable —le dice.

—¿Una especie de contable?

—En una pequeña fundación. Ayudamos a la preparación del pago de impuestos. No es lo que había pensado hacer, cuando era más joven, quiero decir, pero me gusta. Es una buena ocupación. Recorremos los parques de caravanas, los hoteles y demás. Después de desastres como el Rita, el Katrina y otros. Ayudamos a la gente a cumplimentar los formularios de impuestos y hacer los trámites. Porque muchas veces no conservan ni el permiso de conducir.

—Éste es un gran país.

Ella le mira con suspicacia, pero se pregunta si tal vez lo dice en serio. Es posible, se dice, ¿por qué no?, incluso en estos tiempos.

Cuanto más habla Pino, más se percata ella de que hay un par de continentes en su acento, como si hubiera aterrizado en cada lugar y recogido algunos sonidos en cada uno de ellos. Le cuenta que, cuando era niño, en Génova, iba a los partidos de fútbol y ayudaba a vender a los heridos que habían intervenido en peleas entre hinchas.

—Heridas graves —le dice—. Sobre todo cuando el Sampdoria jugaba contra el Lazio.

—¿Perdona?

—No tienes ni idea de lo que estoy diciendo, ¿verdad?

—No —responde ella, y se ríe.

Él rompe el sello de otro botellín de ginebra y vierte la mitad en el vaso de Jaslyn y la otra mitad en el suyo. Nota que se siente aun más a sus anchas con él.

—Una vez trabajé en el McDonalds —le dice.

—Bromeas.

—Más o menos. Quería ser actriz. Viene a ser lo mismo. Te aprendes los papeles... ¿lo quieres con patatas fritas? Destaca... ¿quieres patatas fritas con eso?

—¿En el cine?

—El teatro.

Ella toma el vaso y bebe. Es la primera vez en varios años que se sincera con un desconocido. Es como si hubiera mordido la piel de un albaricoque.

—A tu salud.

—*Salute* —dice él en italiano.

El avión se ladea sobre la ciudad. Nubes de tormenta y una fuerte lluvia contra las ventanillas. Las luces de Nueva York como sombras de luz, bajo las nubes, fantasmales, difuminadas por la lluvia, mortecinas.

—¿Y bien? —dice él, señalando al exterior a través de la ventanilla, la oscuridad que se cierne sobre el aeropuerto Kennedy.

—¿Perdona?

—Nueva York. ¿Vas a quedarte mucho tiempo?

—Oh, voy a ver a una vieja amistad —responde ella.

—Comprendo. ¿Qué edad tiene?

—Es muy mayor.

Cuando era niña y no tan tímida, le encantaba salir a la calle en Poughkeepsie, delante de su pequeña vivienda, donde corría con un pie en la acera y el otro en la calzada. Tenía algo de ejercicio gimnástico: debía extender una pierna y mantener la otra ligeramente doblada, corriendo casi a toda velocidad.

Claire venía a visitarnos desde la ciudad en un coche con chófer. Cierta vez se sentó y me estuvo mirando complacida durante mucho rato, y dijo que era como si hiciera un trenzado de ballet que se prolongase, pies juntos, pies separados, pies juntos, pies separados...

Más tarde Claire se sentó con Gloria en sillas de madera en el jardín trasero, junto a la piscina de plástico, cerca de la valla roja. Su aspecto era muy distinto, Claire con una pulcra falda y Gloria con un vestido que tenía un estampado floral, como si también ellas corrieran por niveles diferentes del suelo, pero con el mismo cuerpo, las dos combinadas.

En la salida de equipajes, Pinto espera a su lado. Él no tiene que recoger ninguna maleta. Ella se restriega las manos con nerviosismo. ¿Por qué nota todavía esa pequeña tensión en lo más profundo de su ser? Ni siquiera los dos gin tonics que se ha tomado han surtido efecto. Pero observa que él también está nervioso, se balancea de un pie a otro y se coloca bien la bolsa que le pende del hombro. A ella le gusta ese nerviosismo; ya no es un ser etéreo, sino un hombre real que ha de tomar decisiones. Ya le ha sugerido que compartan un taxi hasta Manhattan, si ella quiere. Él se dirige al Village, donde se propone ir a un local de jazz.

Ella quisiera decirle que no tiene aspecto de aficionado al jazz, que lo suyo más bien parece ser el folk-rock, que encajaría en una canción de Bob Dylan, o que se le podrían encontrar en el bolsillo las notas de un compacto de Springsteen, pero que el jazz no es lo que le cuadra. Sin embargo, le gustan las complicaciones. Desearía poder volverse hacia él y decirle: Me gustan las personas que me desequilibran.

Así transcurre gran parte de su tiempo: imaginando cosas que decir sin llegar nunca a decirlas. Ojalá pudiera volverse hacia Pino y decirle que irá con él esta noche, a un club de jazz, se sentarán a una mesa con una lámpara que tendrá borlas en la pantalla, se dejará inundar por las notas del saxofón, se levantará, irá a la diminuta pista de baile y se apretará contra él, tal vez incluso le permitirá que deslice los labios por su cuello.

Contempla la hilera de maletas que salen por el portillo y avanzan a lomos de la cinta transportadora: ninguna es la suya. En el otro lado del carrusel, un grupo de niños divierten a sus padres subiendo y bajando de la cinta transportadora. Ella agita la mano y hace una mueca al más pequeño, que está subido a una gran maleta roja.

—Tus hijos —dice cuando se vuelve hacia Pino—. ¿Tienes fotos de ellos?

Una pregunta tonta, engorrosa. Se la ha hecho sin pensar, se ha acercado demasiado a él, le ha preguntado demasiado. Pero él saca un teléfono móvil, mueve las imágenes y le muestra una adolescente morena, seria, atractiva. Empieza a pasar de nuevo las imágenes en busca de la foto de un chico, cuando un guardia de seguridad se planta ante él.

—No está permitido usar teléfonos en la terminal, señor.

—¿Perdone?

—Ni teléfonos ni cámaras.

—No es tu día —le dice ella, sonriente, y se agacha para recoger su pequeña bolsa de viaje.

—Tal vez, tal vez no —replica él.

Un agudo chillido en el otro lado de la cinta. Los niños que montan en las maletas tampoco le han gustado al guardia de seguridad. Ella y Pino se miran. De repente ella se siente mucho más joven: la emoción del coqueteo, todo su cuerpo embargado por una sensación de ligereza.

Cuando salen de la terminal, él le dice que, si no le importa, irán por el puente Queensboro. La dejará primero a ella y continuará hacia el centro.

Así pues, conoce la ciudad, se dice ella. Ha estado antes aquí. Este lugar también le pertenece. Otra sorpresa. Siempre ha pensado que una de las cosas hermosas de Nueva York es que puedes ser de cualquier parte y poco después de aterrizar la ciudad es tuya.

Sabine Pass y Johnson's Bayou, Beauregard y Vermilion, Acadia y New Iberia, Merryville y DeRidder, Thibodaux y Port Bolivar, Napoleonville y Slaughter, Point Cadet y Casino Row, Moss Point y Pass Christian, Escambia y Walton, Diamondhead y Jones Mill, Americus, América.

Nombres que inundan su mente.

Fuera de la terminal está lloviendo. Él se guarece bajo un pequeño saledizo y se saca del bolsillo interior un paquete de tabaco. Golpea el paquete contra la base de la mano y, cuando asoma un cigarrillo, se lo ofrece. Ella hace un gesto negativo con la cabeza. Antes fumaba, pero ya no lo hace, era un viejo hábito de su época de Yale. En la escuela de arte dramático casi todo el mundo fumaba.

Pero le gusta que él lo encienda y lance el humo en su dirección, que le impregne el cabello, que ella más tarde posea el aroma.

El taxi avanza bajo la lluvia. Los últimos coletazos de la tormenta han pasado sobre la ciudad, una reverencia final antes de desaparecer. Él le da una tarjeta antes de que el taxi se detenga ante el toldo en Park Avenue. Garabatea su nombre y el número de su móvil en el reverso.

—Elegante —comenta, mirando la calle.

Saca la pequeña bolsa del maletero del taxi, se inclina y la besa en ambas mejillas. Ella repara, sonriente, en que él tiene un pie en el bordillo y un pie fuera.

Él busca algo en su bolsillo. Ella desvía la vista y oye un clic repentino. Él le ha hecho una foto con el móvil. No está segura de cómo debería reaccionar. ¿Borrarla, archivarla, convertirla en un salvapantallas? Piensa en sí misma ahí, pixelada, junto a los hijos de ese hombre, transportada en su bolsillo, al club de jazz, a la clínica, a su casa.

Nunca se había comportado así con un hombre, pero saca su tarjeta, se la introduce en el bolsillo de la camisa y le da unas palmaditas hasta que la cartulina desaparece por completo. Nota que el rostro se le tensa de nuevo. Demasiado atrevida. Demasiado coqueta. Demasiado fácil.

En su adolescencia le molestaba enormemente que su madre y su abuela hubieran hecho la calle. Pensaba que eso algún día podría repercutir en ella, que tal vez amaría demasiado al amor. O que podría ser algo sucio. O que sus amigos lo descubrieran. O, peor todavía, que ella le pidiera a un muchacho que le pagara por hacerlo. Fue la última alumna de su escuela de enseñanza media que besó a un chico. Una vez, un compañero de clase la llamó la Reina Africana Reacia. Dio su primer beso después de la clase de ciencias, antes de estudios sociales. Era un chico de cara ancha y ojos oscuros. La retuvo en el umbral y puso el pie en la puerta. Sólo los golpes incesantes de un profesor los separaron. Aquel día fue a casa con él, cogidos de la mano, por las calles de Poughkeepsie. Gloria los vio desde el porche de su casita y sonrió encantada. Ella salió con aquel chico durante la época universitaria. Incluso pensó en casarse, pero él se fue a Chicago, donde había conseguido un empleo en una empresa comercial. Entonces ella volvió a casa y se pasó un día entero llorando.

Luego Gloria le dijo que era necesario amar el silencio, pero antes de que puedas amar el silencio tiene que haber habido ruido.

—¿Me llamarás entonces? —le pregunta ella.

—Te llamaré, sí.

—¿De veras? —insiste, con las cejas arqueadas.

—Pues claro que sí —replica él.

Extiende el hombro juguetonamente. Ella oscila hacia atrás como en una escena de dibujos animados, agitando los brazos abiertos. No está segura de por qué actúa de ese modo, pero por un momento no le importa, es electrizante, le hace reír.

Él vuelve a besarla, esta vez en los labios, un beso rápido, elegante. Ella casi desea que sus compañeros de trabajo estén ahí, que puedan verla, despidiéndose de un médico italiano en Park Avenue, en esta noche de lluvia, frío y viento. Como si hubiera una cámara escondida que transmite la escena a la oficina de Little Rock, todo el mundo alzando la vista de los formularios de impuestos para verla despedirse, para verle a él metiéndose de nuevo en el asiento trasero del taxi con el brazo levantado, una sombra en el rostro, una sonrisa.

Ella oye el siseo de los neumáticos cuando el taxi parte. Entonces ahueca las manos fuera del toldo y se pasa un poco de agua de lluvia por el pelo.

El portero sonríe, aunque han transcurrido años desde la última vez que se vieron. Un galés. Cantaba los domingos, cuando ella, Gloria y su hermana iban de visita. No recuerda su nombre. El bigote se le ha vuelto gris.

—¡Señorita Jaslyn! ¿Cómo está?

Y entonces lo recuerda: Melvyn. Tiende la mano para cogerle la bolsa y ella piensa por un momento que va a comentar lo mucho que ha crecido. Pero lo único que dice, y en tono de satisfacción, es que le han destinado al turno de noche.

Ella no está segura de si debe besarle o no en la mejilla (en esta noche de besos), pero él resuelve el dilema al darse la vuelta.

—No ha cambiado nada, Melvyn —le dice.

Él se palmea el abdomen y sonríe. A ella le inquietan los ascensores y preferiría subir por la escalera, pero ahí está esperando un adolescente con la gorra y los guantes blancos puestos.

—Señora —saluda el ascensorista.

—¿Va a quedarse mucho tiempo, señorita Jaslyn? —le pregunta Melvyn, pero la puerta ya se está cerrando.

Ella le sonríe desde el fondo del ascensor.

—Llamaré a casa de la señora Soderberg —dice el portero a través de la rejilla— y les informaré de su llegada.

El ascensorista mira fijamente hacia adelante. Tiene mucho cuidado con el Otis. No da conversación a Jaslyn, la cabeza un poco inclinada hacia atrás y el cuerpo también, como si siguiera un ritmo. Ella piensa que el chico seguirá ahí dentro de diez años, de veinte, de treinta. Le gustaría acercársele por detrás y susurrarle al oído «buu», pero mientras ascienden mira el panel y las lucecitas blancas y circulares.

Tira de la palanca y alinea perfectamente el ascensor con el suelo. Saca el pie para cerciorarse de su habilidad. Un joven preciso.

—Señora —le dice—. La primera puerta a la derecha.

Un enfermero jamaicano alto abre la puerta. Por un momento se muestran confusos, como si debieran conocerse. El intercambio es muy rápido. Soy la sobrina de la señora Soderberg. Ah, sí, pase. En realidad, no soy su sobrina, pero ella me llama así. Entre, por favor. Llamé ayer. Sí, sí, ahora está durmiendo. Pase. ¿Cómo se encuentra? Bien...

Es un «bien» prolongado, una pausa, no una afirmación...

Claire no está nada bien; se encuentra en el fondo de un profundo pozo.

Jaslyn oye el sonido de otras voces: ¿tal vez una radio?

Parece como si hubieran embadurnado el piso con áspic, esa jalea para guarnecer guisos. Cuando ella y su hermana eran niñas y venían a la ciudad con Gloria, les aterraba aquel piso, el oscuro corredor, los cuadros, el olor de la madera antigua. Las dos niñas avanzaban por el corredor cogidas de la mano. Lo peor era el retrato del difunto en la pared. Lo habían pintado de tal manera que sus ojos parecían seguirlas. Claire hablaba siempre de él, contaba que a Solomon le habría gustado esto y que a Solomon le habría gustado aquello. Ella había vendido algunos cuadros, incluso el Miró, para ayudar a cubrir los gastos, pero se había quedado con el retrato de Solomon.

El enfermero le coge la bolsa y la deja en el rincón, contra el sombrerero.

—Por favor —le dice, y le señala el camino hacia la sala de estar.

Se sorprende al ver seis personas, la mayoría de ellas de su edad, alrededor de la mesa y en el sofá. Visten de manera informal, pero toman cócteles. El corazón de Jaslyn le golpea la pared del pecho. También ellos se quedan paralizados al verla. Bien, bien. ¿Tal vez las sobrinas, los sobrinos y los primos verdaderos? La canción de Solomon. Lleva catorce años muerto, pero ella puede verlo en sus rostros.

La miran fijamente. El ambiente es tenso y cortante. Piensa que ojalá se hubiera traído a Pino, él sabría cómo normalizar la situación, serena, suavemente, o por lo menos atraería su atención. Aún nota el beso en los labios. Se los toca con los dedos, como si pudiera retener ahí el recuerdo.

—Hola, soy Jaslyn —les dice, agitando la mano.

Un gesto idiota. Casi presidencial.

—Hola —responde una morena alta.

Se siente como si estuviera clavada en el suelo, pero uno de los sobrinos cruza la sala. Tiene un aire de universitario petulante, la cara regordeta, y lleva camisa blanca, chaqueta azul y un pañuelo rojo en el bolsillo de la pechera.

—Soy Tom —le dice—. Encantado de conocerte, Jaslyn, finalmente.

Pronuncia su nombre como si fuese algo que quiere sacarse del zapato, y la palabra *finalmente* se extiende hasta convertirse en un rechazo. De modo que la conoce. Ha oído hablar de ella. Probablemente cree que ha venido en busca de algo. Pues que se lo crea. Una buscadora de oro. La verdad es que el testamento le tiene sin cuidado. Si heredara algo, probablemente haría una donación.

—¿Una copa?

—No, gracias.

—Hemos supuesto que nuestra tía habría querido que lo pasáramos bien incluso en los peores momentos. —Baja la voz—: Estamos preparando Manhattans.

—¿Cómo está?

—Está durmiendo.

—Es tarde... Lo siento muchísimo.

—También tenemos soda, si quieres.

—¿Está...?

No puede terminar la frase. Las palabras se ciernen en el aire entre ella y Tom.

—No está bien —responde él.

Esa palabra de nuevo. Un eco apagado hasta que llega al suelo. Sin chapoteo. Una caída libre, constante. Bien, bien.

Le desagradan porque beben, pero sabe que debería unirse a ellos, que no debería mantenerse al margen. Traer a Pino, dejarle extender su encanto entre ellos, dejar que le diera el brazo para adentrarse en la noche, apretada contra su chaqueta de cuero.

—Creo que tomaré una copa —dice.

—Bueno —dice Tom—. ¿Qué es exactamente lo que te ha traído aquí?

—¿Perdona?

—Quiero decir, ¿qué haces ahora exactamente? ¿No estabas trabajando para los demócratas o algo así?

Oye una risita desde el otro lado de la sala. La están mirando, todos ellos, la observan, como si por fin hubiera logrado salir al escenario.

Le gustan las personas capaces de tolerar las penas, las que saben que el dolor es un requisito, no una maldición. Disponen su vida ante ella, unas pocas hojas de papel, un volante de pago, un cheque de la asistencia social, todo lo que les queda. Ella suma las cifras. Conoce los créditos para el pago de impuestos, las brechas, las salidas y las entradas, las llamadas telefónicas que es preciso hacer. Trata de anular los pagos de la hipoteca de una casa arrastrada hasta el mar por la inundación. Sortea las exigencias del seguro de coches que están en el fondo del pantano. Intenta detener las facturas de unos ataúdes blancos muy pequeños.

Ha visto que otros miembros de la fundación de Little Rock logran que la gente se les abra de inmediato, pero ella nunca ha podido obtener su confianza con tanta rapidez. Al principio se muestran poco naturales con ella, pero ha aprendido a escucharles de todos modos. Al cabo de media hora, más o menos, se lo cuentan todo.

Es como si hablaran consigo mismos, como si estuvieran ante un espejo que reflejara otra historia de sí mismos.

Le atrae la oscuridad en que están sumidos, pero le gusta el momento en que, sin proponérselo, hacen una revelación: «La quería de veras. Le aflojé la camisa antes de que el agua se lo llevara a través de las compuertas. Mi marido había dejado la cocina reservada mediante el pago de un depósito».

Y antes de que lo sepan, sus impuestos están pagados, se ha tramitado la reclamación al seguro, se ha informado a las compañías de hipotecas, se les ha deslizado el documento sobre la mesa para que lo firmen. A veces tardan mucho en firmar, porque tienen algo más que decir, se han destapado y hablan de los coches que compraron, de los amores que tuvieron. Tienen una profunda necesidad de hablar, de contar algo, por nimio o temerario que sea.

Escuchar a esas personas es como escuchar los árboles: más tarde o más temprano talan el árbol y los anillos revelan su edad.

Hace unos nueve meses habló, en una habitación de hotel de Little Rock, con una anciana que llevaba un vestido holgado extendido a su alrededor. Jaslyn trataba de calcular los pagos que la mujer no recibía de su fondo de pensiones.

—Mi hijo era el cartero —le dijo la mujer. Allí, en el Distrito Noveno. Era un buen muchacho. Veintidós años. Trabajaba hasta muy tarde si era necesario. Y trabajaba, no miento. A la gente le encantaba que les entregara las cartas. Le esperaban. Les gustaba que llamara a su puerta. ¿Me está escuchando?

—Sí, señora.

—Y entonces llegó la tormenta. Y él no volvió. Le estuve esperando. Le había hecho la comida. Entonces vivía en el tercer piso. Esperando. Pero él no venía. Así que esperé y esperé. Al cabo de dos días fui en su busca, salí a la calle. Todos aquellos helicópteros allá arriba dando vueltas, sin hacernos caso. Salí a la calle vadeando, el agua hasta el cuello, casi me ahogo. No encontré ninguna señal, nada, hasta que llegué a la oficina de cobro de cheques, encontré la saca de correo flotando y la recogí. Y pensé: Dios bendito.

La mujer tomó la mano de Jaslyn y la apretó.

—Estaba segura de que lo encontraría flotando a la vuelta

453

de la esquina, vivo. Busqué y busqué, pero no di con mi chico. Ojalá me hubiera ahogado allí mismo. Dos meses después supe que había estado atrapado en la copa de un árbol, pudriéndose en el calor. Con su uniforme de cartero. Imagine eso, atrapado en el árbol.

La mujer se levantó, cruzó la habitación del hotel, se acercó a una humilde cómoda y abrió un cajón.

—Mire, aún tengo aquí su correo. Puede llevárselo si quiere.

Jaslyn tomó la bolsa. Todos los sobres estaban cerrados.

—Lléveselo, por favor —le pidió la mujer—. No puedo soportarlo más.

Se fue con la bolsa de correo al lago cerca de Natural Steps, en las afueras de Little Rock. Con la última luz del día, se acercó a la orilla con sus zapatos hundiéndose en la greda. Los pájaros se elevaban en parejas, aleteaban y giraban en lo alto con la roja luz del sol bajo las alas ahuecadas. No estaba segura de qué debería hacer con el correo. Se sentó en la hierba y examinó los sobres, revistas, folletos, cartas personales por devolver con una nota: «Esta carta se extravió hace algún tiempo. Espero que ahora te llegue».

Quemó las facturas, todas. Verizon, la compañía eléctrica, Hacienda. Ahora esa pena no sería necesaria, no, ya no lo sería.

Está junto a la ventana, al otro lado de la cual reina la oscuridad. Una cháchara en la sala. Le recuerdan una bandada de aves blancas aleteando. El vaso de cóctel que tiene en la mano le parece frágil. Piensa que si lo aprieta demasiado podría romperse.

Ha venido para quedarse, para estar al lado de Claire uno o

dos días. Dormiría en la habitación de invitados. Estaría a su lado durante la agonía, como acompañó a Gloria cuando agonizaba, hacía seis años. El lento viaje en coche, de regreso a Missouri. La sonrisa de Gloria. Su hermana Janice al volante. Bromas con el retrovisor. Las dos empujaron la silla de ruedas de Gloria por la orilla del río. «Por un perezoso río arriba, donde la canción del petirrojo despierta una flamante mañana mientras avanzamos». Ese día fue una celebración. Habían hundido los pies en la felicidad y no estaban dispuestas a abandonarla. Arrojaron ramitas a un remolino y contemplaron cómo giraban. Extendieron una manta y comieron bocadillos. Al atardecer su hermana se echó a llorar, como un cambio del tiempo, por ninguna razón excepto el chasquido al descorchar una botella de vino. Jaslyn le ofreció pañuelos de papel. Gloria se rió de ellas y dijo que había superado la pena mucho tiempo atrás, que estaba cansada de que todo el mundo quisiera ir al cielo, que nadie quisiera morir. Dijo que lo único que justificaba las lágrimas era que a veces había en esta vida más belleza de la que el mundo podía soportar.

Gloria se extinguió con una sonrisa en el rostro. Le cerraron los ojos con el resplandor del sol todavía en ellos, subieron la silla de ruedas por la cuesta y se quedaron un rato más, mirando el paisaje hasta que los insectos nocturnos empezaron a reunirse.

La enterraron dos días después, en una parcela cerca de la parte trasera de su vieja casa. Cierta vez le había dicho a Jaslyn que cada uno sabe de dónde es cuando sabe dónde quiere ser enterrado. Una ceremonia tranquila, sólo las chicas y el predicador. Enterraron a Gloria con uno de los letreros pintados a mano por su padre y un costurero de su madre que había conservado. Si existe alguna buena manera de extinguirse, aquélla lo fue.

Sí, piensa, también le gustaría quedarse y estar con Claire, pasar con ella algún tiempo, permanecer en silencio, dejar pasar los minutos. Incluso se ha traído un pijama, un cepillo de dientes, un peine. Pero ahora ve con claridad que no es bien recibida.

Había olvidado que podría haber otras personas, que una vida se vive de muchas maneras, como otros tantos sobres sin abrir.

—¿Puedo verla?

—Creo que no se le debe molestar.

—Sólo asomaré la cabeza por la puerta.

—Es un poco tarde. Está durmiendo. ¿Quieres otra copa...?

Él alza la voz al formularle la pregunta, inacabada, como si buscara su nombre. Pero sabe cómo se llama. Idiota. Un necio grosero y torpe. Quiere ser dueño del dolor y organizar una fiesta para celebrarlo.

—Jaslyn —responde ella, con una leve sonrisa.

—¿Otra copa, Jaslyn?

—No, gracias, me alojo en el Regis.

—El Regis, fantástico.

Es el hotel más lujoso que se le ha ocurrido, el más caro. No tiene idea de dónde se encuentra, en algún lugar cerca de allí, pero el nombre hace cambiar la expresión de Tom, que sonríe y muestra sus dientes muy blancos.

Ella envuelve la parte inferior del vaso en una servilleta y lo deposita sobre la superficie de vidrio de la mesa.

—Bien, buenas noches a todos. Ha sido un placer.

—Por favor, te acompañaré a la salida.

—No es necesario, de veras.

—No, no, insisto.

Le toca el codo y ella se estremece. Contiene el impulso de preguntarle si alguna vez ha sido presidente de una fraternidad estudiantil.

—En serio —dice en el ascensor—. Puedo salir yo sola.

Él se inclina para besarle en la mejilla. Ella le permite que lo haga en el hombro, con el que le empuja ligeramente el mentón.

—Adiós —le dice con un sonsonete que no admite réplica. En el vestíbulo, Melvyn llama un taxi y Jaslyn pronto se encuentra sola, como si lo sucedido esta noche no hubiera tenido lugar. Busca la tarjeta de Pino en el bolsillo y le da vueltas entre los dedos. Es como si pudiera notar el teléfono sonando ya en el bolsillo del italiano.

La única habitación disponible en el Saint Regis cuesta cuatrocientos veinticinco dólares la noche. Ella piensa en buscar un nuevo hotel, incluso piensa en telefonear a Pino, pero entonces deposita su tarjeta de crédito sobre el mostrador. Le tiemblan las manos: es casi un mes y medio de alquiler en Little Rock. La recepcionista le pide un documento de identidad. No merece la pena perder ni un instante discutiendo, aunque a la pareja que le precedía no le han pedido ningún documento.

La habitación es minúscula. El televisor está fijado en lo alto de la pared. Acciona el mando a distancia. El final de la tormenta. Este año no se esperan huracanes. Los resultados del béisbol, los del fútbol, otros seis muertos en Iraq.

Se deja caer en la cama y se pone los brazos detrás de la cabeza.

Poco después de los ataques en Afganistán, Jaslyn viajó a Irlanda. Debían ser unas vacaciones. Su hermana formaba parte del equipo que coordinaba los vuelos norteamericanos en el aeropuerto Shannon. Les escupieron en las calles de Galway, cuando salían de un restaurante. «Volved a casa, jodidos yanquis». No era tan malo como que te llamaran negro de mierda, cosa que sucedió cuando alquilaron un coche y acabaron en el carril contrario de la carretera.

Irlanda le sorprendió. Había esperado carreteras secundarias con setos altos y verdes, hombres de pelo negro. Casas de campo blancas aisladas en las colinas. Lo que vio fueron pasos elevados, rampas y sermones de borrachos con cara de malas pulgas sobre el significado exacto del término *política mundial*. Se encerró en sí misma, incapaz de escuchar aquello. Tenía una información fragmentaria sobre el hombre, Corrigan, que murió al lado de su madre, y quería saber más. A su hermana le sucedía todo lo contrario, Janice no quería tener nada que ver con el pasado. El pasado le azoraba. El pasado era un reactor que llegaba de Oriente Medio cargado de cadáveres.

Así pues, se dirigió a Dublín sin su hermana. No sabía por qué, pero unas pequeñas lágrimas quedaban prendidas de sus pestañas: tenía que apretar los ojos para poder ver bien la carretera. Aspiraba hondo y en silencio mientras las carreteras iban agrandándose.

Le resultó bastante fácil encontrar al hermano de Corrigan. Era director general de una empresa de internet situada en una de las altas torres de vidrio a orillas del Liffey.

—Ven a verme —le dijo él por teléfono.

Dublín era una ciudad próspera. Neón a lo largo del río. Las gaviotas la bordaban. Ciaran tenía poco más de sesenta años y una pequeña península de pelo en la frente. Su acento era medio norteamericano; le dijo que su otra oficina estaba en Silicon Valley. Vestía de un modo impecable, con un traje y una camisa cara que llevaba con el cuello abierto, dejando que asomara el vello pectoral gris. Se sentaron en su despacho y él le habló de su difunto hermano, Corrigan. Su vida le pareció peculiar y radical.

Al otro lado de la ventana, las grullas volaban contra el horizonte. La luz de Irlanda parecía prolongada. Él la llevo al otro lado del río, a un pub escondido en un callejón, un auténtico pub, de paredes forradas de madera y con olor a cerveza en el ambiente. Ella pidió una jarra de Guinness.

—¿Mi madre estaba enamorada de él?

Él se echó a reír. Oh, no, no lo creo.

—¿Estás seguro?

—Aquel día la llevaba a casa, eso es todo.

—Comprendo.

—Estaba enamorado de otra mujer, una sudamericana... no recuerdo de dónde, creo que de Colombia o Nicaragua.

—Ah.

Jaslyn reconocía la necesidad que tuvo su madre de haber amado por lo menos una vez.

—Es una lástima —dijo con los ojos húmedos.

Se pasó la manga por los ojos. Detestaba que la vieran llorar. Llamativa y sentimental, lo último que quería parecer.

Ciaran no sabía qué hacer con ella. Salió del local y llamó a su esposa por teléfono. Jaslyn se quedó en el bar, tomó otra cerveza y se sintió reconfortada pero aturdida. Tal vez Corrigan hubiera amado en secreto a su madre, tal vez aquel día se dirigían a algún lugar donde estar juntos, tal vez en el último instante habían sentido un amor profundo. Pensó que si su madre estuviera todavía viva no tendría más que cuarenta y cinco o cuarenta y seis años. Podrían haber sido amigas. Podrían haber hablado de tales cosas, podrían haberse sentado juntas en un bar, haber pasado el tiempo tomando cerveza. Pero, a decir verdad, era ridículo. ¿Cómo podría su madre haberse librado de aquella clase de vida para empezar de nuevo? ¿Cómo habría podido salir intacta? ¿Con qué, con escobas y recogedores? Allá vamos, cariño, coge mis botas de tacón alto, ponlas en la carreta, que nos vamos hacia el oeste. Era estúpido, lo sabía. Pero con todo... Una sola noche. Estar sentada con su madre y mirar como se pintaba las uñas, tal vez, o ver como vertía café en una taza, u observar la manera de quitarse los zapatos, un solo momento de la vida cotidiana. Abrir el grifo del baño. Tararear una canción desafinando. Cortar las tostadas. Cualquier cosa. «Río perezoso arriba, qué felices seríamos».

Ciaran entró de nuevo en el pub y le dijo con un claro acento norteamericano: Adivina quién viene a cenar.

Conducía un flamante Audi plateado. La casa, encalada, estaba frente al mar, con rosas en la fachada y una valla de hierro negra. Era la casa donde se habían criado los hermanos. Él la vendió una vez y tuvo que volver a comprarla por más de un millón de dólares.

—¿No te parece increíble? Más de un millón.

Su esposa, Lara, estaba trabajando en el jardín, cortando rosas con una podadera. Era amable, esbelta, discreta, con el cabello gris recogido en un moño detrás de la cabeza. Sus ojos, de un azul intenso, parecían gotas del cielo de septiembre. Se quitó los guantes de jardinería. Tenía salpicaduras de color en las manos. Atrajo a Jaslyn hacia sí y la abrazó durante un momento más largo de lo esperado. Olía a pintura.

En el interior de la casa había muchos cuadros colgados de las paredes. Recorrieron las habitaciones con un vaso de vino blanco fresco en la mano.

A ella le gustaron las pinturas: paisajes radicales de Dublín, traducidos como línea, sombra, color. Lara había publicado un libro de arte y había logrado vender algunas telas en exposiciones de pintura al aire libre en Merrion Square, pero dijo que había perdido su toque norteamericano.

Aquella mujer tenía cierto aire de hermoso fracaso.

Acabaron de nuevo en el jardín trasero, sentados en el patio; el cielo tenía un color blanco hueso. Ciaran habló del mercado inmobiliario de Dublín, pero Jaslyn tuvo la sensación de que estaban hablando de pérdidas ocultas, no de beneficios, de todo lo que se habían perdido con el transcurso de los años.

Después de cenar, los tres caminaron juntos por la orilla. Rebasaron la torre Martello y volvieron. Las estrellas sobre Dublín parecían marcas de pintura en el cielo. Hacía mucho rato que la marea se había retirado. Una enorme extensión de arena desapareció en la negrura.

—Por ahí está Inglaterra —dijo Ciaran, por ninguna razón que ella pudiera discernir.

Él la cubrió con su chaqueta, Lara la tomó del codo y echaron a andar. Jaslyn estaba en medio de la pareja. Se liberó lo más delicadamente que pudo y, a primera hora de la mañana, regresó a Limerick. A su hermana le brillaba la cara. Janice acababa de conocer a un hombre. Le dijo que aquel era su tercer periodo de servicio. Imagina. Añadió con un guiño que calzaba botas de la horma cuarenta y nueve.

Dos años atrás enviaron a su hermana a la embajada en Bagdad. De vez en cuando todavía recibe una postal. Una de ellas es una foto de una mujer vestida con burka: «Diversión bajo el sol».

Amanece un brillante día invernal. Por la mañana descubre que el desayuno no está incluido en la tarifa del hotel. Sólo puede sonreír. Cuatrocientos veinticinco dólares, desayuno no incluido.

En la habitación, coge todas las pastillas de jabón del baño, la loción, la gamuza para lustrar los zapatos, pero de todos modos deja una propina para las mujeres de la limpieza.

El mundo entero es un Starbucks, y hoy no encuentra ninguno.

Se sienta en una pequeña sandwichería. Nata en el café. Un bagel con mantequilla. Regresa al piso de Claire, se detiene en el exterior y alza la vista. Es un hermoso edificio, de ladrillo y con cornisa. Pero piensa que es demasiado pronto para subir al piso. Se da la vuelta y camina en dirección este hacia el metro con el bolsito colgado del hombro.

Le encanta la energía inmediata del Village. Es como si todas las guitarras se hubieran fijado de repente en las escaleras de incendios. La luz del sol en los muros de ladrillo. Tiestos en las ventanas altas.

Lleva una blusa abierta y tejanos ceñidos. Se siente cómoda, como si las calles la liberasen.

Pasa por su lado un hombre con un perro dentro de la camisa. Ella sonríe y los ve alejarse. El perro se sube al hombro de su dueño y la mira con ojos grandes y tiernos. Ella le saluda agitando la mano y ve que el perro vuelve a desaparecer dentro de la camisa del hombre.

Encuentra a Pino en una cafetería de la calle Mercer. Es tan fácil como ella había imaginado: no tiene idea del razonamiento, pero estaba convencida de que sería sencillo dar con él. Podría haberle llamado al móvil, pero ha preferido no hacerlo. Mejor salir en su busca y encontrarle en esta ciudad de millones de habitantes. Está solo y encorvado sobre una taza de café, leyendo *La Reppublica*. Experimenta el súbito temor de que haya una mujer cerca, tal vez una que va a reunirse con él de un momento a otro, pero llega a la conclusión de que no le importa.

Pide un café, retira la silla y se sienta a la mesa frente a él. Pino se sube las gafas de lectura a lo alto de la frente, se reclina en la silla y ríe.

—¿Cómo me has encontrado?

—Gracias a mi GPS interno. ¿Qué tal el jazz?

—Bueno, era jazz. ¿Cómo está tu vieja amiga?

—Todavía no estoy segura.

—¿Todavía?

—La veré hoy, más tarde. Dime una cosa. ¿Puedo preguntarte? Es que, bueno, ya sabes. ¿Qué has venido a hacer en Nueva York?

—¿De veras quieres saberlo?

—Sí, creo que sí.

—¿Estás preparada?

—Tanto como jamás lo estaré.

—Voy a comprar un juego de ajedrez.

—¿Cómo dices?

—Está hecho a mano. Hay un artesano en la calle Thompson. He venido a recogerlo. En cierto modo se trata de una obsesión. En realidad es para mi hijo. De madera canadiense especial. Y ese hombre es un maestro...

—¿Has venido desde Little Rock para comprar un juego de ajedrez?

—Supongo que necesitaba salir un poco.

—Bromeas.

—Y, bueno, voy a llevárselo a Frankfurt. Pasaré unos días con él y nos divertiremos un poco. Desde allí regresaré a Little Rock y vuelta al trabajo.

—¿Tantos miles de kilómetros sólo para eso? ¿Qué me dices de tu contribución al cambio climático?

Él sonríe y apura el café. Ella ya ve con claridad que pasarán ahí la mañana, que consumirán tiempo en el Village, almorzarán pronto, él se inclinará y le tocará el cuello, ella pondrá la mano sobre la suya, irán al hotel de Pino, harán el amor, descorrerán las cortinas, contarán anécdotas, se reirán, ella se dormirá de nuevo con la mano en su pecho, le dará un beso de despedida y más adelante, ya en Arkansas, él dejará un mensaje en su contestador automático y ella pondrá su número sobre la mesilla de noche, para decidirse.

—¿Otra pregunta?

—¿Sí?

—¿Cuántas fotos de mujeres hay en tu móvil?

—No muchas —responde él con una sonrisa—. ¿Y tú? ¿Cuántos hombres?

—Millones.

—¿De veras?

—Miles de millones, a decir verdad.

Sólo en una ocasión anterior había regresado a la Deegan. Fue diez años atrás, recién terminada la carrera universitaria. Quería conocer el lugar donde su madre y su abuela habían hecho la calle. Fue allí en un coche que alquiló en el aeropuerto Kennedy, y tuvo que sufrir un atasco de tráfico, los coches pegados unos a otros. Por lo menos un kilómetro de vehículos delante de ella. En el espejo retrovisor veía el tráfico que tenía detrás. Un bocadillo del Bronx.

Así pues, volvía a estar en casa, pero no lo percibía como una bienvenida al hogar.

No había estado en el barrio desde los cinco años de edad. Recuerda los pasillos gris claro y un buzón lleno de propaganda comercial: eso era todo.

Detuvo el coche y estaba manipulando los mandos del estéreo cuando atisbó movimiento a lo lejos, calle arriba. Un hombre se levantaba desde el techo de una limusina, extraño como un centauro. Ella le vio primero la cabeza y a continuación el torso que salía por la abertura del techo. Volvió la cabeza con brusquedad, como si le hubieran pegado un tiro. Jaslyn esperó de veras una rociada de sangre a lo largo del techo, pero el hombre extendió un brazo y señaló, como si estuviera dirigiendo el tráfico. Giró de nuevo. Cada giro era más rápido que el anterior. Era como un peculiar director de orquesta, vestido con traje y corbata. Mientras giraba, la corbata extendida parecía la aguja de un dial sobre el techo del vehículo. Puso las manos a los costados y se impulsó hasta que todo su cuerpo salió por la abertura, y entonces se puso en pie sobre la limusina con las piernas bien abiertas y los dedos extendidos. Rugiendo a los conductores que le rodeaban.

Entonces Jaslyn observó que había otras personas que habían bajado de sus vehículos y tenían los brazos sobre las puertas abiertas, una pequeña hilera de cabezas que se volvían en la misma dirección, como girasoles. Había algún secreto entre ellos. Cerca de donde estaba ella, una mujer empezó a tocar el claxon, se oyeron gritos, y fue entonces cuando reparó en el coyote que trotaba entre el tráfico.

Parecía totalmente tranquilo, correteando bajo el intenso sol, deteniéndose y serpenteando, como si se encontrara en algún extraño territorio de ensueño que le maravillase.

Lo curioso era que el coyote iba en dirección a la ciudad, en vez de abandonarla. Jaslyn permaneció sentada, observando al animal que venía hacia ella. Cruzó de carril dos coches por delante del suyo, pasó junto a su ventanilla. No la miró, pero ella pudo ver el amarillo de sus ojos.

Observó como se alejaba por el retrovisor. Quería gritarle que diera la vuelta, que iba en el sentido equivocado, que debía cambiar de rumbo, girar sobre sus patas y correr hacia la libertad. Observó, a considerable distancia por detrás de ella, las luces giratorias de algún vehículo policial. Control de animales. Tres hombres provistos de redes se abrían paso entre el tráfico.

Al principio, cuando oyó el estampido de un rifle, pensó que era el petardeo de un tubo de escape.

Le gusta la palabra *madre* y todas las complicaciones que conlleva. No le interesa *verdadera* ni *natural* ni *adoptiva* ni cualquier otra serie de madres que haya en el mundo. Gloria era su madre. Jazzlyn también. Eran como desconocidas en un porche, Gloria y Jazzlyn, cuando el sol se ponía. Se limitaban a estar allí sentadas y ninguna podía decir lo que la otra sabía, de modo que guardaban silencio y contemplaban la desaparición del día. Una de ellas daba las buenas noches, mientras la otra aguardaba.

Se encuentran el uno al otro poco a poco, con vacilación, con timidez, separándose, uniéndose de nuevo, y ella piensa que nunca ha conocido realmente el cuerpo de otro ser. Luego yacen juntos sin hablar, sus cuerpos tocándose ligeramente, hasta que ella se levanta y se viste en silencio.

Nada más comprarlas, piensa que las flores son vulgares. Unas flores de papel cerúleo, de pétalos delgados, con un extraño aroma, como si alguien las hubiera rociado con una falsa fragancia. Sin embargo, no encuentra otra floristería abierta. Y la luz disminuye, está anocheciendo. Se encamina al oeste, hacia el parque, todavía con un cosquilleo en el cuerpo, la mano fantasmal de Pino en su cadera.

En el ascensor aumenta el aroma vulgar de las flores. Debería haber buscado un poco hasta dar con una tienda mejor, pero ahora es demasiado tarde. No importa. Baja en el último piso y sus zapatos se hunden en la suave moqueta. Hay un periódico en el suelo, junto a la puerta de Claire, la tramposa histeria de la guerra. Hoy, dieciocho muertos.

Un estremecimiento a lo largo de los brazos.

Llama al timbre y apoya las flores en el marco de la puerta mientras oye el sonido del cerrojo.

Quien le abre es de nuevo el enfermero jamaicano, de rostro ancho y relajado. Lleva unos rizos cortos al estilo rastafari.

—Ah, hola.

—¿Hay alguien más aquí?

—¿Perdone? —responde él.

—Sólo me preguntaba si había alguien más en casa.

—Su sobrino está en la otra habitación. Está haciendo la siesta.

—¿Cuánto tiempo lleva aquí?

—¿Tom? Ha pasado la noche. Está aquí desde hace varios días. Recibe a la gente.

Se produce una pausa, como si el enfermero tratara de imaginar el motivo exacto por el que ella ha regresado, qué quiere, cuánto tiempo va a quedarse. Mantiene la mano alrededor del marco de la puerta, pero entonces se inclina hacia adelante y le dice en tono conspirador: Ha traído a un par de agentes inmobiliarios a sus fiestas, ¿sabe?

Jaslyn sonríe y sacude la cabeza: no importa, ella no permitirá que importe.

—¿Cree que puedo verla?

—Faltaría más. Sabe que ha sufrido una apoplejía, ¿verdad?

—Sí.

Ella se detiene en el pasillo.

—¿Recibió mi tarjeta? Le envié una gran tarjeta bobalicona.

—Ah, ¿es suya? —replica el enfermero—. Es divertida. Me gusta.

Él alarga la mano por el pasillo, indicándole el dormitorio. Ella avanza por la penumbra, como si arrastrara un velo. Se detiene, hace girar el pomo de vidrio en la puerta de la habitación. Produce un chasquido. La puerta gira. Jaslyn tiene la sensación de que está al borde de un saledizo. El ambiente de la habitación es oscuro, pesado, espeso. Un diminuto triángulo de luz en el lugar donde las cortinas no acaban de encontrarse.

Jaslyn espera un momento a que sus ojos se adapten a la penumbra. Quiere alejar la oscuridad, descorrer las cortinas, entreabrir la ventana, pero Claire está dormida, tiene los párpados cerrados. Acerca una silla a la cama, al lado de un gotero. El tubo no está inserto. Hay un vaso sobre la mesilla de noche. Y una pajita. Y un lápiz. Y un periódico. Y la tarjeta de Jaslyn entre otras muchas tarjetas. Escudriña la oscuridad. «Que te pongas bien pronto, vieja y divertida pajarraca». Ahora no está segura de si eso revela cierto sentido del humor; tal vez debería haber comprado algo bonito y recatado. Una nunca sabe. No puede saber.

El pecho de Claire sube y baja. Ahora su cuerpo es un delgado fracaso. Los senos encogidos, los párpados hundidos, el cuello estriado, la complicada articulación. Su vida pintada en ella, retrocediendo sobre ella. Un breve movimiento de los párpados. Los ojos se abren y miran fijamente. En la oscuridad se le ven blancos. Claire abre más los ojos, pero no sonríe ni dice una sola palabra.

Un tirón de las sábanas. Jaslyn se acerca más mientras Claire mueve la mano izquierda. Los dedos se mueven arriba y abajo como si tocaran el piano. La piel anciana, ajada y amarillenta. Piensa que la persona que conocimos al principio no es la que conocemos al final.

Suena un reloj.

Poco más que desvíe la atención de la noche, sólo un reloj, en un tiempo no muy distante del tiempo presente, pero un tiempo no muy alejado del pasado, el inexplicable despliegue de consecuencias en el tiempo de mañana, las cosas sencillas, el veteado de la madera de la cama vibrante bajo la luz, la pizca de oscuridad que todavía queda en el pelo de la anciana, el hilillo de humedad en el cojín de plástico que le protege la cabeza, la espiral del pétalo de flor trenzado, el filo mellado de un marco de fotografía, el borde de un tazón, la marca de una línea solitaria de té a lo largo de ese borde, un crucigrama sin terminar, un lápiz amarillo que sobresale del borde de la mesa, la punta afilada, la goma en el aire. Fragmentos de un orden humano. Jaslyn rescata el lápiz de su precaria posición, y entonces se levanta, rodea el pie de la cama y se acerca a la ventana. Sus manos en el antepecho. Separa las cortinas un poco más, abre el triángulo, levanta cuidadosamente el marco de la ventana, nota el contacto de la brisa en la piel: la ceniza, el polvo, la luz que ahora elimina la oscuridad de las cosas. Ahora avanzamos dando traspiés, extraemos la luz de la oscuridad para hacerla durar. Levanta más la ventana. Los sonidos del exterior, cada vez más nítidos en el silencio, primero el tráfico, la vibración de las máquinas, los movimientos de las grúas, los parques infantiles, los niños, las ramas de los árboles plantados en la avenida que entrechocan.

Cae la cortina pero sigue habiendo un pasillo de luz sobre la moqueta. Jaslyn vuelve a la cama, se quita los zapatos y los deja caer. Claire abre muy ligeramente los labios. Ni una sola palabra, pero sí una diferencia en su respiración, una armonía rítmica.

Avanzamos tambaleándonos, piensa Jaslyn, traemos un poco de ruido al silencio, encontramos en otros la continuación de nosotros mismos. Casi es suficiente.

Sin hacer ruido, Jaslyn se sienta en el borde de la cama y extiende los pies, mueve las piernas lentamente para no afectar al colchón. Arregla una almohada, se apoya, saca un pelo de la boca de Claire.

Jaslyn piensa de nuevo en un albaricoque; no sabe por qué, pero eso es lo que piensa, la piel de la fruta, el sabor, la dulzura.

El mundo gira. Nosotros avanzamos dando traspiés. Es suficiente.

Se tiende en la cama al lado de Claire, sobre las sábanas. El leve olor ácido de la respiración de la anciana en el aire. El reloj. El ventilador. La brisa.

El mundo que gira.

NOTA DEL AUTOR

El 7 de agosto de 1974, Philippe Petit caminó sobre un cable tendido entre las torres del World Trade Center. He utilizado su paseo en esta novela, pero todos los demás acontecimientos y personajes de la obra son ficticios. Me he tomado libertades con el paseo de Petit, mientras procuraba mantenerme fiel a la textura de aquel hecho y su entorno. Los lectores interesados en la hazaña de Petit pueden leer su libro *To Reach the Clouds* (Faber and Faber, 2002), donde encontrarán un relato íntimo. La fotografía utilizada en la página 324 es de Vic DeLuca, Rex Images, 7 de agosto de 1974. Estoy profundamente en deuda con ambos artistas.

El título de la obra procede del poema de Alfred, lord Tennyson, titulado *Locksley Hall*, a su vez profundamente influido por los *Mu'allaqat* o los «poemas suspendidos», siete largos poemas árabes escritos en el siglo VI. El poema de Tennyson menciona «pilotos del crepúsculo violeta que descienden con costosos fardos», y el poema del *Mu'allaqat* pregunta: «¿Hay alguna esperanza de que esta desolación pueda procurarme solaz?». La literatura puede recordarnos que no toda la vida ya ha sido escrita, sino que todavía hay muchas historias que contar.

AGRADECIMIENTOS

Son muchísimas las personas a las que deseo expresar mi agradecimiento por la ayuda que me han prestado en la preparación de esta novela: los agentes de policía que me llevaron por la ciudad, los médicos que respondieron pacientemente a mis preguntas, los informáticos que me guiaron a través del laberinto y cuantos me ayudaron durante los procesos de escritura y revisión. La verdad es que son muchas las manos que teclean en el teclado del escritor. Temo olvidarme de algunos nombres, pero estoy profundamente agradecido a las siguientes personas por su apoyo y ayuda: Jay Gold; Roger Hawke, Maria Venegas, John McCormack, Ed Conlon, Joseph Lennon, Justin Dolly, Mario Mola, el doctor James Marion, Terry Cooper, Cenelia Arroyave, Paul Auster, Kathy O'Donnell, Thomas Kelly, Elaina Ganim, Alexandra Pringle, Jennifer Hershey, Millicent Bennett, Giorgio Gonella, Andrew Wylie, Sarah Chalfant y todo el personal de la agencia Wylie. Caroline Ast y el personal de Belfond en París. Gracias a Philip Gourevitch y los miembros de *The Paris Review*. A mis alumnos y colegas del Hunter College, en especial Peter Carey y Nathan Englander. Y, finalmente, nadie se merece más mi agradecimiento que Allison, Isabella, John Michael y Christian.